polar
VERLAG

Eryk Pruitt

Das schnelle Leben

Aus dem Amerikanischen von Jürgen Bürger
Herausgegeben von Wolfgang Franßen

Polar Verlag

Originaltitel: What we reckon

Deutsche Erstausgabe, 1. Auflage 2022
Aus dem Amerikanischen von Jürgen Bürger
Mit einem Nachwort von Marcus Müntefering

www.polar-verlag.de

Redaktion: Eva Weigl, Nadine Helms
Umschlaggestaltung: Robert Neth, Britta Kuhlmann
Coverfoto: © Mr Doomits / Adobe Stock
Autorenfoto: © Alex Maness Photography
Satz/Layout: Martina Stolzmann
Gesetzt aus Adobe Garamond PostScript, InDesign
Druck und Bindung: CPI books GmbH, Leck, Deutschland

ISBN: 978-3-948392-50-5

Für Jennifer,
Geraud und, wie immer,
Lana

»Wacht und betet, damit ihr nicht in Versuchung kommt! Der Geist zwar ist willig, das Fleisch aber schwach.«

Jesus zu seinen Jüngern in Gethsemane [Mk 14,38]

»Finde, was du liebst, und lass dich davon umbringen.«

Charles Bukowski

»Weißt du, früher hat's mal was bedeutet, verrückt zu sein. Heutzutage sind alle verrückt.«

Charles Manson

TEIL I

1

Wenn's zu Ende geht, wird's ziemlich genau so sein, dachte Grant, als die Flammen, die seine Nasenlöcher hinaufflackerten, zu einem sanften Tröpfeln auf der Rückseite seiner Kehle wurden. Gerade als er den Schweiß verscheucht hatte, das Flüstern, die konstante, fiebrige Angst, die so oft ihre Finger unerbittlich um seine Luftröhre legte, da beäugte er den Rest des Kilos – immer noch in Schrumpffolie mit nur einem schartigen Loch, kaum groß genug – und überlegte, in welchem neuerlichen Chaos er sich wiederfinden könnte.

Es war gutes Koks, gar keine Frage, aber Grant hatte nicht den geringsten Grund, etwas anderes zu erwarten. Unten in South Carolina war Bobby sein bester Freund gewesen, und er hätte nicht mal einen schrägen Seitenblick für Scheiße gehabt, die nicht eine bestimmte Qualität hatte. *Wenn du dir irgendein Dreckszeug reinziehen willst,* sagte Bobby immer, *dann geh doch runter zum Decker Boulevard.* Bobby genoss einen Ruf. Die Leute in der Stadt wussten, dass er den guten Scheiß hatte. Sie wussten, wie sie ihn zu jeder Tages- und Nachtzeit erreichen konnten. Den Ort jedoch, an dem er es bunkerte, den kannten sie nicht. Grant jedoch schon, und so wurde ein Trottel zackig um seine Drogen erleichtert.

Das Einzige, was besser ist als gutes Kokain, dachte er, als er eine weitere Messerspitze aus dem Loch in dem Päckchen pulte, *ist geklautes Kokain.*

Doch jede vermeintliche oder tatsächliche Gelassenheit fand ihr jähes Ende mit einem Klopfen an der Tür des Motelzimmers. Hastig verstaute Grant den Koksbarren in einer ausgehöhlten King-James-Bibel und kickte diese sodann geschickt unters Bett. Er spitzte die Ohren. Hielt die Luft an.

»Hey, Grant!«, rief eine Stimme draußen. »Mach auf. Ich werd nicht den ganzen Tag hier rumstehen.«

Craig.

Erleichterung.

Grant fischte aus einer Papiertüte eine noch ungeöffnete Flasche mit einer braunen Flüssigkeit, und griff sich zwei Plastikbecher, die zum Zimmer gehörten, und stellte alles auf die Tischplatte, wo gerade noch das Diebesgut gelegen hatte.

Craig kam nicht herein, als sich die Tür öffnete, sondern blieb stattdessen auf der Schwelle stehen.

»Danke, dass du gekommen bist«, sagte Grant. »Das bedeutet mir echt viel.«

»Du siehst scheiße aus«, sagte Craig. Er deutete mit dem Kopf auf Jasmine, die auf dem Bett saß und nicht vom Fernseher aufblickte. »Ihr beide.«

»Und du hast mehr Haare verloren, seit ich dich das letzte Mal gesehen hab«, erwiderte Grant. »Komm rein. Trink einen mit. Ist lange her.«

»Nicht lange genug.« Craig machte einen Schritt in den Raum. Nur einen.

»Jasmine, sag Craig Guten Tag«, rief Grant. Falls sie ihn hörte, ließ sie es sich nicht anmerken. »Du erinnerst dich noch an Craig, oder?« Als sie immer noch nichts sagte, verkürzte Grant den Abstand zu ihr und sagte, »Jazz, du bist unhöflich.«

Sie drehte nur den Kopf, stellte einen flüchtigen Blickkontakt her und widmete sich dann wieder dem Fernseher. Der Ton war ausgeschaltet, und die Bildqualität war beschissen, fesselte aber dennoch ihre ganze Aufmerksamkeit.

Bevor Grant noch etwas sagen konnte, winkte Craig ab und pfiff ihn zurück. »Mach dir deswegen keinen Kopf«, sagte Craig. »Ich bleib sowieso nicht lange.«

Grant trat um den kleinen Tisch in der Ecke und schüttete

Whiskey in die Plastikbecher. Ungefähr zwei Fingerbreit. Er putzte die erste Ladung weg, bevor er sich nachschenkte, dann reichte er Craig einen Becher.

»Wie geht's dir?«, fragte er.

»Hab mich scheiden lassen«, antwortete Craig. »Vor ungefähr einem halben Jahr, schätz ich.«

»Hey, tut mir echt leid, Mann. Ich fand, ihr zwei wart ein tolles Pärchen.«

»Du hast sie doch nie kennengelernt.« Craig trank einen Schluck. »Als wir geheiratet haben, warst du schon lange nicht mehr in der Stadt.«

»Was ich meine, ist doch, ich hab Fotos von euch beiden gesehen. Eines von euch beim Tanzen. Ich fand sie echt heiß, selbst für deine Verhältnisse.«

»Unsere Hochzeit«, sagte Craig. Er trat von einem Fuß auf den anderen. »Hör zu, wenn's dir nichts ausmacht, dann …

»Warum setzt du dich nicht erst mal?« Grant kickte mit dem Fuß einen Stuhl heraus, den Craig aber nur ansah. »Echt jetzt, setz dich. Das hier ist eine frische Flasche, und ich hab schon mal den Anfang gemacht. Ist doch wohl das Mindeste, dass wir das Ding leer machen. Und über alte Zeiten quatschen.«

Craig rümpfte die Nase, als würde er was Komisches riechen. »Ganz ehrlich, ich würd lieber nicht über alte Zeiten reden. Ich hab fast eine verkackte Stunde gebraucht, bis ich hergefunden hab, und ich freue mich überhaupt nicht auf die Stunde für die Rückfahrt.«

»Hey Mann, ich bin dir voll dankbar.« Grant drehte die Handflächen nach oben. »In echt. Es bedeutet mir total viel, dass du dir die Mühe gemacht hast, hier rauszukommen. Ich wär ja auch zu dir gekommen, wenn's möglich gewesen wär, aber es ist das Beste, wenn ich mich eine Weile nicht in Lake Castor blicken lasse, wenn du verstehst, was ich meine.«

Craig nickte. Er sah durch den Raum zu Jasmine hinüber und beobachtete eine einzelne Träne, die mit einem leichte Beben über ihre Wange rollte. Er sah lang hin, dann richtete er seinen Blick wieder auf Grant.

»Das war's dann, verstehst du mich?«, sagte er. »Das ist das letzte Mal.«

»Craig … Alter, ich …«

»Es ist mein Ernst. Es ist schwer, dir was auszuschlagen. Also, wenn das hier durch ist, dann vergisst du am besten meine Telefonnummer. Vergiss mich und alles, was ich je für dich getan hab.«

»Ziemlich viel verlangt«, sagte Grant. »Ohne dich wär ich wahrscheinlich längst tot. Tot oder im Knast. Also verzeih mir, wenn ich nicht alles vergess …«

»Ich red keinen Scheiß, Mann.« Tat er nicht. Er hatte seinen Whiskey praktisch nicht angerührt. Der Becher klapperte, als er mit der flachen Hand auf den Tisch schlug. »Das ist das letzte Mal.«

»Okay.«

»Ich muss es aus deinem Mund hören.«

Grant leckte sich über die Lippen. »Es ist jetzt das letzte Mal.«

Craig ließ es einen Moment so im Raum stehen. Stille hing zwischen ihnen wie ein Sünder. Er zog es noch ein bisschen in die Länge, bevor er hinter sich griff und einen braunen Umschlag aus dem Bund seiner Arbeitshose zog. Den legte er nun auf den Tisch zwischen sie, nahm seinen Whiskey. Grant hielt kurz den Atem an, bevor er sich den Umschlag schnappte. Er riss ihn auf und kippte den Inhalt auf den Tisch.

Führerscheine. Zwei.

Sozialversicherungskarten. Ebenfalls zwei.

Ein Paar Geburtsurkunden.

Zwei Leben, neben einer Flasche mit billigem Fusel auf den zerkratzten Tisch geworfen.

»Meine Fresse«, meinte Grant bewundernd, »echt super Arbeit.« Er nahm einen Ausweis in die Hand, dann den anderen. Beide hielt er ins Licht der einzelnen Glühbirne, die zwischen ihnen hing, legte sie dann zurück auf den Tisch. Er konnte den Blick nicht von ihnen nehmen. »Ich meine, das ist echt richtig gute Arbeit. Jasmine, komm mal her und sieh dir das an.«

Sie rührte sich nicht.

»Diesmal hast du dich selbst übertroffen«, sagte Grant. »Jack Jordan. Ich heiße jetzt Jack Jordan. Hör dir das an, Jas… öh, ich meine, *Summer*? Von jetzt an bin ich Jack Jordan, und du heißt Summer Ashton.«

Und damit war das geklärt.

»Wer sind die?«, fragte der frischgebackene Jack.

»Jack Jordan war nur so ein Kid«, antwortete Craig. »Ist in der Nähe von Amarillo aufgewachsen, in West Texas. Hat ein paar Tage vor der Abschlussfeier auf der Highschool seine Karre an einen Baum gesetzt. Das Mädchen ist vor ungefähr sechs Monaten an Leukämie gestorben. Bei normalen Verkehrskontrollen oder einer Bonitätsprüfung müsstet ihr damit durchkommen, aber ich an eurer Stelle würde mich von einer Unfallambulanz oder jedem anderen Ort fernhalten, wo Krankenakten gezogen werden.«

Jack klopfte seinem alten Freund auf die Schulter. »Du verplemperst deine Talente in diesem Copyshop. Ich bin schon einigen Leuten begegnet, die würden für einen Kerl wie dich 'ne Stange Geld hinlegen.«

»Nach allem, was ich weiß«, sagte Craig, »würden die auch 'ne Stange dafür hinlegen, dich in die Finger zu bekommen. Euch beide.«

Jack ließ das eine Weile im Raum stehen, bevor er sich nachschenkte. Füllte Craigs Becher ebenfalls nach.

Sagte: »Wenn du's so durchziehen willst, okay. Ich werde mich nicht mehr bei dir melden. Wenn du hier raus bist, sind wir miteinander fertig. Aber vergessen werde ich dich nicht. Niemals.« Er deutete mit dem Kopf auf den Becher. »Und jetzt trink mit mir, und dann nehmen wir Abschied.«

Craig beäugte ihn über den Rand des Bechers hinweg, während er in kleinen Schlucken trank. Umgehend musste er husten. Er schluckte es runter, so gut er konnte, dann fing er unbeholfen an zu lachen.

»Hätte ich wissen müssen, dass du nur Scheiße trinkst.« Er nahm einen weiteren Schluck. »Ich schwöre, ich glaub nicht, dass du mich noch groß überraschen kannst.«

»Ich hab ein Kilo Koks unter dem Bett liegen.«

»Scheiße, Keith …« Craig stand auf, kippte dabei den Stuhl um.

»Willst du's sehen?«, fragte Jack. »Ich hab noch nie so viel Schnee auf einem Haufen gesehen. Wir haben eine Bibel ausgehöhlt und das Zeug darin verstaut …«

»Scheiße, nein, ich will's nicht sehen. Ich will nicht mal in einem Raum sein mit dem Stoff.«

Jack versuchte, ihn davon abzuhalten zu gehen. »Craig, warte …«

Craig blieb stehen. Sah seinem alten Freund in die Augen.

»Du musst mir dabei helfen, es zu verkaufen«, sagte Jack.

»Geh zum Teufel, Keith oder wie du momentan heißt. Weißt du, für so ein kleines Stück Scheiße bist du wirklich …«

»Ich red keinen Stuss, Mann.« Jack legte seine Hand auf den Türknauf, bevor Craig danach greifen konnte. »Ich muss den Scheiß ziemlich zügig abstoßen. Ich könnte die Kohle gut gebrauchen. Scheiße, wer nicht? Du könntest dir selbst auch einen ordentlichen Batzen verdienen, wenn du …«

Craig schlug Jacks Hand vom Türknauf, zog die Tür auf. »Ich bin weg«, sagte er in den Raum, »und ich will nicht, dass du mich anrufst. Nicht wegen Koks, nicht wegen gefälschter Ausweise … wegen gar nichts.«

Jack folgte ihm auf den Parkplatz. Am Abend war es deutlich

abgekühlt, während das Versprechen auf den Herbst unübersehbar war. Craig blieb kurz vor seinem Pick-up stehen, machte dann auf dem Absatz kehrt und sah seinen alten Freund an.

»Wie lange willst du noch mit der rumziehen?«, fragte er.

»Mit Jas… ich meine, mit Summer? Die kann gehen, wann immer sie will.«

»Vögelt ihr beide schon?«

Jack lachte durch die Nase. »Nein, wir vögeln nicht, und wir werden auch nicht damit anfangen.« Er scharrte mit der Schuhspitze über den Asphalt. »Das ist so ziemlich das Letzte, was ich im Moment brauche.«

»Dann solltest du dich vielleicht von ihr trennen«, sagte Craig. »Sie sieht aus, als könnte sie eine kleine Pause ganz gut vertragen.«

»Ihr geht's gut«, sagte Jack. »Wenn du dich mal erinnerst, sie war schon immer eine Dramaqueen.«

»Es geht mich ja wirklich nichts an, aber ich hab's schon so gemeint, wie ich's gesagt hab: Ihr zwei habt schon bessere Tage gesehen. Esst ihr überhaupt mal was?«

»War alles irgendwie nicht so toll, als wir die Carolinas verlassen haben.« Jack rieb über die Narbe an seiner Hüfte, staunte immer noch, wie es sich anfühlte. »Ich fürchte, unser Mädel, also, sie hat nicht …«

»Ich sagte doch, ich will nichts darüber hören«, unterbrach Craig ihn. »Du hast mich gebeten, dir Texas-Papiere zu besorgen, also stelle ich mir vor, dahin wollt ihr als Nächstes, falls ich mir überhaupt was vorstellen wollte. Was ich aber gar nicht möchte. Aber wenn du vorhast, dich vom Acker zu machen, dann bleib auch vom Acker. Ich will nicht wissen, woher du kommst, und todsicher will ich auch nicht wissen, wohin du gehst.«

Yonder, ein streunender Kater, tauchte aus dem Gebüsch auf und schlich lautlos und geschmeidig auf der Suche nach Futter über den Parkplatz. Jack beobachtete ihn einen Tick länger als geplant und wandte seinen Blick erst ab, als Craig die Fahrertür seines Pick-ups öffnete. Jack schlurfte zu ihm.

»Weißt du noch, wie du und ich und Davey früher immer die ganze Nacht in der Fernfahrerkneipe am anderen Ende der Stadt Kaffee gesoffen und abgehangen haben?«, fragte Jack. »Wie hieß der Laden noch gleich? *The All-Niter?* Was, wenn ich dir sage, ich hab genau so einen Laden zwei Ausfahrten weiter auf dem Highway gesehen? Da könnten wir doch hinfahren, dann bestellen wir uns Bratkartoffeln und beschissenen Kaffee und …«

»Mann, ich muss los.«

»Sag mal, wie geht's eigentlich Davey? Siehst du den manchmal noch? Ist der immer noch in der Nähe von Lake Castor? Ich hab nichts mehr …«

»Keith, ich muss jetzt los.«

Jack ließ kraftlos die Hände fallen. Er trat zwei Schritte zurück und starrte auf die Reifen des Pick-ups. Er zuckte mit den Achseln.

Craig stieg hinter das Steuer, kurbelte dann die Scheibe runter. Er deutete mit dem Kopf auf die Zimmertür des Motels und sagte: »Ich möchte mich echt in nichts einmischen. Aber an deiner Stelle würde ich mich zusammenreißen und meinen Scheiß in Ordnung bringen. Das Gespenst da drinnen hat nichts mehr mit dem Mädchen zu tun, das ich vor, wann?, vier, fünf Jahren kennengelernt habe. Du bist auch nicht mehr derselbe, warst aber schon immer ein schlaues Kerlchen. Vielleicht manchmal zu schlau.«

Jack biss sich auf die Unterlippe.

»Was ich damit sagen will, ist«, fuhr Craig fort, »vielleicht solltet ihr zwei mal ein paar Tage freinehmen, sozusagen. Irgendwie hab ich das Gefühl, die ganze Scheiße, in die du euch zwei manövriert hast, wird einen von euch beiden erledigen. Wenn sie dir wirklich so viel bedeutet, wie du behauptest, solltest du darüber vielleicht mal nachdenken.«

»Ja, du hast in jeder Hinsicht voll recht.« Jack berührte jede seiner Fingerspitzen mit den Daumen, wobei mehrere Knöchel hörbar knackten. »Nachdem das gesagt ist, wär's doch für dich viel einfacher, eine Unze zu verticken, wenn du dich einfach mal umhörst …«

Craig hob verzweifelt eine Hand. »Du hast so eine Art, Leute mit dir in die Scheiße zu ziehen, und wenn's recht ist, ich will nichts damit zu tun haben. Früher oder später erwischt dich mal einer. Die Bullen oder Schlimmeres, und ich darf nicht zulassen, dass irgendwas sie zu mir führt.« Er legte einen Gang ein, und ohne auch nur ein Nicken zum Abschied setzte er aus dem Motelparkplatz zurück. Mit durchdrehenden Reifen fädelte er sich wieder auf der Schnellstraße ein, Kies und Steinchen flogen durch die Luft.

Jack stand eine ganze Weile einfach nur da. Zuerst fühlte er sich beschissen. Craigs Worte durchbohrten ihn wie Querschläger und machten taub. Und dann kam die Wut. Er war ziemlich gut darin geworden, neu anzufangen, und war es nicht gewohnt, dass aus heiterem Himmel irgendwer aus seiner Vergangenheit aufkreuzte und einen anklagenden Finger auf ihn richtete. Er musste sich schwer zusammenreißen, nicht in den verranzten Honda zu steigen, den sie gerade gekauft hatten, und seinem alten Freund hinterherzurasen, um ihn von der Straße abzudrängen und ihm genau das zu geben, worauf er's wahrscheinlich schon angelegt hatte, seit sie noch ganz klein waren.

Schließlich legte sich das alles, und er stand allein im fluoreszierenden Summen der Straßenlampen und dem weit entfernten Verkehrslärm. Es ist leicht zu hassen, dachte Jack. Es ist leicht, auszurasten und das eigentliche Ziel aus den Augen zu verlieren.

Viel schwerer war es, alles im Fokus zu behalten.

Aus den eigenen Fehlern zu lernen.

Vielleicht war ja was dran an dem, was Craig gesagt hatte. Vielleicht war ja alles ein bisschen aus dem Ruder gelaufen. Vielleicht war's ja Zeit für einen Wechsel. Vielleicht war's an der Zeit, sich von Summer, oder Jasmine oder wie immer sie gerade hieß, zu trennen, damit sie ihn nicht runterziehen konnte.

Aber, bis das so weit war, hatte er noch jede Menge zu erledigen. Zum einen und vor allem hatte er ein gestohlenes Kilo Koks, das er loswerden musste. Zum anderen musste er sorgfältig die schnellste Route nach Ost-Texas ausarbeiten, und zwar auf Nebenstraßen. Und ganz akut war da noch eine drei viertel volle Flasche Whiskey im Zimmer.

Er schlug mit den Handflächen auf seine Oberschenkel, als müsste er sie abwischen, dann ging er wieder hinein, um herauszufinden, ob Summer lange genug aus ihrem Tran auftauchte, um ihm zu helfen, das Zeug wegzuputzen.

2

Der Geruch von Benzin.

Zikaden, Nachtschwalben, die ganze liebliche Sinfonie von Ende August.

Summer kam auf dem Beifahrersitz ihres verranzten Hondas zu sich, ganz weit hinten auf dem Parkplatz einer Tankstelle. Vielleicht drei, vier Uhr morgens. An der Straße, aber weit und breit keine Menschenseele. Niemand auf dem Fahrersitz.

Allein.

Kein Jack.

Kein Schlüssel im Zündschloss. Wenn er sich schließlich vom Acker gemacht und sie verlassen hätte, dann hätte er ihr die Schlüssel dagelassen. Bisschen Geld. Vielleicht sogar …

Hektisch stieß sie ihre Hand unter den Beifahrersitz. Durchwühlte leere Papiertüten und Limonadenflaschen aus Plastik.

Nichts da.

Summer stürzte sich auf den Rücksitz und schob zuerst einen Müllsack mit Klamotten beiseite, dann einen Rucksack. Warf verirrte Bücher und CD-Hüllen auf den Boden.

Immer noch nichts.

In einem Anfall verzweifelter Eingebung griff sie unter den Fahrersitz und bemerkte gar nicht, dass sie vergessen hatte zu atmen, bis ihre Finger es schließlich fanden.

Da ist es.

Sie atmete aus.

Ohne würde Jack niemals verschwinden.

Summer lehnte den Kopf gegen die Seitenscheibe der Rückbank. In der Tankstelle brannte Licht. Straßenlaternen, fluoreszierend, aber gedämpft von Fliegen und Motten und Mücken, die sich in wütenden Zuckungen darum drängten.

Sie wischte sich den Schlaf aus den Augen.

Summer hatte vom Leben auf einer Farm geträumt. Möhren, Rüben und Kohl anzubauen und über Felder mit Obstbäumen und Gemüse zu wandern. Reihe um Reihe wuchs es aus guter, ehrlicher Erde, die sich zwischen den Zehen ihrer nackten Füße sammelte, nur um sofort wieder auf den Boden zurückzufliegen, um weitere Pflanzen hervorzubringen. Sie hatte von der Scheune geträumt, vom Farmhaus, von den Hühnern und Kühen und sogar von einem Hahn, den sie Gordon nannte. Am Ende war es dann Gordon, der sie weckte. Gordons Krähen, mit dem er ihr und dem Rest der Welt sagte aufzuwachen, um nicht das Ende aller Tage zu verschlafen.

Jack …

Vielleicht war er zum Pinkeln in die Tankstelle gegangen. Vielleicht war er auch rein, um sich mehr von diesen Koffeinpillen zu besorgen, die er oft meinte, vor ihr verstecken zu können.

Vielleicht wäre er nur kurz weg.

Summer zweifelte keine Sekunde daran, dass sich Jack Jordan eines Tages vom Acker machen würde. Weiterhin ging sie davon aus, dass es ziemlich unspektakulär passieren würde. Durchaus möglich, dass sie sich irgendwo am Straßenrand weit weit weg von zu Hause wiederfinden würde. Kalt, allein und irgendwie von der Rolle. Aber sie wusste auch, dass er beim ersten Anzeichen von Problemen angerannt kommen würde. Er würde irgendeine andere kennenlernen, eine, die seinen Scheiß nicht aushalten konnte – sie hielten es nie aus –, und dann würde er kapieren, dass es überhaupt nichts mit Liebe zu tun hatte, was da zwischen ihm und diesem Mädel lief, auch nicht annähernd das war, was er und Summer hatten. Er würde irgendwie um die Ecke kommen und am Ende zu der Erkenntnis gelangen, dass der ganze Bullshit, den er sich eingeredet hatte, überhaupt keinen Wert hatte, denn ohne Summer war er nichts. Überhaupt nichts. Und dann würde er wieder ankommen, mit eingezogenem Schwanz.

Nicht mal Jack Jordan konnte sich davon überzeugen, dass er ohne sie ein Kilo verticken könnte.

Falls sie irgendwas hingekriegt hatte, dann zu beweisen, dass sie allein klarkam. Wenn's hart auf hart kam, konnte sie auf der Straße leben. Eines Abends, vor ungefähr einem Jahr oder so, war sie für ein paar Tage mit einem Typen losgezogen, und einfach nur, um mal zu sehen, ob es ging, hatten sie unter einer Brücke kampiert. Sie hatten sich Feuer gemacht und Hotdogs gegessen und sich an die Ausfahrten gestellt, Schilder in der Hand, auf denen sie um Geld bettelten. Sie hatten in drei Stunden achtundsechzig Bucks gemacht. Das war ein Stundenlohn von fast 23 Dollar, und sie hatten sich nicht mal groß angestrengt. Am dritten Abend wurde es kalt, also gingen sie in seine Wohnung zurück und probierten Teerheroin aus.

Aber sie wusste, Jack hatte überhaupt nicht mitbekommen, dass sie weg gewesen war.

Summer beugte sich zwischen Fahrer- und Beifahrersitz vor. Mehr als einmal kam ihr in den Kopf, rüber in die Tankstelle zu gehen und zu sehen, was er sich wieder eingebrockt hatte, machte aber nicht mal die Tür zum Rücksitz auf. Stattdessen saß sie ruhig da, starrte auf das Armaturenbrett und strengte sich wie irre an, nicht in Gedanken zu versinken, verlor aber gnadenlos, bis sie dort drüben eine Bewegung registrierte und Jack bemerkte, der rückwärts schlurfend den Parkplatz überquerte, seine Hose vorne zusammenraffte. Ein fetter alter Mann verfolgte ihn zu einer Stelle kurz vor den Tanksäulen. Ein Mann mit einem Baseballschläger in den Händen.

Jack riss die Fahrertür auf und rammte den Zündschlüssel ins Schloss, ließ den Wagen an, raste raus auf die Straße. Er warf ihr nicht einmal einen Blick im Rückspiegel zu, fragte nicht einmal, warum sie auf den Rücksitz geklettert war. Er war schweißgebadet, zitterte am ganzen Leib und umklammerte mit beiden Händen das Steuer, um nicht aus der Tür zu kippen. Dieser ganze Aufruhr, und doch waren seine Augen völlig ruhig. So ruhig und fest. Summer betrachtete ihn einen langen Moment, um sicherzugehen, dass mit ihm alles okay war, was sie aber schon bald langweilte, und sie starrte wieder mit leerem Blick aufs Armaturenbrett.

»Mach langsamer, Jack«, sagte sie. »Du darfst hier nicht schneller als fünfzig.«

Er bremste ab, ein wenig. Summer erkannte nichts außerhalb der Lichtkegel der Scheinwerfer, die ihr gelbes Licht in die Nacht warfen.

»Wo sind wir?«

»Texas«, antwortete Jack.

Sie blinzelte. »Wie lange sind wir schon in Texas?«

»Zu lange. Kommt mir zumindest so vor.«

Summer zwängte sich auf den Beifahrersitz. Reckte den Hals, bis sie fast die Windschutzscheibe berührte, drehte den Kopf dann nach oben zum Himmel. Oder was sie davon erkennen konnte.

»Wie lange müssen wir noch fahren, was meinst du?«

»Eine Stunde, höchstens«, antwortete er. »Wir suchen uns ein Motel und verkriechen uns da erst mal. Morgen besorgen wir uns dann was zu essen, und danach sehen wir uns eine Bude an, die ich im Internet gefunden hab.«

Sie seufzte. »Schon wieder 'ne neue Wohnung. Weißt du, unsere letzte hat mir echt gefallen. Die in Columbia.«

»Du meinst das Doppelhaus?«

»Ja, das war voll nett. Waschmaschine, Trockner … Spülmaschine. Wenn ich an all die Buden denke, in denen wir schon gewohnt haben, dann war das Doppelhaus das Beste.«

»Am Ende bist du doch kaum da gewesen.«

Sie atmete kurz ein und hielt die Luft an. »Das heißt aber nicht, dass sie nicht nett war.«

Die Stimmung wurde schlechter, und Summer merkte, dass es ihm leidtat, es erwähnt zu haben. Er wusste, dass sie nur wieder an Scovak denken würde. Seit sie aus South Carolina weg waren, hatte sie oft an ihn gedacht, kaum noch an etwas anderes. Meistens dachte sie daran, wie sie ihn das letzte Mal gesehen hatte, wie seine Augen zu zwei schmalen Schlitzen geworden waren, als sie ihm sagte, sie werde nur für eine Stunde weg sein, sie sei so früh wie irgend möglich wieder zurück. Wie er die Augen zusammengekniffen und behutsam über seinen Bart gestrichen hatte, spitz am Kinn, wie er nichts sagte, als er dann fortschaute und seine Aufmerksamkeit wieder seinem brandneuen Tattoo zuwandte. Das mit ihrem Namen. Als wüsste er, dass sie ihn anlog, als wüsste er, dass sie ihn nie anlügen könnte. Er ließ es zu. Wenn auch aus keinem anderen Grund, als dass er sicher war, sie würde es sich anders überlegen, ließ er sie gehen, und kaum hatte sie den Savannah River überquert …

»Hey, bist du irgendwo da drinnen?« Jack schnipste ein paar Zentimeter vor ihrer Nase mit den Fingern. »Bleib bei mir. Es ist schon spät, und ich sitze jetzt seit, wie lange?, neun Stunden hinter dem Steuer? Ich drehe durch, und du hattest wirklich genug Zeit für dich in deinem kleinen Köpfchen. Komm schon, aufwachen. Sprich mit mir.«

»Er fehlt mir«, sagte sie.

Sie konnte hören, wie er die Augen verdrehte. Er sagte: »Summer … mach nicht …«

»Mach ich nicht, Jack.« Sie drehte sich weg. Ihr Atem kondensierte auf ihrer Seitenscheibe. Sie hob einen Finger, um etwas zu malen, verharrte aber kurz vorher. Sie hatte keinen Schimmer, was sie schreiben oder malen sollte. »Ich sag doch nur, dass ich ihn vermisse.«

Er seufzte. Zum ersten Mal nahm er den Blick von der Straße, hob eine zitternde Hand vom Lenkrad. Summer wusste nicht, ob er sie ausstreckte, um ihr über den Kopf zu streichen oder ihr auf die Schulter zu klopfen oder sie womöglich zu würgen, aber stattdessen griff er in die Brusttasche seines Flanellhemds und kramte ein zerknittertes Päckchen Kippen heraus. Er klopfte eine heraus und bot sie ihr an, aber sie lehnte dankend ab. Auf der Fahrerseite flackerte es mordsmäßig orange, während Jack mit dem Feuerzeug kämpfte, bis er schließlich eine Flamme zuwege brachte. Er zog bedächtig an der Zigarette und atmete genauso wieder aus. Einatmen, ausatmen.

»Weißt du«, sagte sie, »lieber würde ich seinen Namen nicht mehr aussprechen. Also, eigentlich, von jetzt in diesem Augenblick an werde ich seinen Namen nie wieder aussprechen. Hörst du mich?«

»Wär mir mehr als nur recht, wenn's denn nur stimmen würde.«

»Tut es, und du wirst schon sehen.« Sie saß bewegungslos da, solange sie konnte. Sie starrte eine ganze Weile auf die Straße hinaus, wo die Namen von Städten auf Schildern am Straßenrand auftauchten. Namen wie San Augustine und Macune. Chireno und Etoile. Städte, die eigentlich nur Tankstellen an Kreuzungen von Highways sein konnten, geöffnet oder geschlossen, meistens jedoch geschlossen, und Plakatwände, die schon vor langer Zeit hätten überpinselt werden sollen. Wachende Kiefern reckten sich tief in die Nacht wie gekrümmte Finger, sperrten Mond und Sterne aus, ließen kein Licht durch und auch keines hinaus. Das alles betrachtete Summer und wünschte sich, es gäbe mehr, aber da war nichts, also sprach sie.

»Aber eine Sache hat der Mann, dessen Namen ich nicht sagen werde, immer zu mir gesagt, nämlich dass es keinen Sinn hat, traurig zu sein, wenn es doch auf diesem Planeten so viele andere Dinge gibt, die man sein kann.«

»Der Typ war ja richtig poetisch.«

»Für jemanden wie dich mag sich das einfältig anhören«, sagte sie, »aber wenn man mal richtig analysiert, dann ist es eigentlich sehr klug.«

»Davon bin ich überzeugt.«

»Ich weiß, dass du ihn nie mochtest«, grummelte sie, »aber du kanntest ihn ja gar nicht richtig. Nicht so wie ich. Er hat gesagt, ich wäre der einzige Mensch, dem er je begegnet ist, der keine Angst vor ihm hatte.«

»Ich hatte keine Angst vor ihm.«

»Deine Stimme klingt aber ganz anders.«

»Ich sag's dir, ich hatte keine Angst vor dem.« Draußen vor Jacks Fenster raste die Welt in einem verschwommenen Flecken aus Sternenlicht und Straßenlaternen vorbei. »Ich hab ja teilweise nur so getan, als würde der mich einschüchtern.«

»Das hast du echt super hinbekommen.« Ihre Stimme klang wie mit Lametta behangen. »Vor allem dann, wenn er vorne reingekommen ist und du dich hinten rausgeschlichen hast.«

»Jede Wette, die Hälfte von dem, was man sich über ihn erzählt hat, war gelogen.«

»Wie viel?«

»Wie viel was?«

»Wie viel würdest du wetten?«

Jack leckte sich über den Mund. »Ich würde das ganze Kilo unter dem Sitz hier drauf wetten, dass er nie wegen Mord gesessen hat. Ich würde wetten, das hat er sich alles nur ausgedacht, damit die Leute ihn ernst nehmen. Dieses eine Tattoo, das er da über dem Ellbogen hatte … Du erinnerst dich?«

»Ich erinnere mich bei ihm an jeden einzelnen Zentimeter.«

»Er hat gesagt, das bekommt einer in den Aryan Nations, wenn er irgendwen für die Sache umgelegt hat. Und mit *irgendwen* meinen die …«

»Ich weiß, was die meinen.«

»Ich muss dir sagen, ich hab's gegoogelt, und das war kein Aryan-Tattoo«, sagte Jack. »Das ist nur irgendein Scheiß, den er und ein paar besoffene Proleten sich mit einer Sicherheitsnadel und Tusche in den Arm geritzt haben, und jetzt versucht er's so hinzustellen, als wär er ein knallharter Typ, und ihr Kids habt das begierig aufgeschlabbert. Manchmal sind Leute so voller Scheiße ...«

Sie verschränkte die Arme. »Er hat nicht besonders viele Leute nah an sich rangelassen, nicht so nah wie mich. Deshalb haben auch eine Menge Leute ... Hey, Jack, würdest du bitte mal langsamer fahren?«

»Würdest du mir bitte nicht vorschreiben, wie ich zu fahren habe?«

Sie sagte: »Unter deinem Sitz liegt ein Kilo Koks, und du fährst 30 über der erlaubten Höchstgeschwindigkeit.«

Jack fuhr langsamer. Er schob sich nervös die schweißnassen Haare aus dem Gesicht. Summer bemerkte erst jetzt, dass er seinen Gürtel und den Hosenstall nicht geschlossen hatte. Sie musterte ihn mit zusammengekniffenen Augen.

»Du hast vorhin wieder einen deiner Anfälle gekriegt, stimmt's?«, fragte sie. »Auf dem Klo von der Tankstelle?«

»Summer, bitte ...«

»Du tust so, als ging's dir am Arsch vorbei, als wär ich hier diejenige, die immer wegen allem austickt. Das Rausschleichen mitten in der Nacht, die ständig neuen Namen und die Lügen und die dauernden Blicke über die Schulter, das alles perlt von dir ab wie das Wasser von einer Ente, aber diese Anfälle, die du kriegst, die sprechen eine andere Sprache.«

»Wenn alles egal ist«, sagte er mit krächzender Stimme, »dann würde ich lieber gern über was anderes nachdenken. Über egal was, um ehrlich zu sein.«

Summer nickte. »Schön. Nicht drüber zu reden, macht's auch nicht besser, aber ganz wie du willst.«

»Du bist nicht die Einzige, die jemanden verloren hat«, brummte Jack.

»Oh-ho!« Jetzt verdrehte Summer die Augen. »Jede Wette, du könntest dich nicht mal an ihren Namen erinnern, wenn du dich anstrengst.«

»Sie hieß Michelle, und sie fehlt mir wie nur was. Wir hatten was ganz Besonderes, und ich fürchte, ich hab ihr vielleicht das Herz gebrochen. Man weiß ja nie, was so was mit einem Menschen anstellen kann.«

»Sie ist noch jung, sie wird drüber wegkommen.« Summer drehte Däumchen. Vor der Windschutzscheibe verfärbte sich der Himmel prächtig violett. Und die Sonne ging auf. »Außerdem«, sagte sie, »wenn ihr zwei so was Besonderes laufen hattet, wärst du doch nicht mit ihrem Studentenkredit verduftet, oder?«

Jack nahm den letzten Zug von seiner Kippe und schnipste sie dann durchs Fenster hinaus. Er kurbelte es nicht wieder hoch, sondern ließ stattdessen den Wind durch die Öffnung hereintoben.

»Summer«, sagte er, als er schließlich wieder sprach, »die ganze Scheiße liegt jetzt im Rückspiegel, und da sollte sie auch bleiben. Vor uns liegt eine einmalige Chance. Wir können beide noch mal ganz von vorne anfangen, ein sauberer Neustart. Wie viele Leute kriegen so eine Chance? Ich schlage vor, wenn wir nach Lufkin kommen, dann lassen wir all unsere Probleme und Sorgen auf der anderen Seite der Grenze zurück, lassen die harten Zeiten einfach hinter uns. Denn von nun an herrscht nur noch eitel Sonnenschein.«

»Glaubst du?«, fragte Summer flüsternd.

»Ich weiß es.«

Jack lehnte sich zurück und schob einen Arm um ihre Schultern.

Sie schmiegte sich an ihn, fühlte sich plötzlich warm und geborgen. Aber an der Tür lauerte auch eine Kälte. Eine, die niemand, nicht mal Jack Jordan, abwenden konnte. Also saß sie still da und inhalierte seine Gerüche: die Zigarette, seinen Schweiß, den frischen Gestank von Panik. Sie passte sich, so gut es ging, an den Rhythmus seines unregelmäßigen Atems an. Auch wenn sie es nicht laut aussprechen konnte, wenn sie es nicht über ihre Lippen kommen ließ, würde sie es doch im Kopf wieder und immer wieder wiederholen.

Würde es da drinnen so laut sagen, dass sie manchmal gar nichts anderes mehr hören konnte.

Nur seinen Namen.

Wieder und wieder.

Scovak.

Scovak.

Scovak …

3

Summer glaubte ihm nicht, aber Jack war überzeugt, dass es klare und verbürgte Regeln fürs Untertauchen gab.

Sich niemals mit jemandem aus der Vergangenheit in Verbindung setzen. Schlafende Hunde soll man nicht wecken.

Wenn man die Staatsgrenze überquert hat, bleibt man schön auf der anderen Seite.

Gib niemandem einen Grund, deine Geschichte infrage zu stellen. Das bedeutete, nach Möglichkeit keine wilden Geschichten zu erzählen. Keine unnötigen Einzelheiten und nichts, das sich lohnen würde nachzuforschen.

Und so oft wie nur möglich bar bezahlen.

Das momentane politische Klima war nicht gut für Leute, die zwielichtige Sachen mit Kreditkarten und Identitäten abzogen, also hielt man sich am besten bedeckt. Es hatte keinen Sinn, sich für einen schicken Apartmentkomplex in der Stadt zu bewerben und sich anschließend Leumundsprüfungen, Kreditauskünften und den gewissenhaften Blicken eines Geldverleihers auszusetzen.

Nein, besser man fand auf *Craigslist* ein Landei, das einen Trailer vermietete.

Sie trafen sich am Fußende einer völlig zugewucherten und mit Kiefern bestandenen Sackgasse. Die Frau hieß Debbie Delco, und sie liebte Jesus. Zumindest sagte sie das. Sie musterte ihn und Summer skeptisch, dann verzog sie das Gesicht, als hätte sie gerade auf eine Zitrone gebissen. Sie rümpfte die Nase und meinte zu Jack: »Sie sollten wissen, dass wir hier von wilden Ehen nicht sonderlich viel halten. Ich fürchte, das bringt einfach nichts. Kann ja sein, dass die Leute in Dallas und dem Rest des Landes liberaler geworden sind, aber hier bei uns in Lufkin achten wir immer noch darauf, was gut und richtig ist und schwarz auf weiß auf den Seiten der King James geschrieben steht.«

»Genau wie wir«, erwiderte Jack ungerührt. »Sind selbst Presbyterianer. Schon seit sechs Generationen. Das hier ist meine Schwester Summer, und Mom hat es für das Beste gehalten, wenn wir beide zusammenleben, damit wir einerseits so viel Geld wie nur möglich sparen und andererseits gegenseitig auf uns aufpassen können.«

Jack zwinkerte, deutete dann mit dem Daumen über die Schulter auf Summer. Sie hüpfte auf und ab und breitete die Arme aus, dann rannte sie auf der Straße herum wie in einem abgedrehten Commercial für kalifornische Rosinen. Sie schlurfte zum Trailer und fiel vor der Holzpalette, die quasi als Veranda diente, auf die Knie. Sie umarmte den Boden, auf dem sie kniete, und gab glückliche kleine Laute von sich … *quiecks … quiecks … quiecks.*

Jack sagte: »Sie braucht … *besondere* Aufmerksamkeit, wenn Sie verstehen, was ich meine.«

Summer brach vor einem Löwenzahn zusammen. Sie schützte die Blume mit den Händen vor der Nachmittagssonne.

»Gott schütze die Kleine«, sagte Debbie Delco.

»Mein Name ist Jack Jordan.«

Debbie Delco ergriff seine angebotene Hand und wischte ihre anschließend an ihrer Hose ab, während sie ihn mit ihrem besten Sonntagslächeln anstrahlte.

»Und er soll auch Sie schützen, wo Sie sich so gut um Ihre Familie kümmern.«

»Na jaaa …« war alles, was er dazu sagte. Er zog den Kopf ein, als reagierte er womöglich allergisch auf ein freundliches Wort. »Was halten Sie davon, wenn wir uns jetzt mal über den Trailer unterhalten?«

»Es ist ein Light House«, sagte sie und gestikulierte über die Vorderseite des Dings. »Mein Daddy hat ihn vierundfünfzig neu gekauft und behalten, bis er zweiundvierzig Jahre später starb. Seitdem haben meine Momma und ich ihn an Leute vermietet, die pünktlich zahlen können, solange es keine Mexikaner waren. Ich bin hier erst irgendwann in den Achtzigern weggezogen. Ich muss Ihnen das sagen, denn wegen der Lage bin ich es gewohnt, Leute kennenzulernen, die sich an herausfordernden Punkten ihres Lebens befinden.« Sie beugte sich dicht zu ihm, um flüsternd hinzuzufügen: »Normalerweise verlassen sie dieses Light House auf eine von zwei Arten. Entweder schließen sie sich der Kirche ihrer Wahl an, oder sie machen sich eines schönen Tages aus dem Staub.«

Jack nickte ernst. Er wollte schon etwas sagen, wurde aber von einem vorbeifahrenden Zug übertönt; die Gleise waren so nahe, dass die Fensterscheiben vibrierten.

»Der Trailer ist aber nicht ganz so, wie's im Internet ausgesehen hat«, meinte Jack.

»Nichts ist in Wirklichkeit so, wie's im Internet aussieht«, erwiderte sie. »Sie erwarten doch wohl nicht von mir, dass ausgerechnet ich diese Tatsache ändere, oder?«

»Ich sag ja nur«, sagte Jack. Falls diesem Gedanken noch etwas hinzuzufügen war, behielt er es zumindest für sich.

»Ich will die Miete für den laufenden und den nächsten Monat im Voraus«, sagte sie. »Und die Kaution. Bar.«

»Kein Problem«, antwortete er. Aber das sagte er zu dem zwei Meter hohen Gestrüpp auf der hinteren Hälfte des Trailers, der Hälfte, die zu einem Kackbraun verrostet war.

»Und für die Instandhaltung sind Sie auch zuständig«, sagte sie. »So steht's in der Anzeige. Haben Sie ja bestimmt gesehen.«

Er nickte und schluckte. Die Rädchen in seinem Kopf rasten.

»Alles gut«, sagte er, »solange die Klimaanlage funktioniert.«

»Die funktioniert.« Sie stand reglos da wie eine Statue. »Können Sie im Haus auch mal was selbst machen?«

»Hab zwei linke Hände.«

»Wenn das so ist, kann's sein, dass sie nicht immer funktioniert«, sagte sie. »Ist das ein Problem?«

»Nicht, wenn Sie bereit sind, ein paar Hundert mit der Miete runterzugehen.«

»Auf keinen Fall.«

Jack seufzte. »Schätze, dann ist es wohl kein Problem.«

»Wollen wir mal einen Blick hineinwerfen?«, fragte sie und ging voraus.

Summer erwartete sie an der Tür, hüpfte wie ein verliebtes kleines Mädchen auf der Holzpalette auf und ab. Als Jack zu ihr trat, ergriff sie seine Hand und drückte sie auf ihr Herz. Debbie machte ein finsteres Gesicht, und Jack zuckte unter ihrem bösen Blick zusammen.

»Sie ist meine Halbschwester«, erklärte Jack. »Verschiedene Daddys. Keine Ahnung, was hier bei euch legal ist und was nicht, aber ich weiß, was in der Bibel steht, und allein daran halte ich mich.«

Debbie Delco nickte, aber das hatte nichts zu bedeuten. Sie öffnete die Tür und folgte den beiden in den Trailer.

»Das Ding hier ist mit all den Sachen möbliert, die Leute über die Jahre zurückgelassen haben«, erklärte sie ihnen. »Das kleine Sofa da drüben stammt von einem Schreiner, der Arbeit suchte. Von einem Reiseprediger, der versucht hat, hier eine Kirche der Pfingstbewegung zu gründen, und damit vor die Wand gefahren ist, stammt der Küchentisch und eine Handvoll wild zusammengewürfeltes Besteck. Das Bett unten hat ein gescheiterter Schriftsteller vergessen. Das ganze Ding ist ein Mosaik ausrangierter und abgetragener Sachen.«

Jack fuhr mit dem Finger über einen wackligen Metallbücherschrank und wischte den Finger dann sofort am Rücken eines ramponierten Kunstledersessels ab.

»Es gibt eine obere und eine untere Etage«, sagte Debbie, mehr zum Wohnzimmer als zu Jack und Summer, »aber passen Sie auf Ihren Kopf auf. Die untere Etage ist ein bisschen niedrig.«

Diese Bemerkung hätte sie sich schenken können. Jack, so klein wie er war, konnte aufrecht stehen und musste den Kopf nicht einziehen, als er das beengte Wohnzimmer und die winzige Küche durchquerte, um die Treppe hinaufzusteigen, zuerst zum vorderen und dann zum hinteren Schlafzimmer. Er blieb betont lange bei dem lockeren Brett der untersten Stufe stehen und deutete auf die verschimmelte Fliese in der Ecke des Badezimmers. Das vergammelte Linoleum vor der Wanne. Er hatte nicht übel Lust, der guten Miss Debbie Delco zu sagen, er sehe sich lieber in der Stadt um, aber Summer gestikulierte auf die Wände und Böden des winzigen Trailers.

»Hier will ich schlafen«, sagte sie und zeigte auf das hintere Schlafzimmer. »Und unten kannst du in deinem Sessel schmollen, während du deinen Bourbon trinkst und deine Kraftausdrücke übst.«

Debbie Delco hob eine Augenbraue und kniff die Augen zusammen. Lautlos rezitierte sie die Heilige Schrift, während Jack Summer in scharfem Ton etwas zuraunte. Danach wandte er sich lächelnd wieder Debbie zu und war bereit, Scheiße zu fressen.

»Wir sind begeistert«, sagte er. »Wann können wir einziehen?«

• • •

Kaum war Debbie Delco von der staubigen Fläche vor dem Trailer verschwunden, da machte sich Jack auch schon an die Arbeit. Er holte die Bibel unter dem Fahrersitz hervor und ließ sich damit im Schneidersitz auf dem Boden des schmuddeligen Wohnzimmers nieder.

Er starrte immer noch darauf, als Summer bei ihrem dritten Gang zu und von dem Auto hereinkam, Kleidung, Bücher und anderen Kram in den Armen.

»Willst du da sitzen bleiben und es anstarren, als wär's irgendwie heilig, oder kommst du auch mal in die Puschen?«

Jack riss sich zusammen. Mit zitternden Händen schlug er das Buch auf. Er schlug die dünnen Seiten um, zuerst eine nach der anderen, dann Dutzende, und schließlich große Abschnitte, überflog Verse, Kapitel, ganze Evangelien, bis er ungefähr beim Buch der Richter angekommen war, wo mit einem Mal die Seiten ausgeschnitten und die Mittelteile der Blätter entfernt worden waren, das Buch ausgehöhlt und durch ein Kilo Kokain in Schrumpffolie und Papiertüte ersetzt worden war.

Jack packte es aus, als wär es das letzte Weihnachtsgeschenk, das er je bekommen würde. Als wäre er sich bewusst, dass die Zeit vorher und die Zeit nachher auf immer in Bezug auf diese Augenblicke definiert sein würden, in denen er sich gerade befand.

Hinter ihm ließ Summer zwei Müllsäcke voller Klamotten auf den Boden fallen.

»Es sieht immer kleiner aus, als ich es in Erinnerung hab«, sagte sie. »Ein Kilo.«

Sie sprach das Wort wieder und wieder aus. Und jedes Mal kam es ihr fremder vor als zuvor.

»Kilo. Kilo. Kilo.«

Jack zog ein Taschenmesser aus seinem Stiefel und schnitt die Schrumpffolie weg. Er atmete kurz ein, hielt die Luft an, zerteilte dann das Kilo in zwei Hälften, oder doch zumindest so gut es eben ging. Eine ganze Menge krümelte auf die Plastikfolie darunter.

»Das Zeug ist total komprimiert«, sagte Jack. »Ich werde einen Presslufthammer benötigen, um das Mistding zu zerkleinern.«

Summer lag mit gespreizten Gliedern auf dem Linoleumboden der Küche, keinen halben Meter entfernt. Sie schlug die Arme an ihre Seiten und öffnete sie wieder, machte kleine Schneeengel in den Staub und Dreck.

»Wie willst du es durchziehen?«, fragte sie.

Jack war viel zu sehr mit den Rätseln in seiner Hand beschäftigt, um sie zu hören oder, falls doch, ihr zu antworten. Er rechnete im Kopf. Dort verkaufte und kaufte er ganze Weltreiche.

»Hast du mich gehört?«, fragte Summer. »Ich hab gefragt, wie du es durchziehen willst.«

»Wie meinst du das?«

»Du und ich.« Sie saß reglos da und zählte die Deckenpaneele. *Eins … drei … sieben.* »Wie willst du es hier, du weißt schon, in der Stadt machen?«

»Ich komm nicht mit …« Er strich mit der Klinge des Taschenmessers über den schartigen Rand des halbierten Kilos. Ein Bröckchen flog in eine Ecke, gegen die Stufe mit dem lockeren Brett. »Was meinst du mit ›wie ich es durchziehen will‹?«

»Ich meine, wir haben schon alles Mögliche gemacht. Bruder und Schwester. Unten in South Carolina haben wir gesagt, wir wären uns als Fremde begegnet. Wir können es total unterschiedlich durchziehen, also, was hast du dir überlegt, wie wir es hier in Lufkin machen?«

»Wir haben der Vermieterin doch schon gesagt, dass wir Bruder und Schwester sind.«

»Ja, aber ich mach jede Wette, wir werden diese Vermieterin im Leben nicht mehr wiedersehen, solange wir pünktlich zahlen.«

»Gutmenschen haben so eine Art, immer mal wieder unerwartet aufzukreuzen.« Jack wischte sich den Schweiß von seinen Händen, dann machte er sich wieder daran, das Kilo weiter mit dem Taschenmesser zu bearbeiten. »Lass dich von Leuten wie dieser alten Vermieterin nicht täuschen.«

Summer stieß ein verächtliches Lachen aus. »Außerdem, wenn du mal einen Blick auf unsere Ausweise wirfst, siehst du, dass wir aus unterschiedlichen Orten kommen. In deinem steht Amarillo, und in meinem steht …« – sie kramte ihn aus der Gesäßtasche ihrer Cordhose und sah ihn an – »... Duncanville, Texas. Ich weiß nicht mal, wo das überhaupt ist.«

»Ich hab's im Atlas nachgesehen. Es liegt südlich von Dallas.« Er sah sich im Zimmer um. »Hey, ich glaube, ich sollte besser Gummihandschuhe tragen.«

Summer kroch auf allen vieren zu ihrem Rucksack und kramte darin herum, bis sie eine kleine Dose fand, die sie Jack über den Boden zuschob. Darin befand sich alles, was er brauchte: eine digitale Waage, kleine Beutel, größere Beutel. Gummihandschuhe. Ein Paar davon schlug er auf sein Handgelenk, wodurch sich eine Wolke Talkumpuder erhob.

Sie setzte sich auf und schaute ihm einen Moment lang zu, bevor sie sagte: »Es ist nur ... Ich dachte, diesmal würden wir's ein bisschen anders durchziehen. Vielleicht könnten wir es dieses Mal, nur dieses eine Mal, so durchziehen, als wär ich deine Freundin.«

»Das können wir nicht, Summer.« Er sah nicht mal von der Waage auf.

»Hör mir doch einfach mal zu, Jack.« Sie erhob sich auf die Knie und legte die Hände auf ihre Oberschenkel. »Wir haben's schon auf alle möglichen Art gemacht, alles Mögliche, nur nicht das eine. Wir sollten es mal probieren. Du weißt schon, nur ein Mal.«

»Das ist keine gute Idee«, sagte er.

»Bitte ... Wir müssen ja nicht miteinander vögeln. Du musst nicht mal in mich verliebt sein. Du kannst es sogar hinter meinem Rücken treiben. Hörst du mich, Jack? Du darfst mich sogar betrügen.«

Jack hörte mit dem auf, was er gerade machte. Sein Blick pendelte zwischen den größeren Beuteln und den kleineren. »Meinst du, ich krieg da 'ne Unze rein?«

»Mach nicht so große Portionen«, sagte sie. »Mach lieber Eightballs.«

»Hör auf damit«, sagte Jack. »Ich renn doch nicht durch die

Stadt und verticke Eightballs. Ein Kilo hat ja fast dreihundert Eightballs. Wir würden doch ein Jahr brauchen, so viele Eightballs zu verticken.«

»Zweihundertfünfundachtzig« sagte Summer. »Das heißt, sofern du es nicht ein bisschen streckst. Ich schlage vor, wir strecken das Zeug ein bisschen und machen vierhundert draus. Ich hab die Vitaminpillen in der Shampooflasche.«

»Wir werden niemals vierhundert Eightballs verticken können, Summer. Das schreit ja geradezu nach Ärger.«

»Was nach Ärger schreit, kann ich dir sagen. Mit Unzen Koks in der Tasche herumlaufen, das schreit nach Ärger«, sagte Summer. »Komm schon, Jack. Das weißt du doch selbst. Wir sind Fremde in dieser Stadt. Wenn wir rumlaufen und Leute fragen, ob sie eine Unze kaufen wollen, signalisieren wir für die doch sofort Ärger. Nein, man fängt klein an. Grammportionen, Eightballs … Man muss Geduld haben. Dann dauert's nicht lange, bis irgendwer sagt: ›Hey, ich wünschte, ich hätte jetzt 'ne Unze‹ oder ›Mann, ich hab zufällig gerade fünfhundert Mäuse und absolut keinen Schimmer, was ich damit anfangen soll.‹«

»Ich würde gern mal sehen, was passiert, wenn wir es diesmal ein bisschen anders angehen«, sagte er. Trotzdem griff er nach den kleineren Beuteln. »Vielleicht gewinnen wir ja mal eine andere Kundschaft als normalerweise.«

»Apropos anders …« Sie brachte ihre Beine nach vorn und setzte sich in den Schneidersitz, machte ihn unbewusst nach. »Vielleicht könnten wir ja diese andere Kundschaft gewinnen, wenn wir als Pärchen auftreten. Denk mal drüber nach, wir könnten Abende für Pärchen veranstalten und Gesellschaftsspiele spielen oder solche Sachen. Könnte doch ganz nett sein.«

»Vergiss es, Summer«, knurrte Jack. »Wir haben auch so schon genug am Hals, da können wir auf eine Beziehung gut verzichten. Das bringt nur …«

»Ich mein ja auch keine echte Beziehung, Jackie«, sagte sie. »Wir tun ja nur so als ob. Wir geben uns den Anschein. Wie wir's immer machen, nur diesmal eben ein bisschen anders. Anders, weil ich diesmal echt keinen Bock hab, mit irgendwem zu gehen, du weißt ja, wie's läuft. Diese dreckigen Hippietypen bilden sich immer gleich ein, sie hätten einen besonderen Draht zu mir, nur weil sie mit mir abhängen dürfen, und weil ich ja so ein Freigeist bin, bla, bla, bla, und der logische nächste Schritt ist, dass sie meinen, sie müssten mich mit ihrem kleinen Pillermann beglücken, und eh du dichs versiehst, wollen sie mir vorschreiben, wohin ich gehen kann und mit wem ich nicht reden darf. Nein, Jack … dazu bin ich im Moment nicht in der Lage. Nicht so bald. Nicht nach …«

»Ich dachte, du wolltest seinen Namen nicht mehr aussprechen.«

»Aber, Jackie, es tut weh …« Sie verschränkte die Arme vor ihrer Brust.

»Es tut nur weh, weil du es zulässt.« Er hielt ihr den Zeigefinger unter die Nase, als wär er so was wie ihr Daddy oder noch besser, ihr Stiefdaddy. »Also, lass es einfach.«

Summers Unterlippe bebte.

»Du hast nur den Blues, das ist alles«, sagte Jack. »Kopf hoch. Und ich weiß, was dich aufmuntern wird.«

Er kratzte mit dem Messer an der Ecke des größeren Blocks, bis sich ein winziges Häufchen auf der Spitze der Klinge gesammelt hatte.

»Du hast gesagt, diesmal lassen wir die Finger davon, machen so was nicht mehr«, sagte Summer, reckte die Schultern und strich sich die Haare hinter die Ohren. »Du hast gesagt, diesmal verlieren wir nicht den Kopf.«

»Zur Feier des Tages«, sagte er.

»Was feiern wir denn?«

Jack hielt das Messer vor sich, bot es ihr zuerst an. »Wir wollten nicht aus South Carolina weg.«

Er sah sie fest an, bis sie schließlich fortschaute. Den Blick senkte, verdammt, als wär sie ein Hund, der dabei erwischt worden war, wie er auf den Teppich oder aufs Bett pinkelte.

Jack sagte: »Aber wir sind weg, Summer. Und jetzt sind wir hier, fangen noch mal von vorne an, und ich glaube, das ist schon eine kleine Feier wert. Etwas, um dich aufzumuntern, und damit wir einen guten Start hinlegen.«

Summer hielt das Kokain vor ein Nasenloch, dann hielt sie das andere zu und saugte es durch die kaputte Nasenscheidewand hoch. Um ihr nicht in die Augen sehen zu müssen, schabte Jack sich mit dem Messer auch eine Ladung ab – nur ein bisschen, ein klitzekleines bisschen –, und vielleicht beschäftigte er sich ein bisschen zu lange damit, denn Summer schlug seine Hand fort und zog das Kilo mehr auf ihre Seite des Raums. Geschichte war die niedergeschlagene Summer, weg die trottelige Maus. Summer war jetzt ganz Geschäftsfrau. Summer hatte einiges zu verlieren. Jack strich mit dem Finger über sein Zahnfleisch und schaute zu, wie Summer, die eine ruhigere Hand und ein besseres Auge hatte, Reste von der Plastikfolie, aus der Papiertüte, vom Boden sammelte und es dann in kleinen Portionen auf die digitale Waage fallen ließ. Drei Komma zwei Gramm. Drei Komma vier. Bingo. Sie war gut. Sie war schon immer gut gewesen. Er sah zu, wie sie zwei Eightballs abwog. Drei Eightballs. Fünf. Schaute zu, wie sie zum Ende kam, den Rest in eine größere Tüte wischte, in die Tüte, in der auch die beiden Hälften des Blocks lagen, beide schon etwas kleiner geschnitzt, aber immer noch Everests. Grand Canyons. Chinesische Mauern. Dann packte sie alles wieder in die ausgehöhlte Bibel, wo der Block versteckt gewesen war. Sie erledigte das alles so gründlich und präzise, dass es ihm auf die Eier ging. Mit »es« war das Kilo Koks gemeint, in all seinen Einzelteilen, die Bibel in der Papiertüte, verstaut unter der lockeren Bodendiele am Fußende der Treppe, diejenige, die er gelöst und sich dabei fast den verdammten Finger abgetrennt hatte, und er begriff, was für ein Idiot er doch war, was für ein blöder, dummer Idiot, weil er diese negativen Gefühle gegenüber etwas so Unschuldigem wie einem Kilo Koks hatte, und er wünschte sich, er könnte stattdessen Summer mit einem Hammer den Schädel einschlagen.

»Sei vorsichtig, wie viel du davon nimmst«, mahnte Summer. »Du weißt ja, was dann mit dir passiert.«

Jack fixierte sie mit zusammengekniffenen Augen. »Du tust ja gerade so, als würden wir zum allerersten Mal Koks verticken.«

»Ich rede mit dir, als wär's das erste Mal, dass wir ein Kilo verticken.«

Summer packte das Portionierbesteck und die Shampooflasche mit B12 zu der Bibel voller Kokain in das Loch am Fußende der Treppe. Sie legte die Diele darüber, dann lehnte sie sich zurück, um ihr Werk zu begutachten. Ein Augenblick verstrich, und bald merkte Jack, dass sie nicht lachte, sondern schluchzte.

»Summer, lange kannst du aber nicht mehr so weitermachen«, sagte er. »Kein Mensch will eine Geschichte über ein Mädel hören, das sich wegen einem Kerl ausheult, den es nicht mehr haben kann.«

»Ich weiß.« Sie wischte sich mit dem nackten Unterarm über die Nase. »Es ist nur … Es ist nur … Na ja, ich weiß nicht mehr, wer ich eigentlich bin.«

Jack hörte sie atmen. Ein leises Pfeifen beim Einatmen, ein raues Keuchen beim Ausatmen. Er kroch einen halben Meter von der Treppe weg, in die winzige Küche, wobei er mit der Schulter gegen die eine Wand stieß und mit dem Knie gegen die andere. Ihr Kinn war seltsam kalt, als er es zwischen Daumen und Zeigefinger nahm und ihr Gesicht drehte, damit sie ihn anschaute. Ihre blassblauen Augen sahen durch ihn hindurch und auf der anderen Seite hinaus.

»Ich weiß, wer du bist, Summer. Spielt das keine Rolle?«

»Oh doch, das tut es, Jack. Du hast ja keine Ahnung.«

»Gut.« Er stand auf. Wie ein Herr ragte er über ihr auf.

»Jackie?«

»Ja?«

»Kannst du's mir sagen?«

»Was soll ich dir sagen?«

Summer machte winzig kleine Atemzüge.

»Kannst du mir sagen … wer ich bin?«

Jack atmete lang und tief aus. Sie saß vor ihm, wie eine Aussätzige, und er beugte sich vor, um mit einer Hand ihren Kopf zu tätscheln, während er mit der anderen die beiden Beutel mit Eightballs von ihrer Handfläche klaubte. Er ließ sie vor ihren Augen baumeln, als wär's Weihnachtsbaumschmuck.

Jack sagte: »Du bist diejenige, die mir helfen wird, dieses Kilo Koks an einen Haufen Collegekids zu verticken.«

4

Jack Jordan sagte im einen Moment solche Dinge zu ihr wie: *Da steckt Wissenschaft hinter*, und im nächsten sagte er: *Komm schon, Summer, das ist doch keine Gehirnchirurgie.* Bevor sie in eine neue Stadt kamen, setzte er sich mit ihr zusammen und analysierte jeden einzelnen Schritt, den sie unternommen hatten, als wäre er der Einzige, der so was je gemacht hätte. Er redete dann von den Daten, die er gesammelt hatte, oder er versuchte, einen Zusammenhang herzustellen zwischen der Höhe ihrer Einnahmen und der Menge Ärger, den sie verursacht hatten. Aber ehrlich gesagt, standen sie beide in dem gleichen schwankenden Boot. Sie handelten beide aus dem Bauch heraus.

Summer wusste es besser: Das alles hatte gottverdammt gar nichts mit Wissenschaft zu tun.

Falls es in dieser Branche überhaupt so etwas wie ein Erfolgsrezept gab, dann lief es Summers Meinung nach auf so etwas hinaus wie *Sei ein guter Mensch* oder *Sei dir immer selber treu*, aber sogar sie durchschaute diesen Bockmist. Kein Mensch war irgendwas oder irgendwem treu, am allerwenigsten sich selbst.

Jack, Gott segne ihn, hatte nicht denselben Kopf dafür wie sie. Oh, er hatte ein hübsches Gesicht und machte sich super in einem Nachtclub oder in einem Seminarraum am College oder an irgendeinem vornehmeren Ort. Er hatte einen Kopf für Zahlen und trickreiche Machenschaften wie zum Beispiel *Marketing* oder *Branding*, aber steck ihn in einen Raum mit mehr als zwei Leuten und einem Haufen Drogen, und schon war er aufgeschmissen. Allein. Er bekam Schweißausbrüche oder fing an, wie verrückt herumzuzappeln. Er machte dicht, und mit einem Mal wurde er von Haien umkreist. Und im Nu war er fette Beute. Unter anderem aus diesem Grund bestand Jack darauf, dass er im Trailer blieb, während Summer loszog, um ihren Geschäften nachzugehen.

»Ich glaube kaum, dass deine Freunde sehr viel Wert auf meine Anwesenheit legen«, sagte er, als er sich aufs Sofa fallen ließ, nachdem sie ins Wohnzimmer zurückgekehrt waren. Er griff darunter und holte ein kleines Tablett mit Stängeln und Samen hervor, wobei seine Hand vielleicht ein wenig zitterte. »Wenn's dir egal ist, warte ich lieber hier, während du unterwegs bist und ihnen diese Eightballs vertickst.«

»Ist doch erst eine Woche«, sagte Summer. »Die kennen dich doch kaum.«

»Also werden sie mich auch nicht vermissen, wenn ich zu Hause bleibe und mir was reinziehe.«

Summer verdrehte die Augen. »Ich bin nicht blöd, Jackie. Du hast überhaupt nicht vor, zu Hause zu bleiben. Ich mach jede Wette, ich bin noch nicht ganz die Straße runter, da hast du dich schon angezogen und bist auf dem Weg zu diesem Enchilada-Schuppen, um diese Kellnerin anzubaggern. Seit wir nach Lufkin gekommen sind, haben wir jeden Abend da gegessen, und ich weiß doch, dass du gar nicht auf mexikanisches Essen stehst. Du bist hierher zurück, weil du sie wiedersehen wolltest. Gib's doch zu.«

»Ich bin zurück, damit sie nicht checken, dass wir den Stoff dabeihaben«, sagte Jack. »Du weißt doch, jeder will ein Koksdealer sein, aber Koks verkaufen will keiner.«

Summer stolperte beinahe über ihre eigenen Füße angesichts von Jacks Klugheit.

»So ziemlich das Letzte, was wir benötigen«, fuhr er fort, »ist doch, dass das Telefon rund um die Uhr klingelt, weil irgend so ein Redneck es nicht auf die Kette gekriegt hat, seinen Abend vernünftig zu planen.«

»Aber so laufen leider die Geschäfte.«

»Aber wir müssen doch dabei nicht mitmachen.« Jack machte sich ein Pfeifchen und hielt ein Feuerzeug daran. »Jedes Mal, wenn einer was kaufen will, sage ich, dass wir das Zeug zuerst von unserer Connection holen müssen. Wir warten eine Stunde, dann sind wir mit der Scheiße zurück.«

»Ich dachte, du wolltest es nicht auf die harte Tour machen?«

»Ich will nicht, dass sich jemand die Birne volldröhnt, mutig wird und beschließt, hier aufzukreuzen und zu versuchen, uns den Stoff abzunehmen.« Jack nahm einen Zug und reichte ihr die Pfeife weiter. Summer winkte dankend ab. »Mit ein bisschen Glück müssen wir nicht mehr lange wegen Eightballs und ein paar Gramm durch die Stadt fahren. Hoffentlich haben wir das Kilo bald vertickt und können mit was Nachhaltigerem weitermachen.«

Summer gab sich die größte Mühe, ihn zu überreden, sie zu begleiten, aber es brachte nichts. Wenn er erst mal auf Chips und Käse Bock bekommen hatte, konnte ihn nichts mehr davon abbringen. Als diese Kellnerin das erste Mal über einen seiner beschissenen Witze gelacht hatte, hatte sie gewusst, dass es Ärger geben würde. Wie er sich förmlich überschlagen hatte klarzustellen, dass er und Summer verwandt waren. Wie er aufstand, um pinkeln zu gehen, und manchmal länger als fünfzehn Minuten weg war, und Summer sich ihren Nachschlag selbst holen musste.

Dann war's eben so. Sie und Jack hatten unterschiedliche Grundsätze, unterschiedliche Ziele. Sie waren zwei verschiedene Menschen. Wenn sie sich als Tier mit einem natürlichen Lebensraum vorstellte, dann wären Wohnzimmer dieser Lebensraum. Apartments, Häuser, Trailerparks … ganz egal, solange es nur ein Wohnzimmer gab, vollgestopft mit Leuten, grün verqualmter Luft und belanglosem Geplapper. Auf einem Couchtisch oder einem Lehrbuch lag vielleicht ein Spiegel oder ein Bilderrahmen, darauf die schmale Linie eines weißen Pulvers und daneben ein zusammengerollter Dollarschein. Nicht so Jack. Er hatte erheblich mehr Probleme mit solchen Umgebungen. Sie waren sich zum ersten Mal in einem Wohnzimmer begegnet, damals in Charlottesville. Er kam mit großen Augen und den Taschen voller Kohle herein, war von einigen anderen Jungs aus dem Wohnheim losgeschickt worden, um was zu kaufen. Damals hatte er noch einen anderen Namen gehabt, aber war schon damals der Sache nicht gewachsen. Das Sagen hatten zwei Taugenichtse, die sie in die Küche geschickt hatten. *Sorg du dafür, dass er stoned bleibt,* sagten sie zu ihr, *dann ziehen wir ihn ab und teilen die Kohle anschließend durch drei.*

In solchen Räumen konnte Summer manövrieren. Jagen. Aufblühen.

Reinzukommen war kaum ein Problem. Früher an diesem Tag hatte sie ihr schmutzigstes Greatful-Dead-T-Shirt übergezogen und war dann zum öffentlichen Bereich des Campus gelatscht, wo sie ohne Musik herumtanzte, bis schließlich ein weißer Typ, der sich gerade mitten in einer Rasta-Phase befand, stehen blieb und ihr Komplimente wegen ihrer Mütze machte. Sie krallte ihn sich, ließ nicht eher locker, bis er und zwei seiner Kumpel mit ihr zu einer Wohnung am Stadtrand fuhren, um in Ruhe einen durchzuziehen.

An der Tür zog Summer ihre alte Nummer ab. Die Sonnenbrille hoch, ein scharfer Blick.

»Du weißt, dass du mir sagen musst, ob du ein Bulle bist oder nicht«, sagte das Mädchen, das die Tür aufmachte. Kathy. »Ist Vorschrift.«

Was nicht stimmte, und Summer wusste das. »Ich weiß«, antwortete Summer, »und nein, ich bin kein Cop. Hätte ein Bulle einen Beutel hiervon?«

Und sie wurde in die Wohnung gelassen. Kathys Freund war ein Typ namens Matt, dreimal dürrer als sie. Hatte Angst vor seinem eigenen Schatten, der arme Kleine. Er nahm die Pfeife, die sie vorbereitet hatte, und inhalierte, hob die Augenbrauen und sagte: »Das ist gutes Gras. Woher hast du das?«

»Duncanville, da, wo ich herkomme. Südlich von Dallas. Hey, du sollst es an Crunch weiterreichen. Die Pfeife immer nach links weitergeben. Nach rechts nur, wenn gekämpft wird.«

»Was?«, fragte Kathy.

»Das hab ich gelernt, als ich kein Konzert von Phish ausgelassen hab«, sagte Summer.

»Oh Mann«, sagte der Freund. »Du bist echt Phish auf Tournee gefolgt?«

»Ein paar Jahre, ja«, sagte Summer. »Keine große Sache. Ich rede nicht von diesem Ding, das sich heute Phish nennt, obwohl ich Trey und Jon und Mike total super finde. Ich rede hier von den *Original*-Phish. Ihr wisst schon, bevor die ganzen Hipster sie für sich entdeckt haben.«

Alle nickten.

»Wie war das so?«, fragte Crunchs Freund Lance.

»Einfach nur wunderbar«, sagte Summer. »Stellt euch vor, also, alle Liebe auf der Welt, allerdings summend und schwingend in einem Amphitheater. Es ist wie ein Song, den man zum ersten Mal hört, nur dass dreißigtausend Leute den Text kennen. Es ist wie eine fette Umarmung von Jerry. Eine große, herzliche, kosmische Umarmung.«

»Jerry?«

»Oh Mann«, murmelte Summer. »Wie alt seid ihr eigentlich?«

Kathy mischte sich ein. »Nein, nein, nein. Ich meine, warum hast du ihn Crunch genannt? Er heißt doch Dario.«

Summer sah Dario/Crunch an und zuckte mit den Achseln. »Als ich diesen verrückten coolen Typen auf dem Campus getroffen hab, da hab ich ihm gleich gesagt, dass er nicht aussieht wie ein Dario. Er hat eher wie ein Crunch ausgesehen. Also hab ich ihn Crunch getauft.«

»Ich mag das Mädchen«, sagte Kathy, als sie einen Zug von der Pfeife nahm. Sie nahm noch einen, reichte die Pfeife dann weiter. »Ich will dich mal was fragen: Wenn du und ich Zellen tauschen sollten, eine nach der anderen, was meinst du, an welchem Punkt wäre ich nicht mehr ich und du nicht mehr du?«

»Du haust mich echt um!«, quiekte Summer. Sie fiel Kathy um den Hals. »Crunch, ihr habt erzählt, eure Freunde wären cool, aber mit keiner Silbe habt ihr gesagt, dass sie *Tundra*-cool sind.«

»Crunch …« Kathy drehte den Kopf zur Seite. »Find ich gut. Nee, find ich sogar super.«

Die Chefin: neutralisiert.

Für den nächsten Punkt auf der Tagesordnung drehte Summer den Beutel um und ließ die klumpigen grünen Buds auf das Tablett voller Stängel und Abfall fallen. »Wir können den ganzen Beutel rauchen«, sagte sie allgemein in den Raum, »aber vorher müssen wir sicher sein, dass ich Nachschub kriegen kann. Also, wer hat die Connection?«

Summer hatte keine Probleme damit, solche Räume zu beherrschen. In diesem Alter glaubten die Leute, wer sie waren oder werden würden, sei formbar. Selbst wenn sie ziemlich gefestigt waren, was ihre Identitäten anging, wer sie waren … *solange sie high waren,* konnte sich das in Summers Händen immer noch ändern wie Knete. Nehmen wir zum Beispiel Crunchs Freund Lance. Dieser Typ war auf dem Campus die große Labertasche gewesen, aber sobald er in einen verqualmten Raum gesteckt wurde, in dem sich einige Leute befanden, die er kannte, und einige, die er nicht kannte, hatte Lance auf einmal nichts mehr zu sagen. Er brauchte etwas länger, um die Witze zu kapieren. Er starrte Dinge konzentrierter an als unbedingt nötig. Er fing Sätze an, nur um sie dann unvollendet stehen zu lassen.

Oder Dealer, nachdem sie zu seiner Wohnung gefahren waren. Dealer, nicht weil es ein Spitzname war, es war vielmehr ein Familienname. Kevin Dealer. Als sie sich kennenlernten, hatte er zu ihr gesagt: »Falls du eine Connection brauchst, du findest mich im Telefonbuch unter Dealer.« Er lachte etwas mehr darüber als die anderen Leute in seiner Wohnung, diejenigen, die den Spruch schon mehrmals gehört hatten.

Kevin Dealer war einer von der Sorte, der sich gern mit Leuten umgab. Leute wie die zwei Typen mit den zahlreichen Piercings im Gesicht, die in der Küche quatschten. Oder die beiden Landpomeranzen, die mit großen glasigen Augen den anderen Typen anglotzten, der allein am Couchtisch saß und sorgfältig einen Joint drehte. Summer, Crunch und ihre aktuelle Begleitung erhöhten die Zahl der Leute in der winzigen Wohnung um sechs.

Dealer hatte es gern, wenn die Leute unterhalten wurden. Es war ihm schnurz, wer für diese Unterhaltung sorgte, denn er kam mit Gesprächspausen nicht klar. Summer hatte kein Problem damit, ihm den Gefallen zu tun. Sie wusste, dass es so etwas wie *zu high* nicht gab. Wenn Leute nicht high genug waren, um nach ihrer Pfeife zu tanzen oder sie interessant zu finden, stopfte sie einfach ein neues Pfeifchen. Drehte einen weiteren Joint. Endlos immer so weiter, bis sie schließlich ihren Willen bekam.

Dealer zappelte angesichts der Stille wieder herum, und Summer beeilte sich, ihn glücklich zu machen. Ihn und alle anderen. Also ließ sie alle sich im Schneidersitz auf den Teppich setzen und versprach, ihnen etwas zu erzählen, was sie bisher noch nie irgendwem erzählt hatte. Jeder beugte sich gespannt vor, während Summer ihnen von Luther erzählte.

»Wer ist Luther?«, fragte die brünette Landpomeranze.

»Ist das der alte Typ, den du in diesem Tex-Mex-Schuppen drüben in Lufkin kennengelernt hast?«, fragte Crunch.

»Nein, das ist nur Jack. Mein Mitbewohner.« Sie achtete darauf, das letzte Wort zu betonen. »Luther ist mein Betreuer. Mein Beschützer.«

»So was wie ein Leibwächter?«

»Ein Rausschmeißer?«

»So ähnlich«, meinte Summer lächelnd, »nur dass Luther nicht von diesem Planeten kommt.«

Manche der glasigen Augenpaare – nicht alle, nur manche – wurden noch glasiger. Sie stopfte schnell eine weitere Pfeife mit den Resten vom Tablett und gab sie weiter. Nach links.

»Wie viele von euch glauben an Aliens?«, fragte sie in den Raum.

Einige hoben die Hand, andere nicht. Dealer gab sich alle Mühe, die Unterhaltung auf eine Folge von *The X-Files* zu lenken, an die er sich halbwegs erinnerte, aber Summer dachte nicht daran, sich die Zügel aus der Hand nehmen zu lassen. »Ich kann es euch nicht verübeln, dass ihr nicht an sie glaubt«, sagte sie. »Ich hab's ja zuerst selbst nicht geglaubt. Aber diesen Luxus hab ich heute nicht mehr. Nicht mehr, seit ich in dieser Nacht aufwachte, und da stand ein Alien direkt neben meinem Bett, und seitdem glaube ich an sie, das kann ich euch sagen.«

»Häää?«, stieß die Hälfte des Raums aus.

»Ich lüge nicht«, sagte Summer und kam in Fahrt. »Und er hat auch nicht so ausgesehen wie im Film. Ihr wisst schon, großer Kopf und große Augen. Nein, Luther hat ziemlich genau wie wir ausgesehen, nur dass er nicht mit dem Mund reden musste.«

»Was hat er gesagt?«, fragte die blonde Landpomeranze. »Oder nicht gesagt, meine ich.«

»Es waren keine Worte.« Die Pfeife kam wieder zu Summer. Sie nahm sie in den Mund, zog kaum daran und reichte sie schnell weiter. Nach links. »Jedenfalls wusste ich, dass Luther nicht da war, um mir was zu tun. Genau genommen wollte er mich beschützen. Und das macht er auch jetzt noch. Er hat mir schon so oft das Leben gerettet … Ich schulde ihm so viel.«

Niemand sagte etwas. Nicht mal diejenigen, die glaubten, sie rede nur Scheiße.

»Und das hab ich bislang noch nie jemandem erzählt.«

Alles aus ihrem Mund war natürlich gelogen. Besonders der Teil, noch nie jemandem davon erzählt zu haben. Tatsächlich hatte sie ihre Luther-Geschichte die letzten zehn Jahre bei allen Hippietreffs und Jam-Konzerten erzählt. Auf Parkplatzpartys, in abgedunkelten Wohnungen oder Wohnwagen in größeren und kleineren Städten überall im Süden. Gib ihnen was Durchgeknalltes, sagte sie immer, und sie werden dich ewig lieben. Sie machen dich zu ihrem Maskottchen. Sie glaubte, wenn sie von Anfang an ihre Macken preisgab, machten sie sich gar nicht erst auf die Suche nach anderen.

Allerdings war ihr auch klar, wie wichtig es war, dafür zu sorgen, dass sie mehr wollten.

»Was meinst du, wollen wir mal ins andere Zimmer gehen?«, sagte sie zu Dealer. »Damit wir uns unter vier Augen ums Geschäftliche kümmern können?«

Dealer war einverstanden. Sehr zum Verdruss ihres neuen Publikums verschwanden sie in ein Schlafzimmer den Flur hinunter. Die Matratze lag auf dem Boden, seine Klamotten überall verstreut. Zerfledderte Bilder halb nackter Mädels mit Malerkrepp an der Wand befestigt. Ein umgedrehter Mülleimer, der als Tisch diente, der Inhalt in eine Ecke geschoben. Auf diesem sogenannten Tisch ein Tablett mit Stängeln und Samen, und auf einem Philosophielehrbuch ein zusammengerollter Dollarschein.

»Deine Freundin wohnt nicht hier, stimmt's?«

»Mandy hat ein Zimmer im Wohnheim«, erwiderte Dealer, ohne zu kapieren, was sie eigentlich damit meinte. »Du hast gesagt, du willst Weed. Bei mir kannst du jederzeit 'ne Schnitte kriegen.«

Summer beäugte immer noch den zusammengerollten Geldschein, sah, dass das Lehrbuch sauber geleckt worden war.

»Wie viel ist eine Schnitte?«, fragte sie.

»Eine Achtelunze. Dreieinhalb Gramm«, antwortete Dealer.

Summer kräuselte die Nase und kniff die Augen zusammen. »Wieso nennst du das Schnitte?«

»Weil's die Hälfte von einem Viertel ist.«

»Warum verkaufst du nicht einfach Sechzehntel?«

»Weil wir hier in Nacogdoches sind, nicht an der SMU. Die Leute hier wollen keine Sechzehntel. Die wollen lieber Achtel. Aber ich kann dir auch 'ne Vierteltüte besorgen, falls du willst.«

»Ich will deutlich mehr als Vierteltüten«, sagte Summer. »Wie man sieht, hab ich so meine Gewohnheiten.«

»Wenn du mir genug Zeit gibst, kann ich dir vielleicht eine Unze besorgen. Lass mich mal sehen, was ich tun kann.« Er fing an, auf seinem Handy herumzutexten.

»Ich will nicht vier Viertel bezahlen, um die Unze zu bekommen, falls du verstehst, was ich meine. Scheiße, ich kann mich noch an die Zeit erinnern, als ich dachte, man nennt es Vierteltüte, weil sie fünfundzwanzig Dollar kostete. Aber die Zeiten sind lange vorbei, stimmt's?«

»Süße«, sagte Dealer, »ich verticke hier keinen billigen Scheiß. Hier geht's um *Snowcaps.*«

»Snowcaps?«, Summer schüttelte den Kopf. »Spar dir dein Gequatsche für die Erstsemester, Mann. Ich finde putzige kleine Namen scheiße. Warum zum Teufel nennst du es Snowcaps?«

»Weil, wenn du es rauchst«, sagte er zu ihr, »dann wirst du so high, dass du die Berggipfel sehen kannst.«

Summer schnaubte. »Für so was hab ich keine Zeit. Ich will soliden Stoff, und zwar viel. Denn ich rauche ordentlich was weg, Mann. Ich rauche viel, und wenn ich was verhökern muss, um meine Leidenschaft zu finanzieren, hey, was ist dabei? Richtig?«

»Ja, verstehe«, sagte Dealer, »aber ich bin nicht der Richtige, der so viel verkauft, Mädel. Ich bin Student. Ich bin nicht Joe Pot Dealer.«

»Vielleicht kannst du mich ja dem Typen vorstellen.« Sie rollte den Dollarschein auf dem improvisierten Tisch auseinander und strich mit einem Finger über die Innenseite. Schmeckte Kreide. Wusste, sie hatte die richtige Ware für die Leute hier. »Es wird sich für dich lohnen.«

»Ich … Ich weiß nicht«, sagte Dealer. »Diese Typen sind voll paranoid.«

»Jeder ist voll paranoid«, sagte Summer. »Und jetzt lass uns noch einen durchziehen.«

•••

Eine Stunde später war sie in einem anderen Wohnzimmer einer anderen Wohnung auf der anderen Seite der Stadt. Ihre Gruppe, inzwischen um vier Leute angewachsen wie ein Schneeball, der einen Hang hinunterrollt, trennte sich, da Dealer sie gewarnt hatte, nicht in einer Gruppe durch die Gegend zu rennen. Zumindest nicht, wenn sie diese Typen treffen wollte.

»Aber Crunch ist harmlos«, sagte Summer über die Leute, die sie gerade erst kennengelernt hatte.

»Ja, aber Gumm und Little Jon nicht.« Dealer stand auf dem Treppenabsatz und wartete, um zu klingeln. »Besser wir lassen sie hier, und wir beide ziehen allein los. Die Typen hier, die können dir alles besorgen, absolut alles. Weißt du, einmal hab ich gehört, da haben die einem Typen 'ne Niere besorgt.« Er hob ihr Kinn mit dem Finger, sah ihr direkt in die Augen, sagte dann: »Eine *Niere*.«

Diese Wohnung war Welten von den anderen entfernt. Hier war alles picobello, alles an seinem Platz. Die Wände sauber und weiß, in einer Ecke das gerahmte Foto eines samtenen Stierkämpfers, auf der anderen Seite gegenüber ein Foto von Nolan Ryan. Eine Couch, zwei Sessel und ein Fernseher mit einer Heimkino-Audioanlage von einem anderen Stern.

Little Jon war fett wie ein Orca, ein Monster von Kerl in einen

Relaxsessel gestopft, der für nichts anderes Augen hatte als den Bildschirm eines Videospiels. Gumm war eher der Anpackertyp. Er kleidete sich adrett. Penny Loafers. Chinohose. Füßlinge.

Gumm schritt über den Teppich.

»Neues Jahr bringt neue Freunde.« Gumms Stimme war honigsüß. »Ganz ehrlich, ich möchte nirgendwo anders wohnen als in einer Collegestadt. Kannst du dir vorstellen, immer mit denselben Leuten zusammenzuleben, jahrein, jahraus, bis mal einer so nett ist, sanft zu entschlummern? Ich nicht.«

Summers Finger zitterten, als sie an ihrem Beutel fummelte, um eine Pfeife zu machen, doch Gumm winkte ab. Er griff in eine verknitterte braune Papiertüte und zog ungefähr ein Pfund heraus, fest in Folie verpackt, bis auf ein Ende, das aufgerissen worden war, fast als hätte es jemand mit den Zähnen gemacht. Zu einem Ziegel gepresst. Er schabte eine ordentliche Portion ab und füllte dann eine übergroße Glaspfeife. Er reichte ihr das Feuerzeug.

»Und in einer Universitätsstadt kann man sich immer seinen Lebensunterhalt verdienen«, fuhr Gumm fort. »Solange es Kellner und Barkeeper gibt, Rausschmeißer, Türsteher und Taxifahrer. Oder Nutten, DJs, Collegeprofessoren, die versuchen, flüchtige Jugend und freien Geist aufleben zu lassen. Erstsemester, Ausgebrannte … Junge Republikaner und College-Demokraten. Weißt du, was die alle verbindet? Was sie gemeinsam haben? Die suchen alle nach neuen Möglichkeiten, sich wegzudröhnen.«

»Scheiße, das ist echt guter Stoff«, sagte sie und hielt die Luft an. »Mann … richtig echt gut.«

»Wir kriegen es von diesem alten Knaben unten in Austin«, sagte Gumm.

»Wie nennst du das?«

»Ich gebe Gras keine Namen«, sagte Gumm. »Das ist Kinderkram. Willst du was? Ich kann dir einen Superdeal machen.«

Summer blinzelte. Blinzelte gleich noch mal.

Gumm sagte: »Was immer du willst.«

»Habt ihr Leute auch Molly?«

Gumm nickte. »Wir haben was viel Besseres als Molly. Wir haben Ecstasy.«

»Ich dachte, Ecstasy und Molly wären ein und dasselbe.«

»Nein, Ecstasy ist das einzig Wahre«, sagte Gumm. »Molly ist Ecstasy verschnitten mit Badesalzen oder irgendeinem anderen Scheiß. Von uns kannst du Zeug bekommen, das ist hundert Prozent rein.«

»Ach ja?«

»Du musst Matlin kennenlernen.« Gumm warf seinem Mitbewohner über die Schulter einen Blick zu, der allerdings nicht von seinem Videospiel aufschaute. »L. J., findest du nicht auch, dass Summer und Matlin sich gut verstehen müssten?«

Falls Little Jon ihn hörte, ließ er es sich zumindest nicht anmerken.

»Was ist mit Koks?«, fragte Summer und schob ihren Fuß langsam in die Tür. »Steht ihr überhaupt auf so was?«

»Wer mag Koks nicht?«, lächelte Gumm. »Wie viel willst du?«

»Was kostet ein Eightball?«

Gumm rechnete im Kopf. »Ich kann dir einen für zwei Scheine anbieten, kein Problem.«

»Für dich vielleicht nicht«, sagte sie. »Aber für mich schon, wenn ich keine zweihundert zahlen will.«

»Wir sind hier nicht in Austin, Baby«, sagte Gumm. »Dürfte ziemlich schwer für dich sein, hier billiges Koks zu finden. Ab und an kann's schon mal vorkommen, dass ein Studi kein Land mehr sieht und spontan eine größere Menge loswerden muss, daher billig verkauft. Solches Zeug ist aber sehr schnell vom Markt, und es passiert nur selten.«

»Komisch«, sagte sie, »aber ich hab heute einen Typen kennengelernt, der hat gesagt, er könnte mir einen Eightball für eins fünfzig besorgen. Jederzeit, rund um die Uhr.«

»Wo ist der Haken?«

»Gibt keinen Haken, soweit ich das sehe«, erwiderte sie. »Er hat gesagt, wenn jemand zwei haben will, nimmt er nur zwei fünfundsiebzig.«

Gumm stieß einen leisen Pfiff aus.

»Ich vermute, je mehr man haben will, desto günstiger wird's«, meinte Summer.

»Was soll eine Unze kosten?«

»Ich hab ihn nie nach einer Unze gefragt«, sagte sie. »Ich? Ich bin nur eine kleine Nummer.«

»Macht's dir was aus, ihn mal zu fragen?«

»Überhaupt nicht«, antwortete sie. »Aber er wird wissen wollen, ob du keinen Scheiß laberst.«

Gumm warf ihr einen schrägen Seitenblick zu. »Woher weiß ich, dass du kein Bulle bist? Bist neu in der Stadt und schon hast du die beste Connection?«

Summer zuckte mit den Achseln und ließ einen Eightball auf den Couchtisch fallen. Sie klopfte etwas Schnee heraus, baute mit der Kante ihres Führerscheins eine Linie, zog sich das Zeug rein. Sie stand auf, wischte sich über die Nase und sah ihn an.

»Ich bin kein Bulle.«

Gumm sah über seine Schulter zu Little Jon, der sein Videospiel unterbrochen hatte.

»Okay. Ich schätze, dann laber ich auch keinen Scheiß.«

Uuund einfach so war sie: die Nummer eins.

Also ja, Summer kannte sich aus mit solchen Räumen. Wenn der Joint oder die Pfeife oder die Bong rumgereicht wurde, wenn Dinge wie Hygiene, Schädlingsbekämpfung und Hausarbeit sich in Luft auflösten zugunsten eines schönen Rauschs, wenn Leute geschwätzig oder ruhig oder schräg wurden … Summer wusste, wie sie sich verhalten musste. Sie konnte in jeden dieser Räume gehen, ohne etwas zu besitzen, und verließ sie wieder mit einem neuen Leben. Also, das Leben von irgendwem.

Denn vor langer Zeit, in einem Raum genau wie diesem, einmal durchs halbe Land, hatte sie Jack Jordan kennengelernt. Und sie hatte ihn nach draußen gerufen, hatte ihn auf den Flur einer schäbigen Studentenbude in Charlottesville, Virginia, gezogen, und ihm verklickert, wo der Hase langlief. Sagte ihm, er würde ja vielleicht meinen, alles zu wissen, aber er wüsste einen Scheiß, denn er könnte sein ganzes Geld bald vergessen. Sie sah, wie er einen roten Kopf bekam, wie er heiße Wangen bekam, und hörte zu, wie er hoch und heilig versprach, was er alles tun würde und wie er es tun würde, aber sie legte eine Hand auf seinen Arm und erzählte ihm etwas anderes. »Wenn du denen wirklich eine Lektion erteilen willst«, hatte sie damals zu ihm gesagt, »dann lässt du dich dieses eine Mal von ihnen über den Tisch ziehen. Du lässt dich diesmal bescheißen, und verdammt, vielleicht sogar auch noch das nächste Mal, und wenn wir dann so weit sind, unseren Zug zu machen, werden sie dich nicht mal kommen sehen.«

Als sie jetzt aus der Tür von Gumms und Little Jons Wohnung trat, fühlte sie sich ziemlich genau so. Das gleiche Hochgefühl. Eines, das nie alt wurde. Der erste von vielen Volltreffern in einer kleinen Stadt. Sie konnte einfach in eine x-beliebige Stadt gehen, konnte sich zusammenreißen und was aus sich machen.

Sie rannte nach Hause, um Jack die guten Neuigkeiten zu erzählen.

5

Klar, es dauerte eine Weile, bis er in die Puschen kam, aber als es dann so weit war, machte sie ihn sich jeden Abend gefügig. Sie führte ihn wie eine Handpuppe. Sie war gut acht bis zehn Jahre jünger als er, und Jack schätzte sich glücklich, das Spiel zu beginnen, ganz zu schweigen vom Durchhalten im Seventh Inning Stretch.

Jack würde nie mit Don Juan verwechselt. Der erste Eindruck war nicht seine Stärke. Die meisten Frauen sperrten sich aus rein körperlichen Gründen vor ihm. Sie fanden ihn klein. Sie fanden, er hätte kleine Knopfaugen. Häufig bekam er ganz übel das große Zittern oder Schweißausbrüche, und sie machten sofort die Schotten dicht. Außerdem, ein Kerl seines Alters konnte bei einem Mädel ihres Alters nur noch landen, indem er entweder dafür bezahlte oder aber sie anlog. Als geiziger Mann mit beschränkten Mitteln entschied er sich häufig für das Naheliegende. Wie sich herausstellte, musste er sich keine großen Gedanken darüber machen, nachts zu schlafen. Nicht bei einem Mädchen mit ihren Vorlieben.

Oh, sein armer, misshandelter Schwanz. Rot wie eine Himbeere und an mehreren Stellen wund gescheuert war er extrem empfindlich und in einer Jeans kaum zu ertragen. In manchen Nächten fand er keine Erholung. Sie war so jung, so willig. So versessen, ihn zu beglücken, und soweit er wusste, ihn allein. Er wusste nicht, wenn sie vor seinen Füßen kniete, ob ihre Hingabe ein Nebenprodukt der Größe seines Schwengels war – etwas mehr als der Durchschnitt – oder, passender, ob es an dem Schwall psychologischer Tricks lag, mit denen er sie überschüttete.

Zum Beispiel musste Jack sie nur einmal kurz ansehen, und er wusste, dass sie Daddys Kleine sein würde. Ihr Blondschopf war zu gut gekämmt und gepflegt für jemanden, der immun gegenüber einem Mangel an Anerkennung war. Wenn sie etwas tat, das er mochte, gab Jack ihr todsicher einen Kuss auf die Stirn oder einen liebevollen Klaps auf die Schulter. Wenn sie etwas Böses machte, schüttelte er ganz sicher enttäuscht den Kopf und zog sich dann schweigend in einen anderen Raum zurück.

»Ich bin sicher, das nächste Mal machst du es besser, Mäuschen«, sagte er häufig in diesen Situationen.

Oder, dass sie früher mal viel dicker gewesen wäre. In vielen Nächten, wenn sie schlafend in ihrem Bett lag, streifte er im Dunkeln durch ihr Wohnheimzimmer. Sie redete viel über sich selbst, wenn sie Gelegenheit dazu erhielt, aber mehr erfuhr Jack, indem er ihre Sachen durchwühlte. Er kramte in ihrer Handtasche oder linste in die Schubladen der Kommode, bis er alte Highschool-Fotos fand, Daddys Kreditkartenabrechungen, Briefe von ihren Ex-Freunden, Diätpillen … ja, *Diätpillen*, versteckt zwischen Bergen Bodylotions und Ölen und Seifen. Jack steckte eine Handvoll ein, klar, aber die eigentliche Beute war die so gewonnene Information.

In letzter Zeit interessierte er sich für ihre Lehrbücher. Besonders hatten es ihm die Experimente von Pawlow angetan. Wenn sie mit ihren herrlich süßen Küssen nach unten wanderte, klackte er mit seiner Zunge viermal gegen seine Zähne. Ein winziges, kaum wahrnehmbares Geräusch, aber irgendwo wurde es registriert, denn später bemerkte er, dass ihre Nippel unter dem Shirt hart wurden, wenn er diese Klicklaute machte, oder ihre Pupillen weiteten sich, und wenig später trieben sie es wieder, rissen sich die Klamotten runter.

Um ihr Interesse zu behalten, gab er nur sehr wenig über sich preis. Mädels reagierten darauf. Ganz besonders Studienanfängerinnen. Mädels, die erst ganz frisch aus ihren Kleinstädten und von ihren Cliquen weg waren, die es in die Welt hinausposaunten, falls sie Schlampen oder Zimperliesen waren, wahr oder gelogen, also hatten sie durchaus Verwendung für einen Hauch Geheimnisvolles in ihrem Leben. Und nach einem Leben mit Highschool-Vollpfosten verlagerten sie eine Menge Daddy-Themen und Hemmungen und Komplexe auf den erstbesten älteren Typen, der ihnen über den Weg lief, und wieso sollte nur ein abgerissener Professor der Geisteswissenschaften den ganzen Spaß abbekommen?

Sie wollte nichts weiter, als dass man mehr in ihr sah als ein Paar wunderbarer Beine.

Oder Titten.

Oder blonde Haare und mit großen Augen und Lass-uns-ficken-Lippen.

Nicht, dass sie solche hätte, aber das machte Jack nichts. Sie war stellenweise hübsch. An Stellen wie ihren Handgelenken oder Knöcheln. Stellen, die bislang noch nicht von der Zeit oder dem Alter oder einer Crashdiät verunstaltet worden waren. Oder durch Messer, Gott bewahre. Ihm war klar, dass sie jung war, er hoffte aber, dass sie eines Tages erwachsen würde. Fast neunzehn, laut ihrem Führerschein, und ja, er hatte darauf bestanden, dass sie ihm ihre Fahrerlaubnis zeigte. Er hatte sich in der Vergangenheit schon zu oft die Finger verbrannt, war auf alles andere als brachliegende Felder zugesteuert, nur um dann herauszufinden, dass er von einem Mädel hereingelegt und hinters Licht geführt worden war, das so versessen war auf Aufmerksamkeit, dass es bezüglich seines Alters gelogen hatte. Es fehlte nur ein wütendes Elternteil, und er würde eine schrecklich lange Zeit im Knast landen, von daher war ihm schon bewusst, wie wichtig es war, sein Netz etwas pingeliger auszuwerfen.

Sie hieß Lindsay. Tagsüber studierte sie an der Universität, und an mehreren Abenden die Woche kellnerte sie in einem Tex-Mex-

Laden die Straße hinunter. Ihre Familie lebte in Houston, wo ihr Daddy Häuser vertickte, die von ihrer Mutter eingerichtet wurden. Ein Blick auf ihr Wohnheimzimmer oder ihren Wagen und Jack wusste, dass wirtschaftliche Not ihr nicht vertraut war. Ihre Familie war vermögend oder doch zumindest wohlhabend genug, und er vermutete, das sorgte für alle Schönheit, die sie je benötigen würde.

An einem solchen Abend Ende September kehrte Jack, so leise er konnte, ins Bett zurück, vorsichtig, damit sie sich nicht rührte. Um seine momentane Hypothese auf die Probe zu stellen, griff er nach einer ihrer Gefahrenzonen. Er hatte die freie Auswahl unter vielen – das Fleisch unter ihrem Kinn oder wo der Oberschenkel erst noch straffer werden musste –, aber er entschied sich für die Stelle unmittelbar oberhalb ihrer Hüfte. Das Hüftgold, die Fettpölsterchen. Sie zuckte zusammen, wich zurück, zog sich dann in sich selbst zurück. Bevor sie zu weit kriechen konnte, packte Jack sie, zog sie aber diesmal dicht an sich heran.

»Siehst du das?«, flüsterte er.

Sie wehrte sich nicht. »Was soll ich sehen?«

»Wie der Regen gegen das Fenster schlägt?«

»Ja.« Sie wischte sich den Schlaf aus den Augen. »Ich seh's.«

»Es ist wunderschön.«

»Tust du …« Sie knüllte die Worte zusammen und seufzte.

Jack verstärkte den Griff um ihre nackte Hüfte. »Niemand außer uns sieht das«, sagte er.

»Ich …«

»Nur wir, und nur genau jetzt.«

Schweigen.

»Ich werde nie wieder Regen in exakt diesem Winkel in exakt diesem Abstand gegen ein Fenster schlagen sehen, nie wieder wie wir – du und ich – es jetzt in diesem Augenblick sehen, und jedes Mal, wenn ich später Regen gegen eine Fensterscheibe prasseln sehe, werde ich an diesen Moment zurückdenken. Selbst wenn es das letzte Mal wäre, dass wir beide zusammen sind, was nicht der Fall sein wird, wie ich hoffe, werde ich auf immer an dich im Regen denken. Wie du riechst und wie sich dein Hals unter meinen Lippen anfühlt und … wie du schmeckst … an den Klang deines Atems in meinem Ohr … die Innenseite deines Oberschenkels … unter meinen Fingerspitzen …«

Nachdem sie gut in Fahrt und vorbereitet war, streckte Jack eine Hand nach dort unten aus. Er war fest entschlossen, dieses Mädchen mehr als nur zu vögeln, es ihr nicht nur *da unten* zu geben, sondern auch *dort oben.* Er wollte, dass sie nie wieder eine solche Zuneigung verspüren würde, nie wieder eine solche Behandlung. Er wollte ihr einen Vater, einen Lehrer, einen besten Freund, einen Dichter und einen bösen Jungen geben, alles zusammengepackt zu einem einzigen wütenden Stoßen. Er würde ihr alles geben, was so ein Mädchen wollte oder zu wollen meinte, und er würde ihr noch viel mehr geben. Mehr als sie je zuvor gehabt hatte. Oder haben konnte. Oder jemals wieder haben würde, wenn es nach ihm ging. Sie sollte nie wieder Freude oder Traurigkeit oder auch nur den geringsten Hauch von Befriedigung erleben, ohne sich zuvor an sein Gesicht oder seinen Geruch oder seine Berührungen zu erinnern, das wollte er, gottverdammt.

Aber es lief nicht ganz so, wie Jack es geplant hatte. Vielleicht hatte er vorher zu viel mit dem Gummi rumgefummelt oder hatte sich komisch gefühlt, das Ding einfach wegzulassen, um ohne Sattel zu reiten, oder was auch immer sonst, jedenfalls war irgendetwas schiefgegangen und hatte an seinem Stehvermögen herumgepfuscht.

»Was ist los, Süßer?«, fragte sie ihn. Es dämmerte ihr, dass sie vielleicht ein bisschen zu weit gegangen war und sich in einer nicht ganz vorteilhaften Lage befand. Sie bedeckte sich, so gut es ging, mit ihren dünnen Armen und zog die Bettdecke enger um sich. »Mach ich dich nicht an?«

Nichts könnte der Wahrheit ferner sein. Er klickte viermal mit der Zunge unter seinen Gaumen, und dankte den Göttern im Himmel für die Galgenfrist, als sie ihn langsam von der Brust zum Bauchnabel küsste und unbeirrt weitermachte, bis …

»Bist du sicher, dass alles okay ist?«

»Verdammt …«

Sie rollte sich von ihm herunter und legte sich auf den Rücken. Gemeinsam starrten sie die Decke an.

»Ich bin nur ein bisschen gestresst, das ist alles«, sagte er. »So was passiert sonst nie.«

Genau genommen passierte es fast jede Nacht. Manchmal konnte er seine Hand unters Laken schieben und versuchen, in Fahrt zu kommen. Schloss vielleicht die Augen und stellte sich das Mädchen in abgefahrenen Posen oder obszönen Klamotten vor oder wie sie erotische Versprechungen machte. Er wusste, dass die Drogen über die Jahre ihren Tribut einfordern würden. Er schloss Pakte mit einem Gott, den er schon vor langer Zeit verlassen hatte: *Wenn du mir dieses eine Mal noch hilfst …*

»Liegt's an gestern tagsüber?«, fragte sie.

»Wovon redest du?«

»Weil ich in der Studentenvereinigung nicht all diese Kreditkarten beantragt hab?« Ihre Stimme klang ganz weit weg, wie die von einem kleinen Mädchen.

»Nein«, sagte er. Er meinte es nicht.

Sie rollte sich herum, sodass ihre Nase an seiner Schulter lag. »Ich weiß, dass du gesagt hast, wir könnten uns gegen die Anschuldigungen wehren und sagen, man hätte meine Identität gestohlen und mein Dad müsste nie dafür bezahlen, aber für mich ist und bleibt das Diebstahl.«

Jack sagte: »Es ist kein Diebstahl, wenn man es bei einem großen Unternehmen macht. Denk mal drüber nach. Diese Kreditkartenfirmen versuchen doch, Collegekids zu verführen, Karten zu beantragen. Sie wissen, dass diese Kids überhaupt keine Ahnung von Geld haben und zum ersten Mal allein sind. Was sind das für Monster, die solche Menschen schamlos ausnutzen?«

»Du bist von mir enttäuscht, stimmt's?«

Jack schüttelte den Kopf. »Nein, Schatz. Du weißt doch, dass du mich nie enttäuschen könntest.«

Was zu Schweigen führte, dann Schniefen und schließlich zu einer Runde Schluchzen, und Jack ließ sie eine Weile machen, bevor er sie in die Arme nahm. Sie legte ihren Kopf auf seine Brust und ließ alles raus. Zuerst winziges, fiepiges Wimmern, dann warme, salzige Tränen und all die Traurigkeit, die man sich nur vorstellen konnte, und Himmel auch, Jack spürte ein Zucken da unten.

»Süße …« Er rollte sich herum und legte sich auf sie. »Heul weiter für Daddy, hörst du, nur noch ein bisschen länger.«

Und danach, als sie völlig erschöpft nebeneinander lagen, berührte er sie wieder an der Hüfte. Diesmal schreckte sie nicht zurück.

Stattdessen lag sie still und schweigend da, bis es nicht mehr ging. Sie seufzte mehrere Male, bevor sie von der Leine ließ, was ihr wirklich auf dem Herzen lag.

»Dieses Mädchen …«

»Wovon redest du?«

»Deine Mitbewohnerin.«

Summer.

Jack legte einen Unterarm über seine Augen. »Sie ist meine Schwester.«

»Ihr seht euch überhaupt nicht ähnlich.«

»Stiefschwester.«

»Du weißt, es ist nicht wichtig.«

»Was ist nicht wichtig?«

Sie schlang ihren Arm um ihn. Großer Löffel, kleiner Löffel.

»Ich meine ja nur, dass sie mich anscheinend nicht leiden kann.«

»Sei nicht albern. Summer mag jeden. Wenn ich nicht aufpasse, bringt sie jeden Penner von der nächsten Straßenecke mit nach Hause. Hab ich alles schon erlebt.«

»Bei mir ist es aber anders«, sagte Lindsay. »Ich glaube, du weißt, warum.«

Er wollte nichts mehr, als diese Unterhaltung zu beenden. Vögeln oder einschlafen. Sein erschöpfter Schwanz erflehte Letzteres.

»Ich glaube, sie ist in dich verliebt.«

Jack schluckte. Er konnte sich keine größere Hölle vorstellen.

»Ich hab dir doch gesagt, sie ist meine Stiefschwester.«

»Spielt keine Rolle.« Lindsay streichelte die Haare um seine Brustwarze. »Manchmal kennt Liebe keine Grenzen. Wohin gehst du?«

»Mir sind gerade ein paar Sachen eingefallen, die ich erledigen muss.«

»Wo?«

»In Lufkin.«

»Was für Sachen?«

»Sachen eben.« Er schlüpfte in seine Kleidung. »Und das mache ich vorzugsweise am besten allein.«

Er gab ihr einen Kuss auf die Stirn und schüttelte ihren Trizeps gerade genug, damit sie keine Lust auf Frühstück bekam. Er stürmte die Treppe hinunter und über den Parkplatz zu dem schäbigen Honda, wozu er gefühlt gerade mal eine Handvoll Schritte benötigte.

Die Fahrt nach Lufkin dauerte eine gute halbe Stunde, und Jacks Gedanken überschlugen sich die ganze Zeit. Es gab weiß Gott genug, worüber er sich Sorgen machte. Summer war mit einem Viertelpfund Gras nach Hause gekommen. *Ein Viertelpfund.* Als ob das Kilo nicht schon genug wäre, musste sie jetzt auch noch ins Marihuanageschäft einsteigen, und Jack fragte sich, ob jemals Schluss sein würde.

Oder was, wenn Lindsay recht hatte und Summer sich verliebte? Soweit es ihn betraf, konnte er sich nichts Schlimmeres vorstellen, überhaupt nichts Schlimmeres.

Summer hatte eine gemeine Ader, groß und breit wie ein Boulevard. Er hatte einige der Dinge gesehen, die sie gemacht hatte, wenn sie auf einen Typen sauer war. Dieses eine arme Schwein in New Orleans. Er hatte nichts anderes getan, als sie zu betrügen. Scheiße, er hatte mehr als das gemacht, denn Jack hatte gesehen, wie er ein paar echt beschissene Sachen abzog. Nur damals hieß Jack noch Pete, aber er hatte gesehen, wie der Alte etwas aus Summers Handtasche geklaut hatte, dann hatte er die Suchmannschaft geleitet, um das verschwundene Geld zu finden. Er hatte diesen Typen beschuldigt und mit dem Finger auf jenen Typen gezeigt, aber am Ende gaben sich alle die Kante, und die Sache war erledigt. Er hatte viele beschissene Sachen gemacht, aber Summer weigerte sich, das zu sehen. Weigerte sich, bis sie dahinterkam, dass er sie betrog. Und es war gar nicht so sehr, dass er sie betrogen hatte, sondern vielmehr, mit wem er sie betrogen hatte, ein weiteres kleines Mädchen, das eine Queen Mama Stoner sein wollte. Dann reichte es Summer, und sie nahm sich seine Karre vor – einen orangefarbenen Chevy Chevelle. Mit einem Kugelhammer. Mit Autoschlüsseln. Ihren gottverdammten Fingernägeln. Sie zerstörte seine Karre gründlich, anschließend sorgte sie dafür, dass er nirgendwo in der Stadt noch Drogen kaufen konnte. Nein, er hatte es verkackt. Sie sagte, wenn sie irgendwen dabei erwischte, der ihm auch nur einen Nickelbag Gras verkaufte, der würde ihren Zorn ungebremst zu spüren bekommen, und das wollte niemand. Die Leute erfanden die Geschichte, dass er Undercover-Cop war. Was nicht stimmte, aber die Leute glaubten es, und kurz danach musste der arme Kerl umziehen. Er verließ die Stadt. Allein wegen Summers wütender Fatwa war sein Leben erledigt.

Aber damals war sie noch nicht Summer gewesen. Sie war Stormy gewesen.

Storm.

Er hatte Storm gemocht. Storm war der Burner gewesen. Durch Storm waren sie zu den coolsten Partys eingeladen worden. Alle liebten Storm. Du konntest Storm auf einer Party eine Kaffeedose geben, wenn die Vorräte zu Ende gingen, und sie hatte das Ding dann im Handumdrehen mit Dollarscheinen gefüllt. Genug Geld, um loszudüsen und Nachschub zu besorgen, wobei immer genug übrig blieb, um vielleicht noch eine Packung Kippen zu kaufen. Keiner hatte ein schlechtes Wort zu sagen über Storm. Nicht, bis sie genug Kohle zusammenhatte, um elf Pfund Gras zu kaufen, und dann nicht mehr zurückkam. Von da an gab es jede Menge böse Worte über sie. Nicht, dass Jack davon wusste, denn Jack hieß noch Pete, und er war selbst mit zehn Riesen abgehauen.

Aber Storm war Geschichte. Autumn war Geschichte. Scheiße, selbst Jasmine aus South Carolina war Geschichte, und geblieben war nur Summer. Die jammernde und heulende Summer. Summer, die schmollte, im Haus abhing, ihre Schuhe suchte, das T-Shirt mit dem riesigen Marihuana-Blatt suchte, die Haarbürste suchte ... die Sachen in die Hand nahm und fallen ließ, dann über sie stolperte, während sie nölte und jammerte, und wenn es dann schließlich Zeit war, den Trailer für den Tag zu verlassen, stampfte sie zu ihrem beschissenen Honda, denn sie würde alles lieber tun, als ihn vergessen zu lassen, dass sie ungerecht behandelt worden war.

Jack hatte es schon eine Million Mal gedacht, und er würde es eine weitere Million mal denken: Es war allerhöchste Zeit, dass sich seine und Summers Wege trennten. Allerdings wusste er, dass sie ihn lieber tot sehen würde, als ihn gehen zu sehen, also würde es schwierig werden. Wenn er sich von den Fesseln befreien wollte, die sie aneinanderketteten, dann musste er vorausschauend planen. Er würde nach einer passenden Gelegenheit Ausschau halten

müssen. Er würde alle Türen und Fenster angelehnt lassen müssen, und vor allem bräuchte er ein bisschen Glück. Unbewusst hatte er den Wagen gewendet, fuhr auf dem Highway 59 zurück, und ehe er sichs versah, hatte er die Hauptstraße bereits hinter sich gelassen und auf dem bewaldeten Parkplatz hinter dem Studentenwohnheim geparkt. Er schlich unter ihr Fenster und warf Steinchen, bis er sie geweckt hatte.

»Ich dachte, du wolltest nach Hause fahren«, sagte Lindsay von oben.

»Da wartet nichts auf mich«, rief er zu ihr hinauf. »Ich fürchte, du bist meine einzige Zukunft.«

6

Jackie weiß nicht, was gut für ihn ist.

Jackie steht auf Blondinen.

Jackie steht auf hübsche junge Dinger.

Eine kleine Geschichte – über Jack und ein paar hübsche junge Dinger.

Summer mochte sie nicht. Das Mädchen, das ihnen zuerst Chips und scharfe Soße brachte und dann später an manchen Abenden in ihrem Light-House-Trailer aufwachte und an anderen Abenden mit Jack irgendwo war. Das Mädchen, mit dem Jack anfing, zu Abend zu essen. Das Mädchen mit dem reichen Daddy.

Wenn es nach Summer ging, konnte der Daddy des Mädels so viel Kohle verdienen, dass sie sich alle auf einer Hanffarm in Costa Rica zur Ruhe setzen konnten, aber das hieß noch lange nicht, dass die Schlampe ihr gefiel.

Sie stand unter den Kiefern auf der anderen Seite der Straße und starrte wutentbrannt zu den Fenstern des Light-House-Trailers. Sie hatte sie nach Hause kommen sehen, hatte sie dann nach oben gehen und das Licht löschen sehen. Sie wartete darauf, ihre Schreie zu hören, beschloss dann, sie könnte sich nichts Schlimmeres vorstellen, und bedeckte die Ohren mit den Händen.

Sie schluckte eine Pille, die sie von Gumm bekommen hatte, eine pinkfarbene, was bedeutete, es war entweder eine ovale Xanax oder es könnte auch eine dieser Adderall-Kopien gewesen sein, so oder so. Angst ergriff sie. Kalter Schweiß strich wie Finger über ihren Rücken, ihren Hals und die Beine hinunter, also warf sie noch eine ein, was immer es auch war.

Diese Scheiße muss aufhören.

Summer hatte keinen Schimmer, wann es anfing zu regnen, aber das Inferno in ihr loderte und schwoll an, schwoll an und loderte, bis schließlich der Himmel aufbrach und Blitze hierhin und dorthin schleuderte und sie sich inmitten einer Sintflut wiederfand.

Diese Scheiße muss jetzt, in diesem Augenblick, aufhören!

Sie kletterte das glitschige Bachufer hoch, platschte über den Kies der Straße zum Highway. Sie hätte problemlos die Schlüssel des beschissenen Hondas klauen können – das wäre kinderleicht gewesen –, doch stattdessen, schlammiger als ein Paar Arbeitsschuhe, stapfte sie den ganzen Weg zu einer Raststätte und belästigte jeden einzelnen Trucker, bis schließlich einer sagte, ja, ich werde dich die Straße runter in Nacogdoches absetzen.

In der Stadt angekommen, suchte sie sich das nächstbeste Münztelefon und wählte die Nummer von Ben Matlins Pieper. Zehn Minuten später war er da, und ihm fiel die Kinnlade runter, als er sie sah.

»Ich hab dich nicht kommen lassen, um mir Drogen zu verkaufen«, sagte sie zu ihm. »Ich dachte, es wird höchste Zeit, dass wir beide uns mal kennenlernen.«

Matlin wirkte bedrückt. »Ich weiß wirklich nicht … Du willst *gar nichts* kaufen?«

»Sollen sich doch die Studis und Landeier bei dir eindecken«, sagte sie. »Du und ich, wir beide sind füreinander bestimmt.« Sie öffnete die Beifahrertür seines Wagens. »Lass uns was essen gehen. Geht auf mich.«

»Aber, Summer, du bist total dreckig.«

»Sei nicht albern«, sagte sie. »Ist doch nur Matsch. Du kannst deinen Sitz einfach abwaschen.«

Sie ließ Matlin gar keine andere Wahl, also legte er einen Gang ein und fuhr los.

Sie hatte Ben Matlin vor ungefähr einer Woche auf einer Sause kennengelernt, die von den Campus-Schwulen veranstaltet wurde. Crunch und Lance und Tyler und dieses Mädchen, das mit Tyler abhing, und Kendall und Jamie stiegen in den Minivan von Kevins Mom, und als sie wieder ausstiegen, passierte das mit einer grünen Rauchwolke, und einer von ihnen hatte die prächtige Idee, dass sie sich alle Acid reinpfeifen könnten.

Womit Ben Matlin seinen Auftritt bekam. Auf den Straßen von Nacogdoches, Texas, gab es nur einen einzigen Mann, der auf Dauer in der Lage war, Halluzinogene wie Acid oder MDMA zu verticken. Schon möglich, dass gelegentlich der eine oder andere auftauchte, klar, aber es war nie von Dauer – wegen minderwertiger Ware, schlechtem Ruf oder, Gott behüte, der Polizei. Wenn das Wochenende kam und die Leute tanzen oder Spaß haben oder auch einfach nur mit offenem Mund die Wände ihres Wohnheimzimmers anstarren wollten, dann gab es nur eine Nummer, die man anrufen konnte.

Während jeder in der Stadt Ben Matlin kannte, wussten nur wenige wirklich etwas über ihn. Summer beabsichtigte, das zu ändern. Sie stellte sich vor, dass ein Mann wie er, mit großem Weitblick und wunderbaren Connections in die Drogenszene, sie endlich von Typen wie Jack Jordan befreien konnte, der sie keinen Furz mehr interessierte.

Ben schlug ein Restaurant namens *Los Rancheros* in der Stadt vor. Kaum waren sie an ihren Tisch geführt worden, da bedauerte Summer auch schon ihre Entscheidung. Wie Jack war auch Ben Matlin ein klein gewachsener Kerl. Ebenfalls wie Jack war er unglaublich nervös, und seine Frettchenaugen schossen hierhin und dorthin. Und am bedauerlichsten war, dass Ben genau wie Jack nur Augen für das Bedienungspersonal in einem Tex-Mex-Restaurant hatte, wobei dieses hier allerdings breite Schultern, einen straffen Arsch und hübsche blaue Augen hatte. Der Kellner sah aus wie gerade mal achtzehn, und Summer vermutete, wenn sie das hier erfolgreich durchziehen wollte, würde sie einen schweren Kampf vor sich haben.

»Ehrlich gesagt«, sagte sie, »vielleicht sollten wir von hier verschwinden und uns was besorgen, das wir mit zu deiner Wohnung nehmen können.«

Summer hatte noch nie eine so ordentliche, aufgeräumte Wohnung gesehen wie die von Ben Matlin. Er kleidete sich wie ein Highschool-Skater, hatte aber ein gutes Auge für asiatisches Design. Seine Stereoanlage war State of the Art. Sie hatte keinen blassen Schimmer, wie anfangen. Er übernahm das Steuer.

»Ich hab was von Madonna, ein bisschen ABBA ... oder vielleicht House?«

»Ich will alles über dich wissen«, sagte sie, vielleicht einen Tick zu träumerisch. »Leg auf, wozu du Lust hast.«

Ben entschied sich für Soft Disco. Davon hatte Summer noch nie gehört, aber sie versuchte dennoch, allein zur Musik zu tanzen. Als das nicht funktionierte, setzte sie sich zu ihm auf das schicke Zweiersofa, wo er Peperoni von seiner Pizza klaubte.

»Industriell verarbeitetes Fleisch ist momentan so ähnlich wie die neue Welle von Designerdrogen«, sagte Ben. »Es scheint keinen Menschen zu interessieren, woher es kommt.«

»Genau das hab ich neulich auch gesagt«, erwiderte sie. »Wow. Es ist ja fast, als hätten wir so was wie eine ... Wow!«

»Die Kids hier wissen gar nicht, wie gut sie es haben.« Er aß seine Pizza mit der Gabel. »Unten in Houston hat der angebotene Stoff bestenfalls einen Reinheitsgrad von vierzig Prozent. Falls überhaupt. Die verschneiden es über die Hälfte mit irgendeiner Scheiße, und die Kids da unten titschen nur so rum und nennen das Molly.«

»Ich dachte immer, wenn es Molly heißt, dann wäre es hundert Prozent rein.«

»Vielleicht früher mal, ja«, sagte Ben. »Jetzt nicht mehr. Wenn du heutzutage das Wort Molly hörst, dann heißt das, es ist mit Crank oder Äthylen verschnitten, oder, Scheiße, ich hab auch schon gehört, dass sie manchmal das Zeug benutzen, das an Tankstellen verkauft wird. Das Zeug, das als Rohrreiniger angeboten wird.«

Summer spürte, wie eine Pille ein Loch in ihre Tasche brannte. »Das alles ist ja so faszinierend. Erzähl mir mehr.«

»Ich … ich bestehe auf den guten Stoff. Ich bekomme ihn unten in Houston, und die versuchen immer wieder, mir den billigen Scheiß anzudrehen.« Er wischte sich mit einer Stoffserviette die Mundwinkel ab. »Ich weiß, dass ich diesen Kids auch Drano andrehen könnte, und sie würden keinen Unterschied merken, aber wir sind hier in einer kleinen Stadt. Dinge sprechen sich herum.«

»Darf ich mal deine Toilette benutzen?«

Er zeigte ihr den Weg. Kaum hatte sie die Tür hinter sich abgeschlossen, kramte sie auch schon die Pille aus ihrer Tasche und warf sie ein. Eine grüne.

Was ist noch gleich die grüne?

Sie sah seinen Kram durch. Gesichtscremes, Handlotionen und jede Menge Gleitmittel. Duftkerzen. Schicke Haargels und Eau de Cologne. Eine enorme Palette an Dingen, die im Dunkeln leuchteten.

Summer wusste, das alles wie für sie geschaffen war. Sie musterte sich im Spiegel, rieb einen Matschspritzer hinter ihrem Ohr weg. Fuhr mit den Fingern durch ihr Haar, um es zu glätten. Sie sah einen Eyeliner hinten auf der Ablage des Waschbeckens, entschied sich aber, mit dem zu arbeiten, was sie hatte.

Du willst nichts anderes als ihn fertigmachen und seine Drogen kassieren.

Summer war anderer Meinung. So ziemlich das Letzte, was sie wollte, war, dass auch nur eine Seele einen solchen Schmerz empfand wie sie.

Außer Jack. Und dieses kleine blonde Mädel.

Natürlich außer Jack und diesem kleinen blonden Mädel.

Sie fand, es hatte wenig Sinn, noch einen weiteren Gedanken an Jack Jordan zu vergeuden. Für sie gab es nichts Langweiligeres als einen Kriminellen, der versuchte, ehrlich zu werden, also konzentrierte sie sich lieber auf grünere Weiden. Vielleicht sollte sie sich Ziele setzen, die eher erreichbar waren.

Sie kehrte zu Ben Matlin auf dem Zweiersoda zurück.

»Du bist anders als jeder, dem ich bislang begegnet bin«, sagte sie.

»Hast du mein Parfum benutzt?«

»Du bist nicht mal dein eigener Stern. Du bist dein eigenes Sonnensystem. Du bist eine völlig andere Galaxie.«

»Und du scheinst so in dir zu ruhen«, sagte Ben. »Du wirkst so frei und glücklich. So oft sehe ich Leute, die in sich selbst gefangen sind. Die würden alles dafür geben, auch nur einen Bruchteil so in sich zu ruhen wie du.«

Summer legte eine Hand an sein Gesicht. »Wir sind von Schönheit umgeben. Manchmal finden wir sie, wo wir es am wenigsten erwarten.«

»Ich wünschte, ich würde die Welt auch so sehen.«

»Manchmal denken wir, wir sind so«, sagte sie, »aber in Wirklichkeit sind wir völlig anders.«

»Manchmal habe ich Angst, die Leute wissen nicht, wer ich bin.«

»Ich weiß, wer du bist«, sagte sie. »Ich weiß, du bist ein Typ, der alles ausprobiert, weil er wissen will, ob es funktioniert.«

»Dazu kann ich nichts …«

»Ein Mann, der seinem Herz folgt, wohin auch immer ihn das führen mag.«

Ein komischer Ausdruck tauchte auf Bens Gesicht auf, dann trank er seinen Wein aus. Er flitzte zu der Flasche auf der Arbeitsfläche, um sich nachzuschenken.

»Weißt du, was wir tun sollten?«, fragte sie, als sie zu ihm trat.

»Was denn? Sag's mir.«

»Wir sollten heiraten.«

Ben verschluckte sich fast an seinem Wein. Er leerte das Glas, füllte dann gleich noch mal nach.

»Hast du gehört, was ich gerade gesagt hab?«

Bens Stimme war plötzlich drei Oktaven höher. »Oh, ich hab's gehört. Weißt du, ich glaube, du machst dir ein falsches Bild von mir.«

»Nein, das tue ich nicht.«

»Ich fürchte, doch, das tust du.«

Sie legte eine Hand auf seine. Sie verwehrte ihm das Recht zurückzuzucken.

»Du verstehst das nicht«, sagte sie. »Ich kann in dich hineinsehen. Ich sehe, dass du ein guter Mensch bist. Deine Kunden bedeuten dir etwas.«

»Eigentlich nicht, nein. Nicht ein einziger …«

»Wenn ich dich ansehe, dann sehe ich keinen Dealer oder so«, sagte sie. »Ich sehe einen wunderschönen Menschen. Ich sehe einen wunderbaren, sanften Menschen.«

Ben senkte den Kopf. Seine Hand in ihrer entspannte sich. Summer wollte ihn in die Arme nehmen und nie mehr loslassen.

»Ich bin kein guter Mensch.«

»Doch, Ben. Das bist du.«

»Ich habe Dinge getan …«

»Wir alle haben Dinge getan.« Summer lachte lauter, je mehr sie darüber nachdachte. »Wenn ich es dir nur sagen könnte. Ich kann es dir nicht sagen, aber, Mann, Junge, wenn ich könnte.«

»Ich mache jeden Tag ganz schreckliche Dinge.«

»Aber das bist doch nicht du.« Summer nahm seine andere Hand. »Du machst, was du tun musst, um zu überleben. Deshalb bist du aber doch kein schlechter Mensch.«

Es summte in seiner Gesäßtasche. Er zog einen Pieper heraus und warf einen Blick darauf. Er schien einen Moment in Gedanken zu versinken, bevor er sagte: »Hey, hast du Lust, mich zu begleiten?«

»Klar«, sagte Summer. »Mit dir gehe ich überall hin.« Und nachdem sie darüber nachgedacht hatte: »Wohin geht's denn?«

»Zur Arbeit.«

• • •

So ziemlich das ganze County piepte Ben Matlin an, da Halloween vor der Tür stand. Bei den Rho Thetas stand die große jährliche Party an, weswegen sie sich mit Mollys eindecken wollten. Zwei Kids aus dem Wohnheim kauften zwei Zehnerstreifen von etwas, das Electric Ladyland genannt wurde. Während er dort war, wurde er von einem Pärchen aus der Studentenvereinigung angerufen, die E haben wollten. Weiter in die Sportsbar am anderen Ende der Stadt, wo zwei Rednecks einen Trip machen wollten. Dann noch ein Anruf, und noch einer und noch einer.

»Du machst einen Haufen Kohle«, flüsterte Summer, nachdem sie mit allem durch waren. Sie saßen im Wagen vor dem Studentenwohnheim, während Ben sein Geld zählte.

»Meiner Mutter sage ich, ich trage Papier aus.« Ben hielt einen Ziploc-Beutel mit drei Blättern Acid hoch. »Verstanden? *Papier austragen?*«

Sie legte die Hand auf sein Knie.

»Summer … Summer, ich …«

»Du brauchst nur Liebe, Mann.«

»Ich denke nicht …«

Sie sah ihn mit Rehaugen an. »Ich werde alles tun, Ben. Du musst nur fragen.«

»Ich fürchte, du hast vielleicht eine falsche Vorstellung von …«

»Sei nicht albern«, unterbrach sie ihn. »Du hast die Mauern

hochgezogen, und Mann, die sind ganz schön hoch. Du solltest dir erlauben, sie abzubauen. Du solltest jemanden reinlassen.«

Bens Lächeln wurde immer gepresster. Das gefiel ihr gar nicht.

»Nach meiner Erfahrung«, sagte er, »haben die meisten Menschen Hintergedanken, wenn's um mich geht. Keine Ahnung, ob's an den Drogen liegt oder …«

»Das muss ja furchtbar sein«, sagte sie. »Ich kann dir versichern, meine Absichten sind lauter.«

»Hab ich schon mal gehört.«

Sie schob sich dicht an ihn. »Wir haben doch schon festgestellt, dass die Leute in dieser Stadt zwielichtig und voller Scheiße sind.«

»Weißt du, was ich mache, wenn ich herausfinde, dass Leute mir gegenüber nicht aufrichtig sind?«, fragte er.

»Nein. Schieß los.«

Ben warf einen Blick auf seine Uhr, dann sah er sie an. »Lass uns noch einen Stopp machen«, sagte er.

»Was immer du sagst, Bennie-Boy.«

• • •

Crazy Carter: Dünn wie ein Gleis. Weiß. Lange, strähnige Haare bis zu den Schultern. Er trug eine Weste, von der Summer nur raten konnte, dass sie aus Alpaka war. Die Augen glasig wie Donuts. Hockte über einem Tablett voller Stängel, Samen und zwei leeren Päckchen Zigarettenpapier. Eine Rasierklinge.

Zwei weitere Mädchen im Zimmer. Ebenfalls mager, ebenfalls weiß. Die eine trug aus irgendeinem Grund einen Bikini. Beide waren geschminkt für eine Nacht im Club, nicht um in irgendeiner Bude mit einem Kiffer im Vollrausch abzuhängen.

Mehr als einmal protzte er mit seiner Lampe, die komplett aus Trümmerteilen der Raumfähre *Columbia* bestand. Mehr als einmal hörte er auf zu reden oder herumzugehen oder eine Ausgabe der *Roten Liste für Ärzte* zu tätscheln, als wäre sie ein Kätzchen, um seinen Arm um Ben Matlin zu legen und ihn zum wunderbarsten Menschen zu proklamieren, der je gelebt hatte.

Vielleicht lag es an der Linie Molly, die sie von Bens Armaturenbrett gezogen hatte, bevor sie rauf in die Wohnung gingen. Vielleicht waren es die drei Adderalls und diese grüne Pille, die sie zuvor eingeworfen hatte. Vielleicht war es ein innerer Sensor, der Alarm schlug – einer der letzten, die noch funktionierten –, denn kaum war Summer durch die Tür getreten, als sie spürte, dass etwas schrecklich falsch gelaufen war.

»Hab ich's euch gesagt oder hab ich's euch gesagt?«, sagte Crazy Carter zu den beiden Mädchen. Er sagte es noch mal und gleich noch mal. Bald fragte sich Summer, ob er wohl jemals aufhören würde, das zu sagen, und verstand, warum diese Mädchen so beunruhigt aussahen.

»Carter hier arbeitet an einem Rekord«, sagte Ben.

»Ach?«

»Genau«, sagte Carter. Er verschliff die Worte, aber nicht wie ein Betrunkener, sondern eher wie ein Boxer, der zu viele Runden im Ring gestanden hatte. »In vierundfünfzig Tagen hab ich den Rekord.«

»Welchen Rekord?«, fragte Summer.

»Welchen Rekord?« Carter lachte lauter als nötig. »Das Mädchen hier will wissen, welchen Rekord. Als wär sie noch nie auf Twitter oder Google gewesen oder hätte die Abendnachrichten gesehen.«

Die Mädchen in der Ecke sagten lautlos etwas, das aussah wie *Hilf mir.* Doch Summer hatte selbst genug Probleme. Der Magen begann sich ihr umzudrehen. Sie biss die Zähne fest aufeinander, und sie vibrierte wie eine Gitarrensaite.

»Summer ist neu in der Stadt, also sei nett zu ihr, Carter«, sagte Ben. Er wandte sich an Summer. »Der Rekord für die meisten Tage, die jemand ohne Unterbrechung MDMA genommen hat ...«

»1998 aufgestellt von Larry Williamson in Mill Valley, Kalifornien«, sagte Carter. »Sein langer Versuch startete genau genommen im Dezember 1997, erreichte das Finale aber erst Anfang Februar 1998. Eigentlich war es schon der zweite Anlauf von Williamson, da er auch den zweiten Platz dieses Rekords hält.«

»Der Rekord liegt bei dreiundsiebzig Tagen«, sagte Ben. »Carter ist jetzt bei Tag achtzehn.«

»Neunzehn«, korrigierte Carter.

»Wir haben uns doch geeinigt, dass der erste Tag nicht zählt, weil du den Stoff von diesem Typen hattest, der hopsgenommen wurde, weil er Methylon verkauft hat. Wir haben keine Ahnung, ob du wirklich MDMA genommen hast oder nicht.«

Carter ließ die Schultern hängen, wenn auch nicht sehr lange.

»Ich bringe die ganze Sache als Live-Blog«, sagte Carter. »Bislang bin ich in siebenundvierzig verschiedenen Ländern retweetet worden.«

Summer tat, als interessierte sie das einen Scheiß. Ganz ehrlich, sie wollte so schnell wie möglich dort raus. Sie dachte, wenn sie nicht bald an die frische Luft käme, würde sie die Wände der Wohnung mit Kotze überziehen.

Ben gab dem Mann seine Medizin.

»Was ist mit deinen Freundinnen?«, fragte Ben und deutete auf die beiden Mädchen.

»Mit denen?« Carter lachte. »Die sind nicht meine Freundinnen. Die sind nur wegen der Drogen hier. Sobald du denen was gibst, sind die durch die Tür und lassen mich allein hier.« Carter schlug seinem Kumpel auf den Rücken. »Du weißt doch, wie das ist, alter Freund, oder?«

Ben zuckte mit keiner Wimper. Er klaubte zwei Tabs aus dem Beutel in seiner Tasche und gab sie den beiden Mädels. Ohne großes Trara zogen sie sich an und waren aus der Tür. Carter verzog das Gesicht, bekam einen Anfall und fiel zu Boden.

»Das bringt mich total runter«, jammerte Carter. »Das macht mich total down.«

»Wie wär's mit noch einer?«, bot Ben an. Er hatte bereits eine Pille ausgepackt und auf den Couchtisch gelegt.

Summer wollte ihn zurückhalten. Sie wollte ihn anbrüllen und daran erinnern, dass achtzehn oder neunzehn Tage ununterbrochene Einnahme von MDMA nicht gut war für das Gehirn oder die Seele oder alles Mögliche dazwischen. Dass vielleicht schon genug Schaden angerichtet war und dass er in diesem Augenblick und in jedem anderen Augenblick alles andere als ausgerechnet noch eine Ladung Ecstasy brauchte, denn diese Scheiße fraß einem Löcher ins Hirn. Diese Scheiße killte das Serotonin, und nach achtzehn oder neunzehn Tagen war der Tank gnadenlos leer. Sein Gehirn musste ein Schweizer Käse sein, und, na ja, wenn man sich's recht überlegte, wieso ballerte sich Summer dieses Zeug in den Kopf, war es bereits zu spät für sie? War sie bereits verurteilt, zu so etwas zu werden wie dieses zitternde, kauernde Häufchen Elend da auf dem Teppichboden, und apropos …

Summer stürmte zur Tür. Sie schaffte es gerade noch rechtzeitig hinaus, bevor sie alles, was sie in sich hatte, auswürgte und ins Treppenhaus katapultierte. Sie sackte auf die Knie, schwankte aber dennoch weiter nach vorn, hoffte, ihrem Erbrochenen ausweichen zu können, was ihr allerdings eher schlecht als recht gelang. Sie schaffte es auf den Parkplatz und hielt den Kopf wenige Zentimeter über den Rinnstein, wo Ben sie dann einige Zeit später fand.

»Ich hab's dir ja gesagt«, sagte er. »Ich hab den guten Stoff.«

• • •

Die Fahrt von Nacogdoches nach Lufkin dauerte zwanzig Minuten. Die meiste Zeit redete Ben, denn Summer fühlte sich nicht in der Verfassung für Unterhaltungen.

»Man kann es sich nicht vorstellen, wenn man ihn anschaut«,

sagte Ben, »aber Carter war einer der besten Studenten der Neurowissenschaften dieses Bundesstaats. Er hatte schon zwei Beiträge in Fachzeitschriften veröffentlicht. Und dann …«

Summer konnte kaum die Augen offen halten. Sie fürchtete, vorhin ihre Seele erbrochen zu haben.

»Bevor er mir begegnete, hat er nicht mal Pot geraucht.« Ben klang einen Hauch angeberisch. »Er sagte, es wäre alles nur ein Experiment.«

Summer wünschte sich, sie hätte die Energie zu rauchen.

»Er sagte, er würde mit einer Menge Sachen experimentieren.«

Bens Betrübtheit füllte den Vordersitz seines Wagens, falls es denn wirklich Betrübtheit war. Er starrte verlassen durch die Windschutzscheibe, während sie über den Fluss rollten, über die Straße, die durch die Wälder geschlagen worden war, und hinein in die Randbezirke der Stadt.

»Was hat er dir getan?«, fragte Summer.

»Wie kommst du drauf, dass er mir irgendwas getan hat?«

»Weil du ihn so sehr hasst.«

Ben versuchte, die Schultern zu recken, konnte sie aber nicht oben halten.

»Wie kommst du drauf, dass ich ihn hasse?«

»Warum sonst solltest du das mit seinem …« Sie hatte so trockene Lippen. Sie leckte mit der Zunge darüber. Es half nichts. »Warum sonst solltest du ihm immer weiter …«

»Ich studiere Wirtschaft«, sagte er, »und ich bin ein Dealer. Carter ist nicht nur mein bester Kunde, er ist auch noch die beste Werbung, die man für Geld bekommen kann.«

Es dauerte eine Weile, bis das richtig ankam. Als es so weit war, fragte Summer: »Schön. Aber was hat er dir *getan*?«

»Was er mir getan hat?« Ben behielt die Augen auf der Straße. Summer hätte schwören können, dass sie sah, wie sich sein Gesicht von einem Mann zu einem Monster und dann zu einem kleinen Jungen verwandelte. »Er hat mich belogen.«

Summer konnte nur flüstern. »Worüber hat er gelogen?«

Bens Antwort bestand darin, sich ihr zuzuwenden und ihr in die Augen zu sehen. Der kleine Junge war fort. Er hatte sich wieder in einen Mann verwandelt.

Die restliche Fahrt verbrachten sie schweigend. Summer konnte den Finger nicht drauflegen, aber noch nie zuvor hatte ihre Seele einen solch gewaltigen Schlag einstecken müssen. Eine volle Breitseite. Sie war angeschlagen und wollte nichts mehr als ihn loswerden.

Aber diese Drogen ...

Er hatte eine Connection, klar. Das Beste, was sie in diesem County tun könnte, war, sich selbst Zeug zu besorgen, aber es wäre nie besser als das, was er vertickte. Es würde immer schlechter sein, und es hörte sich ganz so an, als würden sich Konkurrenten auf diesem Markt nicht lange halten. Wie kam es, dass jede Geschichte, die sie über einen anderen Typen mit Stoff hörte, damit endete, dass der andere Typ im Knast landete? Ben war smart. Er würde jeden verpfeifen, wenn er so die Konkurrenz verdrängen könnte.

Und so wie Carter aussah, war *Verpfeifen* noch nicht das Schlimmste, wozu Ben fähig war.

Ben fuhr die Serpentinenstraße hoch und hielt vor dem Light-House-Trailer. Er löschte das Licht, machte aber nicht den Motor aus.

»War ein schöner Abend«, sagte er.

Sie konnte kaum atmen. »Fand ich auch.«

»Ich hab keine richtigen Freunde«, sagte Ben. »Ich hoffe, wir beide ...«

»Was macht ihr zwei da?«

Jack stand im Dunkeln direkt neben ihrer Scheibe. Er rauchte eine Zigarette und grinste übers ganze Gesicht.

»Jack?«

»Du liebe Güte!« Ben leckte sich über den Mund.

»Jack, wir sitzen hier nur und reden. Ich bin gleich da.«

Bens Lider flatterten. »Summer, wer ist das?«

»Ist das … seid ihr zwei …« Jacks Lächeln wechselte von breit zu überheblich. »Haha. Ich heiße Jack. Ich bin ihr Mitbewohner. Wir sind *nur* Mitbewohner.«

»Oh. Ich verstehe …«

»Jack, könntest du uns vielleicht einen Moment allein lassen?«

»Klar doch, Summer. Auf jeden Fall.«

Und sie dachte, sie könnte ihn unmöglich mehr hassen, aber damit lag sie falsch – gewaltig falsch –, denn als sie diesen Ausdruck in Ben Matlins Augen sah, als Jack zum Light-House-Trailer stolzierte, da hasste sie ihn *zehnmal* mehr. Wieder mal hatte er ihr einen Strich durch die Rechnung gemacht. Wieder mal hatte er Oberwasser. Wieder mal hatte er ihren Kick versaut.

»Das ist dein Mitbewohner?«

»Ja«, seufzte sie.

Ben hob vage eine Hand an die Brust. »Ist er … Ist er …«

»Ein Arschloch? Ja.«

»Nein … ich meine, ist er *schwul?*«

Summer hatte sich noch nie in ihrem Leben so benutzt gefühlt. Jack benutzte sie wegen Drogen, und jetzt benutzte Ben Matlin sie wegen Jack. Sie vermutete, dass sie sich in den besten Boden auf der Welt einpflanzen und Äpfel aus dem Arsch wachsen lassen konnte, und trotzdem würde kein Mensch in ihr den Zweck, sondern immer nur das Mittel sehen.

»Nach allem, was ich weiß«, sagte sie, »ist er der größte Schwanzlutscher in ganz Angelina County.«

Ben hob die Hände an den Mund und bebte.

»Wenn du willst«, sagte sie, »stelle ich dich ihm vielleicht vor.«

»Würdest du das wirklich tun?«

»Klar«, sagte sie und verzog das Gesicht. »Jede Wette, ihr zwei würdet euch prächtig verstehen.«

7

Jack wäre gern durchgedreht, als er den Light-House-Trailer an dem Abend sah, als er von Lindsays Wohnheimzimmer nach Hause gekommen war. Er hatte die eine Hälfte des Abends mit dem Versuch verbracht, ihr und ihrer Mitbewohnerin dezent zu signalisieren, dass ein Dreier doch eine wunderbare Idee wäre, und die andere Hälfte hatte er versucht zu verhindern, dass sie heulte. Er freute sich so sehr auf einen netten, ruhigen Abend zu Hause. Vielleicht ein bisschen lesen, was er schon eine Ewigkeit nicht mehr gemacht hatte.

Als er jedoch nach Hause kam, fand er eine Party vor. Kein Beisammensein von der Sorte mit Chips und Dips und lasst uns ein paar Bierchen zischen, sondern eine ausgewachsene Saufparty inklusive Bierfass und rund drei Dutzend Studenten beiderlei Geschlechts, die auf der Straße herumstanden, Bier tranken und Joints kreisen ließen.

Im Inneren des Trailers sah es aus, als würde das Ding jeden Moment aus den Fugen geraten, so viele Leute zwängten sich dort zusammen. Jack stand in der Tür und schob jemanden, und dann noch jemanden, zur Seite, während er sich einen Weg durch die Horde zur Treppe bahnte. Den ganzen Weg hinauf zu seinem Schlafzimmer brüllten Leute *Hey, pass doch auf!* und *Was soll das?*. Aber am Ende erreichte er sein Zimmer, und nachdem er ein Pärchen rausgeschmissen hatte, das gerade vögeln wollte, schloss er die Tür, damit er – ganz für sich – einen kleinen Tobsuchtsanfall kriegen konnte.

Nachdem das erledigt war, kämpfte er sich wieder nach unten durch, wobei er einen Chor von *Hey, Arschloch* bis zu *Für wen hältst du dich eigentlich?* über sich ergehen lassen musste, bevor er endlich im Wohnzimmer ankam. Er drängelte sich zum Lichtschalter, wo er dann alles an- und ausknipste, doch statt irgendeine Aufmerksamkeit zu bekommen, erhielt er Applaus. Irgendwer drehte die Lautstärke der Musik weiter hoch, und die Menge feiert ungerührt weiter.

Ohne noch mehr ertragen zu können, drängte er sich zur Küche durch. Dort fand er Summer Ashton, die an einem Bier nuckelte und viel zu fette Kokslinien auf der Arbeitsfläche vorbereitete.

»Gottverdammte Scheiße, was machst du hier, Summer?«, fuhr er sie an.

»Ich schmeiße eine Party«, sagte sie. »Wie sieht's denn für dich aus, was ich hier mache?«

»Eine Party?« Jack kochte. »In unserem Trailer?«

»Ich bin immer wieder von deinem messerscharfen Verstand beeindruckt.« Summer beugte sich vor, um eine der pulvrigen Linien hochzuziehen. »Und es ist, nebenbei bemerkt, eine verdammt gute Party, vor allem, wenn man die Größe der Bude bedenkt.«

Jack ballte die Fäuste und öffnete sie wieder. Er biss die Zähne zusammen.

»Summer, muss ich dich daran erinnern, dass wir nicht nur fast ein halbes Kilo Koks in diesem Trailer haben, sondern – dank dir – auch noch ein Viertelpfund Pot und dazu Pillen in jeder nur erdenklichen Farbe. Was, wenn die Bullen kommen?«

»Es ist keine Party, wenn die Bullen nicht kommen«, sagte sie. »Aber keine Panik. Die werden nur sagen, wir sollen die Musik leiser machen und die Leute hier nach Hause schicken. Sei nicht paranoid.«

Summer wusste, dass sie ihn ziemlich sicher mundtot machte, wenn sie ihn paranoid nannte. Jack war paranoid, gar keine Frage, aber ihn so zu nennen, konnte ihn buchstäblich in den Wahnsinn treiben. Sie genoss einen Moment lang den Schaum vor seinem

Mund. Jack hätte am liebsten ein Loch in den Boden des Trailers getreten.

»Du solltest besser mal dein Gehirn untersuchen lassen, statt hier mit all den Drogen im Trailer eine Party zu schmeißen.«

»Falls hier einer untersucht werden sollte«, knurrte sie, »dann bist du das.«

Er schüttelte den Kopf wie ein Hund, der aus dem Regen hereinkam. »Was redest du da?«

»Wir sind jetzt seit zwei Monaten in der Stadt, Jackie. Du ziehst los und machst mit dieser Blondine rum, während ich hier die Einzige bin, die Geschäfte an Land zieht.«

»Ich hab's dir doch gesagt, ich arbeite dran.«

Ein total zugedröhnter Kiffer kroch auf allen vieren an ihnen vorbei. Er stieß gegen Jack, der nicht groß nachdachte und ihm einen Tritt verpasste. Der Kiffer fiel auf den Rücken und strampelte mit Armen und Beinen wie eine auf den Rücken gedrehte Kakerlake.

»Ach, so nennst du das?« Summer verschränkte die Arme und reckte das Kinn. »Denn ich nenne es anders. Du und ich, wir beide sollten doch zusammenarbeiten. Stattdessen schaffe ich hier das Geld ran und besorge uns Connections, während du nur herumrennst und es mit diesem Paradebeispiel von Magersucht treibst. Wir sollten uns beide die Hände schmutzig machen.«

Jack zeigte auf die Arbeitsfläche. »Du ziehst dir mehr Koks rein, als du verkaufst!«

»Man kann kein Omelett machen, ohne vorher ein paar Eier aufzuschlagen. Das hab ich von dir!«

»Summer ...« Jack gab sich die größte Mühe, ruhig zu bleiben. »Du musst diese Leute aus dem Trailer kriegen.«

»Ich werde doch keine Party beenden, Jackie.«

Jack spürte die kalten Finger der Angst, die seinen Rücken hinaufkrochen. Sie ergriffen seine Lunge, seine Schultern, seinen ganzen

Oberkörper und drückten so lange fest zu, bis er krampfhaft nach Luft schnappte. Er bewegte den Kopf von links nach rechts, versuchte verzweifelt, seine Verspannungen zu lösen.

»Summer … *bitte* …«

»Nee.«

»Ich krieg keine Luft …« Jack zerrte mit einem Finger an seinem Kragen. »Die bringen uns in den Knast …«

Sie zog sich die zweite Linie von der Arbeitsfläche rein und hatte nach reichlicher Überlegung Mitleid mit ihm.

»Ich werde die Leute nach Hause schicken«, sagte sie, »sofern du eine Kleinigkeit für mich tust.«

»Was?«

Sie runzelte die Stirn. »Das sollte doch egal sein. Du solltest es liebend gern tun, denn es ist allerhöchste Zeit, dass du auch mal deinen Teil der Arbeit erledigst.«

»Schön. Sag, was.«

Mit Summers Lächeln hätte man ein Weißbrot toasten können.

• • •

Jack wäre niemals nach Houston gefahren, hätte Summer ihm nicht Daumenschrauben angelegt. *Richtig* Daumenschrauben angelegt, denn er willigte nicht nur ein, den Beifahrer zu geben, während Ben Matlin seine Vorräte aufstockte, war nicht nur einverstanden zu versuchen, ein paar Blätter Acid und vielleicht eine oder zwei Unzen Molly zu kaufen, sondern war auch noch einverstanden, dass er zu diesem Zweck vielleicht auch noch bei Matlins Vorliebe für Männer mitspielen müsste.

»Ich werde ihm keinen blasen«, hatte Jack seiner Mitbewohnerin gesagt. »Und auf gar keinen Fall werde ich mir von ihm irgendwas in den Hintern stecken lassen.«

»Du musst nicht schwul sein«, hatte Summer gekontert. »Du musst nichts anderes tun, als es ein bisschen geheimnisvoll zu machen. Das Einzige, was ein Schwuler mehr liebt als ein Drama, ist ein kleines Geheimnis.«

Jack schätzte, das konnte er machen, also quatschte er den ganzen Weg auf dem Highway 59 über schicke Restaurants, Filmstarklatsch und das Styling von Berühmtheiten wie Madonna und Cher.

Dennoch ging Matlin auf Nummer sicher. Er steckte einen Zeh ins Wasser. Er hielt die Hände fest auf dem Lenkrad. Ein feiner Schweißfilm schimmerte auf seiner Stirn, und er behielt die Augen, so nervös sie sein mochten, fast permanent auf der Straße. Matlin gab sich zwar die größte Mühe, seine Karten dicht vor der Brust zu halten, doch stattdessen legte er sie offen und für Jack sichtbar auf den Tisch.

»Dann ist … Summer also deine … was?«

»'Tschuldigung?«

Matlin schluckte irgendwas Imaginäres herunter. »Ist sie deine … Freundin?«

»Wohl kaum«, sagte Jack. »Sie ist nicht direkt mein Typ, wenn du weißt, was ich meine.«

Statt zuzugeben, dass er es nicht wusste, ließ Matlin ein paar Kilometer verstreichen, bevor er den Mut aufbrachte, wieder etwas zu sagen.

»Und … was wäre das dann?«

»Was wäre was?«

»Dein Typ.«

Jack zuckte mit den Achseln. »Ich habe festgestellt, dass es mehr bringt, meine Optionen offenzuhalten.«

Matlin nahm nur einen Sekundenbruchteil den Fuß vom Gas, und zum ersten Mal, seit sie Angelina County verlassen hatten, fiel ihr Tempo auf unter hundertdreißig die Stunde.

Als er sich wieder gefangen hatte, stammelte er: »M-m-magst du Tacos zum Frühstück?«

»Wer mag keine Frühstückstacos?«

»Carter.«

»Wer ist Carter?«

Matlin schüttelte schnell den Kopf. »Niemand. Nur der Typ, der mich früher auf diesen Fahrten begleitet hat.«

»Scheint ein echtes Arschloch zu sein.« Jack konnte sich beim besten Willen nicht erinnern, dass Summer irgendwen namens Carter erwähnt hätte. »Jeder, der keine Frühstückstacos mag, hört sich für mich wie ein Arschloch an.«

»Ich kenne das mit Abstand beste Lokal für Frühstückstacos in Houston. Die haben nur samstags und sonntags morgens geöffnet.«

»Du musst mir den Namen verraten. Wenn ich das nächste Mal an einem Samstag- oder Sonntagmorgen hier unten bin, kann ich mir ein paar holen.«

»Denn … ich hab überlegt …«, Matlin ließ sich alle Zeit der Welt. »Vielleicht könnten wir uns ein Zimmer nehmen … Du weißt schon, dann müssen wir uns wegen der Rückfahrt keinen Kopf machen. Schmeißen vielleicht was E ein, feiern ein bisschen, dann wachen wir auf und besorgen uns ein paar Frühstückstacos.«

Jack machte eine kurze Aufstellung all der Menschen, die er gern erwürgen würde. Und Summer kam ganz oben auf diese Liste.

»Wir müssen mit dem Feiern auch nicht warten, bis wir in der Stadt sind«, sagte Matlin. Jack drehte sich auf seinem Platz zur Seite und sah, dass er einen winzigen Beutel mit violetten Pillen aus seiner Hosentasche gekramt hatte. »Wir können sofort loslegen. Wenn wir dann das Manson's erreichen, siehst du Affen.«

»Was zum Teufel ist Manson?«

»Ein Nachtclub.« Matlin legte sich eine Pille auf die Zunge, spülte sie mit einem Energydrink runter. »Da holen wir den Scheiß ab.«

»Du kaufst diese Scheiße bei einem Arschloch in einem Club?«

»Nein«, sagte Matlin, »ich kaufe es von dem Arschloch, dem der Laden gehört.«

• • •

In echt. Das Arschloch hieß Beef Guidry, und als Jack ihn das erste Mal sah, hatte er ihn für eine Sie gehalten, da die Person, der er vorgestellt wurde, aufgetakelt war wie ein Weihnachtsbaum. Sie trug Federboas und Stilettoabsätze, aber bei Beef Guidry waren es nicht einfach nur irgendwelche Stilettoabsätze; nein, diese Stilettoabsätze enthielten das Bild der Freiheitsstatue, und bei jedem Schritt leuchtete die Fackel hell auf.

Sie trug ein langes, schmal geschnittenes Kleid, und während sie zum Büro im hinteren Teil des Clubs geführt wurden, betrachtete Jack ihren Hintern, als wäre er ein Metronom. Nachdem sie dort angekommen waren und die Tür ins Schloss gefallen war, machte Beef sich daran, die Dinge klarzustellen, indem er Perücke, Federboa, Elton-John-Sonnenbrille und die langen, langen Wimpern ablegte, und wenig später fragte sich Jack, was zum Teufel er eigentlich gedacht hatte.

Noch etwas, das Beef entfernte, war der bleistiftdünne Schnurrbart weißen Puders, den er mit dem Finger abwischte und diesen mit einer abartig langen Zunge sauber leckte. Jack hätte schwören können, dass das Büro kleiner geworden war, und die Wände mit den Aktenschränken und Alkoholika in Kartons hätten sich dichter um sie herum geschlossen.

Beef winkte Jack mit seinem speichelnassen Finger heran und wackelte dann damit.

»Benjamin«, sagte er, »wer ist unser kleiner Freund hier?«

»Das ist Jack«, sagte Matlin. »Er ist aus Nacogdoches.«

»Und soll sein Kostüm *ironisch* sein?« Beef rümpfte die Nase.

Jack sagte: »Ich verstehe nicht …«

»Deine Klamotten.« Als Jack immer noch nichts sagte, verdrehte Beef die Augen und seufzte. »Benjamin, du hast echt deine kleinen Sünden.«

Beef schlenderte um den Schreibtisch, auf dem ein gerahmtes Bild von Ava Gardner lag. Er setzte sich, senkte die Nase zu dem Glas und schniefte eine Linie Koks von Avas langem Bein. Er reinigte die Nase mit einem Finger, lehnte sich dann zurück und drückte ein Lächeln ab.

»Was ist mit Carter passiert?«, fragte er.

Matlin schüttelte den Kopf.

»Wirklich schade.« Beef schlug ein kräftiges Bein über das andere. »Ich mochte Carter. Wie lange hat er geschafft? Acht Wochen?«

»Zehn.«

Beef zog beeindruckt die Augenbrauen hoch. »Zehn Wochen? Wow, Benjamin, du bringst es voll. Als ich diesen kleinen Jungen das erste Mal gesehen hab, da dachte ich, der schafft nicht mal zehn Tage, aber du bist immer wieder für eine Überraschung gut.«

Beef erhob sich von seinem Stuhl und rauschte über den Boden, bis er neben Jack stand. Er schob einen Arm um seine Taille und rieb seine frisch rasierte Wange an der von Jack.

»Was sagst du, Jackie-Boy?«, flüsterte er. »Findest du nicht auch, dass unser Benjamin hier immer für eine Überraschung gut ist?«

Bevor Jack etwas sagen konnte, wurde er an der Taille zu dem Foto von Ava geführt. Zwei ordentliche weiße Linien zogen sich über ihr reizendes Gesicht. Beef wedelte mit den Händen über das Glas, als wäre er ein Model auf einer Messe.

»Lieber nicht«, murmelte Jack. »Ich glaube, Koks verträgt sich nicht wirklich mit der Scheiße, die ich schon eingeworfen habe.«

»Ach, das ist kein Kokain«, kicherte Beef, »und es passt gut zu allem und jedem.«

Jack hatte das komische Gefühl, er sollte besser nicht diskutieren, also senkte er die Nase aufs Glas und zog die erste Linie rein, dann die andere.

»Wie schön, dass du an Bord bist«, sagte Beef eifrig kieksend. »Dann verrat mir mal, Jack, worauf stehst du?«

»Worauf ich stehe?«

»Worauf du Lust hast.«

»Ich bin nicht sicher, ob ich dich richtig verstehe.«

»Magst du Jungs oder magst du Mädels?« Beefs Lächeln zerschnitt sein Gesicht und erstarrte. »Oder vielleicht ist dir was dazwischen lieber.«

»Ich ... Ich ... äh...«

»Oh ...« Beef machte einen Schritt zurück. Er sah aus, als hätte man ihm gesagt, es sei bösartig. »Du liebe Güte.« Er drehte sich schwungvoll um und erreichte mit zwei großen Schritten den Schreibtisch, schnappte sich ein Handy und tippte mehrfach auf den Bildschirm, dann richtete er einen mitleidigen Blick auf Jack.

»Und was darf ich dir zu trinken anbieten?«

Jack fragte sich, was er falsch gemacht hatte. Was er gesagt oder getan hatte ... oder ...

Beef schnipste mit den Fingern. »Honey«, sagte er, »Leute haben zu tun.«

»Ich schätze einen Orangensaft«, sagte Jack. »Vielleicht mit einem Hauch Wodka.«

Matlin stand mit gesenktem Kopf da, hatte die Fäuste in den Taschen. Jack hatte keine Ahnung, ob es an den Drogen lag, jedenfalls meinte er, die Hitze spüren zu können, die der kleine Mann abstrahlte. Das alles gefiel ihm überhaupt nicht.

Beef tippte weiter auf seinem Handy herum, dann verscheuchte er ihn mit einer Handbewegung.

»Dann raus mit dir«, sagte er. »Geh mit den Kindern spielen, während Mommy und Daddy sich um die Geschäfte kümmern.«

»Wo soll ich ...?«

Die Antwort kam, als die kleine Tür zu Beefs Büro aufschwang und die Zwillinge hereinkamen. Zwillinge, weil sie absolut identisch aussahen. Zwei stämmige, stattliche Typen, die oberhalb der Taille nichts trugen außer einer Fliege und jeder mindestens zwei Pfund Haargel. Beide glatt wie Otter mit Augen wie hungrige Schakale.

»Das sind meine Pin-up-Boys«, sagte Beef. »Ich bin sicher, sie werden für dich was Passendes zum Spielen finden.«

Und damit wurde Jack an den Ellbogen die schmale Treppe hinunter und über die überfüllte Tanzfläche zur Bar gefegt, wo sowohl ein Cocktail als auch eine Getränkekellnerin auf ihn warteten.

»Ich heiße Sheila«, sagte das Mädchen, als es das Glas vom Tablett nahm. »Beef hat gesagt, du und ich sollten gute Freunde werden.«

•••

Nachdem Sheila ihre Schürze abgelegt hatte, sah Jack, dass sie Wahnsinnskurven hatte und es dafür keine Bedienungsanleitung gab. Er hasste tanzen, traute sich aber auf der Tanzfläche nicht von ihrer Seite. Irgendetwas packte ihn, und er machte das E oder was immer er in diesem winzigen Büro oben geschnieft hatte, dafür verantwortlich. Er konnte nicht still stehen. Er verlagerte sein Gewicht von einem Bein aufs andere, mehr oder weniger im Takt der Musik.

Um zu sprechen, mussten sie sich dicht zueinander beugen und gegen die Musik anbrüllen.

»Echt gute Scheiße«, schrie er.

»Das sagst du dauernd.« Ihre Hüften hielten nicht still. Sie drückte sich an ihn, mit ihrem Hintern, mit ihrer Vorderseite und allem, was sie sonst noch zur Verfügung hatte. »Willst du dich setzen?«

»Ich tanze beschissen.«

»Du schlägst dich ganz ordentlich.«

»Ich seh dir doch nur zu.«

»Wie ich schon sagte …« Ihre Augen hatten ein rötliches Braun. Sie funkelten wie Discokugeln. »Aber wir sollten mal an die Luft gehen.«

Er war einverstanden. Er schwebte wie ein Ballon an einer Schnur hinter ihr her, als sie ihn an der Hand nahm und durch eine Tür mit der Beschriftung KEIN AUSGANG führte. Draußen war es frisch. In gelbes Licht der Straßenlaternen getaucht. Etwas weiter weg stritten zwei Penner anscheinend über fünf Mäuse. Jacks Hände zitterten, als hätte er Parkinson, als er zwei Zigaretten aus einem zerknitterten Päckchen zog.

»Du bist also ein Bauer oder so was?«, fragte sie.

»Wie meinst du das?«

Ihre Blicke wanderten von seinem Scheitel bis zur Sohle, dann wieder zurück. Sie schüttelte den Kopf.

»Vergiss es.«

»Arbeitest du hier?«, fragte er sie.

Sie antwortete: »Ich bin Kellnerin.«

»Und zu deinem Job gehört es, Molly zu schlucken und mit jedem zu tanzen, den dein Boss dir schickt?«

»Es ist ein ziemlich einfacher Job.« Sheila hielt ihre Zigarette an eine Flamme und saugte daran. »Gefällt dir nicht, wie ich's mache?«

»Oh, es gefällt mir schon gut.«

Sie klimperte mit den Wimpern. »Wenn du später gefragt wirst, sag dem Chef, ich hätte eine Lohnerhöhung verdient.«

»Sollen wir … du weißt schon …«

»Vögeln?« Sheila schnipste Asche mit dem Zeigefinger fort. »Nicht so schnell. Amüsierst du dich etwa nicht?«

»Ich amüsier mich blendend …«

»Dann chill mal.« Sie begann, auf dem Parkplatz wieder zu tanzen, obwohl die Musik durch die dicken Betonwände kaum zu hören war. Irgend so ein Prolet in einem Pick-up pfiff anerkennend. Niemand interessierte sich für die Ratte, die unter einem Müllcontainer hervorgehuscht kam. »Wie lange kennst du Ben?«

»Ben?«

»Matlin.« Ihre Hüften machten mit diesem hypnotischen Rhythmus weiter. »Das Pferd, auf dem du angeritten gekommen bist.«

»Oh …« Die Drogen ließen seine Augen nach hinten wegkippen. Seine Zähne klapperten. »Ich hab ihn gestern erst kennengelernt.«

»Ihr Jungs seid den weiten Weg nach Houston gekommen, um bei Beef einzukaufen?«

»Für eine Kellnerin«, sagte er, »weißt du aber ganz schön viel.«

»Vielleicht versuche ich ja, mehr als nur Kellnerin zu sein.« Sie schmiegte sich dicht an ihn. »Ich habe Ben schon mit vielen Typen kommen und gehen sehen. Aber irgendwie … Irgendwie scheinst du keiner von der Sorte zu sein.«

»Wie meinst du das, *die Sorte?*«

Ihr ganzer Körper lachte, angefangen mit den Augen. »Was bist du, ein Papagei?« Sie nahm seine Hände. »Wir sollten wieder tanzen gehen.«

Da hatte Sheila recht. Er bekam seine Sätze nicht mehr richtig auf die Reihe, konnte aber still stehen, wenn ein Mädchen ihn antanzte. Sie hatte was. Er konnte nicht ganz den Finger drauflegen, aber sie hatte was, was Lindsay nicht hatte und Summer todsicher nicht und vielleicht nicht mal Melissa zu Hause in South Carolina oder all die Mädels in New Orleans. Vielleicht niemand, den er je kennengelernt hatte, denn als er dieses Mädchen anfasste, an der Taille, ihren Hüften oder auf dem Rücken, fand er unendliche Möglichkeiten, alle Horizonte in Reichweite und die Sterne zählbar. Er brauchte nicht mehr als die Spitze seines Fingers, um sie in sich hineinzuziehen.

»Du bist ein Rauschgift«, raunte er.

Sie bedankte sich mit einem Lächeln. Leicht geöffneten Lippen. Dafür brauchte er keinen Übersetzer.

»Baby, komm, hol dir deine Dröhnung.«

•••

Matlin drehte durch. Zuerst zeigte er mit einem Finger zum Himmel und verkündete Missetaten. Jack konnte das *Auch du?!* überdeutlich auf seinem Gesicht sehen, und dies musste das Allerschlimmste überhaupt sein. Jack dachte sich nichts bei der Frau in seinen Armen, die sich plötzlich Pfunde – nein, *Tonnen* – schwerer anfühlte, also ließ er sie los, worauf er sich fühlte, als könnte er wie Teer in den Erdboden schmelzen.

»Ich dachte, du wärst anders«, sagte Ben durch zusammengebissene Zähne. »Ich dachte, du wärst nicht wie die anderen.«

Egal, wie wütend Matlin sein mochte, Jack behielt argwöhnisch die beiden Zwillinge im Auge, die jetzt wie Hyänen grinsten. Von dem Öl schimmernd, das auf ihre Bauch- und Brustmuskeln, auf diese Arme gerieben worden war … mit einem Ausdruck auf dem Gesicht, als hätten sie eine Woche in der Wüste verbracht und stünden jetzt an der Spitze der Schlange vor dem All-you-can-eat-Büfett eines Golden Corral. Sie glotzten ihm ein Loch in den Bauch, also sackte er prompt auf die Knie und kotzte Pillen und Dörrfleisch in den Rinnstein.

»Ich hätte mehr von dir erwartet.« Matlin malte mit seinen kleinen Sneakern Halbmonde auf den Straßenbelag um die Schweinerei. »Du widerst mich an.«

»Was hab ich denn getan?«, keuchte Jack, immer noch auf Knien.

»Du musst uns für komplette Idioten halten.« Hinter ihnen zerschnitten Sirenen die Nacht. »Glaubst du, ich lasse dir das durchgehen?«

»Bitte … Ich hab überhaupt keine Ahnung, worüber du redest.«

Sheila interessierte das alles überhaupt nicht. Sie hatte den Rhythmus verloren. Sie nahm wohl an, er wäre irgendwo unter ihren Fingernägeln, so wie sie sie jetzt betrachtete. Was hier gerade passierte – Jack auf der Erde, Matlin, der völlig durchdrehte –, interessierte sie nicht im Geringsten.

»Jungs …« Matlin schnipste mit den Fingern. »Seht mal nach, ob er verkabelt ist.«

»Ob ich *was?*«

Bevor er weiter protestieren konnte, packten die Zwillinge seine Ellbogen. Sie begannen, die Knöpfe seines Hemds abzureißen.

»Moment …«

Keine Chance. Schon bald war seine behaarte Brust nackt, und der Herbstabend legte kühle Küsse auf seinen Rücken, seinen Bauch.

»Keine Kabel, Ben«, sagte einer der Pin-up-Boys.

»Hier ist nichts«, sagte der andere.

»Ich bin noch nicht überzeugt.« Matlins Gesicht verzog sich zu einem Stirnrunzeln. »Zieht ihm die Hose aus.«

Jacks Welt reduzierte sich auf Brustmuskeln und Kakaobutter. Er würgte Schleim aus. Er wehrte sich, als er herumgewirbelt wurde. In die Länge gezogen. Zerbröselt. Er hätte aus Styropor sein können oder aus Seidenpapier. Niemand würde um ihn trauern. Bleiben würde von ihm nur ein falscher Ausweis, gefunden in einer Gasse. Ein Fleck auf der Rückseite einer Diskothek.

Er fragte sich, wer sich um Summer kümmern würde.

Die Pin-up-Boys öffneten grob seine Hose, rissen sie ihm dann von den Beinen.

»Alles«, knurrte Matlin.

Einer drückte ihn flach gegen den rissigen Beton, während der andere seine Unterwäsche runterzog. Sheila warf einen kurzen Blick auf das, was ihr womöglich entgangen war, dann richtete sie ihre Aufmerksamkeit auf ihr Handy. Eine weiche Hand umfasste seine Genitalien an der Wurzel. Eine andere schob ihm einen Finger zwischen die Backen und, nachdem sie mit ihm fertig waren, warteten sie auf weitere Anweisungen.

»Er ist sauber, Ben.«

»Bislang nichts, soweit ich sagen kann.«

Das genügte Matlin nicht. Er trat halb in den Schatten und knurrte kehlig: »Checkt noch mal.«

Dieses Mal waren die Pin-up-Boys erheblich gründlicher. Jack wehrte sich, klar. Es würde zwar nichts bringen, aber wenigstens wollte er sagen können, dass er sich gewehrt hatte.

»Seht wirklich überall nach, Jungs«, sagte Matlin. »Das ist ein ausgesprochen gerissener Bursche. Gut möglich, dass er vor nichts zurückschrecken würde.«

Sheila hob ihr Handy und machte ein Foto von allem. Breit grinsend fummelte sie dann wieder auf dem Bildschirm herum.

»Du wirst mich um Gnade anflehen«, sagte Matlin. »Ich sorge dafür, dass du auf Händen und Knien herumrutschst.«

»Ich bin kein Bulle!«, brüllte Jack zu den Bauchmuskeln seiner Angreifer. »Ich bin ja vielleicht eine ganze Menge, aber von den Bullen bin ich nicht!«

»Ich würde es bevorzugen, von diesem Stück Scheiße kein weiteres Wort zu hören«, sagte Matlin, als er sich umdrehte. »Vielleicht könnt ihr Jungs ihm irgendwas ins Maul stopfen.«

»Kein Problem, Ben.«

»Wir kümmern uns für dich um ihn.«

Jack war in seinem ganzen Leben einem anderen Mann nicht näher gewesen als in diesem Moment.

Und doch hatte er sich noch nie in seinem Leben mehr allein gefühlt.

•••

»Ben, was im Namen der großen Gloria Gaynor machst du mit dem armen Mann?«

Matlin zog sich vorne von ihm zurück. Auf der anderen Seite spürte Jack, wie sich zum ersten Mal Luft zwischen ihn und die Pin-up-Boys schob.

»Sag mir bitte, dass es nicht so ist, wie es aussieht.« Beef stand vor dem Nebeneingang, ausstaffiert mit Perücke, Abendkleid, das volle Programm. Wie einen nachträglichen Einfall hielt sie eine kleine Derringer in die Höhe gerichtet. »Sag mir, das ist alles nur ein schreckliches Missverständnis.«

»Der Typ hier lügt«, keuchte Matlin. »Ich bin dabei, es zu beweisen.«

»Lügt bei was, Benjamin?«

Jack gab sich die größte Mühe, sich von den beiden Pin-up-Boys freizuzappeln, aber sie hielten ihn fest.

»Ich lüge nicht, Mister … äh, *Miss* … Ich meine – *Scheiße*, ich lüge nicht.« Und Jack fügte noch hinzu: »Bei allem, was heilig ist, ich schwöre, ich bin kein Bulle.«

Beef verdrehte die Augen und gab Matlins Schulter einen Klaps. »Bengie, du und ich, wir wissen doch beide, dass dieser Junge hier kein Polizeibeamter sein kann.«

»Davon weiß ich nichts!« Matlin stampfte mit den Füßen auf wie ein bockiges Kind. »Ich weiß überhaupt nichts über diesen Kerl hier, außer dass alles, was er mir bislang erzählt hat, gelogen war!«

»Er hat viel zu viel E genommen, um ein Polizist sein zu können.« Beef nahm Matlins Wangen in seine hohlen Hände. »Das passiert jedes Mal, Bengie. Du denkst immer, diese Jungs sind Bullen, und doch sind sie es nie.«

»Der hier sollte anders sein!«

»Du bist ja so ein süßer, süßer Schatz.«

Matlin erschlaffte, aber Beef hielt ihn aufrecht. Jack spürte, wie die Pin-up-Boys hinter ihm ihren Griff lockerten. Jack blieb, wo er war, begann aber fahrig, seine Hose einzusammeln.

»Du weißt, dass diese Jungs schrecklich gemein sein können«, flüsterte Beef. »Aber deswegen sind sie noch lange keine Bullen.«

Falls Matlin das verstand, ließ er sich zumindest nichts anmerken.

»Und ganz bestimmt kannst du nicht diese Sachen machen, bei denen ich dich gerade gesehen habe«, sagte Beef deutlich strenger. »Besonders nicht hinter meinem Nachtclub.«

Matlin sagte: »Der hier sollte anders sein.«

Beef antwortete: »Die sind alle gleich.« Er gab dem kleinen Mann einen Kuss auf die Nase. »Es gibt nur einen einzigen Menschen auf dieser gemeinen alten Welt, dem du vertrauen kannst, Bengie. Und das ist deine liebe Tante Beef.«

Beef ließ Matlins Wangen los. Der kleine Mann sank nicht zu Boden, sondern blieb mit hängenden Schultern vor ihm stehen, bis er sie schließlich wieder reckte, die Falten aus seinem Hemd strich und sich zu Jack umdrehte.

»Wir haben unsere Geschäfte hier erledigt«, sagte er. »Wenn du nicht in fünf Minuten im Auto sitzt, kannst du von mir aus zu Fuß nach Lufkin zurückgehen.«

Die letzten Worte spie er über die Schulter aus. Jack nutzte die wenige Zeit, die er hatte. Er fand Sheila an die Außenwand des Nachtclubs gelehnt. Sie nahm einen letzten Zug von ihrer Zigarette und ließ sie auf den Boden fallen, wo sie sie verglimmen ließ, statt sie mit ihrem Schuh auszutreten.

»Hör zu«, sagte Jack, »ich hab nicht viel Zeit. Wenn du mir sagst, ich soll nicht zu ihm in diesen Wagen steigen, dann werde ich das nicht tun. Du sagst das Wort – mehr musst du nicht tun –, und ich bleibe bei dir. Ich hab nicht viel auf der Tasche, aber ich weiß, wie ich kriegen kann, was ich brauche, und ich schwöre bei Gott im Himmel, du wirst dich für den Rest deines Lebens an diesen

Augenblick erinnern, an dem du schließlich angefangen hast, was aus dir zu machen.«

Sheila hob eine Augenbraue. »Du verarschst mich, stimmt's?«

Das nahm Jack den Wind aus den Segeln. Er zog diverse Himmelsrichtungen in Betracht, die er lange ignoriert oder vielleicht auch nie in Erwägung gezogen hatte.

Stattdessen verbrachten er und Matlin den ganzen Weg von Houston nach Lufkin schweigend.

8

Jackie kehrte aus Houston zu dem Light-House-Trailer zurück und sagte, hol's der Teufel – hol doch alles der Teufel –, er würde sich jetzt zur Ruhe setzen. Schluss. Das hatte ihm die Augen geöffnet. Er war zu lange geblieben. Er war der alte Typ auf der Party.

Summer fragte, was los sei.

»Ich will nicht drüber reden.« Jack hörte mit dem auf, was er gerade tat: seine Brieftasche weglegen, sein Feuerzeug, eine Handvoll Kleingeld. Er sah Summer in die Augen, um sie wissen zu lassen, dass es ihm ernst war. »Ich will *nie wieder* darüber reden. Ich bin mit alldem fertig!«

Summer ließ ihm seinen Freiraum. Jack konnte leicht griesgrämig werden, wenn sie ihm nicht aus den Augen ging, nachdem er zu geifern begonnen hatte. Andererseits wollte sie einer Fehlkommunikation gar nicht erst eine Chance geben.

»Wie meinst du das, du bist *mit allem* fertig?«

»Dem ganzen Krempel.« Jack deutete auf die lockere Bodendiele am Fußende der Treppe, unter der die Bibel versteckt war. Er zeigte auf das Tablett auf dem Couchtisch, auf dem jetzt nur noch Stängel und Samen lagen. Er zeigte auf die Aspirinflasche mit Valium. »Ich bin fertig damit. Ich will nichts mehr damit zu tun haben. Ich hab's schon mal gesagt, und ich werde es wieder sagen: Es ist vorbei. Ich werde clean. Ich will die Scheiße nicht mal mehr anrühren. Keine Pot-Dealer mehr. Keine Koks-Dealer mehr. Keine Ausflüge in die Stadt, um in großen Mengen einzukaufen und mir den ganzen Rückweg über in die Hose zu scheißen, weil das Zeug, das wir im Kofferraum haben, uns in wirklich ernste Schwierigkeiten bringen kann. Ich setze mich zur Ruhe.«

Summer wählte ihre Worte sorgfältig. »Wie setzt du dich zur Ruhe?«

»Ich werd dir sagen, wie.« Jack hob einen Finger in die Luft, als würde er vor einer Schulklasse stehen. »Ich werde Lindsay fragen, ob sie fest bei mir bleiben will. Ich werde mit ihr ein neues Leben anfangen. Kein Leben mehr aus einem Koffer voller falscher Papiere und den Spuren blöder Fehler, sondern ein echtes Leben. Eines, in dem wir in eine Kirche gehen, obwohl wir nicht glauben, und uns mit Leuten anfreunden, die wir nicht mögen, und über Witze lachen, die nicht komisch sind. Eben wie ganz normale Leute.«

»Bist du sicher, dass du nicht darüber reden möchtest, was in Houston passiert ist?«

Jack warf ihr einen Blick zu, sagte aber nichts. Er ging in die Küche und schenkte sich ein Glas Wasser ein. Summer sah zu, wie er es bis zum letzten Tropfen leerte.

»Was ist mit dem Rest des Kilos?«, fragte Summer. »Was ist mit dem ganzen Marihuana? Wir haben immer noch über ein Pfund.«

»Alles deins«, sagte Jack. »Hiermit verzichte ich auf sämtliche Ansprüche auf jede Ware, die wir vor dem aktuellen Zeitpunkt erworben haben.« Er verglich seine Uhrzeit mit der Uhr auf der Mikrowelle. »Du verkaufst es ja sowieso alles. Ich will nichts mehr damit zu tun haben.«

»Ich denke, du solltest dich erst mal setzen.«

Jack hob einen Finger an sein Kinn. »Allerdings bin ich momentan etwas knapp bei Kasse, wenn du mir daher hundert Mäuse leihen könntest, bis ich mein erstes Gehalt kriege …«

»Gehalt?« Summer vergrub den Kopf in ihren Händen und lehnte sich gegen die holzvertäfelte Wand. »Wer zum Teufel soll dir ein Gehalt zahlen?«

»Ich werde mir einen Job suchen.«

Das genügte. Sie musterte ihn – nervös, verschwitzt, kleine

Augen und total verängstigt – und konnte sich keinen einzigen weißen Arbeitgeber vorstellen, der ihn nehmen würde. Sie dachte scharf darüber nach, welche Fähigkeiten er haben könnte. Klar, schon möglich, dass er meinte, die Sterne vom Himmel holen zu können, aber soweit sie wusste, hatte damit noch keiner einen Job gefunden.

»Ich werde kellnern«, sagte er. »Oder hinter einer Theke arbeiten. Das kann ich, als Barkeeper arbeiten. Ich bin echt gut darin, Leute abzufüllen, also ist es höchste Zeit, dass ich's mal auf legale Weise versuche. Wenn ihr es euch gut gehen lassen wollt, Leute, hört auf zu suchen.«

»Das deutlich geringere Einkommen wird dir wahrscheinlich zu schaffen machen.«

»Denkst du«, sagte Jack. »Barkeeper verdienen gutes Geld. Und sie müssen sich keine Sorgen machen, in den Knast zu wandern, oder dass Freunde ihnen in den Rücken fallen oder …«

Sein Blick verlor sich in der Ferne.

Summer schnipste mit den Fingern, bis er sie wieder ansah.

»Du solltest dich ausschlafen und noch mal über alles gründlich nachdenken, wenn du nüchtern bist.«

»Ich bin nüchtern.« Seine Pupillen, groß wie Frisbees, erzählten eine andere Geschichte. »Das letzte E hab ich vor Stunden geschnieft, und ich hab eine Adderall genommen, um klar zu werden.«

Er wird keine Woche da draußen überleben.

Wie lange würde Lindsay denn noch bei ihm bleiben, wenn sie einen seiner Anfälle mitbekäme? Er würde seine Finger in jede Kasse hinter jeder Bar stecken, an der er arbeitete, also war auch dieser Plan zum Scheitern verurteilt. Summer wusste, dass er theoretisch alles tun konnte, was ihm in den Sinn kam, aber eben nicht wirklich *alles.*

Er würde keinen Tag überleben.

Jack zwängte sich die Treppe hinauf, kam dann wieder herunter und setzte sich auf den blauen Sitzsack. Er hatte einen Bilderrahmen mitgebracht, in dem sich das Foto von Keith Richards befand, das er aus einer Illustrierten ausgeschnitten hatte. Mit zitternden Fingern entfernte er das Bild und legte es sorgfältig zur Seite. Er ersetzte es durch den Ausdruck eines Screenshots von Lindsay. Es war ein Selfie. Er legte die Ellbogen auf die Knie und stützte das Kinn auf den Händen ab, während er das Bild schmachtend fixierte.

Vielleicht ist es das Beste, wenn wir es ihn versuchen lassen.

•••

Summer wünschte ihm viel Glück, aber innerlich wünschte sie sich, er solle sich ins Knie ficken. Sie rief Crunch an und fragte laut genug, dass Jack es hören konnte, ob er sie abholen könne. Sagte, sie wolle Zeit mit ihren richtigen Freunden verbringen. Sagte, sie wolle ausgehen, um sich sicher zu fühlen. Sagte, sie würde vor dem Trailer auf ihn warten, weil sie es drinnen einfach nicht mehr aushalten könne.

Kaum war sie ins Licht des Mondes und der Sterne und der letzten Zikaden getreten, kam auch schon Lindsay den Weg heraufgeschlendert. Sie hatte eine Flasche Wein dabei, die sie wie eine Reliquie vor sich hielt.

»Jack macht sein besonderes Hühnchen«, sagte Lindsay. »Ich hab einen Chardonnay mitgebracht, weil der gut dazu passt, aber auch, weil Jack gesagt hat, dass er einen guten Chardonnay sehr mag.«

»Tut er das?«, schnappte Summer. »Er ist doch immer wieder für eine Überraschung gut.«

Lindsay lächelte, dachte vermutlich, sie hätte Summer etwas voraus. Dachte wahrscheinlich, sie kenne Jackie besser als jeder andere, wenn auch aus keinem anderen Grund, als dass sie Speichel und Samenflüssigkeit und der Himmel weiß was noch alles getauscht hatten. Dachte wahrscheinlich, Summer wäre nichts weiter als ein ungewaschenes, mürrisches Arschloch.

Aber Lindsay war eine Idiotin. Summer wusste mehr als das, was er mochte – *in einem Autoreifen über den Bach hinausschwingen, die Carolinameise, Baseballspiele der Minor League, Makkaroni und Käse aus der Packung, Kaffee mit jeder Menge Sahne und Zucker, alte Sitcoms aus den 1980ern, frische Pfirsiche, nachts mit dem Auto fahren, die Pixies, dieses eine Mal in Mississippi, als sie gebratenen Alligatorschwanz gegessen und dabei einer traditionellen Bluesband zugehört hatten und er betrunken wurde und sagte: »Stormy, das ist die beste Nacht auf der ganzen Welt«, den History Channel, Bourbon, Klimaanlagen, Classic Rock, Gras mit der Pfeife, statt als Joint oder aus einer Bong zu rauchen, die Kontrolle zu haben, Reißstifte statt Heftzwecken, Mayonnaise statt Senf, Retropants statt andere, morgendliche Ruhe, Hemden mit Kragen … nichts davon eine bescheuerte Flasche Chardonnay* – und sie kannte seinen Namen. Nicht aus dem Stegreif, aber sie kannte ihn, und es war todsicher nicht *Jack Jordan.* Lindsay konnte jedes seiner Gliedmaße in ihren schmierigen kleinen Schlitz stecken und würde trotzdem nie auch nur einen Bruchteil dessen kennen, was Summer ihr erzählen könnte.

Summer berührte Lindsay mit einer Hand, etwa auf Höhe ihres Hüftgoldes. Spürte, wie das Mädchen zurückzuckte.

»Mir ist egal, was er sagt«, sagte Summer, »du solltest so viel essen, wie du magst. Hör nicht darauf, was die Medien sagen, wie eine Frau auszusehen hätte. Ich wette, du bist jetzt viel glücklicher – so viel freier –, seitdem du dir keine Gedanken mehr wegen deiner Körperwahrnehmung machst.«

Lindsay zuckte zurück, als hätte sie eine Ohrfeige bekommen. Sie bedeckte den Bauch mit ihren knochigen, bulimischen Armen.

»Wir Mädels müssen zusammenhalten«, sagte Summer augenzwinkernd. »Wir lassen uns doch nicht von den Männern sagen, wie wir glücklich zu sein haben. Hab ich recht, Mädchen?«

»Ich … Ich, äh …«

»Aber falls du je was brauchst, du weißt schon«, sie schniefte zweimal deutlich mit der Nase, »helf ich dir weiter. Zum Freundschaftspreis.«

Lindsay öffnete den Mund. Und schloss ihn wieder.

»Guten Appetit.«

Summer ging die Serpentine hinunter, um dichter am Highway auf Crunch zu warten, statt das zu tun, was sie eigentlich wollte, nämlich aus der Dunkelheit zu stapfen und zurück zum Light-House-Trailer. Ihm einen warnenden Finger vor die Nase zu halten und ihn der Dummschwätzerei zu beschuldigen. Wenn er so etwas offensichtlich Unaufrichtiges wie eine Vorliebe für Chardonnay behauptete – *der Geruch von Leder, billige Taschenbücher, Mädels in Sweatern, Mädels in Yogahosen, Mädels mit Pferdeschwänzen, die zwanzig Stundenkilometer schneller als die zulässige Höchstgeschwindigkeit fahren, nachts Talkradio, Winter im Gegensatz zu Sommer, Regen im Gegensatz zu Sonne, nicht Schlange stehen, die Rolling Stones, Drinks mit viel Eis, schmutzige Witze* –, sagte ihr das nur, dass er mit dieser Geschichte einen Schritt weiterging. Diesmal könnte es ihm tatsächlich ernst sein.

Ganz gleich, wie viel Dope sie und Crunch und Mike D und Crazy Carter rauchten, ganz gleich, vor wie vielen YouTube-Videos sie saßen, über die sie lachten, ganz gleich, wie oft sie sich Summers umfangreiche Sammlung von raubkopierten Grateful-Dead-Kassetten anhörten … ganz gleich, wie viel Koks oder Pillen oder Alk … sie bekam es einfach nicht aus dem Kopf.

Er ist jetzt da drüben. Er kocht dieses verschissene Hühnchen-Gericht, das einzige Gericht, das er überhaupt kochen kann. Das ich ihm beigebracht habe. Das er ausschließlich für Mädels macht und über das er lustlos Statistiken runterleiert, wie oft er es schon zubereitet hat und wie oft er anschließend in der Kiste landen konnte. Dieses dämliche kleine Mädchen wird dieses Essen in ihren dämlichen kleinen Mund schaufeln, und dann wird sie ihren dämlichen kleinen Mund auf meinen Jackie pressen. Und kurz darauf werden sie auf der Couch oder, Gott bewahre, auf dem Teppichboden rammeln, und eh man sichs versieht, kriegen sie ein dämliches kleines Baby, und sie ziehen in ein Haus, das näher an der Uni liegt.

»Aber noch lässt sich das verhindern«, sagte Summer laut, und keiner der Jungs hob auch nur eine Augenbraue.

»Was lässt sich verhindern?«, fragte Crunch.

»Ich brauch mal deinen Wagen«, sagte sie zu ihm. Er lag der Länge nach auf dem abgelatschten Teppichboden in Dealers Wohnung und starrte die Strukturtapete unter der Decke an, während Summer die Schlüssel aus seiner Tasche kramte. »Ich bringe ihn direkt zurück.«

Man vergisst leicht, dass Jack keine Gedanken lesen kann. Ist alles nur ein Zaubertrick. Er antizipiert grundlegende menschliche Gefühle und kalkuliert die Reaktionen. Aber für alle Fälle … nur für alle Fälle, denk einfach an etwas anderes. Denk an irgendwas anderes … Wie wär's mit dem Mal, als wir in New Orleans loszogen, um was trinken zu gehen, und dann kam die Band mit nach Hause, und wir haben eine mordsmäßige Party gefeiert, und die haben ihn ins Mikrofon singen lassen, und er hat wieder und immer wieder gesagt, es wäre die allerbeste Party, auf der er je gewesen wäre, und du glaubst es nicht, wir haben sie gemeinsam geschmissen. Erinnere dich daran, was für ein Spaß es war, ihn lächeln zu sehen. Denk daran und nicht an das andere, denn was ist, wenn du dich irrst, und er kann doch Gedanken lesen?

Summer landete dann nicht im Light-House-Trailer bei Jack, sondern stattdessen im Circle K, und hinter der Ladentheke stand dieser alte Muslim-Dreckskerl, dem zu begegnen nie Spaß machte, wenn man aus gewesen war. Der Bastard nutzte seine Stellung hinter der Theke, um Urteile über Leute zu fällen, die sich nur amüsieren wollten, und an den meisten Abenden kam sie damit klar.

Aber nicht an diesem.

»Drei Pack von den Dingern da hinten«, sagte sie und zeigte mit dem Finger hinter die Theke. »Das Zeug, das man Ivory Wave nennt.«

Der Muslim runzelte die Stirn. »Weißt du, was das ist?«

»Ich hab heute Abend echt keine Zeit für deinen Scheiß«, fauchte sie ihn an. »Also halt gottverdammt die Klappe und schieb's rüber.«

Eine tiefe Furche tauchte auf der dunklen Stirn des Muslim auf, und er musterte sie ein-, zweimal scharf. Seine Augen leuchteten wie Rubine. Er hatte einen schneeweißen Bart, über den er jetzt mit der Hand strich.

»Es ist Satans Plan, Feindseligkeit und Hass in dir zu erregen«, sagte er. »Mit Rauschmitteln. Um dich vom Gedenken an Gott und dem Gebet abzuhalten.« Er legte beide Hände auf die Ladentheke. »Wirst du es unterlassen?«

»Geben Sie mir einfach das Scheißbadesalz«, spuckte sie aus. Sie drehte den Rücken zur Theke und beobachtete sein Spiegelbild in der Glasscheibe des Bierkühlers den Gang hinunter. Sie wartete, bis er ihren Einkauf geholt und gebongt hatte. Sie bezahlte und ging.

Es war ihr egal, in welcher Situation sie sie antraf, als sie die Tür des Light-House-Trailers auftrat. Ob sie jetzt in einer Ecke des Raums vögelten oder ihr Scheißessen kochten oder hinten auf der Veranda rumknutschten … es war ihr schnurz. Sie hatte eine Mission. Und davon ließ sie sich nicht abhalten.

Summer fand sie am Esstisch, wo sie bei Kerzenlicht aßen.

Meine Fresse!

Jack erhob sich vom Tisch, hatte sich eine Serviette unter den Gürtel geklemmt. Er hob beide Hände, als wäre Summer mit einer

Schrotflinte bewaffnet und nicht mit zwei frisch gedrehten Joints.

»Summer«, sagte er, »fang jetzt hier nichts an. Wir essen gerade ganz entspannt zu Abend, und wir …«

»Jackie, wie kannst du nur?« Summer setzte ihr bestes Lächeln auf, was Lindsay allerdings nicht beruhigte. Sie raffte ihr Zeug zusammen und legte es auf ihren Schoß. »Du denkst von mir immer nur das Schlechteste.«

»Tja … ich …«

»Ich habe ein völlig neues Kapitel in meinem Leben aufgeschlagen, Jackie.« Sie hob die beiden Joints hoch. »Die wollte ich euch schon früher geben. Damit ihr euch bei eurem wunderbaren Date noch ein bisschen besser entspannen könnt.«

Jack legte den Kopf schief. »Was hast du vor, Summer?«

»Du verletzt meine Gefühle, Jackie«, sagte sie. Durch zusammengebissene Zähne fügte sie hinzu: »Manchmal denke ich, was anderes machen wir gar nicht mehr: uns gegenseitig verletzen. Aber damit mache ich jetzt Schluss, beende diesen ewigen Kreislauf.«

Sie warf Lindsay, die verängstigt in der Ecke saß, einen schrägen Blick zu. Ihre großen Augen drohten selbst Summers wütendes Herz zu erweichen. Sie hielt die beiden Joints etwas weniger verkrampft. Sie schloss die Augen und schluckte das Nichts in ihrem Hals herunter, und als sie sie wieder öffnete, drückte sie die Joints in Jacks ausgestreckte Hand.

»Und wenn ihr sie raucht«, sagte sie, »möchte ich nur, dass du an mich denkst.«

»Danke, Summer«, sagte Jack.

Summer sagte kein weiteres Wort, sondern ging einfach wieder den gleichen Weg, den sie hereingekommen war. Sie fuhr direkt zu Matts und Kathys Wohnung, stieg aber nicht aus dem Auto. Stattdessen saß sie auf dem Parkplatz und kaute alles wieder und wieder in Gedanken durch. Sie konnte kaum still sitzen, sie rutschte auf dem Hintern herum und berührte jeden Quadratzentimeter des

Fahrersitzes. Sie umklammerte das Lenkrad und wünschte zum Teufel, das Ding einfach herausreißen zu können. Sie dachte an jede Nachricht, die sie in ihrem Leben erhalten hatte, und verglich das mit ihren eigenen Taten.

»Luther?«

Sie sagte das in einen leeren Wagen. Ihre Stimme klang einsam und ruhig, wie ein Flüstern in einer Höhle, das aus dem Innersten der Erde an die frische Luft strebte. Es klang wie das letzte Geräusch, das der Mensch hören würde, wenn die Welt ins Kehrblech gefegt würde.

»Falls du da bist, Luther ...«

Was tust du?

Summer rieb sich mit den Fäusten die Augen. Sie strich mit den Fingern durch ihre verfilzten Haare und hätte sie sich am liebsten büschelweise ausgerissen. Sie senkte den Kopf aufs Lenkrad und dachte mehr als einmal, einfach loszufahren, bis sie das Meer erreichte, und dann noch weiterzufahren.

Es gibt keinen Luther. Das ist eine Geschichte, die du für die Touristen erfindest. So was erzählt man den Kids. Du glaubst es nicht, weil es nur eine weitere deiner Lügen ist. Es ist eine witzige Lüge, aber trotzdem eine Lüge, und in dem Moment, in dem du anfängst, sie zu glauben, bist du nicht besser als ...

... Jack.

Sie spürte es tief in ihrem Herzen. Sie setzte sich kerzengerade auf. Es war, als wäre eine Stimme von irgendwo im Wagen gekommen – nicht eine Stimme in ihr, wohlgemerkt –, irgendwo von der Rückbank oder aus dem Heck oder vielleicht sogar aus den Belüftungsöffnungen, aber es war eine altbewährte Stimme, und sie sagte die Worte, die ihr durch den Kopf schossen wie ein rücksichtsloser Querschläger.

Jack steckt in Schwierigkeiten.

Summer hörte nicht auf zu denken. Fast brach sie den Schlüssel ab, als sie ihn jetzt im Schloss drehte. Sie löste mit aller Kraft die Feststellbremse und schaltete auf D. Sie beabsichtigte, jeden Unbeteiligten umzubringen, sollte er ihr in die Quere kommen, während sie zuerst eine und dann die nächste Straße hinunterraste und in kürzester Zeit den Wagen durch die Haarnadelkurven der Serpentinenstraße jagte und dann alles sah, was sie sehen musste, dass sich ihr der Magen umdrehte.

Die vordere Tür des Light-House-Trailers stand sperrangelweit offen. Die vorderen Scheiben waren zerbrochen, und die Jalousien waren durch das zerschmetterte Glas gedrückt worden.

Drinnen war es, bis auf das flackernde blaue Licht eines umgestürzten Fernsehers, dunkel. Sie hatten sich eine Sitcom mit Konservenlachen angesehen, obwohl Summer nichts komisch fand, als sie auf Zehenspitzen zur Tür schlich.

»Jack?«, rief sie in den Raum. Die einzige Antwort war das Gelächter vom Band aus dem Fernseher.

Erst als Summer den Trailer ganz betrat, wurde ihr bewusst, dass sie nicht mehr geatmet hatte, seit sie aus dem Wagen gestiegen war. Glasscherben knirschten unter ihren Füßen. Die Holzvertäfelung im Wohnzimmer war von Händen und Fingern mit etwas in einem dunklen Rotton beschmiert. Jacks Sessel war auf die Seite geschleudert worden.

»Jack? Scheiße, Jack, wenn ihr zwei mich verarscht …«

Es war Blut. Die Tropfen auf dem Boden waren Blut. Das in die Küche führende Rinnsal war Blut, und im fahlen Licht des Fernsehers konnte sie sehen, dass es eine Lache war. Genau wie das Blut, das sich verschmiert nach oben zog.

Er ist da oben.

Sie hörte, wie in der Küche eine Schublade zugeknallt wurde. Sie hörte, wie eine andere aufgerissen wurde, gefolgt von dem Scheppern von Gabeln und Löffeln und …

Du solltest besser hochgehen.

Auf allen vieren sprintete sie die Treppe hinauf.

»Jack! Sag was, wenn du okay bist!«

Aus Jacks Schlafzimmer: »Summer?« Er klang schwach. »Summer, bitte …«

Mehr Lachkonserve aus dem Fernseher.

»Jackie, halt durch!« Sie erreichte das Kopfende der Treppe. »Ich werde dich retten!«

Summer, hinter dir …

Sie wirbelte herum und wäre fast gestürzt. Es hatte keinen Sinn zu versuchen, die Luft in sich zu behalten. Unter ihr, am Fußende der Treppe, war Lindsay. Oder besser, was mal Lindsay gewesen war. Ohnehin schon gertenschlank, sah sie klitschnass noch mal zwanzig Pfund leichter aus. Wovon klitschnass, war nicht genau zu erkennen, aber wenn Summer Geld darauf hätte setzen sollen, hätte sie auf Blut getippt. Was immer es war, es war jede Menge. Es klatschte ihre Haare an ihr schmutziges Gesicht. Es durchtränkte ihr Shirt bis auf die Haut. Es tropfte und sammelte sich auf dem Linoleumboden.

Lindsay senkte den Kopf, sodass sie nun mit hasserfüllten Augen zu ihr aufschaute. Sie hielt etwas in Händen, auf dem sich das Licht des Fernsehbildschirms spiegelte. Ihr Lächeln zeigte Zähne, und mit einer Stimme, die aus der Unterwelt zu kommen schien, knurrte sie:

»Ich bin eine dumme, fette Hure.«

Summer stützte sich mit den Händen zu beiden Seiten der Treppe ab.

»Wie war das, Süße?«

Und der Dämon Lindsay antwortete. »Ich bin eine fette, fette Hure.«

»Das muss nichts besagen, Mädchen.« Summer schluckte. »Mit einer Diät und reichlich Bewegung bringst du das in Ordnung. Du kannst jeden Mann bekommen, den du haben willst.«

Lindsay zeigte mit dem Ding in ihrer Hand zum Kopfende der Treppe.

»Was ist, wenn der Mann, den ich haben will«, sagte sie, »ausblutet wie ein Schwein?«

Summer biss sich fest auf die Zunge. Die Tränen in ihren Augen kochten.

»Er hat versucht, mich zu bändigen«, knurrte das Mädchen wie ein Hund. »Er hat mich gemästet, damit ich mache, was er befiehlt.«

Summer schluckte. »Das ist nicht wahr. So was würde Jack nie tun.«

»Nennst du mich Lügnerin?«

Der Spiegel neben Summer zersprang. Der Strom schien auszufallen, der Fernseher flackerte. Summer kniff die Augen zu und rollte sich zu einem winzigen Ball zusammen. So blieb sie, bis sie hörte, wie der Dämon Lindsay sich durch Glassplitter und Schutt kämpfte.

Sie ist weg.

Summer stürmte sofort den winzigen Flur hinunter und warf sich durch die Spanplattentür von Jacks Schlafzimmer. Es war dunkel, also musste sie sich durch den Raum tasten, aber es dauerte nicht lange, bis ihre Hand seinen Schuh berührte, dann sein Bein, dann, bei allem was heilig war, seine klebrige, schlüpfrige Taille, an der er wie verrückt blutete.

»Sie hat mich abgestochen, Summer.« Er klang nicht gut. Jacks Stimme bebte. »Ich weiß nicht, was passiert ist.«

»Jackie, du musst still halten.« Sie legte zwei Finger an seinen Hals. Sein Puls raste. »Ich pass auf dich auf.«

»Ich weiß nicht, was ich gesagt hab.« Er begann zu schluchzen. »Sie ist einfach ausgeflippt.«

In ihrer Nähe wurde der Teppichboden klebrig. Sie drückte seinen Kopf an ihre Brust. Sie streichelte über seine Haare. Sie summte die Melodie von »Die Hoffnung stirbt zuletzt«.

Berge statt Strände, Blues von schwarzen Typen statt Weißen, Gitarrensoli statt Schlagzeug, Lippenbalsam mit Kirschgeschmack, Snow Cones mit Kirschgeschmack, Hustensirup mit Kirschgeschmack, Horrorfilme, Frühstückswürstchen, durch Kentucky fahren, weil alles aussieht wie aus dem Bilderbuch, schnell fahren, schnell, schnell … so schnell …

»Du musst mir helfen«, stöhnte Jack. »Du musst alles wieder gut machen.«

»Summer ist bei dir«, flüsterte sie zwischen den Strophen. »Und ich werde nicht zulassen, dass dir je wieder ein Leid geschieht.«

9

Tweeker sind überall gleich.

In keiner Stadt erkannte Jack Jordan einen Unterschied. Er war überzeugt, es gab nur leichte Variationen des gleichen Verhaltens. Ob in Lake Castor, Charlottesville, New Orleans, Columbia … Lufkin … Irgendwer würde immer hinter den Jalousien Wache stehen. Würde eine einzelne Lamelle mit dem Daumen ein Stück anheben, um zu beobachten, was hinter dem schmutzigen Glas war. Mein Gott, irgendwer würde immer auf und ab gehen. Es würde einen Typen geben, der seinen Mund nicht halten konnte, der einfach quasselte bis in die frühen Morgenstunden. Etwas – ein Ohrläppchen, ein Nippel – wäre zwangsläufig durchstochen. Die Wohnung eines Tweekers blieb clean.

Und garantiert gab es einen Typen, der ausharrte. Mit Blick auf die Zukunft. An Worte denkend wie *runterkommen* oder die Schreie deutlich nach Tagesanbruch, warum bekamen sie nicht mehr, oh, wo könnte man noch was besorgen?

Meistens war Jack derjenige welcher. Er hatte eine aalglatte Seite. Überall im Süden zweigte er von jeder Linie ein wenig ab, machte sie im Verlauf der Nacht immer schmaler. Er sagte sich, sie wären ihm dafür später noch dankbar. Wenn er kurz vor Tagesanbruch stolz vor ihnen stand und die Reste seiner Unterschlagung hochhielt, bejubelten sie seine Weitsicht.

Aber so war es nur selten. Wenn der Tag zur Nacht und die Nacht wieder zum Tag wurde, bot ihm meistens jemand eine Chance. Irgendwer, besonders in einem Raum voller Jungs oder Männer auf Droge, würde irgendwen Weichei nennen oder die Mutter von irgendwem beleidigen, und damit erhielt Jack ausreichend Grund, ihm die sichergestellte Beute vorzuenthalten. Und dann nölte ein anderer über seinen Musik- oder Filmgeschmack, und auch der würde leer ausgehen. Und vor der letzten Nachtschwalbe war Jack mit seinem Sieg allein und verzog sich damit ins Bad, schloss die Tür ab und zog sich dann den Stoff mucksmäuschenstill durch die Nase.

Ziemlich genau so war's in JoJos winziger Wohnung in Nacogdoches. Jack hatte sich nicht weit von dem Futon in der Ecke fortbewegt, während er mit den anderen darauf wartete, dass JoJo mit mehr Stoff zurückkam. Die ganze Nacht über hatte er seine alten Tricks durchgezogen – einen Strohhalm aufschneiden, um die Rückstände herauszukratzen; den Spiegel mit seinem Führerschein reinigen und anschließend den Führerschein mit einer Rasierklinge – und hatte so locker ein Viertelgramm für den langen vor ihm liegenden Tag gesammelt. JoJos Tussi klackerte permanent mit ihrem Zungenpiercing gegen ihre Zähne und bot mehrmals an, Jack auch die anderen Stellen zu zeigen, an denen sie gepierct war.

Ihr Freund Gabe: »… warum ich für den dritten Verfassungszusatz stimme. Hört. Mir. Zu. Die können dir nicht deine Waffen wegnehmen, Bro. Sie können es nicht. Hast du dir schon mal die Verfassung angehört? Da steht's drin. Ich hab's selbst gesehen. Musst du mal ganz runterscrollen bis zu den Verfassungszusätzen. Es geht hier um den dritten. Du sollst das Recht, Waffen zu tragen, nicht beeinträchtigen. Aber der Präsident interessiert sich nicht für die Verfassung. Ihn interessiert mehr, ein Zwei-Parteien-System zu bewahren, das mehr Zeit darauf verwendet, sich immer wieder neue Möglichkeiten einfallen zu lassen, wie man gute, gesetzestreue Bürger wie mich daran hindert, sich selbst zu schützen. Wie mein Mann Jack hier. Mein Mann Jack wird in seinem Haus von einem Haufen Mexikaner überfallen, und kein Mensch kann was dagegen unternehmen.«

JoJos Mädchen legte eine Hand auf Jacks Arm. In der Ecke bekam ein Typ namens Sam einen knallroten Kopf. Ein Hass hatte ihn ergriffen, der nicht mehr lockerließ. Er war ein Mann, der etwas Kleines brauchte, auf das er eindreschen konnte, andernfalls könnte noch etwas kaputtgehen.

»Das war eine unglaubliche Scheiße, was da mit dir passiert ist«, sagte er.

Jack nickte. Nicht sein Lieblingsgesprächsthema. Natürlich entsprach nichts davon der Wahrheit. Allerdings war er nicht der Meinung, dass die braven Leute von Ost-Texas die Wahrheit erfahren mussten, wenn es um das ging, was in dem Light-House-Trailer in jener Nacht passiert war, als Lindsay ausgerastet war. Hätte er ihnen erzählt, dass es eine fünfzig Kilo leichte Studentin gewesen war, die sein Sofa durchs Fenster geschmissen hatte, wären sie am nächsten Tag nicht zur Arbeit gegangen. Sie würden, genau wie er selbst, für immer und ewig versuchen, schlau daraus zu werden, obwohl es absolut nichts gab, woraus man schlau werden konnte. Also erzählte er ihnen stattdessen, ein Haufen Mexikaner wäre eingebrochen, als er geschlafen habe, hätte auf der Suche nach Drogen die ganze Bude auseinandergenommen und ihm anschließend ein Tafelmesser in den Bauch gerammt.

Eigentlich hatte er auch sich selbst so gut davon überzeugt, dass es Mexikaner gewesen waren, dass womöglich die einzige Person, die auch nur ansatzweise die Wahrheit kannte, Summer war. Summer, die ihn wie die Jungfrau Maria gehalten und ihren besonderen Krug mit klarem Schnaps – sie nannte es ihr Jerry Water, weil sie schwor, irgendwer von den Grateful Dead hätte daraus getrunken – auf seine Wunde geschüttet hatte, bis sie überzeugt war, sie gesäubert zu haben.

»Ich muss ins Krankenhaus«, hatte er immer wieder zu ihr gesagt. »Scheiße, ich werde sterben.«

»Du wirst nicht sterben«, hatte Summer die ganze Nacht über

zu ihm gesagt. »Man denkt immer, man würde sterben, und was sage ich dir immer? Häh? Jedes Mal, wenn du so wirst, sage ich dir dann nicht, dass du albern bist?«

»Ich glaube, diesmal ist es anders.«

»Es ist nicht anders. Wir haben nur zwei Regeln, du und ich. Deswegen ist das Leben so einfach. Zwei Regeln. Weißt du noch, welche?«

»Ja.«

»Schieß los. Wie lautet Regel Nummer eins?«

Jack hatte sich über die Lippen geleckt und ihr in die Augen gesehen. »Die Bullen sind die Bösen.«

»Genau, richtig. Die Bullen sind die Bösen, und wir werden denen nie was sagen.« Summer wischte ihm mit seinem zerfetzten Shirt den größten Teil des Blutes aus dem Gesicht. »Und jetzt Regel Nummer zwei.«

»Keine Krankenhäuser.«

»Richtig.«

»Aber, Summer …«

»In die Notaufnahme zu gehen bedeutet, in den Knast zu gehen.« Summer übte Druck auf seinen Bauch aus, woraufhin ihn ein stechender Schmerz durchbohrte. »Unter gar keinen Umständen dürfen wir den anderen jemals in ein Krankenhaus bringen.«

Jack spürte es, wie sich eine Infektion in dem Loch in seinem Bauch ausbreitete.

»Nicht mal, wenn ich sterbe«, hatte Summer mit mehr als fester Stimme gesagt. »Wir bringen den anderen niemals in die Notaufnahme.«

Stattdessen behandelte Jack also seine Verletzungen mit ihrem Weckglas voll Jerry Water. Er wechselte die Verbände so oft er konnte. Wenn er spürte, dass seine Zappeligkeit ihn in einer üblen Panikattacke in die Knie zu zwingen drohte, kämpfte er dagegen an und sagte sich, dass Schmerz nichts anderes als die Selbstheilung seines Körpers sei. Mit der Zeit würde es sich legen. Bald würde er wieder ganz gesund sein.

In der Wohnung deutete nichts darauf hin, dass Gabe aufhörte. »Ich persönlich stamme aus einer Zeit und von einem Ort, wenn da einem das Benehmen von irgendwem nicht gefiel – besonders wenn es einen selbst betraf –, dann forderte man diese Person auf, raus auf die Straße zu kommen. Aber wir leben unter Menschen, die bei einem solchen noblen Verhalten *ausrasten*, und das, mein Freund, erklärt den größten Teil des Schlamassels, in dem wir uns als Volk befinden.«

Es war ausgerechnet Summer, die vorgeschlagen hatte, er solle sich Crystal Meth reinpfeifen. Wieder.

»Wenn einer auf diesem Planeten seinen Scheiß geregelt kriegen kann, während er sich Ice reinzieht«, hatte sie zu ihm gesagt, »dann ist das mein Jackie-Boy.«

»Ich weiß nicht, Summer«, hatte Jack erwidert. »Du weißt, wie's läuft, wenn ich diese Scheiße nehme.«

»Es ist eine milliardenschwere Branche …«

Summer hatte den Satz unvollendet ausklingen lassen. Sie musste ihn nicht beenden. Alles andere, was noch gesagt werden musste, befand sich zwischen den Seiten der ausgehöhlten Bibel unter der Treppe. Was mal ein sattes Kilo Koks gewesen war, war inzwischen portioniert worden. Größere Mengen Marihuana waren gekommen und gegangen, aber die Gewinnspannen waren beschissen, vor allem, weil noch der letzte Knallkopf eine ärztliche Connection außerhalb des Staates hatte, die angeblich *der Knaller* war. Von dem Bogen Löschpapier mit Acid waren nur ein paar Zehnerstreifen übrig geblieben, und Jack hatte nicht vor, jemals wieder Ben Matlin über den Weg zu laufen.

»Meth ist heutzutage das Ding«, hatte Summer gesagt. »Hast du *Breaking Bad* nicht gesehen?«

Was ihn in die Bude von JoJo Randall brachte. In den letzten zwei oder drei Tagen hatten sie sich durchaus gut amüsiert, aber seit Kurzem hatten sie so was wie die Quittung bekommen, da sie nur noch sauber geleckte Spiegel und umgedrehte Tütchen hatten. Eine animalische Energie hatte sich des Raumes bemächtigt. Die Ringe unter den Glupschaugen waren dunkler geworden. Ihre Reißzähne waren länger geworden. JoJo zog los, um mit seinem Kumpel über Nachschub zu reden.

»Er ist jetzt schon drei Stunden weg«, sagte Sam. »Wo zum Henker steckt er?«

Er war noch keine fünfzehn Minuten fort, aber Jack schenkte es sich, ihn zu korrigieren. Jack konsumierte etwas von den beiseitegelegten Resten in seiner Tasche und beabsichtigte, es in einigen Minuten nochmals zu tun. Er konnte seine Panik zumindest so lange unter Kontrolle halten, bis JoJo zurückkehrte, dann konnte er wieder ganz von vorn anfangen. Dieser Stoff sorgte dafür, dass er auf Zack blieb. Warum hatte er überhaupt je damit aufgehört? Vielleicht hatte er es damit in New Orleans ein bisschen übertrieben, aber seitdem hatte er drei Jahre Erfahrungen gesammelt. Er war ein völlig neuer Mensch mit einer anderen Lebensperspektive. Diese Zeit damals machte ihn nur stärker. Er schaute sich im Raum um und fand nichts, was ihm ebenbürtig war, niemand kam hier an ihn ran, und sein Stolz wich bald Verachtung.

Ja, Verachtung. Zwei, drei Tage lang – wie auch immer – saß er da und schaute zu, wie sie dumme Dinge taten, Dinge wie Portionen wegzuknallen, bevor sie Nachschub in der Hand hielten, oder Hunger zu schieben oder an Schorf zu kratzen, von dem sie besser die Finger lassen sollten. Und er tröstete sich damit zu sagen, dass er klüger war als sie alle, denn er sah sich als smartesten Typen im Raum. Eigentlich in jedem Raum. Sogar in einem Raum voller Harvard-Absolventen, denn scheiß auf die, sie waren ein Typus. Sie waren ein Typus, und sie wussten es nicht. Klar, sie gehörten zur Sorte pseudofeministischer, überliberaler, nervtötender Scheinheiliger von der Ostküste, aber trotzdem waren sie ein Typus. Standardtypen. Karikaturen. Und was Jack am meisten faszinierte war, dass die Harvard-Absolventen es nicht wussten, er aber schon, was ihn schlauer machte als diese Harvard-Typen und deshalb war er der klügste Mann im Raum.

Aber in JoJos Wohnung gab es keine Harvard-Typen, also waren es nur JoJos Freunde, und Jack brauchte sich keinen intellektuellen Herausforderungen zu stellen. Besonders von Gabe, der, während er eine Rille in den Boden hin- und herrannte, beschloss, die Wohnungstür aufzumachen, als jemand anklopfte, und eben nicht die Tür hinten, die auf den Parkplatz führte und die jeder halbwegs vernünftige Mensch benutzte, sondern eben die Tür vorn, zu der nur Bullen und Typen vom Pizzalieferdienst kamen, und, hey, niemand hatte eine Pizza bestellt, aber bevor Jack auch nur ein Wort sagen konnte, stieg die Zahl der Leute in der Wohnung um fünf plus einen riesigen Deutschen Schäferhund an.

»Keiner rührt sich von der Stelle, dann passiert auch nichts«, sagte der erste Bulle. Alle trugen schwarze Anoraks über kugelsicheren Westen, die Worte EAST TEXAS TASK FORCE in gelber Farbe auf dem Rücken. »Aber wenn ihr lieber wollt, dass es blöd läuft, dann benehmt euch weiterhin wie Arschlöcher.«

Der zweite fragte: »Wo ist Joseph Randall?«

Praktisch keiner im Raum kannte JoJos richtigen Namen, daher brauchten sie einen Moment, bis sie die Kurve kriegten und ihre Geschichten auf die Reihe. Jack tat sein Bestes, den Spiegel zu verstecken, die aufgerollten Dollarscheine, die Waage … aber keine Chance. Die Bullen Nummer drei, vier und fünf sicherten den Raum mit ihren Sturmgewehren und hatten sie bald um ihre Utensilien erleichtert.

»Wir haben nichts bei uns«, behauptete Gabe aus der Ecke heraus. Er kauerte auf den Knien, die Hände über dem Kopf. »Wir sind clean, Mann.«

Jack konnte nicht mit dieser Autorität sprechen, vor allem nicht, als der Schäferhund neben ihm zu bellen begann.

Die Polizei gelangte zu dem Schluss, es sei wohl das Beste, mit ihnen nacheinander und einzeln zu sprechen. Sie entschieden sich, mit Jack den Anfang zu machen.

• • •

»Du bist ein blödes Arschloch, weißt du das?«

Sie hatten ihn in das Zimmer geführt, das sich JoJo mit Lorie teilte. Genau genommen war es Lories Zimmer, da ihr Name auf dem Mietvertrag stand und JoJo eigentlich nirgendwo wohnte. Sie befahlen ihm, sich auf das ungemachte Bett zu setzen, während sie sich darin abwechselten, auf einem umgedrehten Gitarrenverstärker zu sitzen.

»Wir sind nicht wegen dir hier«, sagte der zweite Bulle. »Du interessierst uns einen Dreck.«

Das war der »gute Bulle«. Der andere packte die Scheiße, die sie gefunden hatten, sowie verschiedene andere Dinge in einen riesigen Ziploc-Beutel, auf dem mit einem Edding die Worte JACK JORDAN geschrieben waren, und wedelte damit nun vor Jacks Nase herum. Während er pausenlos zeterte, dass Jack wegen dieses oder jenes Verbrechens die nächsten zwölf bis fünfzehn Jahre in eine Zelle zu einem großen schwarzen Mann gesperrt würde, sprach der gute Bulle mit einer ruhigen, geradezu sanften Stimme.

»Wir sind wegen JoJo hier«, sagte er.

»Keinen Schimmer, wo der ist«, sagte Jack.

»Vielleicht können wir einen Deal machen.«

»Zum Beispiel was?«

Der gute Bulle zwinkerte dem anderen zu, überließ ihm den Platz auf dem Gitarrenverstärker.

Der böse Bulle sagte: »Ich hab den Eindruck, du weißt, wie man Sachen kriegt.«

Jack drehte sich der Magen um. Das hier konnte nur in eine Richtung laufen.

»Du kommst mir vor wie einer, den wir zu einer dieser Partys schicken können, begleitet von einem Undercoverkollegen, und dann zeigst du uns genau den Mann, den wir kennenlernen sollten.«

Scheiße …

»So viele Leute kenn ich doch gar nicht«, meinte Jack.

»Das ist aber blöd«, sagte der gute Bulle. »Denn ich möchte wirklich nicht, dass du Schwierigkeiten bekommst. Scheinst ja eigentlich ein ganz netter Kerl zu sein.«

»Jede Wette, wenn wir den durch den Computer jagen«, knurrte der böse Bulle, »finden wir jede Menge Haftbefehle und dergleichen. Soll ich ihn mal überprüfen?«

»Ich glaube, das ist im Moment noch nicht nötig.« Der gute Bulle hob den Kopf und zog eine Augenbraue hoch. »Mister Jordan hier ist ein richtig braver Junge. Ich denke mal, bei seinem Tempo bleibt seine Akte noch ziemlich lange sauber. Was meinst du?«

»Ich meine, er ist alles andere als sauber«, sagte der böse Bulle. »Ich denke, bei einem Typen wie ihm hier gibt es immer was, das wir finden, wenn wir nur richtig scharf hinsehen.«

Scheiße, Scheiße, Scheiße, SCHEISSE.

Jacks Hände begannen zu zittern. »Ich kenne niemanden«, sagte er. Er wiederholte es. Tatsächlich sagte er es so oft, dass er langsam anfing, es selbst zu glauben. »Das ist alles neu für mich. Ich hab diese Scheiße vorher noch nie probiert. Es ist echt das erste Mal, das ich Drogen nehme, und ich verspreche Ihnen, Officer, ich werd's auch nie wieder versuchen.«

»*Officer?*« Der böse Bulle erhob sich von dem Verstärker. Der gute Bulle trat schnell neben ihn und hielt ihn mit einem fleischigen Unterarm zurück. »Ich bin ein *Detective*, Arschloch, und willst du wissen, was ich langsam detektiere? Ich detektiere so langsam einen miesen kleinen Drecksack, dessen Visage mal ordentlich in den Teppich gerieben werden muss. Ich detektiere so langsam einen Kerl, der vom großen schwarzen Mann und seinen Kumpeln mal so richtig durchgevögelt werden muss, und zwar jede Nacht für die nächsten acht bis zehn Jahre …«

Der gute Bulle befahl seinem Partner, mal halblang zu machen. Er drückte ihn gegen die Wand, bis der böse Bulle schließlich wieder normal und ruhig atmete. Bevor sie jedoch weitermachen konnten, kam ein dritter Bulle herein. Der dritte Bulle gab dem guten Bullen einen Zettel, und mit einem Mal strahlten die drei übers ganze Gesicht. Nachdem sie sich kurz auf die Schultern geklopft und Faustchecks gemacht hatten, war der dritte Bulle wieder weg, und zurück blieben der gute und der böse Bulle, glücklich wie nur was.

»Wir haben mit deinen Freunden nebenan gesprochen«, sagte er.

»Ja?« Jacks Gedanken überschlugen sich. »Und? Was haben sie gesagt?«

»Was meinst du denn, was die gesagt haben?«, fragte der böse Bulle.

»Die wissen überhaupt nichts von mir«, sagte Jack. »Ich hab sie ja gerade erst kennengelernt.«

»Das haben sie aber nicht gesagt.«

»Dann lügen sie eben, gottverdammt. Ich hab die eben erst kennengelernt.« Er leckte sich über die Lippen, was alles nur noch schlimmer machte.

Der böse Bulle flüsterte dem guten Bullen etwas ins Ohr.

»Keine Ahnung, um was es hier geht«, sagte Jack. »Ihr kommt durch die Tür da, sucht JoJo. Ihr seid ja nur wegen JoJo hier. Warum also geht ihr mir auf die Eier? Warum schnappt ihr euch nicht einfach JoJo?«

»Willst du uns damit sagen, Joseph Randall ist deine Connection?«, fragte der gute Bulle.

»Ich sag einen Scheiß«, erwiderte Jack. »Ich sage nur, ihr seid hier, weil ihr JoJo sucht, und ich bin nicht JoJo.«

»Richtig.« Der böse Bulle stach mit dem Finger auf den Zettel, den sein Partner immer noch in der Hand hielt. »Du heißt Jack Jordan.«

»Behauptet er zumindest.«

Jack gefiel nicht, wie sie das sagten. Sie sagten es, als wär's die Pointe eines Witzes, an dem er den ganzen Tag gearbeitet hatte. Er mochte auch den Ausdruck auf ihren Gesichtern nicht. Sie grinsten wie kleine Jungs mit einem Furzkissen.

Jack ging's im Geiste durch. Könnten sie per Funk die Mitteilung bekommen haben, dass er nicht war, wer er zu sein behauptete? Sie würden eine Menge durchackern müssen, bevor seine List aufflog. Es sei denn natürlich – und er fragte sich, warum er bislang noch nie daran gedacht hatte –, der Vater des richtigen Jack Jordan arbeitete irgendwo als Bulle. Vielleicht hatte irgendwer ihn irgendwo aufgetrieben oder irgendwer im Präsidium kannte einen Typen, der einen Typen kannte, und jetzt schindeten sie Zeit, damit Mr. Jordan in JoJos Wohnung kommen konnte, um dem Betrüger ordentlich die Hölle heißzumachen, der den Namen seines toten Sohnes gestohlen hatte.

Er musste nichts anderes tun, als aus dieser Wohnung zu verschwinden, und er wäre weg, Mann. Auf und davon. Nacogdoches und Lufkin und ganz Texas im Rückspiegel.

»Ich an deiner Stelle«, sagte der böse Bulle, »ich würde uns einen Namen geben.«

»Einen Namen?«

»Sag uns, wer die Scheiße hat.«

Wieder zuckte Jack mit den Achseln. »Ich kenne niemanden.«

»Dann werden wir dich mit diesem großen Beutel hier mit aufs

Revier nehmen.« Der böse Bulle hielt den riesigen Ziploc mit Jacks Namen drauf hoch. »Es ist völlig egal, ob dir das hier alles gehört oder gar nichts, du wirst es an der Backe haben.«

»Es sei denn, natürlich«, sagte der gute Bulle, »du gibst uns einen Namen.«

Jack zählte vielleicht vier Schritte zur Tür aus dem Schlafzimmer. Auf der anderen Seite weitere zwölf den Flur hinunter, dann sechs weitere durch den Hinterausgang und raus auf die Pearl Street, und er schwor, er würde den ganzen Weg bis zurück nach Lufkin rennen. Würde den ganzen Scheiß ausschwitzen und es nie wieder anrühren. Überhaupt nichts mehr anrühren. Einfach nur rennen und rennen und rennen, und sobald er bei diesem Light-House-Trailer war, würde er seinen Kram zusammenpacken, in den verkackten Honda springen und wäre schon auf dem Weg zu einem weit, weit entfernten Ort, wo man ihn niemals finden würde.

Er musste nichts anderes tun, als aus diesem Raum zu verschwinden.

»Sie sagen, ich muss Ihnen nur einen Namen nennen?«

Der böse Bulle fletschte die Zähne. »Nicht irgendeinen Namen. Wir suchen einen Namen, der Türen öffnet.«

»Wenn ich mit Ihnen rede, bin ich in dieser Stadt tot.«

»Wenn du nicht mit uns redest, bist du tot«, sagte der gute Bulle. »Du warst mal im Drogengeschäft. Jetzt nicht mehr.«

Dem fügte der böse Bulle hinzu: »Jetzt wirst du von mir gefickt Wenn du mir kein Liedchen singst, das mich zum Tanzen bringt, dann schwöre ich bei Gott, ab der Sekunde, wenn du wieder aus dem Knast kommst, tauche ich jeden einzelnen Tag in deinem Haus auf. Am ersten Tag kriege ich vielleicht nichts, vielleicht nicht mal im ersten Monat, aber ich werde schon was finden, damit du so lange hinter Gittern verschwindest, dass du um Sonne betteln wirst.«

»Willst du in den Knast?«

»Willst du acht Jahre mit dem großen schwarzen Mann verbringen?«

Jack glaubte, ihm kämen die Tränen. »Nein«, sagte er, »will ich nicht.«

»Dann gib uns einen Namen.«

»Ben Matlin.«

»Wer?«

Selbst wenn er wollte, hätte Jack es nicht mehr zurücknehmen können. Es war raus. Es hing in der Luft wie frischer Zigarettenrauch.

»Ben Matlin«, sagte er. »Ihr schnappt euch Ben Matlin, und der Hahn ist zugedreht.«

10

Die Leoniden.

Summer und Crunch schlichen sich aufs Unigelände, um sich aufs Gras zu legen und zum Himmel hinaufzustarren. Einer von ihnen hatte einen Joint mitgebracht, den sie abwechselnd rauchten, bis nur noch eine kurze Kippe blieb, die ins frisch gemähte Gras geworfen wurde. Die meiste Zeit sahen sie keine Sternschnuppen, sondern ein Flugzeug oder einen Satelliten.

»Die ganze Welt da draußen«, sinnierte Summer laut.

Sie ließ sich von ihm begrapschen. Sie schwadronierte weiter, bevor sie in die Eisen stieg und ihn bremste. Er schmollte ein wenig, verhielt sich aber insgesamt wie ein Gentleman, was ihr nur selten passierte, also legte sie seine Hand wieder auf ihre Titte und dachte, was soll's. Nach reichlich Rumgemache stoppte sie ihn, bevor er ihr das Shirt ausziehen konnte.

»Es kommt mir irgendwie nicht richtig vor«, sagte sie. »Nicht unter all diesen Sternen.«

»Ich find's total richtig«, sagte Crunch. »Wir müssen ja keinem was sagen.«

»Das ist mir egal.« Summer zuckte mit den Achseln und rutschte ein paar Zentimeter von ihm weg. »Ist nur, dass ich mir nicht vorstellen kann, er würd's gut finden, wenn wir beide rummachen. Auch nicht, wenn's nur einmal ist.«

»Jack?« Crunch stützte sich auf einen Ellbogen und beugte sich zu ihr hinab. »Ich dachte, du hättest gesagt, ihr zwei fickt nicht. Ihr wärt nur gute Freunde, sonst nichts.«

»Sind wir ja auch. Und ich rede nicht von Jack.«

»Von wem denn dann?«

Summer zeigte mit einem Finger zum Himmel.

»Jesus Christus?« Crunch streckte seine Hand aus.

Summer schlug sie weg. »Nein, Dummkopf. Nicht Jesus.«

»Wer dann?«

»Luther«, flüsterte sie.

»Wer zum Henker ist Luther?«

»Ich hab dir von Luther erzählt«, sagte Summer. »Der da oben.«

Crunch rollte sich im Gras auf den Rücken. Er legte einen Arm über seine Augen. »Ja, richtig«, sagte er. »Der Alien. Hab ich total vergessen.«

»Er ist nicht einfach nur ein Alien«, sagte Summer. »Er ist so was wie ein Schutzengel.«

»Ja, hast du mir schon mal gesagt. Ich erinnere mich.«

»Er wollte mir nie wehtun«, erklärte Summer. »Und das soll ich auch allen erzählen. Sie wollen uns nicht wehtun.«

»Das scheinst du ja einer Menge Leuten zu erzählen.« Crunch suchte mit den Fingern in den Grashalmen nach der Kippe, die sie weggeschmissen hatten. Keine Chance.

»Deshalb hat er mich ja ausgesucht.«

Crunch begann in Gedanken, alles abzuwägen, bevor er sich zuerst auf die Knie hochwuchtete, dann auf die Füße, sich den Hintern abklopfte und schließlich sagte: »Vielleicht sollten wir dich nach Hause bringen. Ich glaube, heute sehen wir keine Sternschnuppen mehr.«

»Ja, ich glaube, da hast du wohl recht«, sagte Summer, als sie die Rückfahrt zu dem Light-House-Trailer annahm, wo sie nicht die geringste Spur von Jack Jordan fand.

»Jack?«

Summer ging ins Wohnzimmer, dann in die Küche. Es war nicht gekocht worden, nichts war durcheinander.

»Das war ein schräger Ausflug«, rief sie in den leeren Trailer. Sie näherte sich vorsichtig der Treppe. Die lockere Bodendiele war nicht bewegt worden, das konnte sie sehen. Darin fand sie die ausgehöhlte King-James-Bibel und was von der Ware noch übrig war. »Crunch hat versucht, mit mir rumzumachen.«

Sein Schlafzimmer war leer. Ihres ebenfalls.

Das ist gar nicht gut.

»Nicht, dass ich denke, Crunch wär kein guter Typ. Ich meine, sind wir doch ehrlich, Crunch ist ein hübscher Kerl. Zu hübsch, wenn du verstehst, was ich meine. Bei ihm fehlt irgendwas. So als hätte er ’ne Schraube locker oder so. Als hätte ihm schon vor langer Zeit besser mal einer gesagt, dass er kein Acid mehr nehmen soll. Er hat eine wunderbare Seele, aber ich glaube, wenn ich viel Zeit an der Seite von so was Schönem verbringen müsste, tja, ich glaube, ich würde mich zusammenrollen und einfach sterben, um ehrlich zu sein. Jack, wo bist du?«

• • •

Sie schlief ziemlich unruhig in dieser Nacht. Sie wachte schweißgebadet auf dem Fußboden auf. Als der Horizont sich lila verfärbte, schluckte sie zwei Xanax und fragte sich, warum sie damit so lange gewartet hatte.

Am folgenden Abend ging sie mit Chase, Tony und Dealers Freundin zu den Demos auf dem Unigelände. Sie versteckten neonfarbene Wasserpistolen unter ihren Jacken, nur für alle Fälle. Da hatte sie das erste Mal gehört, was passiert war.

»Was meinst du damit, die Bullen haben Jack geschnappt?«

Chase wusste mehr als die anderen. »Ich hab gehört, er war oben in der Bude von JoJos Freundin, und dann sind die Bullen mit einem Hund reingestürmt. Sam Tuley hat sich natürlich gewehrt, und dann wurde es etwas unschön. Ich hab gehört, die haben Jack in ein Schlafzimmer gesteckt, und keiner hat ihn da wieder rauskommen sehen.«

Fast hätte Summer weiche Knie bekommen. »Wollen die damit sagen, er ist tot? Himmel, sag mir jetzt bitte nicht …«

»Sie sagen gar nichts, nur so viel, dass ihn keiner mehr gesehen hat.«

Wenn er noch am Leben wäre, hätte er das Kokain geholt. Ist nicht mehr viel von da, aber er würde es niemals zurücklassen.

Auf einer Bierparty in einem Trailerpark im Osten der Stadt skizzierte Dirty Bill ein alternatives Szenario: »Was weiß ich denn, er könnte auch alle verpfiffen haben.«

»Unmöglich«, sagte Summer. »Ich kenne Jack jetzt schon zig Millionen Jahre, und er würde niemals mit den Bullen reden. Er hasst die Bullen mehr als sonst wen. Wisst ihr, einmal, bevor wir hergekommen sind, wurde Jackie wegen einer kaputten Kennzeichenleuchte angehalten. Er hatte damals drei Pfund super Gras im Wagen, aber, wisst ihr ... eine kaputte Kennzeichenleuchte! Ich sterbe vor Angst, aber dieser Typ ... dieser Typ ...«

Dirty Bills Bruder kratzte sich am Kopf. »Sag mal, wo habt ihr zwei euch eigentlich kennengelernt?«

»Jackie?« Fast hätte sie sich an ihrem Bier verschluckt. »Scheiße, ich kenne diesen verrückten coolen Typen jetzt schon seit vielleicht ... Mensch, ich schätze, das sind jetzt schon drei Jahre. Wenn er ein Bulle wär, dann hätte ich das inzwischen ziemlich sicher rausgefunden, meinst du nicht? Ich meine, wenn er nicht mit dem Klammerbeutel gepudert wäre, wer würde denn drei Jahre undercover gehen, nur um mich kleines Licht zu schnappen? Stimmt's? Als wär ich der weibliche Pablo Escobar oder so was. Mann, das ist doch, also, das ist doch total abgedreht, so was zu sagen, findest du nicht auch?«

Dirty Bill hatte gerade einen Joint zu Ende geraucht, also hatte er jetzt eine Menge, worüber er nachdenken konnte. Bevor er seinen Kopf aus diesem Wurmloch ziehen konnte, begann Summer mit einer Geschichte über dieses eine Mal in New Orleans, als sie und Jack ...

So ziemlich das Letzte, wovon du erzählen solltest, ist New Orleans. Wo hast du nur deinen Kopf?

Später, auf dem Weg durch die Stadt und als sie sich mit zwei Typen, die sie im Lebensmittelladen getroffen hatte, den Rest von einem Eightball reinzog, boten sich andere Möglichkeiten.

»Er ist noch nie gut mit Meth klargekommen«, sagte sie zu ihnen. »Er glaubt, er hat es voll im Griff, aber wenn er damit anfängt, sind mir nichts, dir nichts drei Tage vergangen, und er hat weder geschlafen noch was gegessen. Ich hab ihn immer runterholen können, indem ich ihm Tomatensuppe eingeflößt und ihm eine Xannie gegeben hab. Aber für ein paar Tage danach war er schon ziemlich schräg drauf.«

Keiner der beiden Jungs achtete groß auf das, was sie sagte, also hatte sie auch kein Problem damit, es zu sagen. Stattdessen grabschten beide an ihren Titten, während sie redete, fummelten später an ihrem Gürtel und Reißverschluss.

»Viel wahrscheinlicher ist«, sagte sie, »er hat sich einfach vom Acker gemacht. Vielleicht dachte er, was mit diesem kleinen blonden Mädchen passiert ist, wär so was wie ein Zeichen. Vielleicht hat er all die Jahre die Wahrheit gesagt und hat dann schließlich das gemacht, wovon er schon immer geredet hat, und hat mich dann sitzen lassen. Vielleicht ist er aber auch einfach nur durchgedreht.«

Einer der Typen war grob, aber der andere behandelte sie schonend. Es fiel ihr schwer, sich an eine zärtlichere Hand zu erinnern, und sie fragte sich, ob er den Wert von jemandem wie ihr erkennen konnte. Dass sie sich vielleicht mehr anstrengen würde, sich ganz normal zu verhalten, wenn er ihr nur die Chance dazu gab.

Aber Fehlanzeige. Am nächsten Morgen brachten sie sie schnell aus dem Hintereingang ihres Hauses hinaus, und statt zu riskieren, so völlig derangiert auf der Straße gesehen zu werden, schlug sie sich in den Wald.

Als sie wieder zu sich kam, hatte sie keine Ahnung, wie lange sie weg gewesen war. An welchem Tag war sie losgezogen?

Freitag? Samstag?

Es dauerte zwanzig Minuten, bis ihr Telefon wieder genug aufgeladen war, um einen Blick in den Kalender zu werfen, und so fand sie heraus, dass sie irgendwann nachts vier Anrufe nach South Carolina getätigt hatte.

Ihr Blut erstarrte.

South Carolina.

Wen zum Teufel würdest du in South Carolina anrufen?

Summer musste sich setzen. Sie humpelte zur Couch, ließ sich darauf fallen, suchte wie besessen zwischen den Polstern nach einer Zellophantüte mit Valium, die sie ziemlich sicher dort versteckt zu haben glaubte. Dann sah sie im Medizinschränkchen nach. Dann in jedem Zimmer des Hauses, bis sie schließlich eine Adderall zwischen den Seiten von *Buntspecht: So was wie eine Liebesgeschichte* fand. Sie schluckte sie und begann, sich sofort besser zu fühlen.

Du weichst dem Thema aus.

Summer erinnerte sich an die Zeit in Charlottesville. Das erste Mal. Jack hatte seinen ganzen Kram zusammengepackt und wäre ein Schatten gewesen, wäre sie nicht durch die Tür gekommen. Den ganzen Tag über hatte sie wieder und wieder darüber nachgedacht, dass es an diesem Abend passieren würde. Er mochte Bourbon, also hatte sie eine Flasche mitgebracht und nicht mal den Verschluss befingert, bevor sie an die Tür seines Wohnheimzimmers klopfte. Er war kaum in der richtigen Stimmung, wo er ja fast fertig war, seinen ganzen Kram in drei schäbige Reisetaschen zu packen.

Hauptsächlich erinnerte sie sich, dass sie alles gesagt oder getan hätte, um zu verhindern, dass er den Schwanz einzog und sich vom Acker machte, also hatte sie ihn mehr als nur einmal gefragt, was er wollte. Von allen Sachen auf der ganzen weiten Welt, fragte sie ihn, was könnte sie ihm geben, damit er wieder runterkam.

»Noch mal ganz von vorne anfangen«, hatte er ihr geantwortet.

Er hatte es zwischen Unmengen Tränen und Gehuste gesagt, aber sie hatte es laut und deutlich gehört. »Ich will noch mal ganz von vorne anfangen, und diesmal lass ich mich von keiner Frau mehr lächerlich machen, und ich würde auch nicht mehr zulassen, dass irgendein Kerl meint, er könnte mich betrügen. Ich würde noch mal neu anfangen und dafür sorgen, dass es ihnen allen leidtut, dass sie sich nicht bei mir eingeschleimt haben, als sie die Chance dazu hatten.«

Summer hatte nie gedacht, dass ihr ein Mensch jemals mehr bedeuten könnte. An diesem Abend, genau wie an vielen anderen, hatte sie ihn im Arm gehalten und ihm einfach alles versprochen. Sie hatte damals gewusst, dass er noch mit vielen Frauen was haben würde, aber niemals würde er eine andere finden, die auch nur annähernd so gut war wie sie.

»Wenn du noch mal ganz von vorne anfangen willst, Keith«, hatte sie zu ihm gesagt, »dann kriegst du deinen Neuanfang.«

Du wusstest, dass es passieren würde. Das ist schon lange zu erwarten gewesen.

Summer schlich zu seinem Zimmer und warf sich auf seine Matratze. Obwohl er an den meisten Abenden unten auf der Couch aus den Latschen kippte, konnte sie ihn trotzdem in der Decke riechen. Sie schloss ganz fest die Augen und drückte die Nase ins Kopfkissen.

Du warst diejenige, die es ihm beigebracht hat.

Summer ertrug die Stille nicht. Sie sprang vom Bett und stellte den Trailer auf den Kopf, bis sie Jackies iPod fand, und scrollte zu Grateful Dead, die sie über die Jahre draufgeladen hatte. Sie drehte die Lautstärke voll auf, dann lief sie nach oben und riss die Bettlaken von seinem Bett herunter. Sie hielt sie in den Armen wie ein Baby. Sie tanzte damit und sang sich mit »Sugar Magnolia« die Lunge aus dem Leib.

Du hast ihn dazu gemacht.

»Halt's Maul!«

Sie spielte den Song von vorn, sackte dann unter Jacks Bettlaken zusammen. Ungefähr zwölf Stunden lang blieb sie so, bis sie sich von dieser Stelle bewegte, und dann auch nur, weil sie jemand anderen im Trailer hörte. Sie setzte sich auf, langsam zuerst, und fragte sich, ob sich ihr Tag in Scheiße verwandelte.

»Summer, was zum Teufel machst du?«

Jack?

Sie riss die Bettlaken herunter und fand ihren alten Freund total ramponiert in der Tür zur Küche kauern. Er hatte einen Gesichtsausdruck drauf, als hätte er dabei zugesehen, wie sie da auf dem Küchenboden einen Wurf Kätzchen auf die Welt brachte. Sie kämpfte gegen das Bedürfnis, ihm die Luft abzudrehen.

»Ich dachte, du wärst für immer weg.«

»Ich hab dran gedacht«, sagte er.

»Warum bist du zurückgekommen?«

»Ich konnte dich nicht zurücklassen.«

Summer konnte ihn nicht länger ansehen. »Der ist nicht schlecht, Jack. Wenn du Musik draus machst, vielleicht kann ich dann dazu tanzen.«

»Ist nicht gelogen.« Er schlurfte ins Wohnzimmer und kniete sich auf Augenhöhe vor sie. »Das könnte ich niemals tun.«

Summer wusste, dass das noch nicht alles war. Sie hielt die Luft an und wartete.

»Ich wusste«, sagte er, »dass ich ohne dich aufgeschmissen bin.«

Sie glaubte nicht, dass es noch besser wurde, deshalb machte sie sich auf die Suche nach genug Geld, damit sie eine Flasche kaufen konnte, damit sie reden konnten.

»Ich war schon halb in Kansas«, sagte er, »als mir ein komischer Gedanke kam. Wir sagen doch immer, das Allerschlimmste, was wir tun können wär, mit den Bullen zu reden, aber wir müssen uns doch die Frage stellen, ist das wirklich so?«

Das war simpel. »Ja«, sagte sie. »Ist es.«

»Klar … wenn derjenige, über den wir reden, einer von uns beiden ist, dann würde ich der Polizei nämlich absolut null sagen. Darauf kannst du dich verlassen. Sieh mir in die Augen und sag mir, dass du mir das glaubst.«

Sie tat es.

»Was ich sagen will, ist, was wäre, wenn ich in eine Situation geriete, und der einzige Ausweg daraus wäre, ihnen einen Namen zu geben?«

»Dann fährst du ein«, sagte Summer mit leiser Stimme.

»Ich soll für einen anderen Typen einfahren? Für irgendeinen Scheißkerl, den ich kaum kenne?«

Sie verschränkte die Arme. »Du fährst ein, weil du dumm genug gewesen bist, dich von den Bullen schnappen zu lassen. Der andere Typ, gut möglich, dass er den Rest seines Lebens keinen Stress mit der Polizei bekommt, aber es ist einfach nicht fair, dass er für deine Fehler bezahlen muss.«

»Was, wenn ich dir sage, dass es jede Menge Chancen für einen Mann gibt, der gern redet?«

»Dann würde ich dir antworten, er wäre ein Haufen Scheiße, und ich würde ihm kein Pardon geben.«

Jack sackte auf die Füße zurück und lehnte sich gegen die Wand. Sein Gesicht war eingefallen, seine Kieferpartie hart. Sie fand oft, dass er am besten aussah, wenn er aufgemischt worden war.

Du hast selbst schlechte Neuigkeiten auf Lager. Wann gedenkst du das mit ihm zu besprechen?

»Summer, es gibt in ganz Ost-Texas nur einen Mann mit der großen Molly-Connection. Die Feiertage stehen bevor. Der Spring Break steht demnächst an. Es wird sein wie ein Volltreffer im Lotto, wenn dieser Mann urplötzlich nicht mehr da ist, um Kasse zu machen.«

»Ben Matlin?« Summer runzelte die Stirn. »Was meinst du damit, wenn er nicht mehr da ist? Du willst mir doch nicht etwa sagen …«

»Bleib bei mir«, sagte er. »Ich sage nur, wenn mir jemand die Daumenschrauben anlegt und sagt, ich müsse einen Namen liefern, und wenn ich dann einen Namen liefere …«

Sie meinte, sich übergeben zu müssen. Sie hatte das ungute Gefühl, genau zu wissen, wohin dies führte.

»Also hab ich diesen Kerl verpfiffen, dem wir, das kannst du mir glauben, nicht das Geringste schulden, und jetzt ist er weg, und es gibt keinen mehr, der all diesen Collegekids Drogen verkauft. Wir haben ein Vakuum geschaffen, und jetzt, wenn wir nur einen Typen kennen würden, der Matlins Connection kannte und nach seinem Abgang die Geschäfte führen könnte. Hmmm, wen kennen wir hier in der Gegend, der Matlins Mann kennengelernt hat? Fällt dir irgendwer ein?«

Man muss zugeben …

»Ich hab das für uns getan, Summer.« Keine Spur von Unaufrichtigkeit. Sie vermutete, er hatte Aufrichtigkeit im Rückspiegel geübt. »Ich habe wieder und wieder drüber nachgedacht, und es gibt weder in Kansas City noch in St. Louis oder Lincoln, Nebraska, irgendwas, das besser wäre als das, was ich hier mit dir habe. Ich hab mir gedacht, wir ziehen das durch, und dann sind wir hier die Chefs. Wir kontrollieren dann alles, du und ich. Erinnerst du dich, wie lange wir schon darüber reden? All die Sachen, von denen du gesagt hast, du könntest sie machen, wenn du nur den Drogenhandel in einer Stadt dieser Größe unter dir hättest? Jetzt sind wir dazu endlich in der Lage.«

Du musst es ihm sagen.

Summers Hand bewegte sich langsam über den Teppich, gefährlich nahe an seine Hand. In letzter Sekunde riss er sie weg, um sich Haare aus der Stirn zu streichen.

»Und wenn diese Cops erst mal gemacht haben, was sie machen müssen, bin ich aus dem Schneider. Die haben ihren Typen und werden mich nicht mehr brauchen. Dann können wir tun und lassen, was wir wollen.«

Summer ballte die Bettlaken in ihrer Faust zusammen. Sie senkte den Kopf zwischen ihre Beine.

Sag ihm, was du gemacht hast.

»Was ist los?«, fragte er. »Du scheinst nicht sonderlich begeistert zu sein. Du wirkst so, als hätte ich dir gerade nicht gesagt, dass all unsere Pläne, die wir in den letzten fünf Jahren hatten, aufgehen.«

»Jackie …«

»Was ist?«

»Ich hab da vielleicht was gemacht …«

Jack zuckte mit den Achseln. Er hätte die Schultern gereckt und wäre wie ein Pfau im Trailer herumstolziert, würde ihm dann nicht dank der schlechten Nähte der Bauch aufplatzen.

»Wir haben alle irgendwas gemacht«, sagte er. »Vertrau mir, keiner von uns beiden hat was gemacht, weswegen der andere vorwurfsvoll mit dem Finger zeigen kann. Du und ich, wir haben beide schon schlimme Sachen gemacht, weswegen wir ja wahrscheinlich auch so gut miteinander auskommen. Ich sag dir, Summer, wir haben …«

»Ich glaube, ich bin gestern Abend am Telefon vielleicht ein bisschen zu freundlich gewesen.«

Jack kapierte nicht oder zumindest sagte das sein Gesichtsausdruck, denn bestimmt zehn Minuten, nachdem Summer ihm gesagt hatte, was ihrer Meinung nach passiert war, hatte er noch dieses fette Fragezeichen im Gesicht. Er stand eine Weile da, ließ alles richtig einsickern, und dann schrie er Zeter und Mordio.

»Mein Reich zerbröckelt!«

Zuerst sah sie, wie das Blut sein Hemd dunkel verfärbte, dann, wie er sich vor Schmerzen krümmte. Er stand da, als könnten seine Innereien aus ihm heraus und auf den Boden quellen.

»Jackie, ich hol kurz die Jerry-Wasserflasche …«

»Zur Hölle mit deiner Jerry-Flasche«, fauchte er. »Ich geh gottverdammt raus einen trinken.«

Und das tat er dann auch, und Summer überlegte, ihm zu folgen. Hätte sie auch, wenn ihr Handy nicht geklingelt hätte. Sie musste nicht auf den Bildschirm sehen, um zu wissen, wer am anderen Ende der Leitung war.

South Carolina.

Es klingelte wieder. Ihre Hände zitterten so heftig, sie hätte es beinahe fallen lassen.

Beim fünften Klingeln nahm sie den Anruf an. Am anderen Ende sagte niemand was, wie er es immer machte.

»Ich bin's«, sagte sie ins Telefon. »Anscheinend hab ich neulich abends mit dir geredet.«

Atmen: Für mehrere Augenblicke das einzige Geräusch am anderen Ende, bis er schließlich sprach. »Du warst ziemlich durch den Wind, als du angerufen hast.«

»Bist du noch sauer auf mich?«

»Ich könnte nie länger auf dich sauer sein«, flüsterte er. »Du bist meine ganz besondere Jasminblüte.«

»Ich heiße aber nicht mehr Jasmine.«

»Ach?«

»Nein. Ich heiße Summer. Wie meine Lieblingsjahreszeit.«

»Mir hast du gesagt, deine Lieblingsjahreszeit wäre der Herbst«, sagte er. »Ich hab an dich gedacht, als die Blätter sich zu verfärben begannen.«

Das Beben schmolz aus ihrer Stimme. »Oh …«

»Summer.« Er wiederholte es einige weitere Male, schwenkte es auf seiner Zunge wie Pastasoße. »Gefällt mir.«

»Dann bist du nicht sauer auf mich?«

»Nein.« Kurzes Schweigen. »Ich komme immer noch zu dir. Neulich nachts hast du gesagt, du wärst allein. Du hast gesagt, du brauchst mich an deiner Seite.«

Sie schloss die Augen und berührte liebevoll den Hörer mit ihren Fingerspitzen.

»Das stimmt auch, Scovak«, sagte sie. »Ich fürchte, ich hab sonst niemanden.«

Summer brach auf ihrem Telefon zusammen, als wär's die eine Sache, die ihr zumindest einen Hauch der Erlösung versprach, nach der sie fast ihr ganzes Leben gesucht hatte.

11

An dem Abend, an dem die Cops wegen Matlin kamen, sollte eigentlich gefeiert werden. Für die Studenten war es der letzte Tag des Semesters vor den Thanksgiving-Ferien. Für die Dealer am Ort war es das Wochenende mit dem zweitgrößten Geschäft des Herbstsemesters, direkt nach Halloween.

Jack verbrachte den Vorglühteil des Abends hinten in einem weißen Transporter mit dunkel getönten Fenstern. Sie hatten ein Stück die Straße hinunter in der Nähe einer Hausparty geparkt. Detective Rapino saß hinten, fummelte an den Knöpfen und Reglern herum und spielte mit seinem Headset. Detective Keisling befestigte ein Klebeband an einem kleinen Mikro und dieses dann auf Jacks bleicher Brust. Jack war unbehaglich zumute, so nahe an den Bullen – das war noch nie anders gewesen – aber er schlug die Zeit tot, indem er sich vorstellte, was er mit seinen neuen Reichtümern anfangen würde.

»Wenn meine Nippel nicht hart werden, Detective«, sagte er lächelnd, »nehmen Sie's mir bitte nicht übel. An Kerlen muss ich erst noch Gefallen finden, vermute aber, ich bleib lieber hetero.«

Keiner der Cops lachte. Sie ließen sich nicht mal anmerken, dass sie überhaupt etwas gehört hatten.

»Ich hab nur ein einziges Haar auf der Brust, also passen Sie bitte auf, dass Sie mir das nicht mit dem Klebeband ausreißen.«

»Falls du das Klebeband so schrecklich unangenehm findest«, sagte Keisling, »solltest du dich unbedingt diesbezüglich beschweren, entweder über die Website des Departments oder direkt beim diensthabenden Sergeant unten im Revier des Sheriffs.«

»Hab nur Quatsch gemacht«, sagte Jack. »War nur Spaß.«

Rapino sagte vom Rücksitz: »Könntest du das bitte noch mal sagen?«

»'Tschuldigung?«

Rapino klopfte auf eine Muschel seines Headsets, gab Jack dann zu verstehen, er solle es wiederholen. Jack nickte, senkte die Lippen dann dichter an das Mikro, das über seinem linken Nippel klebte.

»Ich sagte, ich hab nur Scheiß geredet.«

Keisling und Rapino waren zwei nette alte Jungs, geboren und aufgewachsen unter den Piney Woods von Ost-Texas. Keisling kam aus einem Ort namens Huntington und Rapino von noch weiter draußen. Beide trugen karierte Hemden, die sie in ihre Hosen gesteckt hatten. Ihre Dienstmarke trugen sie an der Hüfte, an den Füßen Cowboystiefel. Hüte, wenn sie nicht gerade im Haus waren. Zu allen anderen sagten sie »Sir«, »Ma'am« und »Danke schön.«

Nur nicht zu Jack.

Für Jack wurde jedes Wort in einem Ton ausgesprochen, der unmissverständlich sagte, es ging ihnen am Arsch vorbei, ob Jack gut fand, was hier abging, solange er es machte. Und um das sicherzustellen, hatten sie Gummiknüppel, Dienstwaffen oder falls nötig auch die bloßen Hände. Das hier war für keinen von beiden das erste Rodeo.

»Unser Ziel bei dieser Operation ist es, einen gewissen Benjamin Garett Matlin an Land zu ziehen«, sagte Keisling. »Diese Operation ist erst zu Ende, wenn wir einen Deal im Wert von mindestens dreihundert Dollar haben. Ist das klar?«

»Laut und deutlich.« Jack setzte sich gerader hin. »Jawohl, Sir.«

»Falls die Transaktion nicht über dreihundert Dollar beträgt«, setzte Keisling fort, »wird die Operation abgebrochen und deine Beteiligung wird zwar vermerkt, aber unsere Ermittlung ist nicht abgeschlossen.«

»Vertraut mir«, sagte Jack. »Ich verschaff euch erheblich mehr als dreihundert Mäuse.«

Rapino meinte von hinten, während er wieder an sein Headset klopfte: »Könntest du das noch mal sagen, bitte?«

Jack hatte jede Menge Grund zu glauben, dass sie an diesem Abend mehr als nur ein paar Hundert Bucks einnehmen würden. Er hatte keinesfalls die Absicht, sich wieder bei Matlin einzuschmeicheln, und in einen Raum mit ihm und einer großen Menge Ware zu gelangen, wäre nahezu unmöglich. Allerdings hatte er noch ein Ass im Ärmel.

Summer.

Summer brauchte gut dreißig Minuten, um den Deal einzufädeln. Er hatte keinen Schimmer, wie sie das ihrem Freund eingeflüstert hatte. Scheiße, soweit er wusste, gehörte ein Teil des Geldes ihr. Für sie war nur wichtig, dass erledigt wurde, wovon Jack gesagt hatte, es müsse erledigt werden.

»Du kannst dich immer auf mich verlassen, Jackie-O«, hatte sie gesagt.

Wenn die Bullen es eingefädelt hätten, wäre es das Provozieren einer strafbaren Handlung gewesen, und der ganze Fall wäre hinüber. Aber die Bullen hatten es nicht eingefädelt, das hatten Jack und Summer gemacht. Beide zählten schon die imaginären Geldstapel, die sie einfahren würden, wenn Ben Matlin erst mal von der Bildfläche verschwunden war, und die nächsten zwei Tage redeten sie fast von nichts anderem mehr.

Allerdings schien die Zeit unter der Woche unendlich langsam zu vergehen, bis schließlich der Tag der Party kam und jedes Leuchten aus Summers Augen verschwand. Ihr Gang war nicht mehr beschwingt. Die drängende Eile von früher war verschwunden. Jack stellte sich vor, dass es ganz schön hart für sie sein musste.

»Die haben mir versichert, dass nie jemand erfährt, dass ich derjenige mit der Wanze war«, hatte er ihr immer und immer wieder gesagt.

»Wir beide werden wissen, dass du verdrahtet warst«, sagte sie mit gedämpfter Stimme. Sie schluckte eine von mehreren Pillen, die sie auf dem umgedrehten Karton aufgereiht hatte, der als Couchtisch fungierte. »Ich schätze mal, nur darauf kommt's an.«

»Kaum«, sagte Jack. »Du und ich, wir beide können das nach ein paar Wochenenden verschärftem Feiern einfach vergessen. Ich hab fest vor, es zu vergessen, nachdem wir uns eine neue Bude gekauft haben. Bisschen näher an der Stadt. Was hältst du davon? Endlich aus diesem Light-House-Trailer rauskommen.«

»Hä? Ja, klar.«

»Kopf hoch, Summer«, hatte Jack zu ihr gesagt. »Schon bald wird für uns zwei alles anders.«

Den restlichen Tag verhielt sie sich, als wäre da noch etwas, das sie ihm sagen müsste, aber Jack achtete nicht weiter darauf. Stattdessen setzte er sein Pokerface auf. Er warf eine Adderall ein, beschloss dann aber, das würde nicht reichen, also zog er sich noch ein winziges Näschen Koks rein. Immer noch nicht überzeugt, hatte er sich über die Reste Crystal hergemacht, die er zwischen den Seiten von Timmy Learys *Psychedelische Erfahrungen* aufgestöbert hatte. Das alles rundete er ab mit einem Joint von der Größe eines Frühstückswürstchens, bevor er das Haus verließ, um sich mit den Bullen zu treffen.

• • •

Voll verdrahtet und darauf brennend loszulegen, betrat Jack die Party. Es war eine gute Fete. Ein guter Mix aus Mädels und Jungs, ausreichend Classic Rock, um einen schönen Flow zu halten, und reichlich Bier aus zwei Fässchen im Garten.

Jack sagte hier und da beiläufig Hallo, aber er war geschäftlich hier, nicht zum Feiern. Es dauerte nicht lange, bis er Dealer und

Dealers Freunde gefunden hatte, und kurz darauf kam Ben Matlin dazu. Jack hatte Matlin seit ihrer Spritztour nach Houston nicht mehr gesehen und fühlte sich schon bei seinem Anblick extrem unbehaglich.

Matlin hätte sich auf den Kopf stellen und mit Katzen jonglieren können, und Jack hätte nicht vom Teppich aufgeschaut.

»Sind wir so weit?«, fragte Dealer.

»Auf geht's«, antwortete Jack.

»Nicht so schnell.« Matlin packte ihn am Ellbogen und lotste ihn in den Schatten im Flur. Jack wehrte sich und hob die Knie, aber Matlin drückte ihn gegen die Wand.

»Ich werd dir nichts tun«, sagte Matlin. »Ich will nur reden.«

»Wir haben nichts zu bereden«, flüsterte Jack. »Wenn's recht ist, würde ich lieber das Geld reden lassen.«

»Ich möchte mit dir über was sprechen …«, Matlin neigte den Kopf nach unten. »… du weißt schon …«

Jack verfluchte das Mikro unter seinem Hemd. »Ich glaube, das wär jetzt nicht passend.«

»Ich finde, wir sollten darüber reden.« Matlin schaute den Flur die eine Richtung hinunter, dann die andere. Sie waren allein. »Mein Verhalten war völlig daneben.«

»Hör zu, vergessen wir's einfach, okay?«

»Nein, kann ich nicht. Ich …«

»Also, wir müssen nicht drüber reden.« Jacks Stimme wurde lauter. »Nicht jetzt. Jetzt ist echt nicht der richtige Augenblick dafür. Ich will auch gar nicht drüber reden.«

»Ich möcht's gern loswerden.«

Matlin wartete, bis sich ein betrunkenes Mädchen auf dem Weg zur Toilette an ihnen vorbeigeschoben hatte. »Ich hatte nicht viel Glück mit zwischenmenschlichen Beziehungen.«

Jack blinzelte einmal. Blinzelte gleich noch mal.

»Es ist kein Geheimnis, dass ich gern feiere«, sagte Matlin. »Auf

Koks und Alk kann ich gut verzichten, aber bei E kann ich nicht Nein sagen. Ich esse es, schniefe es … Meine größte Angst ist, dass ich am Ende eines Tages zusammenbreche, es aufkoche, aufziehe und mir dann unter dem Hodensack direkt in die Vene spritze.«

Matlins heißer Atem roch nach Maischips und Energydrinks.

»Du weißt, dass Leute von der Scheiße einen Kick bekommen?«, fragte er Jack. »Biochemisch, meine ich. Es frisst dir Löcher ins Hirn. MDMA erledigt seinen Job, indem es winzige Löcher in deine Dura mater frisst. Ich denke jeden Morgen darüber nach, wenn ich aufwache, und ich denke jede Nacht daran, wenn ich zu Bett gehe, und ich würde lügen, wenn ich dir sagen würde, ich hätte keine Angst davor, dass es meine Entscheidungsfindung beeinflusst.«

»Ich weiß nicht, was ich sagen soll …«

»Du musst gar nichts sagen. Ich möchte nur, dass du verstehst, ich weiß, dass es nicht richtig war, was ich in Houston getan hab. Menschen sollten so was einander nicht antun.«

»Ist gar nichts passiert, Mann.« Jack fummelte an seinem Hemd herum, ungefähr an der Stelle, wo das Mikro steckte. »Es gibt nichts, worüber wir reden müssten.«

»Was ist das für ein Mensch, der einem anderen so was antut?«

»Nichts passiert, Matlin. Rein technisch gesehen ist nichts gelaufen, also könnten wir es jetzt dabei belassen?«

Matlin trat noch näher, und sein Flüstern bedampfte Jacks Trommelfelle.

»Aber ich schwör bei Gott, Jack«, sagte er. »Wenn du mir eine zweite Chance gibst … wenn du mich das zurücknehmen lässt, dann mach ich's zehnmal wieder gut. Ich werde dich zum glücklichsten Mann in ganz Lufkin machen. Ich werde dich reich machen …«

Jack öffnete den Mund.

»Gib mir nur noch eine Chance, okay?«

Jack schloss ihn wieder.

»Wie wär's«, sagte Matlin, »wenn wir später drüber reden? Bei einem Taco? Und jetzt lass uns erst mal Scheißdrogen unters Volk bringen.«

Matlin schlug Jack fest auf die Schulter und hätte dabei fast den Sender an seinem Gürtel losgeschlagen. Er ließ Jack an die Wand gelehnt stehen, der sich die Wunde an seiner Seite rieb, die vor Kurzem angefangen hatte zu jucken. Er sah, wie Matlin im Schlafzimmer verschwand, wo Dealer und sein Kumpel warteten.

Einem Instinkt folgend sah Jack zur Haustür. Er könnte immer noch abhauen. Er könnte den Draht abreißen und wäre schon halb in Louisiana, bevor die Bullen mitbekamen, dass er die Biege gemacht hatte. Aber noch bevor er den Kopf wieder in die Richtung drehte, in die Matlin gegangen war, hatte er beschlossen, dass er die Sache durchziehen würde. Er musste, und wenn aus keinem anderen Grund als ...

Jack sah wieder zur Haustür. Er rieb sich mit den Fäusten die Augen.

Das kann nicht sein.

War es aber.

Es ist unmöglich.

War es nicht.

Nachdem er durch die Haustür gegangen war, ragte er aus dem Gedränge der Partygäste im Collegealter heraus. Alan Scovak war einszweiundneunzig groß, und sein lebkuchenfarbenes Haar hing bis deutlich über die Hälfte seines spindeldürren Rückens. Er hatte einen Bart, war tätowiert und hatte diesen starren Blick ins Nichts. Scovak sah Jack, lange bevor Jack Scovak sah und hatte bereits die halbe Entfernung zwischen ihnen zurückgelegt.

»Nein, nein, nein ...« Jack konnte seine Panik kaum unterdrücken. »Nicht heute.«

»Hallöchen, alter Kumpel«, sagte Scovak. »Lange nicht gesehen.«

»Was zum Henker machst du denn hier?«

»Hab gehört, hier läuft 'ne Party«, antwortete er. »Ich steh auf feiern.«

»Du weißt schon, was ich meine. Was zum Henker tust du hier? In Lufkin?«

»Sie hat mich angerufen.«

»Einen Scheiß hat sie.«

»Das glaubst du wirklich?« Scovak zog das Päckchen Zigaretten aus Jacks Brusttasche. Er steckte sich eine an, zerdrückte den Rest und ließ es auf den Boden fallen. »Oh, tut mir echt leid.«

»Schon okay«, sagte Jack. »Die bringen einen noch um.«

»Aber nur, wenn was anderes dich nicht vorher umbringt.«

Niemand wusste, ob auch nur die Hälfte von dem stimmte, was Scovak ihnen erzählte. Man munkelte, dass er in Florida im Knast gewesen war. Oder in Georgia. Weil er einen Mann ermordet hatte, oder auch zwei, oder vielleicht auch nur wegen einfachem Drogenbesitz. Es könnte aber auch alles nur eine Nummer sein, die er abzog, allerdings eine Nummer, für die er einen Oscar bekommen könnte, also schlug Jack einen großen Bogen um ihn.

»Wie geht's Toby?«, fragte Jack.

»Weißt du, Toby und ich, wir sind nicht mehr so besonders miteinander klargekommen, nachdem ihr beide aus Carolina verschwunden seid. Sagen wir einfach, das war der Anfang vom Ende meiner Beziehung zu ihm.«

»Tut mir leid.«

»Ach ja?« Scovak lächelte schief. Jack wurde flau im Bauch. »Am Ende hatten Toby und ich eine Meinungsverschiedenheit, die nicht mehr beigelegt werden konnte.«

»Um was ging's denn?«

»Um den Wert meiner Arbeit.«

»Und was hast du gemacht?« Jack wollte es gar nicht wissen.

»Ich hab beschlossen, den Markt zu untersuchen.«

»Mit welchem Ergebnis?«

»Scheiß auf den Markt.« Scovak hob einen winzigen Plastikbecher mit pissegelbem Bier zu einem spöttischen Toast. Er trank aus, warf den Becher achtlos weg. »Ich hab eine Million Sachen geschworen, die ich tun würde, falls du mir je wieder unter die Augen kommen solltest. Das hat mich echt viel Schlaf gekostet.«

Jacks Ohr zuckte. Seine Flanke tat weh. Das Mikro an seinem Hemd fühlte sich so schwer an, als könnte es ihn vornüberziehen.

»Warum behältst du das fürs Erste nicht einfach für dich?«, fragte Jack. »In der Zwischenzeit, falls du eine Wegbeschreibung brauchst, wie du am schnellsten wieder aus der Stadt kommst …«

»Ich gehe nirgends hin, Grant«, sagte Scovak. »Ich und Jazz müssen ein altes Feuer wiederaufleben lassen. Und sie hat mir gesagt, was du hier so eingetütet hast, und ich würde sagen, du schuldest mir echt was.«

»Wie viel hat sie dir erzählt?«

Scovaks Mundwinkel zogen sich nach oben. »Sie liebt mich. Das hat sie mir erzählt.«

»Wenn das stimmen würde«, sagte Jack, »dann würdest du die Klappe halten und dich vom Acker machen.«

Scovaks eisblaue Augen senkten sich auf Jacks Bauchbereich, seine Brust, dann seine Kehle. Hinter ihm steckte Matlin den Kopf aus der Schlafzimmertür.

»Jack …«

»Wir zwei sind noch lange nicht fertig miteinander, hörst du?«

»Hätt's auch nicht anders erwartet.«

»Wir sehen uns nachher noch.« Dann der Tritt in den Bauch. »Wenn du nach Hause kommst.«

•••

Wie es dann lief, hängt ganz davon ab, wenn man fragte.

In diesem Schlafzimmer hinten befanden sich vielleicht acht, neun Leute, Dealers Kumpel, Matlin und Jack mitgezählt. Größtenteils Kiffer aus der Stadt, die meisten finanziell beteiligt.

Kaum hatten Geld und Drogen die Besitzer gewechselt, nahm die Bevölkerungszahl um sechs weitere zu, diese ausnahmslos mit Polizeimarken.

Dealers Kumpel hatte seine Augen überall. Er war einer der paranoideren Typen in einem Meer paranoider Typen.

»Ich hatte ein ungutes Gefühl bei dem Kerl«, sagte er viel später. »Er war nervös und hampelig. Er hatte einen hektischen Blick, und er hat geschwitzt wie Sau. Johnny sagt, das liegt an all den Mollys, die der Typ sich reingepfiffen hat, aber ich mach jede Wette, es war was anderes.«

Falls Dealers Kumpel dachte, Matlin wäre an dem Einsatz beteiligt gewesen, behielt er es zumindest für sich. Nach allem, was an diesem Abend passierte, würde es niemand wagen, so was zu behaupten.

»Und ehe du dichs versiehst, kommen die Bullen rein. Alle brüllen wild durcheinander: ›Runter, schwing deinen Arsch auf den Boden … Zwing mich nicht, dich abzuknallen.‹ Ihr wisst schon, Bullengelaber.«

Lance war ein anderer Typ, der mit im Raum gewesen war, er war zusammen mit seiner Freundin Sheila da. Sie hatten bereits mehrere Mollys eingeworfen und wollten mehr kaufen.

»Ich fand, die waren ein bisschen extrem drauf«, sagte Lance später. »Ich meine, man muss sich schon fragen, warum die Bullen meinen, sie müssten in einer Collegestadt in Kampfausrüstung anrücken.«

»Besonders in einer so großen wie Nacogdoches«, ergänzte seine Lady.

»Ich bin kein Anwalt oder so was«, sagte er, »aber ich bin mal mit ein paar Jurastudenten um die Häuser gezogen, und die haben ausnahmslos bestätigt: Hier wurden ganz klar Bürgerrechte verletzt.«

Niemand bestritt, dass die Cops bereit waren, als sie an diesem Abend durch die Tür kamen. Sie hatten nur sehr selten Gelegenheit, ihre Kevlarwesten und taktischen Einsatzschilde auszuführen. Wie oft hatten sie lüsterne Blicke auf die vielen Schachteln und Kartons mit Einweghandfesseln, Tränengaskanistern, Schlagstöcken und Gummiknüppeln geworfen. Sie waren mit voller Wucht in diesen Teil der Stadt gestürmt, hatten förmlich darum gebettelt, dass irgendwer hibbelig wurde, aber dieser Teil von Nacogdoches war viel zu verschlafen, als dass irgendwer hibbelig würde.

Wie sich herausstellte, war Ben Matlin für sie ein wahr gewordener Traum.

Crunch war nicht im Raum gewesen. Verdammt, Crunch war nicht mal auf der Party gewesen, weil er nämlich die Stadt verlassen hatte, um seine Oma zu besuchen, aber diese Tatsache ließ er weitgehend unbeachtet, wenn er die Ereignisse erzählte.

»Matlin hatte sich sein ganzes Leben auf genau diesen Augenblick vorbereitet«, sagte er oft. »Man kann nur raten, wie oft er das in Gedanken durchgespielt hatte. Man konnte in einem Raum, in dem er gerade seine Geschäfte machte, gar nicht schnell genug eine Tür aufmachen, ohne dass er wie ein geölter Blitz zu einem Hinterausgang raste. Jede Wette, der verrückte Bastard kannte Ein- und Ausgang von jedem einzelnen Raum, seit er seinen ersten Zehnerstreifen Acid vertickt hatte.«

Vielleicht. Der einzige andere Ein- oder Ausgang in diesem Zimmer waren die Fenster an der rückwärtigen Wand, und genau die hatte Matlin zu erreichen versucht.

Dazu Dealers Kumpel: »Dieser kleine Typ ist dann so fest gegen die Scheiben gedonnert, du hättest gedacht, sie wären zersplittert. Sind sie aber nicht. Der Typ ist abgeprallt und auf dem Boden gelandet. Wie in einem Zeichentrickfilm, Mann.«

»Man sollte doch echt meinen«, sagte Lance oft, »ein Schwuler hätte weniger Probleme mit einer langen Zeit im Knast. Für mich selbst wär's meine größte Angst, mit einer Horde sabbernder Arschlöcher eingesperrt zu sein, die mit mir Tauschhandel betreiben, als wär ich 'ne Packung Kippen.«

»Das war bei dem guten alten Ben Matlin jedenfalls nicht so.«

Die Leute vom Lokalsender hatten Fragen. Genauso wie die Führungsriege bei der Polizei und dem Büro des Sheriffs. Das gemeinsame Aufsichtsgremium kam mehrfach zusammen. Die offizielle Version kam von Detective Keisling, dem Leiter des Einsatzes:

»Der Tatverdächtige wurde angewiesen, auf dem Boden liegen zu bleiben. Was er nicht tat. Er machte einen zweiten Versuch, sich durch das Fenster abzusetzen, auch diesmal nicht erfolgreich.«

»Wie hat sich der Verdächtige zu diesem Zeitpunkt verhalten?«

»Er war sehr erregt. Er begann eine Auseinandersetzung mit einer der anderen im Raum befindlichen Personen.«

»Diese Person war unser V-Mann, ist das zutreffend?«

»Jawohl, Sir.«

»Und worum ging es bei dieser Auseinandersetzung?«

Das war einer der widersprüchlichsten Punkte. Niemand bestritt, dass Matlin Jack an die Kehle ging, aber der Grund für einen solchen Angriff bot Raum für reichlich Spekulationen. Dealers Kumpel sagte, Matlin wäre schlicht ausgerastet. Seine Angst vor Inhaftierung wäre größer gewesen als jede Vernunft. Jeni, eine Raverin, die sich ebenfalls im Raum befunden hatte, sagte, Jack habe lediglich versucht, seinen Freund zu beruhigen, um weiteren Schaden von ihnen abzuhalten.

»Ungeachtet der Frage, warum er es getan hat«, erzählte Lance später, »wissen wir mit Sicherheit nur, was er getan hat. Dieser kleine Typ sprang auf Jack Jordan und hat beide Hände um seinen Hals gelegt und fing dann an, seinen Kopf auf den Boden zu schlagen. Immer und immer wieder hat er dabei so was geschrien wie: ›Was hast du getan? Was hast du getan?‹«

Es stimmte praktisch jeder zu, dass diese Worte gesagt wurden, als Matlin mit seiner Attacke loslegte.

Einer der Cops: »Und dann versuchte er, in seine Tasche zu greifen.«

»Urplötzlich«, sagte Sheila, »brüllten die Bullen ihn an, er soll die Hände in die Luft halten: ›Keine Bewegung, keine Bewegung‹ haben sie geschrien ...«

Im Rückblick hätte es außer Frage stehen müssen, dass Matlin lediglich nach seinem Telefon griff. Nachdem die Bullen ihm dann Saures gegeben hatten, mussten sie es ihm mit Gewalt aus den Fingern nehmen, so fest umklammerte er es. Aber hätte, hätte, Fahrradkette. Kaum hatte Matlin die Hand aus der Tasche seiner Jeans gezogen, wurde wie verrückt losgeballert.

»Die verdächtige Person war in diesem Augenblick hyperaggressiv. Für uns gab es keine andere Möglichkeit.«

»Das war eine echte Salve, Mann. Die haben ihn massakriert.«

»Die haben ihn kaltblütig ermordet, direkt vor unseren Augen.«

Der Untersuchungsausschuss wollte wissen: »War es ein gerechtfertigter Schusswaffengebrauch, Detective?«

Keislings Antwort: »Die Beamten und auch ich selbst waren überzeugt, dass zur Vermeidung weiteren Blutvergießens auf die Anwendung unmittelbaren Zwangs nicht verzichtet werden konnte.«

Eine Frage, die jedem auf der Zunge brannte, lautete, warum Matlin sich entschied, mitten in einer laufenden Polizeiaktion nach seinem Telefon zu greifen. Manche vermuteten, dass er vielleicht einen Anwalt verständigen wollte. Andere meinten, vielleicht wollte er seine Zulieferer vor einer möglichen Razzia warnen. Niemand hatte für das eine oder andere einen handfesten Beweis.

Aber die größere Streitfrage war, was als Nächstes passierte. In der Version der Polizisten kam es nicht vor, aber sie waren an diesem Abend nicht die Einzigen im Raum. Auf jeder Bierparty, bei jedem Lagerfeuer oder in jedem Wohnzimmer, wo ein Joint von einem Kiffer zum anderen weitergereicht wurde, gab es ein anderes Ende der Geschichte.

»Wir mussten uns alle auf den Boden legen«, sagte Lance oft. »Wir mussten die Arme auf den Rücken nehmen, und dann haben sie uns mit Kabelbindern an den Handgelenken gefesselt. Unsere Taschen durchsucht. Und die ganze Zeit über verblutet Ben Matlin da auf dem Boden.«

»Sie schleifen Jack aus dem Raum«, sagte der Kumpel von Dealer. »Sein Gesicht ist total am Arsch, ein Auge ist zugeschwollen.«

»Jack schreit, ›Lasst mich zu ihm, ich will ihn sehen.‹ Er schreit es aus vollem Hals. Er widersetzt sich und grunzt, wehrt sich gegen die Bullen, bis sie ihn schließlich näher an die Stelle lassen, wo Matlin liegt und stirbt.«

»Wir sind ziemlich sicher, dass er zu diesem Zeitpunkt noch gelebt hat. Er hat fast die Tür erreicht, aber nicht ganz. Man konnte dickflüssiges Blut aus den Löchern in seiner Brust blubbern sehen.«

»Es war ekelhaft.«

Auf die Frage, was passierte, als Jack an die Seite seines auf dem Boden liegenden Freundes gebracht wurde, waren alle darin einig, dass er auf ihn hinunterschaute. Dass die beiden Männer sich in die Augen sahen. Dass der blutverschmierte und geschundene Jack Jordan Matlin wütend ins Gesicht brüllte, als dieser das Zeitliche segnete, bis bei dem kleinen Mann schließlich alle Lichter aus waren.

Was er dem Sterbenden entgegenbrüllte, unterscheidet sich, je nachdem, wer die Geschichte erzählt.

»Er hat immer wieder geschrien: ›Scheiße, ihr habt ihn umgebracht‹, immer und immer wieder«, sagte Lances Freundin Sheila.

Lance war anderer Meinung. »Nein, er sagte so was wie, jetzt weiß er, wie's ist, jemanden zu verlieren.«

»Was immer er auch gesagt hat«, erzählte Dealers Freund den Leuten, »er hat's wieder und wieder gesagt, bis sie ihn aus dem Raum geschafft haben.«

Keiner der Beteiligten wusste, dass Jack es noch Tage und Wochen später wiederholte. Meistens, wenn er vor seinem Badezimmerspiegel stand oder in den Rückspiegel seines beschissenen Hondas oder auf irgendeine reflektierende Oberfläche starrte, die ihm in die Quere kam. Er sagte es in Gedanken, und er sprach es laut aus. Jedes Mal, wenn er das Spiegelbild seiner eigenen Augen bemerkte.

»Jetzt bist du gefickt.«

12

Als der Tag kam, an dem Jack zum ersten Mal allein nach Houston musste, fackelte er nicht lange. Er packte Klamotten zum Wechseln ein, zischte aus der Tür und wäre bereits auf halbem Weg nach Livingston gewesen, hätte Summer ihn nicht kurz vor der Autotür aufgehalten. Er war noch nervöser als normal. Er beäugte selbst den Wind misstrauisch.

»Wann kommst du zurück?«, fragte sie ihn.

»Nachdem ich Stoff eingekauft habe, schätze ich.«

»Wie lange wird das dauern?«

Jack zuckte mit den Achseln. »Keine Ahnung. Ich war erst einmal da unten, und das war zusammen mit Ben Matlin. Wo er jetzt nicht mehr ist, dauert's vielleicht, bis ich sie überzeugt habe, mit einem neuen Partner Geschäfte zu machen.«

»Ja, und? Bist du morgen früh zurück?«

»Ich könnte heute Abend zurück sein. Vielleicht wird's später. Ich vermute mal, wenn du nach drei Tagen noch nichts von mir gehört hast, werde ich wohl nicht mehr zurückkommen, und, na ja, schätze mal, da hast du deine Antwort.«

»Bist du sicher, dass …« Sie schluckte schwer. »Jack, was ist, wenn diese Typen gefährlich sind?«

»Glaub mir: Sie sind gefährlich.«

»Aber was ist, wenn …«

»Summer, mach dir jetzt bitte nicht in die Hose.« Er öffnete die Heckklappe des verfickten Hondas und warf seine Reisetasche hinein. »Wir haben ein Ding laufen, und wir haben hart gearbeitet, um so weit zu kommen. Meine einzige Alternative wäre, 'ne Münze zu werfen und aufs große Ende zu warten, und solange Alan Scovak mir über die Schulter atmet, werde ich das nicht tun.«

»Bist du nicht froh, dass er hier ist?«

Jack warf ihr einen Blick zu, der tausend verschiedene Dinge sagte, vor allem aber, nein, er war ganz und gar nicht froh, Alan Scovak zu sehen.

Bevor er sich auf den Weg machen konnte, zog sie ihn an sich und hielt ihn fester als je zuvor. Wären ihre Tränenkanäle nicht völlig im Arsch gewesen, hätte sie wie ein dummes Schulmädchen geschluchzt, doch stattdessen sagte sie ihm immer wieder, er solle nichts Dummes machen. Er solle die Augen aufhalten und Ärger aus dem Weg gehen.

»Sieh nur zu, dass du zu mir zurückkommst.«

Jack nickte, sagte *Ja, ja, ja,* und ließ sie in einer Staubwolke zurück, während der beschissene Honda die Spitzkehre hinunterfuhr.

Zuerst vermisste Summer ihn nicht. Eigentlich fand sie es sogar himmlisch, endlich nicht mehr ständig von ihm überwacht zu werden. Keine vorwurfsvollen Blicke. Dieses tiefe Geseufze und Zähnegeknirsche, sobald Summer ihre Phish-Bootlegs hörte oder schier endlos von ihrem guten Kumpel Luther erzählte oder von Biokaffee oder den Beziehungen jedes einzelnen Menschen und dem Universum oder wie viel genau die Seele wiegt. Sie musste nicht mehr dauernd aus Angst, dass er wieder den Kopf schüttelte und missbilligend *Tss-tss-tss* machte, ein ängstliches Auge darauf haben, wie lange sie Spaß haben konnte.

Das alles hielt dann ein paar Stunden an, denn sie vermisste ihn plötzlich sehr, nachdem Scovak fragte, wo er wohl am besten eine Kanone bekommen könnte. Vorzugsweise ohne Seriennummer.

»Ich meine, wenn wir beide von jetzt an auf uns gestellt sind«, meinte Scovak zu ihr, »dann ist es doch das Beste, wenn wir sofort alles fest im Griff haben.«

Woher eine Kanone kriegen? Komisch, darüber hatte sie noch nie nachgedacht. Sie sah sich in Ost-Texas klar als Teil der Unterwelt, hatte aber keinen blassen Schimmer, wie man an Schusswaffen kam. In diesem Augenblick verfluchte sie ihre friedliebenden Hippie-Einstellungen. Sie hasste sich, weil sie für die Demokraten war. Sie wünschte sich, sie könnte mit nur einem einzigen Anruf bei Crunch oder Mike D oder Downtown Tony ihrem treuen Lover eine Maschinenpistole oder so was besorgen.

Stattdessen fuhr sie mit ihm an der Butt Street vorbei. Sie fuhr mit ihm auf Trailerparks in Lufkin. Sie brachte ihn raus in die Wälder, wo sich JoJos letztes Versteck befunden haben sollte. Schließlich stolperte sie über Noah und Gabe, die aus dem Wald kamen, mit hängenden Schultern und niedergeschlagen.

Wie sich herausstellte, hatte kein Mensch mehr Respekt vor JoJos Laden, nachdem er weg war. Ohne den Schutz durch JoJos Namen konnten die Unbedeutenderen und Niedrigeren seiner Bande nicht mehr mit Respekt in den Crackhouses und Gassen von Nacogdoches auftreten.

»Wir sind abgezogen worden«, erklärte Noah.

»Was ist passiert?«, fragte Scovak.

»Wir haben versucht, bei ein paar schwarzen Dudes was zu kriegen«, sagte Gabe. »Was glaubst du, was passiert ist?«

Scovak senkte den Kopf und schüttelte ihn. Je länger er seine Augen auf die lodernden Abgründe der Hölle gerichtet hielt, desto mehr begann er zu beben. Er stampfte mit dem linken Fuß auf den roten unbefestigten Weg und schwankte vor und zurück. Als er schließlich wieder zu den dreien aufschaute, waren seine Augen rot unterlaufen.

»Wir müssen den Typen eine Botschaft schicken«, sagte er. »Wir müssen denen zeigen, dass ein neuer Sheriff in der Stadt ist.«

Scovak fuhr mit ihnen zur Wohnung von JoJos Freundin zurück, damit sie sich bewaffnen konnten. Summer kaute all ihre

Fingernägel ab, bis sie endlich den Mut aufbrachte, ihrem Freund gegenüberzutreten.

»Alan, Baby, findest du nicht auch, dass das hier ein bisschen …«

»Mach dir mal keine Gedanken um nichts, Schnecke«, sagte er. »Warum organisierst du nicht einfach mit den Mädels da drüben so einen Trommelkreis? Und ich zeig dann den Kindern, wie man's macht.«

Sie gehorchte und setzte sich zu zwei anderen Frauen auf den Futon.

»Das ist mein Freund«, sagte sie vage in ihre Richtung.

»Er ist echt unheimlich«, sagte die Hübschere der beiden.

Und als sie später zurückkehrten und Geschichten über Scovaks Wagemut und Draufgängertum erzählten, als er dem Junkie die Kanone unter die Nase gehalten und Vergeltung verlangt hatte, saß sie mit was sie für Stolz hielt da und fragte sich, was JoJo wohl tun würde, falls überhaupt was, wäre er jetzt da. Höchstwahrscheinlich würde er vorschlagen, sie sollten sich stattdessen ein paar Pillen reinpfeifen oder in eine andere Stadt umziehen.

Nein, dachte sie, jetzt war Scovak da, und die Zeit des Weglaufens lag längst hinter ihnen. Vielleicht sollte sie mal drüber nachdenken, ein Haus zu finden und in Nacogdoches ein Leben aufzubauen.

Als sie zu dem Light-House-Trailer zurückkehrte, machte sie als Erstes die Stereoanlage an und setzte einen Topf Wasser auf. Sie tanzte herum, während sie nicht nur eine, sondern zwei Packungen Makkaroni und Käse herausholte und tanzte noch wilder, als sie die Nudeln in kochendes Wasser kippte. Es gab keine Nachbarn an der Straße, die sich über den Lärm beschweren konnten, aber falls doch, na und? Scovak würde sich drum kümmern.

Ab sofort würde sich Scovak um alles kümmern!

Als er dann jedoch in den Trailer kam und direkt die Musik leiser stellte, war ihre erste Reaktion zu protestieren.

»Hey, was machst du da?«

»Dieser Gitarrenscheiß geht mir irre auf die Eier, Schätzchen«, sagte er. »Das weißt du doch.«

Er warf die Kassette aus und schob eine seiner eigenen CDs in die Anlage. Er ersetzte die guten Vibes durch das zornige Pulsieren von Speed-Metal-Gitarren. Summer rührte mit einem Plastiklöffel im Kochtopf. Während die Bläschen aufstiegen, wurde sie immer saurer, und ehe sie sichs versah, sprang sie ihm ins Gesicht. Sie zeigte ihm den Mittelfinger. Sie fauchte ihn von der Seite an.

»Du hörst jetzt mal genau zu«, sagte sie. »Ich lasse mich von dir nicht mehr so behandeln wie unten in South Carolina. Ich hätte damals schon ein paar Pfähle in den Boden rammen sollen, hab's leider nicht getan. Meine Schuld, aber diesmal läuft es anders.«

Scovak sah aus, als könnte er sie umbringen. Zuerst schloss er die Augen. Sagte lautlos *Eins, zwei, drei,* dann nickte er langsam. Er schob einen Finger in die Geheimtasche seiner Jeans und grub ein Zellophantütchen heraus. Daraus ließ er zwei riesige orangefarbene Pillen gleiten.

»Guck mal, was Daddy dir mitgebracht hat.«

Sie beäugte die Pillen wie ein fettes Mädchen ein paar Donuts. »Woher hast du die?«

»Mitgliedschaft bringt Privilegien mit sich.«

Sie hatte sie noch nicht ganz geschluckt, als sie sagte: »Jackie wird ausrasten, wenn er herausfindet, dass ich die wieder nehme.«

»Jackie muss sich um einen Scheißdreck kümmern«, sagte Scovak. »Du bist jetzt mein Problem.«

Summer stürzte sich auf ihn. Sie umarmte ihn so fest wie eine Königsboa und übersäte seine Brust mit Küssen wie ein Specht. Sie tanzte zu den Makkaroni zurück, die inzwischen längst völlig matschig waren, und warf sie ins Spülbecken. Ohne Sieb. Sie krümmte sich vor Lachen über ihren Fehler und fing an, die einigermaßen guten Nudeln herauszupicken.

»Das Abendessen wird ein bisschen knusprig, Baby«, rief sie aus der Küche.

Scovak kaute auf seiner Zunge herum, setzt dann den Fuß auf den Boden. »Weißt du, was? Lass uns heute nicht hier essen. Mein Baby muss hier nicht die ganze Kocherei machen. Lass uns zum Essen ausgehen. Na, wie klingt das, Schätzchen?«

»Ist das dein Ernst?« Sie war hin und weg. »Ich bin noch nie zum Essen ausgewesen.«

»Neue Leitung.« Scovak schlüpfte in die Army-Jacke, die sie tags zuvor in dem Army-Shop geklaut hatten. »Ich hab nur leider momentan nicht so viel Knete, also achte drauf, dich am Brot satt zu essen, statt noch eine Vorspeise zu bestellen.«

»Wir können doch essen und dann abzwitschern!«

Scovak knuffte ihr Kinn. »Unsere Zeit wird kommen.«

Er hatte noch mehr dazu zu sagen, war aber bereits durch die Tür hinaus. Summer dachte mehr als einmal darüber nach, sich selbst auch eine Jacke zu krallen, wollte aber nicht zu weit zurückfallen. Sie hastete hinter ihm her und vergaß beinahe abzuschließen.

An diesem Abend tanzte sie, bis sie völlig ausgepowert war. Am nächsten Morgen jedoch war ihre Laune erheblich beschissener. Sie saß auf dem Sofa und starrte fast eine Stunde auf den leeren Bildschirm, bevor Scovak wach wurde, in den Raum kam und ihr eine weitere Pille anbot.

»Nimm ’ne halbe und die andere Hälfte dann später«, sagte er.

Und einfach so hasste sie ihn abgrundtief. Sie nahm die gottverdammte Pille, und eine halbe Stunde später hielt sie es für die beste Idee der Welt, das Haus von oben bis unten zu putzen. Und dabei auf der Anlage Phish laufen zu lassen. Laut. Scovak kam aus dem Schlafzimmer, komplett angezogen und abmarschbereit.

»Wo willst du hin?«, brüllte sie gegen das Schlagzeugsolo an.

»Ich hab Scheiße zu erledigen«, sagte er. »Vergiss nicht, auch das Bad sauber zu machen und lass mal ein paar Minuten durchlüften.

Ich hab keinen Schimmer, wie du und Jack in diesem Dreck leben könnt.«

Fünf Minuten, bevor Summer sich wieder bewegte, war er weg. Sie ließ den Besen fallen, wo sie stand, und ging dahin, wo sie ihr Handy aufbewahrte. Sie wusste nicht, ob Scovak es mitgenommen oder ob sie letzte Nacht irgendwas Dummes damit gemacht hatte. Sie zog ihre Hose an, marschierte barfuß zur Tankstelle an der Ecke und stopfte Quarters in den Münzfernsprecher.

»Crunch«, sagte sie in den Hörer, »komm mich abholen. Ich hab eine Scheißlaune, und wir beide müssen irgendwie feiern.«

»Hm, hm, Summer«, erwiderte Crunch. »Dein Freund macht mir eine Scheißangst. Ich halt mich mal schön auf Abstand.«

»Wie, auf Abstand? Er ist nicht mein Boss.«

»Hör zu«, sagte Crunch, »er hat uns alle gewarnt. Er sagte, manchmal gehen Leute gemeinsam auf einen Trip, und dann kommen sie schon mal auf die Idee, Sachen zu machen, die sie besser nicht machen sollten. Dann sagte er, manchmal werden Leute in den Baumwollfeldern gefunden, oder sie liegen beschwert auf dem Grund eines Bachs. Wenn's dir nichts ausmacht, ich hab heute irgendwie anderweitig zu tun.«

Nachdem nur noch ein Rauschen in der Leitung war, hielt Summer den Hörer an ihrer Seite. Sie konnte sich nicht entscheiden, ob sie begeistert oder sauer sein sollte. Sie wusste einen Scheiß, vermutete sie, und daran würde sich wahrscheinlich nichts ändern, bis die Wirkung der halben Pille nachließ, die sie geschluckt hatte. Sie kehrte, so schnell sie konnte, nach Hause zurück, um dort zu sein, wenn Scovak zurückkehrte und ihr die andere Hälfte gab.

An diesem Abend tanzte sie, als hätte sie Feuer unter dem Hintern. Am nächsten Morgen empfand sie erst wieder annähernd etwas wie Freude, als Jack durch die Tür hereinkam.

»Er versucht, mich umzubringen«, sagte Summer und griff nach seinen Stiefeln. »Du musst mir helfen.«

Jack sah sie misstrauisch an. Ihm konnte sie nichts vormachen. Er verdrehte die Augen und schob sie beiseite.

»Jackie, ich mein's ernst«, sagte sie. Sie folgte ihm durchs Wohnzimmer und weiter in sein Schlafzimmer. »Ich wünschte, ich hätte ihn nie angerufen. Ich wünschte, ich hätte ihn nie gebeten zurückzukommen.«

»Was meinst du damit, Summer?«

»Nichts.«

Er blieb stehen und sah sie mit diesem Blick an.

»Ich hab gestern nur einen halben Football eingeworfen«, sagte sie.

Immer noch dieser Blick.

»Und dann letzte Nacht die andere Hälfte.«

Er drehte sich um und zog die zweite Schublade seiner Kommode auf. Er sah unter den dunklen Socken nach. Erleichtert schloss er die Schublade wieder.

»Ihr zwei könnt leben, wie immer ihr lustig seid«, sagte Jack. »Ihr zwei könnt euch alle Pillen von hier bis zum Golf von Mexiko reinpfeifen, es interessiert mich null.«

Jack nahm den Rucksack von seiner Schulter. Er stellte ihn vorsichtig auf das zerwühlte Bett, nahm dann einen Kulturbeutel aus Kunstleder heraus. Summer versuchte, sich zu erinnern, ob sie schon mal einen Kulturbeutel bei ihm gesehen hatte, dann zählte sie eins und eins zusammen.

»Ist es das, was ich denke, dass es ist?«

»Kommt ganz drauf an, was du denkst.« Er legte den Kopf schief und sah sie an. »Summer, ich muss dich mal was fragen. Und ich brauche eine ehrliche Antwort. Und vor allen Dingen, ich brauche sie jetzt.«

»Klar, Jackie. Alles. Frag mich was.«

Jack öffnete den Mund, aber der einzige Laut kam von Scovak hinter ihnen.

»Freut mich, dass du wohlbehalten zurück bist, Jackie-Boy.«

Jack und Summer drehten sich um und sahen ihn hinter ihnen in der Tür stehen. Mit nacktem Oberkörper. Brust und Bauch bezeugten seine Liebe für Totenköpfe und alles Weiße.

»Ich vermute, das bedeutet dann wohl, dass es in Houston gut gelaufen ist?«, fragte Scovak. »Wo du ja heil und in einem Stück wieder nach Hause gekommen bist.«

»Gut genug, schätze ich.«

Jack schob den Kulturbeutel schnell hinter seinen Rucksack, aber nicht dezent genug. Scovaks Augen waren dorthin gerichtet.

»Wie viel haben sie dir gegeben?«

»Hör zu«, sagte Jack, »das hat überhaupt nichts mit dir zu tun. Ich vermute mal, du und Summer seid ausreichend versorgt, um euch gründlich vollzudröhnen. Das hier ist mein Ding, und vielleicht ist es das Beste, wenn ich mich allein darum kümmere.«

»Ich weiß nicht, ob du die Neuigkeit mitbekommen hast«, sagte Scovak, »aber jetzt ist es ein Mannschaftssport. Gebt dem Kaiser, was des Kaisers ist.«

Jack legte eine Hand auf den Kulturbeutel, bewegte ihn aber keinen Zentimeter.

»Her damit«, sagte Scovak, »oder ich verpasse deinem Kopf ein paar neue Löcher.«

Summer brach es das Herz, als sie sah, wie es Jack den Wind aus den Segeln nahm. Eigentlich ihnen beiden, und damit verschwand auch alles an Schwung und Elan und obendrein Jacks Körperhaltung, denn er schlaffte ab wie eine Blume und starrte elend den Kulturbeutel an, als er ihn übers Bett Scovak reichte.

Ihrem Scovak.

Scovak zog den Reißverschluss des Kulturbeutels auf und warf einen Blick hinein. Seine Augen begannen zu leuchten. Er schob eine Haarsträhne hinters Ohr und senkte den Kopf näher an den Abgrund, um besser sehen zu können.

»Ich hab in meinem ganzen Leben noch nicht so viel Pillen gesehen«, sagte er.

»Nächste Woche sind die Abschlussprüfungen«, sagte Jack. »Bring das Heu ein, solange die Sonne scheint.«

»Als ich das letzte Mal so viel Sonne gesehen hab, hab ich mir einen Sonnenbrand geholt.« Scovak klemmte sich den Beutel mit den Pillen unter den Arm. »Wenn du nichts dagegen hast, kümmre ich mich um die hier.«

13

Beef Guidry verzichtete an diesem Morgen auf den Kaffeeweißer mit Vanillegeschmack in seinem Kaffee. Seit Ben Matlins Ende fand er, keine Schwelgereien mehr verdient zu haben. Er konnte sich keine Annehmlichkeiten leisten. Er nahm den Kaffee extrabitter und *sans accoutrement.* Er nahm's mit erhobenem Kopf. Er hatte es verdient. Allerdings hatte er das ungute Gefühl, er sollte einen Teil der Schuld tragen, und genau das erklärte er Jack Jordan, der eingekeilt zwischen Aktenschränken und Alkoholkartons im Büro des Manson's vor ihm stand.

»Ich hab kein Problem, mit dir Geschäfte zu machen«, erklärte Beef. Er trug ein durchsichtiges, mit Pailletten besetztes Abendkleid, das bis auf die Äußere Mongolei so ziemlich alles zeigte. »Dass ich dich mag, hab ich ja schon gesagt, als wir uns kennengelernt haben.«

Sie waren keineswegs allein. Bei ihnen in dem engen Büro waren die zwei Muskelprotze, aalglatt und wohlriechend. Sie hatten ihre fleischigen Arme vor der Brust verschränkt und grinsten wie Wasserspeierdämonen.

»Danke, Mr. Guidry.«

»Bitte, Schatz«, sagte der. »Ich hab dir doch schon mal gesagt, du sollst mich Beef nennen.«

»Beef, Sir.«

Nach dem Austausch der Höflichkeiten reichte Beef ihm den kunstledernen Kulturbeutel. Jack öffnete ihn und warf einen Blick hinein. Das war nicht die Reaktion, die Beef erwartete.

»Matlin hat gesagt, normalerweise bringt er dreimal so viel mit zurück.«

Beef kicherte und trank kleine Schlucke von seinem Martini durch einen Strohhalm. Er zwinkerte den beiden Muskelprotzen zu und lächelte breit genug, um jedes Neonlicht im Raum zu reflektieren.

»Matlin? Dieser Name … kommt mir irgendwie bekannt vor …« Beef fuchtelte mit dem Finger in der Luft herum. »Oh, genau. Das ist der kleine Bursche, der mit einem Beutel gefüllt mit meiner Scheiße nach Nacogdoches abgeschwirrt und nie mehr zurückgekommen ist. Das ist doch der, der fast von der Polizei verhaftet worden wäre.«

Jacks Adamsapfel hüpfte in seinem Hals.

»Mach dir um mich mal keine Sorgen«, sagte Beef. »Ich bin vor allem kein Mädel, das glaubt, sie sollte den ganzen Abend mit dem Beau tanzen, der sie hergebracht hat. Ein erfolgreicher Abend hat viele Stunden, und wenn wir Glück haben …« – er entließ Jack mit einer kurzen Handbewegung – »… viele Beaus.«

»Ich versichere Ihnen«, sagte Jack, »es ist noch lange hin bis Sonnenaufgang. In Nacogdoches läuft's ziemlich gut, und was hier in dieser Tüte ist, das hab ich noch vor dem Wochenende verkauft. Und es wird ein super Wochenende.«

»Dann komm vor dem Wochenende noch mal her«, sagte Beef. »Ein Narr reist immer gern und viel. Ich hab bei der letzten Ladung, die ich auf dem Highway 59 nach Norden geschickt habe, schon genug Geld verloren. Ich möchte mir nicht wieder das Herz brechen lassen.«

»Vielen Dank, Mr. Beef«, sagte Jack. »Sie können den Nachschlag schon mal bereithalten. Kommenden Freitag bin ich wieder hier, mit Ihrem Geld und mehr. Sie werden sehen.«

»Da bin ich sicher. Weißt du auch, warum?«

Jack schüttelte den Kopf. Beef beugte sich vor und legte seine weichen, schweißigen Handflächen auf Jacks Wangen.

»Weil du ein guter Junge bist, deshalb.«

Jack bedankte sich bei ihm. Er fragte sich, wie er wohl reagieren würde, falls Beef ihm einen Schmatzer aufdrückte. Schaffte er es aus dem Raum an den beiden Muskelprotzen vorbei oder würde er den leichten Weg wählen?

Zu seinem Glück entschied sich Beef gegen weitere Albernheiten und ließ Jacks Gesicht stattdessen los.

»Was ist denn an diesem Wochenende so besonders?«, fragte Beef, nachdem er wieder an seinem schicken Martini genuckelt hatte.

Jack fielen tausend Steine vom Herzen.

»Es sind die Abschlussprüfungen«, antwortete er. »Alle Collegekids feiern nach den Abschlussprüfungen.«

• • •

Was er dann Stunden später, als er zu dem Light-House-Trailer zurückkehrte, Summer und Scovak sagte. Wie sie sich in sein beengtes Schlafzimmer drängten, konnte keiner von ihnen klar denken wegen der Dollarzeichen in ihren Augen.

»Die Abschlussprüfungen?«, fragte Summer. »In der Schlussphase will doch keiner feiern. Die werden Speed haben wollen, damit sie besser lernen können.«

»Speed ist mein Fachgebiet«, sagte Scovak. »Lass die Finger von meiner Scheiße.«

»Ich rede ja nicht von der Zeit, während die ihre Tests machen«, erklärte Jack. »Ich rede von danach. Ich rede von lange danach. Die meisten der Kids fahren zu Weihnachten nach Hause. Ich will doch nicht, dass sie Daddys Geld in Dallas oder Houston ausgeben, ich will, dass sie's bei mir ausgeben.«

»Du bist ein Genie.« Summer schnipste mit den Fingern. »Wir müssen sie nur davon überzeugen, dass es bei uns das beste Zeug weit und breit gibt, dass sie so was Gutes nirgendwo sonst bekommen. Die werden sich eindecken wollen, bevor sie zum Feiern nach Hause fahren.«

»Gar nicht zu reden von denen, die's auf den Semesterpartys so richtig krachen lassen wollen«, sagte Jack.

»Niemand außer mir vertickt hier Speed«, verkündete Scovak.

Summer beachtete ihn gar nicht. »Wir werden erheblich mehr brauchen als das, was da in dem Beutel ist.«

»Wem sagst du das«, sagte Jack. »Aber mehr hab ich erst mal nicht von ihm bekommen. Wenn wir Freitag ausverkauft sind, kann ich für ein größeres Päckchen noch mal runter. Dann vielleicht noch mal für noch mehr.«

»Steigen wir ins Ecstasy-Business ein?«, fragte Summer mit einem strahlenden Lächeln. »Wie *auf*-regend!«

»Ich seh doch, was du da machst«, sagte Scovak. »Ich sehe, was los ist.«

»Wir müssen eine Kampagne in den sozialen Medien starten«, sagte Jack.

»Das ist doch wieder genau dieselbe Scheiße wie damals in South Carolina«, sagte Scovak. »Nur damals war ich die Connection, die gefickt wurde.«

»Wir müssen einen guten Namen dafür finden«, sagte Summer. »Irgendwas Griffiges.«

»Du weißt doch, wie immer alle davon reden, wie viel besser das E damals war und dass keiner mehr so tolle Trips macht wie früher?«

Summer warf Ideen in den Pott. »Wie früher? Retro? Vintage …« Sie kratzte sich am Kopf, dann leuchteten ihre Augen auf. »OldschoolEx!«

»Wir machen einen Hashtag draus! Stell dir nur die Möglichkeiten vor!«

»Fang im Internet eine Unterhaltung über all die Sachen an, an die wir uns gern erinnern, und das benutzen wir dann, um für uns Werbung zu machen!«

»Hashtag OldschoolEx!«

»O mein Gott!«

»Ich kümmere mich um die Chatrooms«, sagte Jack. »Du weißt, das kann ich gut.«

»Ich kümmere mich um die Mundpropaganda.«

»Ich werde ein paar Facebook-Seiten machen, ein paar Berichte schreiben. Dafür sorgen, dass die Leute drüber reden.«

Das alles ging Scovak tierisch auf den Sender. Schnaufend und schmollend stampfte er im Light-House-Trailer herum, während die zwei munter vor sich hin planten. Gelegentlich strapazierte er die Boxen der Anlage mit seinem beschissenen Glamrock, aber weder Summer noch Jack ließen sich beirren. Unzufrieden über den Stand der Dinge zog er los, um irgendwem wehzutun. Als er dann später mit blutverschmiertem und zerrissenem Shirt zurückkam, hatten sie eine Möglichkeit gefunden, ihn zu beteiligen.

»Momentan fahren die Kids total auf die Pilze aus Hydrokulturen ab, die aus Tyler zu uns kommen«, sagte Summer zu ihm. »Wir können nicht zulassen, dass alle ihre Kohle für Pilze ausgeben. Wir müssen dem ein Ende machen.«

»Wollt ihr, dass ich mal mit einem Baseballschläger rüberfahre und ihnen sage, sie sollen aufhören, die Scheiße zu verticken?«

»Himmel, nein«, sagte Jack. »Was ist los mit dir?«

»Ach, Jackie …« Summer schüttelte den Kopf. »Er will doch nur helfen. Wir müssen ihn mitmachen lassen.«

»Ich dachte eher an so was wie eine Diffamierungskampagne«, sagte Jack.

»Ich soll die mit meinem Baseballschläger auf der Straße diffamieren?«

»Das könnte ich Downtown Tony nie antun«, sagte Jack. »Wir diffamieren die *Hydro-Pilze.*«

»Bist du verrückt?«

»Wir zetteln Empörung an. Wir machen richtig Stunk, dass die Pilze total mit Strychnin belastet sind. Dass sie nicht bio sind.«

»MDMA ist nicht bio«, sagte Scovak.

»Auf welcher Seite bist du?«, fragte Jack. »Wir müssen nichts weiter tun, als einen Haufen Fake-Accounts in den Internetforen aufzumachen. Auf Partys und in Cafés ein bisschen Scheiße reden. Pilze schlechtmachen und von OldschoolEx schwärmen. Überall Hashtags setzen. Wir werden das Zeug in zwei Tagen absetzen.«

»Und wenn wir ausverkauft sind, besorgen wir mehr?«, fragte Scovak.

»Das ist der Plan.«

»Und wenn das passiert«, sagte Scovak, »fahr ich diesmal mit dir runter.«

Jack biss die Zähne zusammen.

»Wie ich schon sagte, Kumpel: Das hier ist ein Mannschaftsspiel.« Scovak stand Nase an Nase vor Jack. »Wenn du das nächste Mal mit deiner Karre Richtung Houston fährst, sitz ich auf der Beifahrerseite.«

Jack sagte nichts. Er senkte die Augen und gab nach, wie er es immer machte, wenn Scovak anfing, ihn herumzuschubsen. Diesmal allerdings war es nur gespielt. Auf der langen Rückfahrt von Houston hatte er diese Nummer gut ausgearbeitet und geübt. Zur Abwechslung hatte Jack Scovak genau da, wo er ihn haben wollte.

»Kleine Schritte. Ich werde dich mitnehmen, aber erst nach dem nächsten Trip«, sagte er. »Und nur, wenn Summer ihr Okay dazu gibt.«

• • •

An diesem Freitag erreichte er das Manson's früh, schon kurz nach Sonnenaufgang. Er hatte den Kulturbeutel prall gefüllt mit Kohle und eine Flasche Champagner dabei, die er an einer Tankstelle gekauft hatte. Sein Plan war, den neuen Bund von erfolgreichen Geschäftsmännern zu feiern, aber Beef gab ihm sofort zu verstehen, dass er andere Pläne hatte.

Als er dann schließlich kam – dreißig Minuten zu spät –, um Jack in den Club zu lassen, hatte er die beiden Muskelprotze dabei. Diesmal trugen sie identische Jogginganzüge. Beef selbst trug einen knallig violetten Trainingsanzug. Sie wirkten, als kämen sie entweder gerade von einem strapaziösen Training oder bereiteten sich auf eines vor.

Jack versuchte, seine zitternden Hände zu ignorieren, als er den kunstledernen Kulturbeutel los- und das ganze Geld auf den Boden fallen ließ.

»Ich bin ja so stolz auf dich«, sagte Beef. »Du hast die ganzen Pillen in so kurzer Zeit vertickt. Genau wie du's gesagt hast.«

»Jawohl, Sir, Mr. Beef.«

»Du kommst mir wie ein Kerl vor, der über Leichen gehen würde, um das zu erreichen, was er gesagt hat.«

»Danke, Mr. Beef.«

»Also werde ich dir eine kleine Aufgabe geben«, sagte Beef. Er schlenderte hinter die Theke und schenkte sich ein Glas mit einer grünen Flüssigkeit ein. Er nippte an einem zweiten. »Wenn du das nächste Mal herkommst, wirst du mir den Mann mitbringen, der Bengie Matlin den Bullen ausgeliefert hat.«

»Ich habe keinen Schimmer, wer …«

Die Muskelpakete standen neben ihm. Sie berührten ihn nicht. Was auch nicht nötig war.

»Vielleicht ist das so, vielleicht aber auch nicht«, sagte Beef. »Aber du kommst mir wie ein ehrgeiziger Mann vor.«

»Streng dich an«, sagte der Muskelprotz links von ihm.

»Du musst visualisieren, wie es passiert«, sagte der auf der rechten Seite, »und dann lässt du es passieren.«

»Sagen wir mal, ich reiß mir den Arsch auf und finde heraus, wer's war«, sagte Jack. »Wie soll ich ihn Ihrer Meinung nach den ganzen weiten Weg hierher nach Houston bringen?«

»Das ist mir scheißegal«, antwortete Beef. »Und das sollte es dir auch sein. Du musst dir nur darüber den Kopf zerbrechen, mir diese Person zu bringen. Um alles andere kümmern wir uns dann.«

Es verlangte ihm so ziemlich alles ab, aber am Ende brachte Jack ein kraftloses »Danke, Mr. Beef« heraus.

Beef erhielt von ihm den kunstledernen Kulturbeutel und ersetzte ihn durch einen anderen, den einer der Muskelprotze dabeihatte. Jack schenkte es sich, ihn zu öffnen, und Beef schenkte es sich, das Geld zu zählen.

»Wenn du mir diesen Mann nicht in drei Tagen bringst«, sagte Beef, »werde ich vom Schlimmsten ausgehen.«

»Was ist das Schlimmste?«, fragte Jack mit zugeschnürter Kehle.

Beef baute sich dicht vor Jacks Nase auf. Er sagte kein Wort. Musterte ihn nur von Kopf bis Fuß. Als er damit fertig war, spielte ein dünnes Lächeln um seine Mundwinkel, dann verschwand er in den dunklen Schatten des Nachtclubs.

»Wir sehen uns in drei Tagen«, sagte einer der Muskelprotze.

»Schönes Wochenende«, sagte der andere.

• • •

Jack hatte ein wunderbares Wochenende. Von all den Deals in all den Städten auf der ganzen Welt hatte Jack noch nie so viel Geld zu einem Zeitpunkt an einem Ort gesehen. Am ersten Montag nach dem Wahnsinn zählte er es nicht einmal, nicht zweimal, sondern dreimal, und jedes Mal zweigte er einen weiteren Zwanziger von dem Stapel in seine Tasche ab, denn weder Summer noch Scovak verdienten die Extrakohle.

Er war gerade dabei, es zum vierten Mal zu zählen, als Summer gegen ein Uhr mittags in die Küche geschlendert kam. Ihre Frisur war zerzaust, und ihr Gesicht sah aus, als wär's durch die Mangel gedreht worden. Sie schwankte über den Teppich in die Küche, wo sie viel zu lange die Kaffeemaschine anstarrte, bevor sie sich die Seele aus dem Leib schrie.

»Welches Problem hast du denn, verdammt?«, wollte Jack wissen.

»Wieso gibt es nie einen verschissenen Kaffee, wenn ich aufwache?«

»Weil du in letzter Zeit immer erst nach ein Uhr mittags aufwachst«, sagte Jack. Er war angezogen und bereits mehrmals kurz unterwegs gewesen. Summer sackte auf einen Stuhl am Esstisch und hasste ihn abgrundtief. »Im Ernst, wie willst du Vollzeit Stoff verticken, wenn du nur pennst?«

»Scovak kümmert sich um den Verkauf«, sagte sie. »Das ist unser Teil des Handels.«

»Ich dachte, das wäre dein Lieblingsteil«, sagte er, »unter Leute gehen, neue Freunde gewinnen. Und was machst du dieser Tage stattdessen so?«

»Ich mach eine ganze Menge, vielen Dank auch.« Aber keiner von ihnen schluckte das. Sie kochte ein wenig vor sich hin, bevor sie die Schultern reckte. »Ich muss dir sagen, dass Scovie mir sehr gutgetan hat.«

»Ist das so?«

»Ist so.« Sie kam in Fahrt, erhob sich aber nicht vom Tisch. »Ich bin unglaublich fokussiert gewesen und … ich hab mir eine Menge Zeit genommen, verstehst du. Eine Menge Zeit für mich, und das hat mir geholfen, meinen Scheiß wieder geregelt zu kriegen.«

»Und? Hast du alles zusammen?«

»Ich schätze schon, ja.« Auf der anderen Seite der Küche gab eine winzige Kakerlake Gas. Summer beobachtete sie, bis sie hinter der Mikrowelle verschwand. »Früher, da bin ich wie ein Segelflieger von einer Party zur nächsten. Ich hab jede Menge Müll gelabert, und wer braucht so was, Jackie? Wie soll irgendwer irgendwen kennenlernen, wenn er nur labert, jede Menge Drogen einwirft und sich ständig volllaufen lässt? Nachdem ich mir jetzt Zeit für mich genommen habe, kann ich mich auch wieder fokussieren. Um herauszufinden, wer ich wirklich bin.«

»Und dabei hilft dir Scovak?«

Summer nickte. Sie dachte darüber nach. Sie nickte wieder, diesmal allerdings heftiger.

»Dann Glückwunsch«, sagte er. Er entschuldigte sich und hangelte sich die Stufen zu seinem Schlafzimmer hinauf. Dort angekommen fischte er das Bündel Geldscheine aus seiner Jeans und begann, wieder zu zählen. Er hatte erst die Hälfte geschafft, als Summer hereinkam.

»Jackie?«, sagte sie von der Tür.

»Ja, Summer?«

»Weißt du noch, wie du von Houston nach Hause gekommen bist?« Sie ließ einen Finger über den Holzrahmen der Tür gleiten. Von ungefähr Kopfhöhe bis runter zu ihrer Taille.

»Vor zwei Nächten? Klar.«

Sie verzog kurz ihr Gesicht. »Du hast gesagt, du müsstest mich was fragen.«

»Hab ich?«

»Hast du«, sagte sie. »Aber du hast nie gefragt.«

Jack zuckte mit den Achseln. Er setzte sich an seinen Schreibtisch und fing noch mal von vorne an, das Geld zu zählen. »Ich schätze, dann war vermutlich nichts.«

Summer trat langsam in den Raum, betrachtete alles, als hätte sie es noch nie zuvor gesehen. Jack schaute nicht einmal auf. Er zählte weiter das Geld. Er war fast fertig, als sie schließlich sagte: »Ich sag ja nur … wenn du was Wichtiges fragen wolltest, und wenn du dabei unterbrochen wurdest, dann würd ich mir wünschen, du machst weiter und fragst mich jetzt.«

Frustriert legte Jack das Geld zurück aufs Bett. Er drehte sich halb zu ihr um. »Wenn ich mich daran erinnern würde, Summer, dann würde ich dich ganz bestimmt auch fragen. Und würd's dir jetzt was ausmachen, mich einfach mal das Geld hier zählen zu lassen? Ich hab morgen eine lange Fahrt vor mir.«

»Weißt du, ich werde dauernd unterbrochen«, sagte sie. »Ich glaube, Alan hat mich keinen einzigen Satz aussprechen lassen, seit er eingezogen ist.«

»Du bist diejenige, die ihn gerufen hat.«

»Ja, schon.« Sie zog ihre Pfeife aus der Schlafanzugtasche und stopfte sie mit den Krümeln vom Boden eines Beutels. »Da hast du mal voll recht, Jackie. Ist alles nur meine Schuld.«

Jack begann wieder zu zählen.

»Ich hab das Gefühl, ich habe überhaupt keine Freunde mehr«, sagte sie.

Jack nickte, zählte weiter.

»Ich geh auch nicht mehr raus.« Ihre Unterlippe ragte mehrere Zentimeter über den Rest von ihr heraus. »Ich mach nie was.«

»Sieben-fünfzig ... achthundert ... acht-fünfzig ... neun-fünfzig ...«

»Weißt du, was?«, sagte sie gedehnt. »Seit Scovak hier aufgekreuzt ist, hab ich nicht mal mehr was von Luther gehört.«

»Summer, bitte ...!«

Sie schaute nicht mal auf. »Ich glaube, du bist der einzige Mensch, der mir zuhört.«

Jack legte das Geld aufs Bett. Er drehte sich auf dem Laken und sah Summer an. »Wenn das so ist, musst du jetzt mal genau zuhören, was ich dir zu sagen habe«, sagte er. Sie reagierte nicht schnell genug, also nahm er ihr Kinn und sorgte dafür, dass sie ihm in die Augen sah. Er sah alles, was er sehen musste. Ihre Augen waren wie große Seen.

Er seufzte.

»Diese Typen wollen jemanden, der die Verantwortung für das übernimmt, was Ben Matlin zugestoßen ist.«

Summers Pupillen zitterten.

»Verstehst du, was ich sage?«

Sie zog die ausgefransten Ärmel ihres Shirts über die Hände runter.

»Summer, du solltest mich Scovak mit nach Houston nehmen lassen.«

Sie nickte, wobei ihr Kopf ganz weit nach hinten und dann ganz weit nach unten ging.

»Ich denke, das solltest du«, sagte sie.

»Du weißt, was das bedeutet, oder?«

Ihre Stimme war ein Flüstern. »Das weiß ich, Jackie.«

»Müssen wir noch weiter darüber reden?«

»Nein, müssen wir nicht.« Sie schüttelte den Kopf ganz weit von einer Seite auf die andere. »Nie wieder, soweit es mich betrifft.«

»Und würdest du mich jetzt bitte das Geld hier zählen lassen?« Sie war einverstanden, und Jack war noch nicht ein Viertel des Weges gekommen, als sie wieder etwas sagte.

»Jackie?«

»Was?«

»Du tust immer, was das Beste für uns ist.«

Jack wagte nicht, das Geld noch mal in die Hände zu nehmen, bis er sie aus dem Raum schwanken hörte. Trotzdem wartete er eine weitere Minute, aus Angst, sie könnte ihren Kopf wieder hereinstrecken, um irgendeine neue Wahrheit oder große Entdeckung zu verkünden oder, schlimmer noch, ihre Meinung zu ändern. Was sie jedoch nicht tat. Das nächste Geräusch, das er hörte, war das Klappern ihrer Pillenflasche aus dem Bad, dann das Schließen einer Schublade. Laufendes Wasser im Becken. Das Abstellen eines Glases.

Leise Musik von den Grateful Dead aus den blechernen Stereoboxen in ihrem Zimmer.

14

Summer konnte sich keinen besseren Tag vorstellen. Wen interessierte es schon, dass tiefster Winter war? Wen interessierte es, dass es nicht wärmer als vier Grad wurde und seit Anfang Dezember nicht geworden war? Die Sonne schien. Die Luft roch frisch und intensiv nach Kiefern. Die Nachmittage knisterten unter den offenen Kaminen.

Sie genoss es im Freien wie an keinem anderen Tag zuvor, als sie in mehreren Etappen von Lufkin nach Nacogdoches trampte, Bäche überquerte, in durchgelaufenen Sohlen. Ihr Plan war, jeden einzelnen Typen hier zu besuchen, der in den Weihnachtsferien zurückgeblieben war. Sie war fest entschlossen, reuevoll die ganze Welt auszuräuchern, weil sie ihre Freunde mit ihrem verrückten Verhalten der letzten Zeit infiziert hatte.

Ihr erster Stopp waren Matt und Kathy, die ziemlich widerstrebend die Tür aufmachten. Katie linste durch den schmalen Spalt zwischen Tür und Rahmen, die Augen direkt unter der vorgelegten Kette.

»Bist du allein?«, fragte sie.

Summer nickte.

»Scovak ist nicht bei dir?«, rief Matt von einer Stelle hinter den Jalousien.

Summer schüttelte den Kopf. Vorsichtig rastete sie die Kette aus und öffnete die Tür eine Idee mehr. Summer nahm sie fest in die Arme, dann Matt, und anschließend packte sie stolz einen dicken Beutel mit gutem Gras aus.

»Ziehen wir uns die Scheiße hier rein«, sagte sie. Sie stopfte eine Pfeife und reichte sie nach rechts weiter. Sie musste immer wieder denken, klar, sie lächeln, aber ihr Lächeln war oberflächlich. Sie hatten Hintergedanken – eine Agenda –, aber darauf konnte sie sich nicht konzentrieren. Sie musste chillen. Sie kramte eine zweite Xanax aus der Tasche ihrer Lieblingscordhose.

»Ich hab ihn zur Bushaltestelle gefahren«, sagte sie. »Ich hab ihm ein Ticket gekauft. Ehrlich, es war mir völlig egal, wohin dieser Bus fuhr, solange es nur weg von hier war. Er ist vor mir auf die Knie und hat gesagt, es täte ihm leid und ob ich ihn nicht, bitte, bitte, zurücknehmen würde. Ich hab in meinem Leben schon ziemlich heftige Scheiße gemacht, das kann ich euch sagen – man fährt nicht dreimal kreuz und quer durchs ganze Land einer der großartigsten Bands auf dem Planeten Erde hinterher, ohne in der einen oder anderen schwierigen Situation zu landen –, aber das hier war mit Abstand die krasseste Sache, die ich in meinem Leben getan habe, Alter.«

»Es musste sein«, sagte Matt.

»Er war nicht gut für dich«, sagte Kathy.

Summer lächelte und ließ sich von Kathy in die Arme nehmen. Nach einem Augenblick kam Matt zu ihnen, und sie spürte all die Wärme und Herzlichkeit auf der Welt. Liebe. Sie spürte, wie das Meer zurückwich und das Universum einen Kniefall machte. Vielleicht würde es mit dieser letzten Pille klappen. Vielleicht würde sie den Rest des Tages nicht noch eine brauchen. Sie kam ohne klar. Sie musste nichts anderes tun, als nicht daran zu denken, was …

Bevor Jack ihn mit nach Houston nahm, hatte sich so ein Stolzieren in Scovaks Gang eingeschlichen. Er ging im Trailer umher wie ein Knastgockel. Er hatte seinen Willen bekommen. Er würde die großen Nummern kennenlernen. Und wieder hatte Jack vor ihm den Kopf eingezogen.

Sie ging ihm diesen ganzen Tag aus dem Weg. Scovak konnte Gedanken lesen. Wie damals, als er fragte, ob sie Hunger habe und sie verneinte, dabei aber genau wusste, das war gelogen, also hatte er drei Extratacos bestellt und gesagt, wenn sie die nicht essen würde, dann würde er sie dem Fuchs geben, der draußen hinter dem Haus lauerte. Er hatte damals gewusst, dass sie log, und er würde es wieder wissen, wenn er ihr in die Augen sah, also machte sie einen großen Bogen.

Außer, als es für sie schließlich Zeit war aufzubrechen, da lief sie zu ihm, brach vor seinen Knien zusammen und klammerte sich verzweifelt an seine Knöchel.

»Bleib bei mir«, flehte sie ihn an. »Fahr nicht nach Houston.«

»Summer …« Jack stampfte vor der Tür mit den Füßen.

»Ich fühl mich nicht besonders, Scovie«, sagte sie mit ihrer traurigsten Stimme. »Warum lässt du Jack nicht einfach allein fahren?«

»Ich hab's dir doch gesagt, Jazz«, sagte Scovak, »das ist jetzt unsere große Chance. Das ist unsere Aussicht auf den Hauptgewinn. Das wollen wir doch nicht versauen, also musst du mich gehen lassen.«

»Aber …«

Scovak zog einen Beutel mit Blauen und Gelben und Pinken aus der Tasche seiner Jeans. Er hielt ihn dicht vor ihre Nase.

»Ich dachte, du hättest gesagt, du hättest keine …«

»Wie wär's, wenn ich die hier bei dir lasse?«, fragte er sie. »Du kannst sie verwahren, während ich und unser Kumpel hier runter nach Houston fahren. Ich bin zurück, ehe du dichs versiehst.«

Sie überraschte sich selbst damit, wie schnell ihre Hände diesen Beutel packten. Die Beschämung kam sofort, wurde aber schnell beiseitegeschoben. Als sie zurückkam, nachdem sie sich ein Glas Wasser geholt hatte, waren beide Männer weg. Kein Abschiedskuss, kein Tschüss, nichts.

Das war das letzte Mal gewesen, dass sie ihn gesehen hatte.

Summer hatte Probleme damit, an diesen Tag oder überhaupt an irgendwas anderes zu denken, also warf sie eine weitere Pille aus ihrer Tasche ein. Sie erzählte die Geschichte mit der Bushaltestelle noch mal, und diesmal machte sie es ein bisschen rührseliger. Sie erzählte sie noch mal unten am Banita Creek bei Mike D und Phillip, während sie Steine über das zugefrorene Wasser springen ließen.

»Und dann hat er mir in die Augen gesehen und mir gesagt, dass er mich liebt und eine letzte Chance wollte, um es besser zu machen. Er sagte, er würde sich ändern, und ich wäre das Beste, was ihm jemals passiert sei. Und wisst ihr, was ich ihm geantwortet hab?«

»Was hast du gesagt?«, fragte Mike D und gab ihr den Joint zurück.

»Ich hab zu ihm gesagt, *Auf Nimmerwiedersehen*«. Sie lachte leise und lehnte das Gras ab. »Zuerst hat er gedacht, ich mach nur Spaß, aber er hatte immer noch diesen Blick im Gesicht, als der Bus aus der Stadt fuhr. Ich hab ihn durch die Scheibe gesehen, und man konnte erkennen, dass er es geschnallt hatte.«

»Eiskalt«, sagte Phillip.

»Auf Nimmerwiedersehen«, wiederholte sie, diesmal allerdings andächtiger.

»Könntest du auf ein T-Shirt drucken lassen.«

»Er hat mich gebremst«, sagte sie. Die Jungs sahen verdutzt aus, also fügte sie hinzu: »Ich hab das noch nie irgendeinem Menschen auf der ganzen Welt erzählt, also müsst ihr es für euch behalten, okay? Versprochen?«

Phillip nickte. Mike D zuckte mit den Achseln.

»Nein, du musst es versprechen«, sagte Summer. Sie streckte eine Hand aus, hatte dabei den kleinen Finger gekrümmt. »Indianerehrenwort.« Sie gingen darauf ein, also erzählte Summer weiter: »Er hat mich immer geschlagen. Hat mich Hure genannt und solche Sachen.«

»Was für ein mieses Arsch…« Mike D verzog das Gesicht, als wäre ihm gerade ein übler Gestank in die Nase gezogen.

»Den würde ich gern in die Finger bekommen«, sagte Phillip.
»Tja, nu ist er weg.«
Und das war er. Sie hatte nie so etwas zu ihm gesagt. *Auf Nimmerwiedersehen.* Stattdessen hatte sie es zur geschlossenen Tür gesagt, lange nachdem er gegangen war. Sie sagte es zum leeren Bett. Sie sagte es zu seinen Klamotten, die sie unverzüglich in den Wald trug und verbrannte. Sie sagte es zu der schwarzen Onyxpfeife, die er mal einem alten Freund gestohlen hatte. Zu seinem Feuerzeug. Sie sagte es der freien Natur, als sie am Ende der Serpentine stand und es zum Himmel schrie.

Auf Nimmerwiedersehen.

Und falls Scovak irgendwas gedämmert hatte, dann war das vor jemand anderem gewesen.

Es plagte sie, nicht zu wissen, wie es gelaufen war. Immer und immer wieder sagte sie Jack, sie wolle es nicht wissen, aber das war gelogen. Sie wollte jedes Detail wissen, jedes Wort, das er gesagt hatte, aber mehr als das wollte sie, dass Jack sie für großmütig und gleichmütig hielt, und es war ihr egal, blutrünstig oder morbid zu erscheinen.

Aber dennoch wollte sie es wissen.

Als Jack zurückkehrte, wartete sie darauf, dass Scovak hinter ihm in der Tür auftauchte. Dass er mit Geschichten voller aberwitziger Action und extremem Machogehabe angerannt kam. Doch das Einzige, was Jack in den Light-House-Trailer folgte, war eine Leere, und davon gleich jede Menge. Jack sagte nichts, sondern zwängte sich mit seinem Scheißrucksack in sein Schlafzimmer. Er ließ die Tür hinter sich auf, als ob er wollte, dass sie ihm folgte.

»Muss ich irgendwas sagen?«, hatte er sie gefragt, als sie ins Zimmer kam. Er hatte ihr den Rücken zugewandt, und er wollte sich nicht zu ihr umdrehen. »Gibt's irgendwas, das du hören musst?«

Sie dachte einen langen Augenblick nach. Sie leckte sich über den Mund. Sie versuchte, hart und gefasst und cool zu klingen.

»Ging's schnell?«, fragte sie.

»Es ist nicht passiert, als ich dabei war.« Trotzdem drehte Jack sich nicht um. »Sie haben ihn irgendwo hingebracht. Sie haben ihm gesagt, sie müssten mit ihm etwas unter vier Augen besprechen. Du hättest sehen sollen, wie seine Augen gestrahlt haben. Der Blick, den er mir zugeworfen hat … Wenigstens haben sie ihn mit dem Gedanken abtreten lassen, alles voll im Griff zu haben.«

»Wer waren *sie?*«

»Das willst du nicht wissen«, sagte Jack.

Sie glaubte ihm aufs Wort. Jack war der klügste Mensch, den sie kannte.

Auf Nimmerwiedersehen.

Sie konnte den Kopf schütteln und ihn vergessen. Sie hatte schon Jasmine Atterbury und Stormy Allen und New Orleans und Christy Halifax und Charlottesville und Autumn Sanford abgeschüttelt. Sie hatte *Lebzeiten* abgeschüttelt. Scheiße, es war nicht das erste Mal, dass sie Scovak abgeschüttelt hatte und wahrscheinlich auch nicht das letzte Mal.

Sie nahm eine weitere Pille.

Und noch eine, als sie zu Sammy ging. Sie erzählte ihm alles über *Auf Nimmerwiedersehen* und die Bushaltestelle und dass sie es einfach nicht glauben konnte, dass es schließlich aus und vorbei war.

Und als Sammy sagte, vielleicht wäre sie etwas hart zu Alan Scovak gewesen, da dachte sie, sie müsste vor Lachen umkippen.

»Wenn du meinst, Scovie hätte es nicht verdient«, sagte sie, »dann hast du mich noch nicht erzählen gehört, wie er mich mal vergewaltigt hat.«

»Was?«

»Ich hab dir nie davon erzählt?«

»Nein, Mann.«

»Ja. Ich meine, ich bin so oft vergewaltigt worden, dass es wahrscheinlich langsam einen Sinn zu ergeben schien. Ein Glück: Meistens war ich dabei nicht wach. Ich wache einfach auf und begreife, dass meine Hose nirgends zu finden ist. Man sollte meinen, sie hätten sie mir wenigstens wieder angezogen, für den Fall, dass es über Nacht kalt wurde.«

»Summer …«

»Als Scovak es dann machte, habe ich tatsächlich gedacht, es wäre irgendwie süß. Er war richtig wütend geworden, weißt du. Ich weiß nicht mehr, was der Auslöser war oder ob es etwas war, das ich getan hatte. Er konnte sich total erregen. Egal, er kommt jedenfalls in den Trailer, und ich dachte, er würde ihn abfackeln. Er packt mich am Arm und schleift mich in die Küche. Er drückt mich auf den Esstisch runter, und ich schwöre, es war, als wären ihm drei weitere Hände gewachsen oder als hätte er Hilfe gehabt. Und ehe ich michs versehe, geht er zur Sache, und ich hatte ein paar Pillen eingeworfen, und der Raum hatte bereits angefangen, sich zu drehen, also wurde mir schlecht. Ich hab quer über den Tisch gekotzt, und das hat ihn nur noch wütender gemacht, also ging er noch härter ran, und ich konnte ihm nicht sagen, er soll aufhören, sonst wäre ich an meiner eigenen Kotze erstickt. Ist das nicht die traurigste Geschichte, die du je gehört hast?«

Sie konnte sich nicht erinnern, was Sammy dazu gesagt hatte, aber es konnte nicht annähernd so mitfühlend gewesen sein wie die Reaktion von Ellie und ihr Bruder und die beiden Jungs, mit denen sie verabredet gewesen waren und die während der Weihnachtsferien die Zimmer im Studentenwohnheim gründlich sauber machten. Sie hatten tolles Gras geraucht, aber das brachte es nicht. Summer griff in die Tasche ihrer schmutzigen Cordhose, nur um festzustellen, dass sie leer war. Sie zog die Tasche heraus und suchte weiter. Sie sackte auf die Knie.

»Wir werden mehr Drogen brauchen«, sagte sie laut.

»Ich kenne einen Typen, der hat eine Menge OldschoolEx«, meinte Carlos.

»Ich glaube, wir sind ziemlich am Arsch«, sagte Crunch.

»Woher kommt er?«

»Ich glaube, du verstehst nicht«, sagte sie zu ihm. »Ich hatte ein voll beschissenes Wochenende. Scheiße, im Grunde hatte ich einen echten Scheißmonat.«

»Es wird bald wieder besser«, sagte Crunch.

Sie nahm sein Gesicht in die Hände. »Wenn du das sagst, dann glaube ich es. Weißt du, warum? Weil du echt bist. Du bist ein echter Mensch.«

Crunch lachte nervös. »Weißt du, ich denke, wir sollten besser Jack anrufen.«

»Nein«, sagte sie. Ihre Augen wurden groß wie Essteller, und ihr Gesicht wurde genauso weiß. »Bitte, ruf ihn nicht an. Jack wird dich umbringen lassen.«

»Halt den Mund.«

»Nein, ich mein's ernst. Du kennst Jack nicht. Manchmal kenne nicht mal ich Jack.«

»Summer, was redest du da?«

Und sie waren im Denny's. Sie waren mehr als eine Handvoll, alle zwängten sich in eine Nische hinten im Lokal, und eine viel zu magere Kellnerin behielt sie im Auge. Sie hatte blonde Haare, wie Lindsay, und vielleicht war es Lindsay, aber es war unmöglich zu sagen. Überhaupt keine Chance, besonders, da sie lauter als unbedingt nötig sagte, dass sie die Polizei rufen werde. Dass dieses Verhalten völlig inakzeptabel sei. Summer überlegte, sie daran zu erinnern, dass sie Lindsay schon erlebt hatte, als sie sich völlig inakzeptabel aufführte, und die Polizei solle sie wohl wirklich als Allerletzte anrufen, aber sie brachte kein Wort heraus, weil es sie vor Lachen förmlich schüttelte.

Der Barkeeper des Clubs weigerte sich, sie zu bedienen, also stieg Summer auf die Theke und trat einen Stapel Servietten um. Sie drehte seine Trinkgelddose um und brüllte: »Lass es regnen!

Lass es regnen!«, bis sie sich schließlich auf der Rückbank eines Autos wiederfand.

»Wohin fahren wir?«

»Ich weiß, wo wir was zu trinken kriegen«, sagte Sammy.

»Ich hab ihn geliebt«, sagte Summer vom Boden. »Ich hab ihn wie nur was geliebt. Hab ich erzählt, was ich ihm als Letztes gesagt habe?«

Draußen gab es ein Feuer. Ungefähr acht oder neun Leute saßen drum herum, manche starrten in die Flammen, aber die meisten starrten Summer an. Sie tanzte im Kreis. Sie wurde nie müde. Sie hörte nie auf. Sie hätte die ganze Nacht durchgetanzt, wäre sie nicht für einen Sekundenbruchteil stehen geblieben, um ins Feuer zu sehen. Sie sah es über eine Stunde lang an.

Bis sich die Flammen plötzlich teilten und Jack unversehrt heraustrat. Engelschöre. Er legte eine Hand auf ihre Stirn, und ihr ganzes Blut schoss in ihre Füße.

»So ist sie schon eine ganze Weile«, sagte Crunch. »Sie hat ziemlich abgedrehtes Zeug geredet.«

»Was hat sie genommen?«, fragte Jack.

»Keine Ahnung.« Crunch sah überallhin, nur nicht zu ihr. »Sie hat gesagt, sie hätte Acid in die Finger bekommen, aber das ist kein Acid, wie ich es kenne.«

»Danke«, sagte Jack. Er schickte Crunch mit einer winkenden Handbewegung fort, und dann waren sie plötzlich allein. Jack, in all seiner Erhabenheit, beugte sich zu ihr hinab und legte ihr beide Hände auf die Schultern. »Summer? Mit dir alles okay?«

»Ging mir noch nie besser«, sagte sie. »Ich meine, es war ein Furunkel, das aufgestochen werden musste. Das wissen wir doch beide.«

»Was hältst du davon, wenn wir jetzt nach Hause fahren?«

»Da will ich heute Abend nicht hin«, sagte sie. Sie verschränkte die Arme. »Ich will überhaupt nie wieder dorthin.«

»Wohin willst du denn?«

»Du hast gesagt, wir könnten in den Norden«, sagte sie. »So was wie Wyoming oder Montana.«

»Nicht jetzt«, sagte Jack. »Du weißt doch, worauf wir so lange hingearbeitet haben? Wir haben's endlich geschafft. Vielleicht musst du einfach mal Pause machen. Du hast es dir verdient.«

»Eine Pause?«

»Gib deinem Gehirn Zeit, zu dem Rest von dir aufzuholen.«

Um sie herum schlurften die anderen wie Zombies. Das Feuer flackerte und knackte. Sie hätte sich so gern die Hände gewaschen.

»Ich glaube, ich muss kotzen«, sagte sie.

»Du musst schlafen, Summer«, sagte Jack. »Morgen früh geht's dir gleich besser. So ist es doch immer. Also, komm, auf geht's.«

Sie beugte sich vor und kotzte ihre Innereien aus. Sie richtete sich auf. Sie krümmte sich und würgte weiter. Sie sah Sterne. Als sie wieder klar sehen konnte, waren sie im Wald neben dem Haus. Jack hielt ihre Haare zurück, während sie erbrach, was noch da war.

»Du warst so gut zu mir«, japste sie. »Schon immer.«

»Crunch holt Wasser.«

»Es waren immer wir beide«, sagte sie. »Du hast die schweren Entscheidungen getroffen. Ich bin froh, dass du das kannst, denn ich hätte nie den Mumm dazu.«

Sie lachte, als hätte sie einen unglaublich lustigen Witz gehört.

»Meinst du, du schaffst es bis zum Wagen?«, fragte Jack.

»Ich hab auch ein paar schwere Entscheidungen gefällt«, sagte sie. »Aber ich steck das nicht so locker weg wie du.«

»Das hier ist wohl kaum der …«

Sie fiel ihm ins Wort. »Ich weiß, dass du Lindsay mochtest, aber denkst du, irgendwas von alledem wäre passiert, wenn ich euch zwei hätte zusammen sein lassen?«

»Ich möchte nicht über sie reden«, sagte er. Er umklammerte

seine Seite und zuckte zusammen. »Außerdem hast du nichts gemacht. Sie ist durchgedreht. Sie drehen immer durch.«

»Ich mein's ernst, Jack«, sagte sie. »Nachdem ich's getan hab, hab ich mich richtig scheiße gefühlt. Ich hab mich sehr, sehr lange scheiße gefühlt. Ich konnte dich tagelang nicht ansehen. Du total verbunden im Bett ... Wenn Luther nicht gewesen wäre, ich weiß nicht ...«

»Was getan, Summer?«

»Ich will, dass du weißt, ich hab mich fürchterlich gefühlt. Es war dumm, aber es gab ...«

»Summer, was hast du getan?«

Summer sah ihn an, als wäre er ein eigentümlicher Gegenstand, zu verkaufen in einem Antiquitätenladen.

»Ich hab Badesalz in dein Gras gemischt«, sagte sie. »Ich hab euch beiden PCP eingeflößt oder was zur Hölle diese Leute in diese Sachen mischen, keine Ahnung.« Sie schluckte und stützte sich mit einer Hand auf dem Boden ab. »Jack, ich fühl mich gar nicht gut.«

Er sagte nichts, was sie verstehen konnte.

»Aber es geht um uns beide, und genauso soll's ja auch sein«, sagte sie. »Nicht Scovak. Nicht Lindsay. Nicht die Rothaarige in New Orleans. Erinnerst du dich noch an die? Die ganz bestimmt nicht.«

Jack stand auf. Er nahm ihren Arm und riss sie auf die Füße.

»Hey! Vorsichtig!«

Und dann kam Crunch mit einem Bier in der Hand. »Willst du das Wasser noch?«

»Verpiss dich«, knurrte Jack. Er zog Summer um die Seite des Hauses und durch den Vorgarten zu seinem Auto, das auf der Straße parkte. »Steig ein.«

Sie stieg auf den Sitz, und als sie das nächste Mal die Augen öffnete, meinte sie, vielleicht auf dem Parkplatz des Walmarts zu sein, und beim nächsten Mal merkte sie, dass Jack ihr eine Spritze gegeben hatte.

»Jack, warte ... Was ist das? Warte ...«

Die Welt jenseits der Windschutzscheibe trübte sich, hinter der Seitenscheibe, der Heckscheibe, dem ganzen Auto. Alles raste so schnell vorbei, und sie saßen am anderen Ende der Stadt, direkt hinter der Butt Street. Sie war schon einmal dort gewesen. Es war kein guter Teil der Stadt, also sollten sie besser aufpassen, keinen Ärger zu bekommen, aber sie war bei Jack, und Jack würde sie beschützen, aber in der Zwischenzeit ließ Jack die Seitenscheibe runter und warf die Nadel raus und kurbelte sie wieder hoch, was auch gut war, denn es war scheiße kalt da draußen – echt kalt – und an allen Häusern brannte die Weihnachtsbeleuchtung, auch in den Straßen, und die ganzen Weihnachtsmänner und die Rentiere, die an den Straßenleuchten der Innenstadt hingen. Wann waren sie denn in die Innenstadt gekommen? Es wurde heller und noch heller.

»Wohin fahren wir?«

»Pssst«, machte Jack.

»Jack ...«

»Wir werden Achterbahn fahren. Du magst doch Achterbahnen, oder?«

Sie mochte Achterbahnen. Sie wusste nicht, ob sie es laut aussprach, aber plötzlich waren alle Sachen weiß. Leuchtend weiß. Störend hell und weiß. Überall um sie herum, weiß, und sie begann zu schluchzen. Sie hielt den Griff der Beifahrertür umklammert.

»Jack, wo sind wir?«

»Komm, Summer.«

Es war so hell. Jack konnte ihre Gedanken lesen, also schenkte sie es sich, laut zu sprechen. Jack konnte alles. Einmal, unten in New Orleans, hatte sie ihn fliegen sehen. Er flog und flog, und nachdem sie ihm sagte, was sie gesehen hatte, stritt er alles kategorisch ab. Von Zeit zu Zeit erinnerte sie ihn daran. Sie sah ihn an und sagte: »Ich hab's gesehen. Du kannst es leugnen, so viel du willst, aber ich hab's gesehen«. Und er schüttelte dann den Kopf und sagte, sie sei verrückt. Die ganze Zeit war sie verrückt. Aber sie hatte gesehen, wie er es tat, und als er sagte, er hätte nicht, da hatte er diesen Ausdruck im Gesicht, als würde er jemanden vergackeiern. Dieses Lächeln auf seinem Gesicht, und sie wusste, dass er wusste, dass sie wusste, dass …

»Wo sind wir, Jackie?«

»Wissen Sie, was sie genommen hat?«

»Keine Ahnung.« Jack schüttelte den Kopf. »Ich hab sie so gefunden.«

»Ma'am? Können Sie uns sagen, was Sie genommen haben? Wovon sind Sie high?«

Summer lächelte. »Ich bin von allem high. Von allem in der ganzen weiten Welt.«

Helles Licht. Dunkel. Helles Licht, Dunkel.

»Ich werde sie an den Rollstuhl fesseln.«

»Ist das nötig?«

»Ja, ich fürchte.«

»Sir, wie heißen Sie?«

Jack wischte sich mit dem Ärmel seiner Jacke über die Stirn.

»Sir, Sie müssen ein paar Unterlagen ausfüllen.«

»Jack? Ist das hier ein Krankenhaus?«

»Ich weiß nicht, mit wem sie redet«, sagte Jack. »Ich habe sie noch nie im Leben gesehen.«

»Schieben Sie sie hier rein. Wir holen den Arzt, damit er ihr …«

»Jack? Hast du mich in ein Scheißkrankenhaus gebracht?«

»Ma'am, Sie müssen sich beruhigen.«

»Jack? Jack, ist das hier ein Scheißkrankenhaus? Was tust du mir an? Warum tust du das?«

»Sir, Sie müssen jetzt bitte zur Seite treten. Bitte, gehen Sie zur Rezeption und füllen Sie mit der diensthabenden Schwester den Papierkram aus.«

»Jack! Untersteh dich …«

»Ma'am, ich werde Sie nicht noch einmal bitten.«

»Schieb ihren Ärmel hoch.«

Kalte Hände. Warme Hände. Hände so heiß wie das Feuer der Hölle.

»Mein Gott, ist die schmutzig.«

»Jack! Jack, du kannst mir das nicht antun. Es tut mir leid, Jack. Jack, es tut mir ja so …«

»Summer?«

»Sie zeigt eine Reaktion.«

»Halt sie fest.«

Hände, Arme. Helle Lichter. Dunkel.

»Ruf Dr. Feltner. Sofort.«

»Summer. Sieh mich an.«

»Herzstillstand.«

»Holt den Notfallwagen. Scheißjunkie.«

»Jack! Jack!«

Die Lichter wurden hell und umfassend. Sie wurden heller. Umfassender.

»Summer. Ich möchte, dass du mich ansiehst.«

»Mach ihr Hemd auf. Jetzt.«

»Summer. Tief Luft holen. Sieh mich an.«

»Wer bist du?«

»Erkennst du mich nicht?«

»Nein. Ich glaube nicht, dass ich dich schon mal gesehen hab. Aber du bist wunderschön.«

»Du auch.«

Summers Hände flogen zu ihrem Gesicht. Zu ihren Wangen.

»Ich möchte, dass du mit mir kommst, Summer.«

»Aber ich kenne dich nicht.«

Doch, du kennst mich.

»Sie stürzt ab. Alle zurücktreten!«

»Wie heißt du?«, fragte sie.

Du kennst meinen Namen.

»Fertig!«

»Luther?«

Er lächelte. »Nimm meine Hand, Summer.«

»Luther, ich hab dich vermisst.«

»Komm.«

Und er nahm ihre Hand und führte sie ins Licht, das sie beide blendete.

15

Ihre Schreie zogen sich durch die Nacht.

Die auf ihm – die Brünette – hatte keine Ahnung von seinem Elend, und, Gott segne sie, sie machte weiter, bekam nicht mit, dass er längst nicht mehr stieß und kreiste, sondern begonnen hatte zu bocken und zu treten. Die Blondine neben ihm hatte einen Platz in der ersten Reihe und teilte diese Illusion nicht. Sie rollte vom Bett und ging hinter dem Nachttisch in Deckung, den sie längst umgestoßen hatten.

»Was zum Teufel hast du für ein Problem, Mann?«, wollte sie wissen.

»Ich spür mein Herz nicht mehr!«, brüllte Jack. Er ließ die schweißnass-schlüpfrigen Hüften der Brünetten los und umklammerte seine Brust, die er wie Teigbälle zu kneten begann. »Das ist nicht wie beim letzen Mal. Ich fürchte, diesmal ist es echt.«

Schließlich hörte die Brünette auf, ihn zu vögeln. Sie blieb auf ihm sitzen, hatte den Kopf auf die Seite gelegt.

»Spielst du mit uns?«

»Ich versichere euch«, japste Jack, »das ist alles andere als witzig. Keine Angst … das passiert dauernd. Aber nicht so wie jetzt.« Er behielt eine Hand fest auf seinem Herzen, während er mit der anderen auf die Matratze einschlug. »Ich kann meine Beine nicht mehr spüren. Herr im Himmel, ich spüre meine Beine nicht mehr!«

Die Brünette sah die Blondine an, aber die Blondine war genauso ratlos. Keine bewegte sich von der Stelle.

»Bin ich zu viel für dich, Baby?«, fragte die Brünette. Sie sprach ziemlich genau im gleichen Tonfall wie beim Kennenlernen: sie in einer Sportsbar am anderen Ende der Stadt billigen Bourbon wegknallend und Jack die Tasche voll Koks. Sie senkte ihre Lippen bis kurz vor seinen Mund. »Soll ich es ein bisschen langsamer angehen?«

»Das passiert dauernd«, sagte er. Sein Hals schrumpelte. Seine rechte Hand zitterte wie bei einem Anfall. »Ihr müsst mir glauben, mir geht's gleich wieder bestens.«

Er sagte das mindestens so sehr sich selbst wie ihnen, aber er überzeugte niemanden im Raum. Seine Gedanken überschlugen sich. War es die kleine blaue Pille, die er geschluckt hatte? Er hatte sie nur genommen, weil all der Alkohol und das kleine bisschen Koks womöglich seine … Er hatte auf Garantien bestanden. Diese beiden Frauen zu bekommen war nicht leicht gewesen, und er hätte es gar nicht gut gefunden, die Gelegenheit zu vergeuden. Es könnte eine Kombination aus den drei Elementen gewesen sein, kombiniert mit der heftigen Athletik der beiden Frauen, die entweder jünger waren als er oder sogar älter. Er hatte nicht den geringsten Schimmer.

Er tröstete sich damit, dass der linke Arm nicht wehtat. Denn wenn der linke Arm wehtat, könnte ihm ein Herzinfarkt drohen. Aber das hier war kein Herzinfarkt, das hier war *dieses Ding* … Das hier war ein weiterer seiner Anfälle. Das hier spielte sich alles nur in seinem Kopf ab.

Die Brünette stieg von ihm runter und verließ dann schnell das Bett. Sie stemmte sich an die Wand, als wäre sie alles, was sie vor dem Einstürzen bewahrte. Sie biss sich auf die Unterlippe und schaute sich hektisch um.

»Sollen wir die 911 anrufen?«, fragte sie die kauernde Blondine. »Sollen wir einen Krankenwagen rufen?«

»Ich … Ich weiß nicht …«

»Keine Ärzte«, quiekte Jack. »Das hier … Es passiert immer wieder. Wir müssen es einfach vorbeigehen lassen …«

Aber Jack fragte sich, ob das wirklich so war. Klar, es passierte ständig, aber wie war er in der Vergangenheit wieder auf die Beine gekommen? Nun ja, Summer war für ihn da gewesen. Das eine Mal in New Orleans, als es mit dem ganzen Speed außer Kontrolle geraten war, da hatte Summer ihn festgehalten und ihm mit einem Trichter schalen Champagner eingeflößt, bis er schließlich aufhörte, sich zu krümmen. Oder in der Anfangszeit, als sie darauf bestanden hatte, dass er sich zerstoßenes Paracetamol durch die Nase reinzog, bevor er völlig aus der Bahn flog. Oder das eine Mal in Kolumbien, als sie Jerry in einer Endlosschleife spielte und über seinen verschwitzten Kopf streichelte, bis es sich schließlich wieder legte.

»Ich brauche nur …« Er brachte die Worte kaum heraus. »Wenn du nichts dagegen hast, meine Schläfen zu massieren … Ich glaube, das würde helfen.«

Keines der Mädchen wollte. Die Blondine schlich auf Zehenspitzen um den umgekippten Nachttisch, um ihr Shirt einzusammeln, dann ihre Hose und schließlich ihre Jacke. Sie hielt alles vor ihrer Brust, wie um die möglicherweise noch verbliebene Würde zu bewahren.

»Bitte, geht nicht«, keuchte Jack. »Bitte, bitte … bitte, geht nicht …«

Auch die Brünette begann ihre Sachen aufzusammeln. Sie ließ Jack, der sich immer noch auf dem Bett krümmte, nicht aus ihren großen Augen, nur für den Fall, dass ihm Flügel wüchsen und er Feuer zu spucken begänne.

»Lassen wir ihn einfach so hier liegen?«, fragte sie die Blondine.

»Ich bleib jedenfalls nicht hier«, kam die Antwort. »Das ist nicht das erste Mal, dass so ein alter Typ einen Herzinfarkt gekriegt hat, während wir … Du weißt schon. Beim letzten Mal hatten die Bullen mich deswegen echt am Wickel, und ich musste wirklich alles einsetzen, was ich hatte, um meinen Namen aus der Zeitung zu halten. Keine Chance, Mann. Wenn meine Eltern das erfahren …«

»Ich spür meine Beine nicht mehr«, stöhnte Jack. »Irgendwer muss meine Mutter anrufen. Ich muss ihr sagen, dass es mir leidtut. Mir tut alles so leid …«

»Ich hab meinen Wagen vor der Bar stehen lassen«, sagte die Brünette.

»Ich werd dich fahren.« Die Blondine hatte sich bereits angezogen. Sie klimperte mit ihren Schlüsseln und war schon halb durch die Tür. »Lass uns von hier verschwinden, bevor der Typ uns noch abkratzt.«

»Bitte, bleibt doch.« Jacks rechte Hand zappelte an seiner Seite wie ein Fisch. »Ihr könnt noch mehr Koks bekommen. Ich hab jede Menge. Wenn ihr bei mir bleibt … mein Gott …«

Wieder eine Eruption gegen seine Brust, am oder um das Herz herum. *Sein Herz.* Er hätte es mehr schonen sollen, vermutete er. Ohne Summer, die ihm über die Schulter guckte, hatte er in letzter Zeit vielleicht etwas zu viel mit Koks geflirtet. Was würde er darum geben, die Zeit zurückzudrehen und sich ein bisschen zurückzuhalten, vielleicht bei den letzten paar Linien einfach mal passen. Vielleicht war es eine blöde Idee gewesen, sich die Viagra durch die Nase reinzuziehen. Wenn er sich vielleicht einfach eine kleine Verschnaufpause gönnte …

Dann wechselten die beiden Frauen Blicke, als hätten sie beide gleichzeitig daran gedacht, und holten sich seine achtlos beiseitegeworfene Jeans. Die Blondine ging die Taschen durch, und die Brünette suchte auf dem Boden. Als sie nichts fanden, machten sie sich über seine Kommode her, suchten dann sämtliche Oberflächen seines Schreibtischs ab. Sie fanden es schließlich in einem seiner Cowboystiefel.

»Nehmt so viel ihr mögt«, sagte Jack. »Aber kommt bitte und legt euch neben mich und singt mir was ins Ohr. Kennt ihr ›Ripple‹ oder ›Sugar Magnolia‹? Sogar ›Box of Rain‹ tut's, wenn nichts anders da ist. Ihr versteht das nicht, es spielt sich alles in meinem Kopf ab.«

Keine der Frauen scherte sich einen Dreck um Jack oder seine Krankheiten. Nachdem sich der Beutel mit Koks jetzt sicher in ihren Händen befand, sammelten sie ihre restliche Kleidung ein und gingen schnell zur Tür. Jack lag noch lange, nachdem sie fort waren, auf dem Bett. Er starrte an die Decke, bis sein Atmen sich schließlich wieder normalisierte.

»Siehst du?«, sagte er in den leeren Raum. »Ich wusste doch, dass mit mir alles in Ordnung ist.«

• • •

Dem Typen, der die Tür öffnete, gehörte das Haus. Er hieß Rawlin, und er spielte in einer beschissenen Band irgendwo in der Stadt. Das bedeutete, es würden jede Menge Mädels da sein, und wo Mädels waren, würde irgendwer auch feiern wollen.

»Kommt rein, kommt rein«, sagte Rawlin. Er hatte etwas von einem jungen Vincent Price, was Jack bewunderte. Im Wohnzimmer hatte sich ein kleiner Halbkreis von Studentinnen vom Sofa auf den Teppich verlagert. Zu dem Mädchen, das mit Jack hereingekommen war, sagte er: »Ich glaube, wir sind uns noch nicht begegnet.«

»Sie heißt Carmen«, sagte Jack. »Sie gehört zu mir.«

»Ist sie …« Rawlin musterte sie von Kopf bis Fuß.

»Cool? Verdammt, ja, sie ist cool. Du musst dir keinen Kopf machen. Sie spricht kein Wort Englisch.«

»Echt?«

»Sie ist Mexikanerin«, sagte Jack. »Kannst du dir so was vorstellen? Als ich sie gefunden habe, hat sie am Stadtrand Motelzimmer geputzt.«

»Im StarLite?«

Jack legte den Arm um Carmen, die nichts von dem verstand, was sie sagten. Er vergrub seine Nase in ihren Haaren.

»Sie ist das Beste, was mir je passiert ist.«

Das stimmte schon. Er war eines Nachts ausgeflippt und hatte sich ein Zimmer außerhalb der Stadt besorgt, weil er überzeugt war, dass der Trailer nicht mehr sicher war. Er war selbstzufrieden geworden. Er war faul geworden. Sie beobachteten den Trailer, und er packte alles zusammen, checkte dann im StarLite ein. Am nächsten Morgen hörte er den Manager vor seiner Tür herumbrüllen, also machte er durchs Badezimmerfenster die Biege, nur um dann herauszufinden, dass der alte Mann das Reinigungspersonal anbrüllte, weil es einfach nichts richtig machte. Er ließ sich brüllend darüber aus, dass es nicht fair wäre, wo er ihnen doch gefälschte Sozialversicherungsnummern und falsche Papiere besorgt hatte, da wär's doch wohl das Mindeste, dass sie sich kümmerten, wenn er genau das von ihnen brauchte.

Es war überhaupt keine Frage für Jack gewesen. Er war noch nie so verliebt gewesen. Er marschierte die Treppe ins Obergeschoss hoch und nahm die kleine Mexikanerin an der Hand und schaute nie mehr zurück. Er hatte seinen Finger auf die fleischige Brust des Managers gerichtet und gesagt, sie würde nicht zurückkommen. Er könne den Job nehmen und ihn sich in den Arsch schieben.

Aber weder Rawlin noch sonst jemand in diesem Haus interessierte sich für Jack oder Jack und Carmen oder nichts von beidem, sie interessierten sich nur für den Shit. Jacks Shit. Er nahm eine stahlblaue Dose Pfefferminze heraus.

»Ist das das Zeug, von dem wir in den Nachrichten gehört haben?«, fragte Rawlin. »Das Zeug ist massiv, Mann. Ich hab gehört, in Arkansas haben sich zwei Kids umgebracht, als sie diese Scheiße genommen haben.«

»In den Nachrichten wird immer alles schlimmer dargestellt.«

»Ich hab im Internet gelesen, dass ein Typ versucht hat, einem anderen den Kopf abzureißen, nachdem er eines davon genommen hat.«

»Noch mal: Du kannst nicht alles glauben, was im Internet geredet wird.«

»Ich weiß«, sagte Rawlin. »Ich kann's kaum noch erwarten, ein paar zu probieren.«

Jack hatte es bis zum Gehtnichtmehr gestreckt. Die Kids heute konnten echtes MDMA nicht von Hundescheiße unterscheiden. Er verschnitt es mit drittklassigem Speed von Sam Tuleys Jungs. Manchmal verschnitt er es auch mit Scheiß, den er in Tankstellen kaufte. Wenn Leute zu oft durchdrehten, verschnitt er etwas weniger. Sollten die Leute doch durchdrehen. Sollten sie es doch hochstilisieren. Schon sehr bald würde er es wieder strecken.

»Man nennt es Apocolypto«, erklärte Jack den unteren Semestern im Raum.

»Wieso?«

»Weil es das A und O ist.« Jack öffnete den Deckel der Pfefferminzdose, wodurch ein kleiner Berg Kapseln, gefüllt mit einem himmelblauen Pulver, sichtbar wurde. Er reihte sie eine neben der anderen auf dem Couchtisch auf. Er legte vier Pillen mehr hin, als Rawlin hatte haben wollen, also schob er sie beiseite. »Oh Moment«, sagte er. »Ihr Jungs wolltet ja nur acht.«

Bevor er die vier zurück in die Dose legen konnte, hielt Rawlin ihn zurück.

»Ich kauf dir die vier auch noch ab«, sagte er.

»Ich weiß nicht«, sagte Jack. »Die Jungs aus der Verbindung die Straße runter haben gesagt, sie wollten sie fürs Wochenende.«

»Scheiß auf die Verbindungstypen«, sagte Rawlin. »Ich zahl mehr.«

Jack liebte das Funkeln in Carmens Augen, wenn Geld in diese Richtung wanderte und die Pillen in die andere. Sie hatte Armut, beschissenes Wetter und schlechte Karten hinter sich gelassen, um Wüsten zu durchqueren und durch Flüsse zu schwimmen, und jetzt hatte sie sich einem Mann von Jacks Kaliber angeschlossen.

Er stellte sich vor, dass es für sie wie ein Hauptgewinn im Lotto sein musste.

Von Gefühlen überwältigt nahm er ihre Hand.

»Wenn du uns entschuldigen würdest …«

Er brachte sie kaum bis zur Beifahrertür des beschissenen Hondas, bevor er sie mit Händen und Lippen bestürmte. Er konnte gar nicht genug von ihr kriegen. Sein Durst war nicht zu stillen. In einem Anfall sagte er ihr schließlich, sie sollten heiraten. Er sagte, er wolle viele Kinder mit ihr haben.

»Jack?«

Hinter ihnen stand ein Hippie-Dude mit Weiße-Jungs-Dreadlocks. Allem Anschein nach hatte er schon ziemlich lange nicht mehr besonders gut geschlafen. In seinen dunkelgrünen Augen lag eine ungeheure Traurigkeit.

»Was kann ich für dich tun?«

»Ich heiße Dario …«

Als sollte das irgendwas heißen. Jack schüttelte den Kopf.

»Du kennst mich wahrscheinlich unter dem Namen Crunch.«

»Ach! Crunch. Schön, dich zu sehen, alter Freund. Wie ist es gelaufen?«

»Äh … ich weiß nicht, Mann.«

»Mach dir wegen der keine Gedanken«, sagte Jack und deutete mit dem Kopf auf Carmen. »Sie spricht kein Wort Englisch.«

Crunch kickte Steine durch die Gegend. »Hast du was von Summer gehört?«, fragte er.

Jack war geplättet. Was für eine Frechheit von diesem Typen, nach einem Mädchen zu fragen, während Jack doch eine andere am Arm hatte. Er hatte schon immer gedacht, dass Crunch was an sich hatte, das förmlich darum bettelte, eins in die Fresse zu bekommen. Andererseits war die politische Großwetterlage in Ost-Texas gerade so, dass durchaus die Gefahr bestand, dass Crunch eine Kanone hatte oder schlimmer noch ein Handy.

Also holte Jack tief Luft und zählte langsam *eins, zwei, drei.*

»Kein Wort«, sagte Jack. »Aber es wäre nicht das erste Mal, dass sie längere Zeit einfach abtaucht, ohne irgendwem was zu sagen. Wäre nicht ungewöhnlich für sie.«

Crunch nickte. »Weißt du, die letzten paar Monate hat sie so Sachen erzählt. Sie wurde richtig high und hat dann Scheiße gelabert.«

»Was denn zum Beispiel für Scheiße?« Jacks Finger schlossen sich fester um Carmens Taille.

»Hauptsächlich Sachen über dich. Sie hat viel von ihrem Jackie geredet. Darüber, was wir tun sollten, wenn sie eines Tages plötzlich verschwinden würde.«

»Ist das so?«

Crunch nickte wieder. »Sie hat sich echt Sorgen um dich gemacht. Wir mussten ihr alle versprechen, wenn ihr etwas zustoßen sollte, dann sollten wir uns um dich kümmern.«

»Ihr solltet euch um mich kümmern?« Jack schluckte Koksreste runter.

»Ja«, sagte Crunch. »Sie hat dich wirklich geliebt und gesagt, wir müssten auf dich aufpassen. Hat gesagt, wir müssten dir mit allem helfen, was du vielleicht brauchen könntest.« Crunchs Blick schoss zu Carmen, dann zurück zu Jack. »Sie wäre total glücklich, könnte sie sehen, dass du allein gut klarkommst.«

Sie verabschiedeten sich mit einem Kopfnicken, dann kehrte Crunch zurück auf den Weg hinauf zum Haus. Jack sah ihm noch einen Moment länger als nötig hinterher, während Carmen ihren Kopf an seine Schulter lehnte.

»Cansado«, sagte sie.

»Ja, ich auch.« Er führte sie zum Wagen. »Ich hab einen Bärenhunger.«

TEIL II

16

Sie kamen vom Highway aus Richtung Rankin rauf und brachten jede Menge osttexanischen Dreck mit. Sie waren zu dritt: Zwei Mädchen in verwaschenen Overalls – wirklich junge Dinger – und der Bursche hinter dem Steuer des verrosteten alten Pick-ups, selbst kaum älter als zwanzig. Als sie krachend und scheppernd auf dem Gelände der Shell-Tankstelle direkt an der Hauptstraße anhielten, warteten sie kurz, damit sich der ganze Staub setzen konnte, bevor sie die Türen öffneten und herauskletterten.

Der Junge hieß Donnie Williams und war die letzten paar Monate einige Male durchgekommen, jeweils mit einem anderen Tross von Mädchen. Alle trugen sie Overalls und taubenblaue Shirts. Jedes Mal steckten sie ihre Nasen in den Korb mit Jutepuppen neben der Kasse und runzelten dann die Stirn.

Das Einzige, was sich an diesem Nachmittag unterschied, war das Wetter, das unverhältnismäßig kalt geworden war.

»Anscheinend haben Sie eine verkauft«, rief Donnie dem fetten Mann hinter der Theke zu. Er zeigte in den Korb. »Ist ja mal eine gute Nachricht.«

Der fette Mann erwiderte: »Tatsächlich hab ich mit einer die Lache aufgewischt, nachdem ein Betrunkener vor dem Bierkühler da hinten eine Schweinerei veranstaltet hat.«

Donnie machte ein langes Gesicht. »Kann doch nicht Ihr Ernst sein. Nach drei Wochen sind bei unserer harten Arbeit gerade mal mickrige zehn Dollar herausgekommen?«

»Eigentlich nur fünf.« Der fette Mann spuckte in einen Styroporbecher, den er mit einem Papiertaschentuch ausgekleidet hatte.

»Ich hab wie vereinbart meinen Händlerrabatt genutzt und auf der gepunkteten Linie unterschrieben.«

Donnie war untröstlich. Sein Gesicht zeigte die Last eines Mannes, der alles auf eine Karte gesetzt hatte. Er sah alles und nichts in dem Laden an, so lange, bis sich die beiden Mädchen mit ausgestreckten Armen vor ihn stellten.

»Vielleicht solltest du im Preis runtergehen«, sagte der fette Mann. »Ein oder zwei Dollar könnten den entscheidenden Unterschied ausmachen.«

Donnies Schultern hingen viel zu sehr für ein Achselzucken. Er schälte zwei Dollar von einem schmalen Bündel, das er in der Gesäßtasche seiner Hose aufbewahrte. Er gab den jungen Mädchen jeweils einen Schein, die daraufhin sofort zu dem Kühlschrank mit den Erfrischungsgetränken flitzten. »Die Miracle Dolls werden schon bald abgehen wie eine Rakete. Das ist so sicher wie ein einlaufendes Schiff. Verlassen Sie sich drauf, der Tag wird kommen, an dem Sie gar nicht genug vorrätig haben können.«

»Ich sitze jetzt schon seit vierzehn Jahren hinter der Kasse hier«, sagte der fette Mann, »und es ist mir immer noch ein totales Rätsel, was Leute kaufen und wie viel sie bereit sind, dafür zu bezahlen.«

»Wir brauchen nur einen kleinen Durchbruch.«

Die Sache war für den Mann erledigt, als die Mädchen zur Theke zurückkamen. Die eine hatte einen Tüte Schokoladenmilch, und die andere eine Kirschlimonade. Als er ihr Geld nahm und das Wechselgeld herausgab, wechselten sie Blicke. Sie bekamen einen Lachanfall.

»Hab ich irgendwas Komisches gemacht?«, fragte der fette Mann.

Keine antwortete ihm. Sie versuchten verzweifelt, die Fassung zu bewahren.

»Ich hab gefragt, was so gottverdammt komisch ist?«

Als immer noch keine erklären wollte, was sie lachen ließ, wurde das Gesicht des fetten Mannes so rot wie eine Dose Coke und er klopfte mit seinen stummeligen Fingern auf die Ladentheke.

»Hört zu, ich dulde so einen …«

Donnie schob sich zwischen sie.

»Rylah, Marva …« Er zeigte auf die Tür. »Ihr zwei wartet im Truck auf mich, verstanden?«

Die beiden Mädchen bedeckten ihre Münder mit den freien Händen und huschten zur Tür. Kaum war sie ins Schloss gefallen, schon ging ihr mädchenhaftes Gekicher wieder los, und man konnte es noch hören, lange nachdem sie vorne in den Pick-up gestiegen waren.

»Pass auf«, sagte der fette Mann. »Es ist mir scheißegal, was ihr da oben auf der Farm des alten Lucas macht. Manche Leute wollen nichts mit euch zu tun haben, weil sie vor seinem Tod mit dem alten Mann befreundet waren. Ich, also ich weiß, dass sein Junge ein Idiot ist und das Land anständig und ehrlich an die Bank verloren hat. Manche Leute sagen, ihr wärt Swinger oder vielleicht auch eine Sekte oder – noch schlimmer – ein Haufen Feministen. Mir geht das alles völlig am Arsch vorbei. Mich interessiert nur, dieses Schild da am Ende des Tages von *Geöffnet* zu *Geschlossen* umdrehen zu können. Was ich allerdings überhaupt nicht leiden kann, sind schlechte oder gar keine Manieren. Das solltest du besser mit deinen Frauen klären oder drüber nachdenken, sie zukünftig nicht mehr mit in die Stadt zu schleifen, wenn du geschäftlich unterwegs bist.«

»Wir sind kein Haufen Feministen«, sagte Donnie, dessen Stimme sich eine Oktave hob. »Ich habe sowohl Ihnen als auch Ihrem Bruder immer wieder gesagt, dass die Miracle Ranch ihre Aufgabe darin sieht, junge Frauen aus den Klauen von Drogen- und Alkoholmissbrauch zu befreien und größten Wert darauf legt, ihr Selbstwertgefühl wiederherzustellen …«

»Ja, ja, ja. Ein Entzugscamp.« Der fette Mann klaubte eine schwelende Zigarre aus einem Aschenbecher hinter den Lotterielosen und feuchtete seine Lippen an dem durchnässten Ende an. »Ich schätze eure Arbeit. Meine Schwester hatte ein kleines Mädchen, ist schon ein paar Jahre her. Hübsches Ding, aber dann hat sie mit Oxy angefangen. Konnte weder auf der Schule bleiben noch einen Job behalten. Eines schönen Morgens wurde sie am Ufer des Lake Bardwell angespült, splitternackt. Da war sie seit etwas über einer Woche verschwunden gewesen.«

»Tut mir leid, das zu hören«, sagte Donnie. »Das ist ja schrecklich.«

»Das ist der einzige Grund, warum ich eure Dinger da in meinem Laden anbiete.« Der fette Mann richtete die Hand mit der Zigarre auf den Korb mit der Aufschrift *Miracle Dolls.* »Ich vermute mal, ein Entzugscamp wär für meine Nichte gut gewesen, selbst wenn es bedeutet hätte, dass sie zur Feministin geworden wäre.«

Statt weiter über Einzelheiten zu reden, verließ Donnie die Tankstelle. Er zog schwungvoll am Türgriff auf der Fahrerseite, nur um festzustellen, dass sie verriegelt war. Im Führerhaus kringelten sich Marva und Rylah vor Lachen.

»Mädels, darauf hab ich jetzt echt keinen Bock«, rief er ihnen zu.

»Mädels, darauf hab ich jetzt echt keinen Bock«, riefen sie zurück.

In ihrem Gelächter ging jeder weitere Protest unter.

• • •

Fahr Richtung Süden nach Rankin und dann vor der Stadtgrenze die Letzte links, und schon bald wird Asphalt durch Schotter ersetzt. Die staubigen Straßen halbieren Felder mit Baumwolle, Alfalfa und vielleicht hier und da Soja. Alle Straßen heißen Lucas nach einem

Mann, der früher hier alles bewirtschaftet hatte. Lucas #2, Lucas #3 und so weiter. Überquere zwei baufällige Brücken über schmale matschgefüllte Bäche, und schon bald liegen die Felder brach, und kurz vor einer scharfen Kurve hältst du dich wieder links. Und dort, am Ende einer gewundenen Straße, liegt eine Farm.

Keine Farm *per se*, sondern vielmehr die Überbleibsel einer Farm. Weideland, so weit das Auge reicht, auf beiden Seiten eines Feldwegs mit weißen Steinen. Keine drei Jahre waren vergangen, seit der Sohn von Old Man Lucas seinen Besitz an die Bank verloren hatte, aber die verstreichende Zeit machte sich unübersehbar bemerkbar. Die Scheune begann einzustürzen. Ein Schuppen hatte auch schon bessere Tage gesehen. Farbe blätterte ab, und an einem einzelnen, ehemals prachtvollen, baufälligen Farmhaus vermoderte das Holz. Das Grundstück zwischen all diesen Gebäuden war übersät mit verrostetem Schrott – Traktoren, Pflüge, ein alter Anhänger mit Kupplung – und außerdem einer Handvoll kaputter alter Wohnmobile und Camper.

Rylah und Marva gesellten sich zu zwei anderen jungen Frauen im Schatten einer schiefen Weide; alle trugen schmutzige Overalls und lumpige blaue Shirts. Cassie und Suzie unterbrachen ihr Singen lange genug für das Getuschel ihrer Freundinnen, dann kriegten alle einen mädchenhaften hysterischen Anfall, bei dem ihr Atem vor ihren Gesichtern kondensierte. So ging es weiter, bis Donnie sich näherte und sie sich zum Schweigen zwangen.

»Müsstet ihr jetzt nicht eigentlich arbeiten?«, fragte Donnie die vier Mädchen. Als keines antwortete, fügte er hinzu: »Solltet ihr nicht alle Miracle Dolls nähen?«

»Wozu soll das gut sein?«, fragte Rylah Kincaid schnippisch. »Kein Mensch kauft die Dinger.«

»Ja«, klugscheißerte Suzie Grauwyler, »jedes Mal, wenn du in die Stadt fährst, kommst du nachher mit mehr Puppen zurück, als du mitgenommen hast.«

Marva Bottoms ergänzte: »Barney sagt, es ist besser, mit unserem Geist zu arbeiten als mit unseren Händen.«

»Ich denke, du missverstehst eine Reihe von Barneys Lehren«, sagte Donnie. Er beabsichtigte, sie weiter wegen Faulheit, Aufschieberitis oder einer ganzen Reihe von Verstößen, die sie ganz sicher begangen hatten, zurechtzuweisen, hätte er nicht ein Stück Fleisch bei der jungen Rylah aufblitzen sehen. Donnie fand, dass er für einen Mann seines zarten, jungen Alters ziemlich charakterfest war, musste aber feststellen, dass jeder dieser Grundsätze in Gegenwart von so neckischen und attraktiven Mädchen wie Rylah Kincaid und ihren Miracle-Kolleginnen auf harte Proben gestellt wurde. Er schloss ganz fest die Augen und gab sein Äußerstes, um an etwas anderes zu denken als an die Sommersprossen auf Cassies Arm oder Marvas volle, sinnliche Lippen, oder welche Sünden er in einem Mädchen so rank und schlank wie Cassie Profitt erforschen könnte. Stattdessen zwang er sich, an Bilder von Traktoren oder Kondensstreifen oder irgendwas zu denken, egal was, nur eben nicht an die Elektrizität, die in ihm summte wie Wespen.

Donnie klammerte sich, so gut er konnte, an seine Entschlossenheit, allerdings musste er sich dazu praktisch mit den Fingernägeln festkrallen. Auf der verzweifelten Suche nach erwünschter Ablenkung sah er nach oben und unten, von nah bis fern, bis er schließlich fand, was er brauchte. Als wär's vom Himmel hoch oder aus der Hölle tief herbeigerufen worden, erblickte er am fernen Horizont eine sich nähernde kalkhaltige Staubwolke und den Cadillac, dem sie folgte. Er war dermaßen aufgeregt, dass er völlig vergessen hatte, in welchem Ausmaß seine Hose enger geworden war.

»Wo ist der alte Mann?«, fragte er die Mädchen.

Sie gackerten noch ein bisschen, bis Marva schließlich fragte: »Wie bitte?«

»Barney Malone.« Donnie nahm seinen Blick nicht von dem sich nähernden Fahrzeug. »Wo ist er?«

»Er macht gerade Spirit Studies mit Beth Ann«, antwortete Cassie. »Er hat gebeten, nicht gestört zu werden.«

Donnie hörte das Mädchen kaum. Trotz der großen Entfernung konnte er die Weißwandreifen erkennen. Die frische Autowäsche und die Nummernschilder des Händlers. Ein Geruch legte sich auf die frische Winterluft, und dieser Geruch war der von Geld. Donnie roch es wie Aas.

»Ist mir egal, was er gesagt hat«, knurrte Donnie. »Geht ihn holen.«

»Geh ihn doch selbst holen«, fauchte Rylah. »Barney hat gesagt, du darfst uns nicht herumschubsen wie Sklaven.«

»Tu ich nicht …« Donnie bremste sich. Er hatte keine Zeit, mit kleinen Mädchen herumzustreiten, nicht wenn etwas so Zufälliges wie der Cadillac nahte. Donnie vermutete, er könnte den lieben langen Tag diese Mädchen anbrüllen und schreien, und trotzdem würden sie sich keinen Zentimeter bewegen, also erledigte er es eben selbst, wie immer.

Sie warteten nicht, bis er außer Hörweite war, bevor sie wieder mit ihrem Gekicher und Getratsche anfingen. Es kümmerte Donnie nicht im Geringsten. Er hatte jede Menge Anlass zu wissen, was sich all diese Mädchen untereinander erzählten.

»Du müsstest sehen, wie der mich ansieht … Ich find's echt creepy.«

»Ich hab keine Ahnung, wieso Barney Malone ihn machen lässt, ihr vielleicht?«

»Ich hab gehört, es liegt daran, weil er gut mit Zahlen umgehen kann.«

»Er glaubt tatsächlich, dass sich diese blöden Puppen verkaufen werden.«

»Habt ihr auch gehört, dass wir diesen Sommer Feldfrüchte anbauen sollen?«

»Mir kommt's vor, er wollte nichts anderes als Barney in Kleinausgabe sein.«

Er hielt es für das Beste, es nicht in seinen Kopf zu lassen. Wieder und wieder sagte er sich, er sei zu etwas Größerem berufen, und das Raunen von Teenagermädels durfte ihn nicht davon ablenken. Mädchen dieses Alters dachten, sie wüssten alles unter der Sonne, und nichts nervte sie mehr, als etwas anderes gesagt zu bekommen. Sei's drum, Donnie würde sie sich vornehmen.

Sie wussten einen Scheißdreck.

• • •

Zuerst klopfte Donnie noch leise an die Tür des Haupthauses, dann hämmerte er mit der geballten Faust dagegen, bis ihm schließlich aufgemacht wurde und die junge Beth Ann Henderson vor ihm stand. Keine von allen Miracle-Mädchen auf der Ranch konnte Donnie mehr die Luft rauben als Beth Ann. Früher geschmeidig und zart, füllte sie, seit sie von Crystal abhängig war, ihre Overalls aus, allerdings auf genau die richtige Art. Ihre Haut zeigte die Spuren vergangener Sünden, während ihr Lächeln eine Vorstellung davon gab, was noch kommen konnte. Wenn sie schon nicht den ganzen Verkehr zum Erliegen brachte, konnte sie ihn doch immerhin fast zum Stillstand bringen.

Donnie schluckte etwas hinunter, das ihm vielleicht oder vielleicht auch nicht im Hals hängen geblieben war. Er drückte die Schuhspitze gegen die Türzarge.

»Ich muss mit Barney reden«, stammelte er. »Es ist dringend.«

»Wir haben gerade Spirit Study«, sagte Beth Ann. »Es ist unhöflich, bei einem Geistesstudium zu stören.«

»Ich weiß … ich weiß …« Donnie fragte sich, ob er es wohl noch mal erleben würde, dass seine Motive nicht von einem Teenager angezweifelt wurden. »Wie ich schon sagte, es ist sehr wichtig. Ich würde nie …«

Beth Ann öffnete die Tür weiter und trat zur Seite. Er verfluchte den Ausdruck in ihren Augen, und wenn es nicht so dringend wäre, hätte er sie deshalb wahrscheinlich ins Gebet genommen. Allerdings war der Zeitfaktor jetzt von äußerster Wichtigkeit, also eilte er durch die winzige Küche, den beengten Flur und erreichte das Wohnzimmer, in dem mindestens ein Dutzend Kerzen brannte und wo Barney Malone gerade einen weiteren Scheit in den Kamin warf.

Die beiden Männer hätten verschiedener nicht sein können. Donnie trug sein Haar militärisch kurz, Barney hatte seine zu einem Pferdeschwanz zurückgebunden. Barneys Knöchel waren rissig und angegriffen, Donnies waren glatt. Donnie trug Khakihosen, um sich von allen anderen zu unterscheiden, was sein jeansgekleideter Ältester mit den Worten kommentierte, er sehe aus wie ein Buchhalter. Und während der jüngere Mann mit einer atemlosen Eindringlichkeit sprach, hatte sein Gegenüber einen ruhigen, bedächtigen Tonfall.

»Donnie, mein Junge«, sagte der alte Mann, »was habe ich immer wieder darüber gesagt, nicht bei der Spirit Study zu stören? Ich versuche, Generationen übernommener psychischer Traumen zu durchbrechen, und das erfordert höchste Konzentration. Wir können es uns nicht leisten, den Prozess …«

»Ich hätte nicht gestört, wenn's nicht wichtig wäre.« Donnie spürte Beth Anns Atem auf seinem Nacken, machte weitere anderthalb Schritte in den Raum. »Können wir unter vier Augen sprechen?«

Barney seufzte. Er sah Beth Ann an, dann Donnie, dann wieder das Mädchen. »Mein Kind«, sagte er in einem zehnmal sanfteren Ton zu ihr, »ich bitte dich um Verzeihung.«

»Verziehen«, sagte Beth Ann breit lächelnd. Dieses Lächeln verschwand, als sie sich zu Donnie umdrehte, dann verschwand sie schmollend aus dem Haupthaus. Kaum hatte sie die Fliegentür hinter sich zuschlagen lassen, rannte Barney auch schon schnaufend durch den Raum und mache eine große Sache daraus, jede einzelne Kerze auszupusten.

»Ich habe Wochen gebraucht, um bei ihr weiterzukommen«, grummelte Barney. »Mir ist die Quelle ihrer Angst nicht wirklich klar, aber ich bin sicher, es ist auf mangelndes Selbstwertgefühl und geringe Selbstachtung zurückzuführen, womit wir uns ganz sicher nicht angemessen befassen können, wenn wir ständig die Zeiten unterbrechen, die für spirituelle Erforschungen vorgesehen sind.«

»Tut mir leid. Wirklich, aber ich …«

»Manchmal frage ich mich, ob du das je wirklich kapieren wirst.«

Donnie hatte das Gefühl, als würde alle Luft aus seiner Lunge weichen. »Ich wäre niemals gekommen, wenn es nicht …«

»Ich habe das Versprechen gegeben, dass niemals jemand hier auf der Miracle Ranch durch die Maschen schlüpfen wird.« Barney baute sich wenige Zentimeter vor Donnie auf. Er legte beide Hände auf die Schultern des Jungen. »Manchmal frage ich mich, ob ich dieses Versprechen wohl werde einlösen können.«

Fast wäre Donnie zusammengeklappt, hätte der alte Mann ihn nicht aufrecht gehalten.

»Es ist nicht deine Schuld«, sagte Barney mit leiser Stimme. »Ich mache deine Mutter dafür verantwortlich.«

Plötzlich bekam Donnie weiche Knie. Er schwankte benommen, bis er zu dem Sofa vor der Wand hinter sich zurückwich. Er fiel auf die Kissen und kontrollierte seine Atmung.

»In dir steckt erheblich mehr von ihr als von mir, Junge.« Barney schüttelte den Kopf, als er die letzte Kerze löschte. »Ich habe es direkt gesehen, als du vor meiner Tür aufgetaucht bist, damals in Dallas, und ich sehe es jetzt wieder in dir. Sie war eine zornige Frau, konnte nie wirklich etwas loslassen. Ich meine, ich habe es dir schon gesagt, als du anfangs hiergeblieben bist, ich dachte, vielleicht hat sie dich geschickt, um mich zu töten. Zwanzig Jahre ist eine lange Zeit, um nachtragend zu sein, aber wenn jemand dazu in der Lage war, dann sicher deine Mutter. Glaube mir.«

Donnie mochte es nie, wenn Barney über seine Mutter sprach. Der alte Mann war weder an dem Tag von Donnies Geburt da gewesen, noch war er in der Nacht an ihrer Seite, als sie starb. Er hielt es sowohl für unpassend als auch für unfair, dass der Mann sich hier als eine Art Experte für das Innenleben einer Frau darstellte, mit der er abgesehen von ein paar Monaten vor einer Ewigkeit so wenig zu tun gehabt hatte. Dennoch behielt Donnie die Hände auf dem Schoß und den Mund geschlossen, denn wenn sie ihm eines beigebracht hatte, dann war es Respekt vor den Eltern.

Selbst wenn der Ältere sein untreuer, nichtsnutziger, verkackter Versagervater war.

Barney fuhr fort. »Du machst hier bei uns eine Menge, Sohn. Du arbeitest hart, und du hast jede Menge großartiger Ideen. Es gibt auch viele Nieten, klar, aber auf alle zwei oder drei schlechten Ideen gibt es für gewöhnlich eine gute. Diese Puppen halten die Mädchen beschäftigt, aber seien wir ehrlich …« Falls Barney dem noch etwas hinzuzufügen hatte, behielt er es für sich. Stattdessen zuckte er mit den Achseln. »Bei der Miracle Ranch geht es nicht allein darum, diese Mädchen von den Drogen wegzubekommen. Das Ziel ist es, das in Ordnung zu bringen, was sie überhaupt erst so weit gebracht hat. Und das wird nicht mit ständigen Unterbrechungen und Störungen funktionieren, wenn ich gerade …«

Hinter ihm tauchte Rylah Kincaid auf, geschmeidig und biegsam. Sie lehnte in der Tür und klopfte mit den Fingerspitzen aufs Holz.

»Jemand ist gerade auf den Hof gefahren.« Sie sagte es, als passierte so etwas jeden Tag, was nicht der Fall war. »Die haben ein ziemlich geiles Auto.«

»Ach?«

Barney sah Donnie an, der immer noch atemlos auf der Couch saß.

»Um dir das zu sagen, bin ich gekommen«, sagte Donnie.

•••

Ihr Name war Halifax, und Donnie machte ihnen auf dem Herd einen Kaffee, während sie sich vor Barney zu streiten begannen.

Die Mutter: »Sie ist immer eine Mitläuferin gewesen. Vielleicht hatte sie schlechten Umgang.«

»Deine Tochter ist keine Mitläuferin, Diane. Sie ist schon immer eine fürchterliche Nervensäge gewesen. Falls es irgendwo eine Bande Nichtsnutze schnurstracks auf dem Weg in die Hölle gäbe, würde man sie an der Spitze finden.«

»Sie ist *unsere* Tochter, Larry. Als du mich geheiratet hast, ist sie auch deine Tochter geworden.«

»Wenn sie meine Tochter wäre, hätte sie eine andere Lebensauffassung.«

»Wir haben sie auf die besten Internate geschickt, und wir hatten das Glück zu erleben, wie sie ihren Abschluss macht.«

»Das hat nichts mit Glück zu tun.« Mr. Halifax fletschte die Zähne. »Für dieses Diplom habe ich gutes Geld gezahlt.«

Mrs. Halifax schnäuzte sich in ein seidenes Taschentuch, das ihr Mann ihr anbot.

»Wenn sie sich ungeliebt gefühlt hat, wäre das ein ziemlich unfairer Vorwurf gewesen. Wir haben ihr alles gegeben.«

»Nicht, dass sie es zu schätzen wüsste.« An Barneys Adresse sagte Mr. Halifax: »Es wäre dumm von uns zu glauben, dass sie sich ändern kann. Ehrlich gesagt denke ich, vielleicht ist es an der Zeit, mal über die Einweisung in eine Anstalt zu sprechen.«

»Sie würde eine Anstalt niemals überleben«, flüsterte seine Frau. »Du hast doch gehört, was die Krankenschwester gesagt hat. Unsere süße Christy wäre fast gestorben.«

Donnie kam herein und brachte ihnen beiden eine dampfende Tasse Kaffee.

Mr. Halifax leerte seine fast mit einem einzigen Schluck. Seine Frau wärmte sich an der Tasse die Hände.

»Sie braucht etwas Unorthodoxes«, sagte sie. »Sie muss an einen

Ort, an dem sie sich einfügen kann. Ein Ort, wo sie dazugehören kann.«

»Sie könnte bestens an eines der Colleges gehören, wohin wir sie geschickt haben.« Mr. Halifax kämpfte damit, seine Stimme ruhig zu halten. »Du hast ja gar keine Ahnung, was es mir abverlangt hat, ihren Namen aus den Zeitungen zu halten, nach dem, was sie in Atlanta abgezogen hatte. Oder was war denn, als wir sie nach Europa geschickt haben? Du hast doch gedacht, ein paar Wochen fort von ihren Freunden würden sie wieder auf die Spur bringen, aber wie hat sie es uns gedankt? Um ein Haar hat sie einen internationalen Zwischenfall provoziert, das hat sie gemacht. Und danach, man sollte doch wohl meinen, es wäre Schluss gewesen mit ihren kleinen Nummern, aber für mich ist kein Ende in Sicht.«

Mrs. Halifax umklammerte Barneys Handgelenk und sah ihm in die Augen. »Deshalb brauchen wir Ihre Hilfe«, sagte sie. »Alles andere haben wir praktisch schon versucht.«

»Ich weiß nicht, was ich Ihrer Meinung nach für Sie und Ihre Tochter tun könnte«, sagte Barney.

»Die Anzeige in der Zeitung hat gesagt, Sie könnten unsere Tochter vom Rauschgift befreien«, sagte die Frau. »Da stand, Sie könnten mir mein kleines Mädchen zurückgeben.«

»Die Anzeige in der Zeitung?« Barney riss seine Hand von ihrer zurück, als wären es heiße Kohlen. »Was meinen Sie damit? Wir haben keine …«

Mrs. Halifax zog ein zerknittertes Stück Zeitungspapier aus ihrer schicken ledernen Handtasche. Und tatsächlich, da war eine Anzeige für die Miracle Ranch, die in fetten, achtzehn Punkt großen Lettern versprach: BEFREIEN SIE IHR KIND VOM RAUSCHGIFT. Barney blinzelte nicht weniger als ein Dutzend Mal, während er las.

Donnie andererseits musste es nicht erst sehen, um zu wissen, was da stand. Denn er hatte die Anzeige nicht nur bereits gelesen, er hatte sie auch entworfen und persönlich bei der Zeitung in Ennis für die Wochenendausgabe abgeliefert. Das Rätsel war nicht, wie Familie Halifax an die Zeitung gekommen war, sondern vielmehr, warum sie so lange gebraucht hatten, und wo waren überhaupt die anderen Familien?

Statt sich über die Resonanz seiner Marketingaktion Gedanken zu machen, befürchtete er eher, dass sein Vater alles vermasseln könnte, indem er behauptete, nichts von der Anzeige zu wissen. Um dem zuvorzukommen, riss er der Frau die Zeitung aus der Hand und hielt sie hinter seinen Rücken.

»Wie Sie hierhergekommen sind, ist nicht wichtig«, sagte Donnie blitzschnell. »Es zählt nur, was als Nächstes passiert. Vor allem, weil es ja um das Leben Ihrer Tochter geht.«

Allerdings wusste Donnie, dass er jetzt ein Problem mit seinem Vater hatte. Fältchen tauchten in den Augenwinkeln des alten Herrn auf, als er den Jungen nun ansah und eins und eins zusammenzählte. Sein Gesicht sagte unmissverständlich, dass dies noch ein Nachspiel haben würde, doch zuvor mussten sie sich mit den Halifax' befassen.

»Ich entschuldige mich für die Unannehmlichkeiten«, sagte Barney zu den beiden, »aber hier muss ein Irrtum vorliegen. Die Miracle Ranch ist nicht allgemein zugänglich. Wir sind sehr fokussiert und ...«

»Wir zahlen«, sagte Mr. Halifax. »Falls es um Geld geht, kann ich Ihnen versichern, dass wir ...«

»Ich fürchte, es hat nichts mit Geld zu tun.« Barney warf seinem Sohn einen schrägen Seitenblick zu. »Ungeachtet dessen, was manche Leute glauben.«

»Okay, Sie haben mich.« Mr. Halifax zückte sein Scheckbuch. »Was ist Ihr Honorar? Wir verdoppeln es.«

»Mr. Halifax, ich fürchte ...«

»Wir zahlen jede Summe«, schluchzte Mrs. Halifax. »Nur … nur …«

Und wieder ging Donnie dazwischen. Er führte Barney von dem Ehepaar fort und sagte so leise geflüstert wie nur möglich: »Du hast gesagt, das Universum wird's richten, stimmt's?«

»Das habe ich, ja«, raunte Barney zurück. »Weswegen wir uns von Kerlen mit fetten Scheckbüchern auch nicht herumkommandieren lassen müssen. Ich habe dir gesagt, dass die Miracle Ranch kein kommerzielles Beratungsprojekt wird, das von Interessen geleitet ist, die alles andere als lauter sind. Wir halten aus eigener Kraft durch. Das Universum wird's schon richten.«

Donnie deutete mit dem Kopf auf das Scheckbuch des alten Mannes.

»Für mich sieht das so aus, als hätte das Universum gerade einen substanziellen Beitrag geleistet«, sagte er.

Falls Barney darauf eine Erwiderung in petto hatte, behielt er sie für sich.

»Denk doch nur, wie lange wir mit diesem Scheck flüssig blieben«, sagte Donnie. »Denk doch nur an all das Gute, das wir mit diesem Scheck tun könnten. Alles, was wir dafür tun müssen, ist, ein weiteres Kind vor seinen inneren Dämonen zu retten.«

Barneys angespannte Halsmuskulatur löste sich ein wenig. »Was wir hier tun, das ist wichtige Arbeit«, sagte er zwischen zwei Atemzügen. »Ich werde das nicht für kapitalistische Gewinne aufs Spiel setzen. Ich werde mich nicht von einem System korrumpieren lassen, das so viel Hass und Misstrauen über die Welt gebracht hat, und auch werde ich nicht zulassen, dass es meine kleinen Miracles infiziert.«

»Nur diese eine«, sagte Donnie.

»Und keine weiteren Annoncen mehr?«

Donnie hob die Hand, als würde er einen Eid ablegen. »Ehrenwort«, sagte er.

Alles andere als überzeugt kehrte der alte Mann mit seinem typischen Grinsen zu den Halifax' zurück. Mit diesem Lächeln konnte Barney Malone einen Tornado bändigen. Er legte eine Hand auf die der Ehefrau und die andere auf die des Stiefvaters. Er zog beide dicht zu sich heran, wie eine Familie an Thanksgiving.

»Das Wichtigste zuerst«, sagte er. »Ich werde mich mit Ihrer Tochter unterhalten müssen. Wir sind extrem wählerisch. Ich kann nur solchen Mädchen helfen, die sich helfen lassen wollen. Verstehen Sie das?«

»Natürlich«, sagten beide.

»Was ich überhaupt nicht aushalten kann, ist«, sagte die Mutter, »dass der Funke aus ihren Augen verschwunden ist. Das kann ich überhaupt nicht ertragen.«

»Ich persönlich«, fügte Mr. Halifax hinzu, »gebe der Sache eine Woche, bevor wir wieder in einem Flugzeug sitzen, um sie abzuholen, aber ich wünsche Ihnen allen das Beste.«

Barney schüttelte den Kopf. Wieder warf er seinem Sohn einen sehr bösen Blick zu, dann fragte er die Eltern: »Wie wurde sie denn gern genannt?«

»Entschuldigung?«

»Ihre Tochter.« Barney löste seinen Pferdeschwanz und strich die Haare mit den Fingern glatt. Während er ihn wieder band, sagte er: »Vorhin haben Sie sie Christy genannt. Wird sie gern so genannt oder ist ihr Christine lieber? Oder Chris?«

»Als sie jünger war«, erwiderte Mrs. Halifax, »haben wir sie Chrissy genannt. Aber da ist sie sehr schnell herausgewachsen. Als sie Freunde auf der Highschool fand, bestand sie darauf, dass wir sie Tina nennen. Das machten alle ihre neuen Freunde.«

»Tina.«

»Aber so nennt sie heute niemand mehr.«

Barney hob die Augenbrauen. »Ach?«

»Nein. Die Ärzte und Schwestern aus dem Krankenhaus, in

dem sie behandelt wurde wegen …« Mrs. Halifax brachte das Wort nicht heraus, also ließ sie es einfach aus. »Die haben alle gesagt, sie hätte ihnen einen anderen Namen genannt. Einen Spitznamen, wie sich herausstellte.«

»Sie reagiert allein auf diesen Namen«, sagte Mr. Halifax.

»Und der wäre?«, fragte Barney.

»Sie lässt sich gern Summer nennen«, sagte ihre Mutter. »Nach ihrer Lieblingsjahreszeit.«

17

Nichts bedeutete Summer Ashton sonderlich viel. Oder war es Tina Halifax? Chrissy?

Wie auch immer.

Sie kämpfte diese ersten paar Male nicht dagegen an, als sie aufwachte und feststellte, dass ihr Magen ausgepumpt wurde oder dass ihr Körper Krämpfe hatte. Als sie die Augen aufgeschlagen hatte und den Arzt mit seinem Knie an ihrer Taille registrierte, der fest auf ihre Brust schlug und brüllte, sie solle aufwachen, *bitte wach gottverdammt auf.*

Sie zuckte an diesem Morgen nicht mit der Wimper, als sie ihre Mutter und Larry neben ihrem Krankenhausbett sah. Die alte Dame konnte ihre Finger nicht von Summers Gesicht lassen. Konnte nicht aufhören, an ihren Haaren mit einer Bürste zu zerren, die sie seit ihrer Kindheit nicht mehr gesehen hatte.

Und ganz bestimmt hatte sie keinen Bock auf den attraktiven älteren Knaben, der ihr gegenüber an dem Tisch in dem kleinen Zimmer dieser Farm saß, derjenige, der Gott weiß wie lange geredet hatte, bis sie ihr Gehirn schließlich runterfuhr, um auch nur ein einziges Wort aus seinem Mund zu verstehen. Sie konnte nur daran denken, wie er als Allererstes, als er sich hingesetzt hatte, seinen Pferdeschwanz löste und die Haare ausschüttelte, sodass es ihm bis über die Schultern reichte. Wie sich die ganze Welt veränderte, als er das machte. Es brachte seine Augen zur Geltung. Von seinen Augen durfte sie gar nicht erst anfangen. Seine Augen … und wie grün sie waren, wie zwei Zwillingsflaschen Tanqueray, und dass man sagt, Gin macht einen verrückt. Der viele Wacholder, sagt man, und vielleicht – im Rückblick – hätte sie mit dem Gin aufhören können, angesichts ihrer Vorliebe für so viele andere Übeltäter, die jeden Tag ihre geistige Gesundheit angriffen. In Ermangelung eines Glases Gin … Also eigentlich, wenn man ihr die Wahl ließe, würde sie im Tausch gegen eine Pille lieber auf den Alk verzichten. Für zwei Pillen. Drei Pillen, die sie zu einem feinen Mehl vermahlen und dann schniefen würde, damit sie schneller in ihr Hirn kamen, und sofort danach ließe sie eine weitere die Speiseröhre hinunter folgen. Gott, was würde sie nicht alles für eine Pille geben. Der Mann vor ihr redete und redete eintönig weiter – sah aus wie ein Arzt oder ein Seelenklempner oder doch zumindest wie jemand, der eine Pille verschreiben konnte –, also sollte sie besser aufpassen, wovon zum Teufel er redete, damit sie wenigstens herausfand, wie sie ihm am besten um den Bart gehen konnte.

»Könnten Sie den letzten Teil bitte noch mal wiederholen?«

»Ich sagte, Sie sind nichts Geringeres als ein Wunder.« Diese minzefarbenen Augen funkelten im Licht der Lampe in der Nähe. »Das überlebt zu haben. Es gibt tote Rockstars, die nicht mal die Hälfte dessen wegstecken konnten, was Sie geschluckt haben. Schwester, ich muss schon sagen, Sie haben Ihre Drogen im Griff.«

Summer setzte sich auf. Sie hielt es für das Beste, nicht mehr in diese Augen zu sehen.

»Ich wette, es gab bestimmt Wochenenden, da haben Sie sich gewünscht, ein Guinnessbuch der Rekorde wäre zur Hand gewesen, denn den einen oder anderen haben Sie wahrscheinlich gebrochen. Was meinen Sie?«

Summers Lippe bebte, war fast ein Lächeln. Das musste sie ihm lassen.

»Ich meine, als ich aufwuchs, da gab's ein Wort dafür, wenn man Acid und Ecstasy in derselben Nacht nahm. Man nannte es einen Candy Flip. Weiß der Himmel, wie man's heute nennt.«

»Es heißt immer noch Candy Flip.«

Der Typ lächelte schief. »Wow. Ist ja wie früher.« Er wurde wieder ernst. »Aber es gab kein Wort dafür, wenn man Speed und Xannies und LSD und ... Was für eine Scheiße hat man noch in Ihrem Kreislauf gefunden? Hab ich gesehen ... Was ist das?«

Summer zuckte mit den Achseln.

Was macht der Typ? Worauf will er hinaus?

»Gibt man solche Scheiße nicht Hospizpatienten, die an Krebs sterben?«

»So treten sie mit einem breiten Lächeln vor die Tür.«

Der Mann nickte. »Das Zeug kannte ich noch nicht. Und wie ist der Kick so? Merkt man es körperlich oder knallt es einem die Birne weg? Es heißt, es ist ein Opiat, also ist es vielleicht wie Ecstasy damals ...«

»Was verstehen Sie davon?«

»Was ich davon verstehe?« Barney konnte nicht an sich halten. »Mädchen, ich weiß eine ganze Menge.«

Er sieht viel zu gut aus, um so hart drauf gewesen zu sein wie du. Er würde nicht mal ein Wochenende überstehen.

Summer musste es zugeben. Seine Haut war noch nicht so verfallen wie sie's mit Speed wäre. Für Oxy war er zu klar drauf. Nicht klar genug für Heroin. Der Typ sah immer noch scharf aus – der Pferdeschwanz, das glückselige Grinsen – wie einer dieser Senioren, die permanent davon laberten, wie super die Siebziger oder Achtziger gewesen waren oder, in manchen Fällen, sogar die Neunziger. Sie versuchte, ihn sich in Trommelkreisen oder bei politischen Demonstrationen vorzustellen oder wie er sich an einen Baum kettete, aber es funktionierte nicht, denn sie hatte einfach keinen Bock.

»Ich brauch keinen Entzug«, sagte sie. »Ich bin von nichts abhängig.«

Barney nickte.

»Ich bin sicher, Sie haben hier jede Menge Leute, die Ihnen genau dasselbe sagen.« Sie lehnte sich auf ihrem Stuhl zurück und konzentrierte sich auf seine Augen und darauf, wie fein die Fältchen drum herum waren. »Ist das nicht die Definition eines Suchtkranken: Jemand, der sagt, er habe kein Problem? Schön, aber das bin ich nicht. Ich sage Ihnen geradeheraus, ich hab jede Menge Probleme, aber die Drogen gehören nicht dazu. Das ist etwas, worauf ich jederzeit locker verzichten kann.«

Barney sagte nichts.

»Ich weiß, jetzt klinge ich wahrscheinlich, als wäre ich voll durchgeknallt, aber ich habe nicht mal die Hälfte von dem genommen, was sie angeblich in mir gefunden haben. Irgendwer hat mir was untergejubelt. Ich hab gefeiert, genau wie jedes normale, gesunde Collegekid an einem Samstagabend auch tun würde, und dann ist irgend so ein Arschloch gekommen und hat mir so ein Dreckszeug untergejubelt. Warum? Wahrscheinlich hat er versucht, mir an die Wäsche zu gehen, während ich bewusstlos rumlag, falls Sie meine ehrliche Meinung zu der Angelegenheit hören wollen. Das geht nur ihn und mich was an, wenn ich ihn finde. Und falls Sie was über mich wissen wollen: Ich werde ihn finden. Vertrauen Sie mir, dieser abgewichste Drecksack wird sich nicht verstecken können …«

Sie musste an ihrer Atmung arbeiten. Die Ränder ihres Sichtfelds hatten begonnen, sich weiß zu verfärben. Leuchtend weiß. Summer hörte auf zu reden und legte beide Hände auf die Oberschenkel und rieb sie warm. Sie wartete darauf, dass Barney etwas sagte, aber er rührte sich nicht. Sie stellte sich vor, dass er so noch tagelang weitermachen konnte.

Du aber auch.

Nein, konnte sie nicht. »Ich vermute, Sie haben das schon tausendmal gehört, Leute, die sagen, sie haben kein Problem. Solange Leugnen hilft, kommt kein Dieb an den Galgen, und so weiter. Und dass alles, was ich erzähle, nur die Rationalisierungen eines Junkies sind, aber ich sage dennoch die Wahrheit. Ich sollte nicht hier sein.«

Als Barney schließlich sprach, sagte er: »Summer, du kommst mir wie ein ziemlich kluges Mädchen vor.«

»Wenn's nötig ist.«

»Ich wette, du bist es gewöhnt, der klügste Mensch im Raum zu sein.« Seine Hand fummelte an einem Lederball, der an einem Band um seinen Hals hing. »Hab ich recht?«

»Bislang wurde ich nicht enttäuscht.«

»Was ist mit diesem Raum?«

Sie zuckte mit den Achseln. »So groß ist er ja nicht.«

»Vielleicht denkst du, du sitzt auf dem falschen Platz.«

»Ich weiß, was ich tun würde, wenn ich auf dem anderen säße.«

»Und das wäre?«

»Mir ein Fläschchen Valium verschreiben«, sagte Summer.

Das brachte den Typen zum Lachen, und schon bald lachte sie ebenfalls. So machten sie eine ganze Weile weiter, bis er alles verhunzen musste.

»Was meinst du, wie lange du noch so weitermachen kannst?«

»Mein Rücken tut weh«, sagte sie. »Es fällt mir schwer, klar zu denken, wenn meine Muskeln so verkrampft sind. Im Krankenhaus hat man mir was dagegen gegeben, aber ich hatte es schon einige Tage nicht mehr.«

»Hier auf der Ranch wirst du keine Chemie finden.« Sein Lächeln verschluckte die ganze untere Hälfte seines Gesichts. »Wir bauen unser eigenes Zeug an. Wenn wir Fleisch essen, dann haben wir es auf einem Hof ein Stück die Straße rauf gekauft. Auf unserem Gelände erlauben wir nicht mal Koffein oder Nikotin.«

»Ich bin sicher, Sie könnten an Methadon rankommen, für die, Sie wissen schon …« Sie tippte mit zwei Fingern auf die Innenseite ihres Unterarms.

»So machen wir es nicht.«

»Sie holen Leute von der Droge runter, aber Sie arbeiten nicht mit Methadon? Was benutzen Sie?«

»Bei uns herrscht klare Kante: keine Drogen, kein Alkohol, keine wechselnden Geschlechtspartner.« Er lächelte wie ein Gargoyle. Er wirbelte seine Halskette wieder und wieder um seinen Finger. »Wir sind von nichts und niemandem die Sklaven.«

»Was denn, Sie meinen *berausch dich am Leben?*«

»Das klingt schon besser.«

Mit einem Mal funktionierte Summers Rückgrat nicht mehr so besonders. Das Leben hatte ihr so manche Schläge ausgeteilt, und schließlich war sie ausgeknockt worden. Sie brach zusammen, rutschte vom Stuhl auf den Boden, wo sie noch nie so gefroren hatte.

»Das ist grausam und unüblich«, brüllte sie. »So verhält sich nur ein Sadist. Ich will Ihre Approbation sehen! Die Bestimmungen der Genfer Konvention legen fest, dass man den Kranken keine Medizin vorenthalten darf, und, Bruder, ich bin schwach und kraftlos. Was Sie hier tun, ist ein Kriegsverbrechen! Es ist Hexerei!«

Barneys Arme lösten sich aus den Gelenkpfannen und streckten sich wie Tentakel unter den Tisch, bis er ihre Schulter mit beiden Händen ergriff und sie zurück auf den Stuhl setzte. Nachdem er wieder menschliche Gestalt angenommen hatte, war das Lächeln immer noch da, als wäre das, was er gerade getan hatte, kein großes Ding.

»Lieber Gott«, hauchte Summer, »ich weiß, was du bist.«

Barney drehte das Halsband immer und immer wieder.

»Du denkst, ich kann nicht sehen, aber ich kann sehen.«

Barney biss sich auf die Unterlippe und kniff die Augen zu.

Summer sagte mit leiser Stimme: »Du bist ein Alien.«

Als Summer irgendwas im Hals stecken blieb, reagierte sie wie ein Hund mit einem Knochen. Sie kroch auf Händen und Knien über den Tisch, bis sie sich Nase an Nase vor Barney befand.

»Sag die Wahrheit«, flüsterte sie. »Bist du ein Alien?«

Barney schien nicht antworten zu können. Sie hatte ihn auf

frischer Tat ertappt. Er hatte verdammt gut gezockt, um sie an diesen Punkt zu bekommen, aber bis zu diesem Zeitpunkt hatte er noch nie mit jemandem wie ihr zu tun gehabt. Sein Mund stand offen, und sie zog ihn an beiden Wangen näher heran.

»Luther«, sprach sie in den Raum, »was meinst du? Gehört er zu dir?«

Halt dich zurück, Summer.

»Natürlich gehört er zu dir«, sagte sie. »Wie sonst könnte er so viel wissen?«

Summer, du fängst an, dich aufzuführen, als ob …

»Ich weiß, dass er teilweise lügt.« Sie drückte ihre Stirn gegen seine. »Weißt du nicht, dass du mir die Wahrheit sagen kannst? Weißt du nicht, dass du mich nicht anlügen musst? Sag es ihm, Luther. Sag ihm, wir können miteinander reden. Wir müssen uns nicht verstecken, wir müssen keine bescheuerten Psychospielchen abziehen. Wenn du traurig bist, dann sag doch einfach, dass du traurig bist. Wenn du lachen willst, musst du nichts anderes tun, als zu lachen.«

Zum Beweis ließ Summer einen Lachanfall los. Sie lachte so sehr, dass sie über die Tischplatte fiel und mit dem Hintern auf dem Boden landete. Sie krümmte sich ein Dutzend Mal, bis sie total fertig war.

»Siehst du?« Sie legte sich rücklings auf den Boden und starrte an die Decke. »Das war ziemlich komisch, aber du hast nicht gelacht. Kein einziges Mal. Daher weiß ich nämlich auch, dass du lügst.«

Unter heftigem Schluchzen fügte sie hinzu: »Vielleicht bis du ja doch kein Alien.«

»Eines kann ich dir versichern«, sagte Barney, »nämlich, dass ich nicht so bin wie alle anderen.«

»Beweis es.«

Barney gab ihr mit einer Kopfbewegung zu verstehen, zu ihrem

Stuhl zurückzukehren. Sie setzte sich mit jeder Unze Energie in ihrem Körper zur Wehr, konnte aber nicht länger als eine halbe Minute durchhalten, bevor sie sich auf dem Stuhl wiederfand.

»Ich werde dich etwas fragen«, sagte er. »Es ist etwas, das du, jede Wette, noch nie zuvor gefragt worden bist.«

Summer blinzelte nicht.

»Wenn ich mich irre und jemand, irgendwer in deinem bisherigen Leben draußen auf der Straße, dir schon mal diese eine Frage gestellt hat, dann kannst du die Ranch verlassen.«

»Verlassen?«

»Jep. Du kannst von diesem Stuhl aufstehen und abzwitschern, um mit dem Rest deines Leben anzufangen, was immer du willst. Ich vermute mal, es wird eher ein kurzes Leben sein, aber du wirst dir keine weitere Minute mein Gefasel anhören müssen.«

»Sie lassen mich abhauen?«

»Ich werde dir die Tür aufhalten.«

Das gefiel Summer. Sie nickte.

»Aber wenn ich recht habe«, sagte er, »und es hat dir noch niemand diese Frage gestellt, dann musst du mich ausreden lassen. Du musst mir eine Chance geben, dir das Leben zu retten, Mädel.«

»Eine Chance? Was für eine Chance?«

»Dreißig Tage.«

»Dreißig Tage wozu?«

Er hatte ein Lächeln wie Jesus. »Dreißig Tage, um dir ein neues Leben zu zeigen. Denn das Mädchen, das ich auf dem Stuhl mir gegenüber sehe, ist wunderschön. Sie ist eine Kämpferin. Ist schon immer eine Kämpferin gewesen. Denn wenn nicht, dann wäre sie jetzt nicht hier. Hab ich recht?«

Ihre Wangen brannten. Ihre Augen brannten. Wie sehr sie diesen Mann verfluchte.

»Und du lügst mich nicht an«, sagte er. »Du hast so arrogant über Ehrlichkeit gesprochen, also musst du auch deinen Teil des

Handels einhalten. Du kannst mich reinlegen, aber du kannst dich nicht selbst reinlegen. Nein, du wirst es für immer wissen, wenn du am heutigen Tag unaufrichtig und hinterhältig mir gegenüber gewesen bist.«

Lass dich nicht auf diesen Handel ein, Summer.

»Ich kann ehrlicher sein als Sie oder sonst irgendwer auf diesem Planeten«, sagte sie.

Es ist eine Falle. Fall nicht drauf rein.

»Dann musst du nichts weiter tun, als meine Frage zu beantworten.«

»Vielleicht sollten Sie das Gerede sein lassen und sie endlich stellen.«

Summer …

»Bist du glücklich?«

Summers erste Reaktion bestand darin zu lachen. Fast hätte sie den Mund geöffnet. Sie bedeckte ihn mit beiden Händen.

Ihre nächste Reaktion bestand darin zu kämpfen. Diese Hände verwandelten sich in Fäuste. Sie setzte sich darauf, bevor sie Schaden anrichten konnten.

»Denk darüber nach«, sagte er, ohne zu wissen, wie nahe er der Gefahr gekommen war. »Ich möchte, dass du lange und gründlich darüber nachdenkst. Bist du glücklich?«

Tränen stachen ihr in die Augäpfel. Ein Kloß so groß wie Oklahoma schlug in ihrem Hals Wurzeln.

»Ich rede nicht von dem Gefühl, das du bekommst, nachdem du getrunken hast«, sagte Barney, »oder wenn du eine Pille schluckst. Ich rede davon, wie du dich fühlst, bevor du diese Dinge tust. Ich spreche vom großen Ganzen.«

Die Hände unter ihr zitterten.

»Ich will, dass du aufhörst, mir Scheiße zu erzählen, und aufhörst, allen anderen Scheiße zu erzählen, aber vor allem möchte ich, dass du aufhörst, dir selbst Scheiße zu erzählen. Ich möchte, dass du die nächsten fünf Minuten mit absoluter Klarheit nutzt und dich selbst fragst, ob du glücklich bist.«

War sie glücklich? Sie hatte keine Zeit, darüber nachzudenken. Ihr Verstand griff eine Million anderer Ideen auf. Weniger eine Million anderer, sondern eher so was wie dieselbe, dafür aber eine Million Mal. Größtenteils, dass der Dude recht und noch nie jemand gefragt hatte, ob sie glücklich war. Wie gut hatte er seine Karte gespielt und wie konnte er das Ergebnis garantieren? Stand da vielleicht irgendwas auf ihrer Stirn? Etwas, das sagte, ihre Eltern hatte es nie interessiert, und Jack oder Craig oder Grant hatte es nie interessiert? Was war mit Scovak? Klar, sie hatte ihn umbringen lassen, aber das änderte nichts an der Tatsache, dass er sie kein einziges Mal gefragt hatte, ob sie glücklich war. Dieser Mann vor ihr war ein Scharlatan, ein falscher Prophet, aber er hatte gefragt, ob sie glücklich sei, und sie war, wenn sonst nichts, eine Frau, die zu ihrem Wort stand.

Trotzdem, sie hielt ihre Lippen fest verschlossen.

»Ich frage dich noch einmal«, sagte er. »Bist du glücklich?«

Sie wollte es laut und deutlich sagen. Es herausschreien vielleicht. Wieder auf den Tisch springen und sich auf die Brust trommeln und sagen, natürlich bin ich nicht glücklich, du Idiot! Sie war in der Notaufnahme gestorben. Sie sah das helle Licht am Ende des Tunnels. Sie sah die Dunkelheit. Sie spürte die Gegenwart von etwas Warmem. Aber sie konnte sich nicht erinnern, ob es nur etwas war, das sie den Schwestern und den Ärzten und ihrer Mutter, die nicht zuhörte, erzählt hatte, oder ob es etwas war, das tatsächlich so passiert war. Sie brauchte nur ein bisschen Zeit, um darüber nachzudenken, um zu erkennen, was wahr und was unwahr war. Sie wollte nichts anderes, als sich die Hände auf die Ohren zu pressen, bis sie nichts anderes mehr hören konnte als ihre eigene Stimme, die zum Himmel hinaufkreischte, brüllte, schrie, dass sie, nein, nicht glücklich war. Und so wie es aussah, würde sie auch nie glücklich sein, also musste sie jetzt hoffen, dass, nachdem es jetzt raus war, sich vielleicht endlich irgendwer daranmachte, ihr eine gottverdammte Pille zu besorgen.

Stattdessen begann sie zu schluchzen.

Und in diesem ganzen Affenspektakel hatte Barneys Hand zu ihrem Kopf gefunden. Er streichelte ihr Haar und strich es hinter ihre Ohren zurück. Er ließ ihr Zeit, es rauszulassen, gut, gut, lass alles raus, bevor er ihr ins Ohr flüsterte:

»Du verdienst es, glücklich zu sein, Summer.«

»Nein, tu ich nicht«, sagte sie gepresst. »Ich verdiene das überhaupt nicht.«

»Natürlich tust du es. Wir alle tun es.«

»Sie wissen es nicht«, sagte sie. Für den Fall, dass er doch Gedanken lesen konnte, dachte sie an andere Dinge. »Sie können unmöglich wissen, was ich getan habe.«

»Ich weiß …«

»Aber Sie wissen es nicht. Wirklich nicht.«

»Was du getan hast, ist, zu überleben« flüsterte er. »Was immer du getan hast, du hast es getan, um zu überleben, denn wenn Gott dich nicht genau hier haben wollte, jetzt, dann hätte er dich nie hierhergeschickt. Glaubst du das?«

»Ich … ich, äh …«

»Ich bin sicher, dir sind eine Menge Hindernisse in den Weg geworfen worden, aber du hast alle überwunden. Das liegt daran, dass er auf dich achtgibt. Er hat jemanden geschickt, dich zu beschützen. Du weißt, wovon ich rede, richtig?«

Sie spürte, wie das ganze Blut in ihrem Körper durch die Hintertür verschwand. Sie starrte ihn mit großen Augen an, als hätte er zehn Köpfe.

»Du bist so oft beschissen worden«, sagte er. »Du bist so oft unfair behandelt worden, dass jedes Mal, wenn jemand gekommen ist, um dir eine helfende Hand anzubieten, du diese kleine Stimme in deinem Kopf gehört hast, die dir sagt, es ist viel zu gut, um wahr zu sein. Es *muss* eine Falle sein.«

Oh, Scheiße.

Er legte beide Hände auf ihre Schultern und drehte sie zu sich.

»Diese Stimmen in deinem Kopf, wohin haben sie dich gebracht?«, fragte er. »Sie haben dich hierhergebracht. Du brauchst sie jetzt nicht mehr.«

Mist.

»High zu werden hat lange, sehr lange dein Leben bestimmt, und sieh doch, was es dir gebracht hat.« Er kniff ihr Kinn, drehte dann ihren Kopf zu sich. »Warum lässt du mich dir nicht die andere Hälfte der Geschichte zeigen?«

Sie konnte die Luft nicht in der Lunge halten.

»Würdest du alles tun, um glücklich zu sein?«, fragte er.

Da sie nicht sprechen konnte, nickte sie.

»Wirklich alles?«

»Ja«, flüsterte sie.

»Nimm meine Hand«, sagte er.

Sie tat es nicht.

»In dreißig Tagen«, sagte er zu ihr, »werde ich dich wieder fragen, ob du glücklich bist. Ich garantiere dir, du wirst Ja sagen. Falls nicht, werde ich dir hundert Dollar geben und dich mit den Telefonnummern einiger Leute in der Stadt wegschicken, die für dich finden werden, was immer du haben willst. Aber du wirst die Nummer nicht annehmen, denn ich werde dir ein Glück zeigen, das du bislang nicht gekannt hast. Ich werde dir Erfüllung und Vollkommenheit zeigen. Ich werde dir das wunderschöne Mädchen zeigen, das ich hier vor mir sehe, und schon bald wirst du es der ganzen Welt zeigen, denn ist es nicht höchste Zeit, dass die Welt erkennt, wer Summer wirklich ist?«

Er reichte ihr die Hand.

»Ich will nur, dass der Schmerz weggeht«, sagte sie.

»Das wird er.«

»Ich will, dass er sofort weggeht.«

Das Licht, das von ihm ausging, war so hell, dass sie ihre Augen mit dem Unterarm bedeckte.

»Nimm meine Hand«, sagte er, »und all der Schmerz wird verschwinden.«

Summer wartete. Sie lauschte, ob jemand etwas sagte, um sie zurückzuhalten. Als nichts passierte, wurde ihr ganz flau, denn sie wollte nicht mehr aufgehalten werden. Vielleicht, nur vielleicht, würde sie nie wieder schneller handeln.

Sie schnappte seine Hand.

18

Es war einmal vor langer Zeit, da wusste Donnie Williams nichts von seinem Daddy. Er hatte sein Leben lang gemeint, sein Vater wäre gestorben, noch bevor Donnie zur Welt gekommen war, und dass der Mann nur eine einzige wertvolle Sache mit seiner Zeit auf der Erde angefangen hatte, nämlich seinen Samen in Donnies Mutter zu ergießen. Diese Lüge hatte er mit sich herumgetragen, so glücklich es eben ging, bis zu jener Nacht, als seine Momma von ihrem Bett aus, in dem sie am Krebs sterbend lag, nach ihm gerufen hatte.

»Donald? Donald, bist du da?«

Am Ende wurde es ziemlich unschön. Starke Medikamente betäubten die Teile ihres Gehirns, die der Krebs noch nicht verschlungen hatte, und sie brachte kaum mehr zuwege, als Ungereimtheiten zu nuscheln. In dieser Nacht jedoch saß sie kerzengerade in ihrem Bett und streckte ihre zitternden Hände weit in die Dunkelheit.

»Donald?«

»Ja, Mom. Ich bin hier.«

»Ich kann dich nicht sehen.«

Donnie knipste die Lampe an. Ihr Gesicht hatte die Farbe eines Hohlblocksteins angenommen, und ihr linkes Auge wanderte herum. Ihre Haare wuchsen nur noch an vereinzelten Stellen. Donnie fragte sich, ob er sich wohl noch anders an sie erinnern könnte, wenn sie gestorben war.

»Brauchst du deine Pillen, Mom?«

»Du musst mir etwas versprechen.«

Donnie nickte. »Alles, Mom.«

»Ich möchte, dass du deinen Vater findest.«

Donnie griff nach ihrem knochigen Handgelenk. Sie zuckte bei der Berührung zurück.

»Mom, ich …«

»Ich meine es ernst, Donald.«

Donnie hatte keine Zweifel daran. Im Vollbesitz ihrer Kräfte war seine Mutter eine hitzige Person gewesen. Sie hatte ihn allein großgezogen und zwei Jobs gehabt, um das hinzubekommen. Jeden Abend hatte sie mit einer Flasche Whiskey am Fenster gesessen und wütende Gedanken ins Mondlicht gemurmelt wegen all der Dinge, die sie mit ihrem Leben hätte anfangen können, es aber nicht getan hatte. Während der Rest von ihr von der Krankheit ausgezehrt wurde, loderte dieser Hass ungeschmälert, und er beobachtete mit distanzierter Faszination, wie er hinter ihren Augen schwelte.

»Mom … Dad ist tot. Er ist vor meiner Geburt gestorben. Du hast gesagt, er …«

»Ich habe vieles gesagt«, brummte sie. »Nicht alles davon war wahr«

»Die Pillen, Mom … Die Pillen, sie …«

»Halt den Mund, Junge.« Ihre Worte klangen, als würden sie über Schotter geschleift. »Ich muss dir etwas sagen, und du musst zuhören.«

Donnie gehorchte.

»Dein Vater ist nicht gestorben. Ich habe dir das gesagt, damit du nicht nach ihm suchst. Er war ein Dreckskerl, aber das entschuldigt nicht, dir nichts von ihm erzählt zu haben.«

Donnie hielt die Luft an und wartete, dass sie fortfuhr.

»Es war nicht fair, was ich getan habe, aber ich … Ich wollte nicht, dass du erfährst …«

»Dass ich was erfahre, Mom?«

»Dass dein Vater ein Krimineller war.«

Donnie bemerkte zum ersten Mal, wie weit sich sein Mund öffnen konnte. Er fragte sich, wie viel die Seele eines Menschen ertragen konnte, bevor sie am Ende kapitulierte.

»Er heißt Barney Malone. Vor langer Zeit waren er und ich scharf wie Feuerwerkskörper. Einmal haben wir nicht aufgepasst, und ehe ich michs versah, flog ich bei Schwangerschaftstests durch. An dem Abend, als ich es ihm gesagt habe, ist er aufgesprungen und hat sich seine Jacke geschnappt. Ehe er aus der Tür war, habe ich ihn gefragt, wohin er geht. Er hat gesagt, wir würden Geld für die Abtreibung brauchen. Das war das letzte Mal, dass ich ihn gesehen habe.«

Sie leckte sich über den Mund und atmete tief durch. »Dein Daddy war ein Idiot«, fuhr sie fort, »auch wenn er das selbst anders sah. Er war mit zwei Jungs von der Schule zusammen, und sie sind dann auf die glänzende Idee gekommen, eine Spirituosenhandlung zu überfallen. Wie ich schon sagte, besonders helle war er nicht.«

Da ihm keine Worte in den Kopf kamen, blieb Donnie stumm, während seine Mutter ihre letzten Kräfte zusammenraffte, um ihre Geschichte zu Ende zu erzählen.

»Besonders lange hat er nicht gesessen, vor allem, weil die Kanone nicht geladen war und nicht er damit herumgefuchtelt hatte.« Sie leckte sich mit ihrer grauen Zunge über die Lippen. »Die zwei anderen waren schwarze Jungs, also behandelte das Gericht ihn nachsichtig. Nichtsdestotrotz, wie kurz auch immer er dafür gesessen hat, er hat in dieser Zeit zu Jesus gefunden – beziehungsweise zu dem, was für ihn nahe an Jesus herankam –, und als er entlassen wurde, da hatte er weder Zeit für einen Bastard, der unehelich auf die Welt gekommen war, noch für die Nutte, die ihn geboren hatte. Das war so weit schon in Ordnung, denn mit Abstand das Letzte, was mir fehlte, war, dass ein Sträfling aufkreuzte und …«

Seine Mutter bekam einen Hustenanfall. Sie drehte sich mühsam zur Seite und versuchte, die Fäulnis in ihr zu erbrechen, aber es war einfach zu viel. Donnie legte eine Hand unter ihren kahlen Kopf und senkte ihn vorsichtig aufs Kopfkissen.

Als sie wieder lag, brachte sie heraus: »Ich möchte, dass du ihn findest.«

»Ja, Mutter.«

»Ich meine es ernst.«

»Das werde ich.«

Sie umklammerte seine Hand mit einer skelettartigen Klaue. »Versprich es mir«, raunte sie.

»Ich versprech's.«

»Danke.« Sie schloss die Augen und öffnete den Mund, damit sie besser Luft bekam. »Ich kann den Gedanken nicht ertragen, dass du dein Leben lebst wie ich …«

»Wie meinst du das, Mom?«

Donnies Mutter brachte das Wort nur mit Mühe heraus …

»Allein.«

… bevor der letzte Atemzug ihre Lunge verließ und ihre Seele in die Nacht hinausging.

»Du warst nie allein, Mom«, sagte Donnie. »Ich war die ganze Zeit über bei dir.«

Doch er sagte es zu einem leeren Raum.

• • •

Dreißig Tage kamen und gingen, und genau wie Barney Malone versprochen hatte, kam Summer nicht an und verlangte flennend diese hundert Dollar. Allerdings waren ihre ersten Tage alles andere als ein Zuckerlecken. Sie wurde oft übellaunig bei einem einzigen falschen Wort, das bei einem Meeting oder einer Spirit Study fiel. Etwas löste einen Gedanken aus, der zu einem anderen führte, der wiederum zu einem weiteren führte, und schon wurde ihr Gesicht ausdruckslos und ihre Augen glasig. Die Kinnlade hing ihr herunter, und sobald das jemand bemerkte, gingen die anderen Mädchen auf sie los. Hände durch ihre Haare, auf ihren Rücken, die Arme hinunter. Wangen an ihr Gesicht gedrückt, eine Stirn flach auf der anderen. Schnell getuschelte Worte in ihr Ohr …

»Du bist ein Wunder.«

»Du bist perfekt.«

»Du wirst geliebt.«

… und plötzlich war sie wieder sie selbst, plapperte mit einer weiteren Geschichte wild drauf los, wie sie Phish oder Widespread Panic oder Dave Matthews auf Tourneen quer durchs Land gefolgt war. Oder sie hielt Lobgesänge auf schlechtes Benehmen einschließlich Fläschchen mit flüssigem LSD, ihre Wirbelsäule entlang ausgekippt oder auf Augenlider getropft oder Heroin in die Venen hinter ihrem Ohr injiziert. Männer, die sie geliebt, aber meistens verlassen hatte. Orte, an denen sie nackt aufgewacht war, und was sie auf sich genommen hatte, um zurück nach Hause zu kommen.

Die Mädchen fuhren voll auf sie ab. Bei Gruppenmeetings, wenn Summer an der Reihe war zu erzählen, wurde es total entspannt im Raum. Summer erzählte Leidensgeschichten, die tragischer waren als die der anderen, ihr Herzeleid war umwerfender. Ihre Seele war in finsterere Abgründe gestürzt, ihre Tränen schnitten tiefere Schluchten. Im Laufe der Zeit verschob sich der Zeitpunkt, an dem sie dran war, immer weiter und weiter ans Ende der Sitzung, als ob jeder wüsste, dass danach nichts mehr kommen konnte, es war das große Finale, der Moment, auf den alle gewartet hatten.

Ja, Summer. Summer, die lauter sprach als alle, die herzhafter lachte. Sie sang die Lieder mit, als hätte sie den Text schon immer gekannt. Manchmal stieg sie mitten in einer Strophe zu den anderen Mädchen ein, und am Ende sang sie am lautesten. Sie konnte schneller aussäen als alle anderen und Miracle Dolls mit höherer Geschwindigkeit nähen. Und wenn sie in der richtigen Stimmung war, lernte sie schneller als jedes andere Mädchen in der Geschichte der Miracle Ranch und konnte die Zwölf Grundsätze von Barney Malone auswendig aufsagen.

Donnie hatte keinen Schimmer, wie sein Vater das machte. Die beiden Männer sprachen verschiedene Sprachen. Während Barney ausladende Wandteppiche mit den inneren Dämonen junger Geister webte, hatte Donnie wenig Geduld für solche Frivolitäten. Stattdessen besaß er ein Zahlentalent. Er konzentrierte sich lieber auf Dinge, die sich summieren ließen, wie zum Beispiel Steuern, Ausgaben und Lebenshaltungskosten. Barney interessierte sich nicht für solche irdischen Angelegenheiten. Stattdessen richtete er seinen Blick zum Himmel.

»Unsere höhere Macht wird's richten«, sagte er oft. »Er wird uns nichts in den Weg stellen, womit wir nicht auch fertigwerden.«

Eine Einstellung, angesichts der Donnie Williams sich nur den Kopf kratzen und schauen konnte, wie er es schaffte, dass in der Miracle Ranch das Licht nicht ausging. Nicht, dass sie elektrisches Licht benutzten, denn Barney bevorzugte Petroleumlampen und Kerzen statt Elektrizität und seinen Kamin oder ein offenes Fenster statt Zentralheizung und Klimaanlage. Auch hielt er nichts von fließendem Wasser, holte es stattdessen lieber in Eimern aus dem Brunnen.

»Die gesamte moderne Gesellschaft ist darauf ausgelegt, uns von unserem wahren Geist zu entfernen«, verkündete Barney, wann immer sich ihm die Chance bot. »Zuerst und vor allem müssen wir körperliche Begierden abstreifen, um unser wahres Selbst zu entdecken.«

Etwas, das Barney gegenüber seinem Sohn wiederholte, als sie an einem frischen Morgen im Februar auf einem brachliegenden Maisfeld standen. Sie setzten eine Auseinandersetzung fort, die sie seit dem Tag führten, als Donnie vor beinahe einem Jahr vor Barneys Haustür aufgetaucht war.

»Dad, ich verstehe, was du sagst, aber das Finanzamt wird eine Zwangsenteignung nicht aussetzen, nur weil du behauptest, *Gott wird's geben.*«

Barney schüttelte den Kopf und winkte ab. »Ich sage nicht *Gott.* Wann hörst du endlich zu? *Gott* zu sagen, verwirrt nur, da unser Gott eine persönliche Vorstellung ist, die mehr Macht besitzt als wir selbst. Stattdessen sprechen wir von einer *höheren Macht.*«

»Ja, tut mir leid …«

»Unsere höhere Macht wird es geben.« Barneys Lächeln nahm die wärmenden Strahlen der Morgensonne auf, als er ihr sein Gesicht zuwandte. »Schau dich um, Donnie. Du musst dich doch nur umschauen, so weit dein Auge reicht, um zu erkennen, wie viel Er uns gegeben hat.«

Donnies Meinung nach hatte die höhere Macht überhaupt nichts gegeben, da es das Geld aus der bescheidenen Lebensversicherung von Donnies Mutter war, mit dem sie das Land hatten kaufen können. Barney würde darauf nur antworten, dass ihm das Universum Donnie geschickt hatte, daher sah er auch keinen Sinn darin, im Moment weiter auf dem Thema herumzureiten. Stattdessen machte er eine ausholende Handbewegung über den Horizont.

»Wenn wir Samen aussäen würden, könnten wir nachhaltig werden. Wir könnten in der Stadt Baumwolle und Mais verkaufen und würden die Miracle Ranch über Jahre sichern. Ja, sogar für Jahrzehnte.«

»Wir bauen nur an, was wir zum Essen benötigen«, sagte Barney. »Die Gärten liefern alles, was wir brauchen. Außerdem bin ich grundsätzlich dagegen, Geld mit dem zu machen, was uns die Erde schenkt. Wir nehmen nur, was wir brauchen.«

»Stell dir doch nur mal vor, wie viele Leben wir mit diesem Geld retten könnten.«

Falls Barneys Geduld nachließ, ließ er es sich zumindest nicht anmerken. Er legte eine Hand auf die Schulter seines Bastards.

»Man benötigt landwirtschaftliche Geräte, um in dieser Größenordnung zu wirtschaften. Wie willst du Traktoren und Pflüge finanzieren?«

»Wir haben fünf junge Frauen, die zupacken können«, sagte Donnie. »Bei all der unverbrauchten sexuellen Energie dieser Mädchen bestellen wir die Felder im Nu.«

Barney schüttelte den Kopf. »Was du da vorschlägst, ist Sklaverei. Siehst du, was die Tentakel des Kapitalismus dir in den Kopf gesetzt haben?«

Donnie erstickte fast bei dem Versuch zurückzurudern. Barney legte eine Hand an Donnies Wange und streichelte sie mit dem Daumen.

»Je mehr wir die Distanz zwischen uns und der Welt dort draußen vergrößern«, sagte er, »desto größer ist unsere Chance, unsere geistige Gesundheit wiederzuerlangen. Diese Mädchen sind gebrochen und müssen geheilt werden. Das wird aber nicht unter dem Einfluss einer beschädigten Gesellschaft funktionieren.«

Donnie wünschte, er könnte sich von seinem Vater lösen, die Arme zum Himmel erheben und verlangen, dass der alte Mann einen Blick in die Scheckbücher, die Kontoauszüge und auf die kalten, harten Realitäten wirft, aber die Berührung seines Vaters hatte ihn gewärmt, und so ziemlich das Letzte, was er wollte, war, allein in der Kälte zu stehen. Stattdessen schwankte er dort mit nutzlos an den Seiten herabhängenden Armen.

»Wir müssen mit Menschen interagieren, um Geschäfte machen zu können«, murmelte Donnie. »Wir müssen ab und an unser Gesicht zeigen, andernfalls halten uns die Leute für verrückte Spinner.«

»Die Meinung der Leute in der Stadt interessiert mich nicht«, sagte Barney. »Mich interessiert einzig und allein die Sicherheit meiner Miracles. Ich war nie sonderlich davon begeistert, dass du diese Puppen in der Stadt verkaufst, aber ich habe es erlaubt, weil ich glaubte, es würde dein Selbstwertgefühl steigern können und die Mädchen vom Müßiggang abhalten. Allerdings meine ich, es ist ab sofort Schluss damit, dass du die Mädchen mit in die Stadt nimmst. Das bringt sie viel zu nahe an die Versuchung. Wenn du darauf bestehst zu fahren, bestehe ich von jetzt an darauf, dass du allein gehst.«

Donnie zitterte. Er hasste kein Wort mehr als *allein*. Trotzdem schüttelte er es ab und gab sich alle Mühe, entschlossen zu bleiben.

»Du weißt schon, dass die Leute in der Stadt Worte wie *Waco* und *Scientology* benutzen, wenn sie über uns reden«, sagte er. »Sie machen Fotos von uns, als wären wir Amish. Wäre vielleicht keine schlechte Idee, frühzeitig etwas dagegen zu unternehmen, bevor die Gerüchte aus dem Ruder laufen.«

»In diesem Sinne«, sagte Barney und nahm seine Hand von Donnie, »wiederhole ich meinen Wunsch, niemanden groß auf uns aufmerksam zu machen.«

Als wäre die Angelegenheit damit erledigt, entschuldigte sich Barney und machte sich auf den Rückweg zum Haupthaus. Bevor er jedoch den Kiesweg erreichte, die zum Hof führte, flitzte Donnie an seine Seite wie ein Welpe, der seinem Herrchen auf dem Fuß folgt.

»Dad … Dad … wenn du mal einen Blick auf das große Ganze werfen würdest …«

Barney drehte sich zu ihm um, und zum ersten Mal schien seine Zurückhaltung nun auf die Probe gestellt zu werden. Die freundlichen Fältchen an seinen Augen strafften sich, und tiefe Falten tauchten auf seiner Stirn auf.

»Und noch etwas«, sagte der alte Mann. »Hör mit diesem *Dad*-Getue auf. Auch, wenn wir unter uns sind.«

»Ich hab doch nur …«

»Es ist unprofessionell.« Barney konnte seinem Jungen nicht in die Augen sehen. »Auf der Miracle Ranch darf kein einzelnes Individuum über ein anderes gestellt werden. Das ist der Erste Grundsatz. Es ist das Fundament unserer Arbeit hier. Verstehst du das?«

»Ja. Natürlich, aber …«

»Was mich direkt zu meinem nächsten Anliegen bringt.« Sie erreichten die Veranda des Haupthauses. Barney blieb vor den Stufen stehen und versperrte seinem Sohn den Weg, fast als wollte er ihn davon abbringen, ihm weiter zur Tür zu folgen. »Ich möchte mit dir über Summer Halifax sprechen.«

»Summer? Sie macht sich super, oder? Ich habe dir gesagt, sie …«

»Ich glaube, sie versteht nicht wirklich alle Grundsätze.«

»Was redest du da?« Donnie zitterte am ganzen Leib. »Sie kann sämtliche Grundsätze vorwärts und rückwärts aufsagen. Falls irgendwer große Fortschritte gemacht hat …«

»Sie kann sie aufsagen, aber sie *lebt* sie wohl kaum.« Barney verschränkte die Arme. »Ich weiß nicht, was es ist, aber etwas ist mit diesem Mädchen schrecklich schiefgegangen.«

Donnie erbleichte. Er kannte seinen Vater erst kurze Zeit, hatte aber bislang aus seinem Mund noch nie etwas gehört, das so sehr nach dem Eingeständnis einer Niederlage klang. Aber er hatte bemerkt, wie sein Vater Summer beobachtete, wie sich seine Schultern anspannten, wenn er das Mädchen sprechen hörte. Er hatte bei ihm Ungeduld aufblitzen sehen, wenn die zwei direkt miteinander zu tun hatten. Manchmal genoss Donnie die vorübergehenden Aussetzer an Geduld bei einem Mann, der normalerweise so in sich ruhte, aber am allermeisten fürchtete er um die Zukunft der Ranch. Donnie versuchte, die sich in seinem Bauch ausbreitende Panik zu stoppen, indem er beide Hände in seine Taschen stieß, konnte aber nichts gegen das Beben in seiner Stimme tun.

»Du behauptest beharrlich, dass dein Gott – äh, *die höhere Macht* – es schon geben wird«, sagte er, »und ich behaupte, wenn er überhaupt irgendwas gegeben hat, dann wäre das Summer Halifax. Wenn die Puppen sich nicht verkaufen, und wenn du keinen

Mais anbaust, um ihn in der Stadt anzubieten … Wenn du uns nicht erlaubst, Werbung für unser Entzugsprogramm in Zeitungen und im Internet zu schalten, und wenn das Geld meiner Mutter aufgebraucht ist, werden wir, fürchte ich, nichts mehr haben außer dem, was die Halifaxes uns überweisen. Wenn du ein Problem mit Summer hast, musst du darüber wegkommen, denn andernfalls hat die Miracle Ranch keine Zukunft mehr.«

Barney drehte sich zu dem Jungen um. Er sagte kein Wort, aber das war auch nicht nötig. Alles an Zorn und Hass und Wut aus der Kindheit und Jugend des Mannes flackerte in seinen minzgrünen Augen, und jeder Anflug von Beherrschung begann an den Rändern zu bröckeln. Noch nie zuvor hatte Donnie seine Schultern so breit gesehen, noch nie die Anspannung seiner Kiefermuskeln so hoch. Donnie hob schützend die Hände vors Gesicht und beugte sich vor. Er kniete vor seinem Vater und bat um Verzeihung.

Als die Spannung in der Luft zwischen ihnen schließlich nachließ, atmete Barney lang und verdrießlich aus, dann griff er hinab, um den Jungen hochzuziehen. Donnie zuckte zusammen, als Barney ihm beide Hände unter die Achseln schob und ihn auf Augenhöhe zurückholte.

»Ich halte nichts davon, irgendwen durch die Maschen schlüpfen zu lassen«, sagte Barney mit ruhiger, aber angespannter Stimme. »Aber ich werde nicht zulassen, dass Schwäche die Arbeit infiziert, die wir hier leisten. Wenn es ein Krebsgeschwür auf dieser Ranch gibt«, sagte er, »dann muss es entweder geheilt oder herausgeschnitten werden.«

Hätte der Mann ihn nicht festgehalten, Donnie hätte sich gekrümmt und wäre gestorben. Er öffnete den Mund, um zu protestieren, brachte aber nur ein klägliches Flüstern heraus.

»*Krebs …*«

Sein Vater fuhr fort. »Manche Leute kann man erreichen. Wenn auch nur einer auf dieser Ranch das Wohl aller gefährdet, muss ich eingreifen. Wenn ich die Person nicht retten kann, wäre das für mich das Allerschlimmste, aber ich werde sie bitten müssen zu gehen. Verstehst du, was ich sage?«

Donnie konnte nichts weiter tun, als zu nicken.

»Ich werde alles in meiner Macht Stehende tun, um das zu verhindern«, sagte Barney, »aber ich bitte meine höhere Macht täglich darum, mir die Gelassenheit zu geben, die Dinge hinzunehmen, die ich nicht ändern kann. Negative Energie führt zu Krankheit, und ich werde keine Krankheit riskieren.«

Donnies Hände zitterten.

»Jede Krankheit ist seelisch«, sagte Barney. »Jede einzelne.«

»Ich verstehe«, stotterte Donnie. »Ich kann dir bei Summer helfen. Ich kann sie wieder zu Bewusstsein bringen.«

Barney Malone sah ihm fest in die Augen. »Ich spreche nicht von Summer, mein Sohn.«

Dann trat er ins Haupthaus und schloss hinter sich die Tür.

Der Himmel zog sich zu und tauchte die Welt in einen soliden Grauton. Die Luft um ihn herum kühlte deutlich ab, und es war kein Laut zu hören, bis auf das Knacken eines trockenen Astes, der in der Nähe der Stelle lag, wo die Ost- und Nordwand des Hauses aufeinandertrafen. Donnie hob seine tränenüberströmten Wangen in die Richtung, aus der der Lärm kam, und fand Summer vor sich stehen, die an den ausgefransten Ärmeln ihres taubenblauen Shirts spielte.

»Tut mir leid für dich«, sagte sie. »Hauptsächlich, weil du dich um diesen ganzen Kram mit der Arbeit kümmern musst, während ich nichts anderes zu tun hab, als diesen Schmetterling zu beobachten, der hier vorbeidriftet.«

Sie zeigte darauf. Ein leuchtendes, gelb-blaues Insekt mit großen, sanft geschwungenen Flügeln flatterte auf einem leichten Aufwind entlang, und Donnie fragte sich, warum er selbst das erst jetzt bemerkte. Er hielt den Blick fest darauf und nicht auf das Gesicht des Mädchens gerichtet.

»Hast du alles mitbekommen?«, fragte er.

»Ja.«

»Kannst du ein Geheimnis für dich behalten?«

Summers Gesicht war wie aus Stein. »Bruder, du hast ja keine Ahnung.«

»Du bist momentan so ziemlich das Einzige, was diesen Laden hier über Wasser hält«, sagte er.

»Was kann ich tun?«

Donnie dachte lange und gründlich darüber nach. Er dachte an all das, was er mit seinem Leben anfangen könnte, dort draußen in der Welt, ohne Vater oder Mutter oder eigentlich auch ohne sonst jemanden. Er dachte über sich nach, in fünf, zehn ... dreißig Jahren von heute an, wie er nur noch mit Haarbüscheln auf einem Bett lag, kreidebleich und grau, und niemand würde an seinem Bett sitzen, mit dem er seinen Hass teilen könnte. Er dachte an all den Groll und die Reue, die sich in diesem Raum befinden könnten, und es würde wohl mehr oder weniger so sein, was in jener Nacht, als seine Mutter starb, aus ihrem Mund kroch und gurgelte. Er dachte, vielleicht, nur vielleicht, wenn er ein wenig mehr Zeit hätte, könnte er womöglich verhindern, dass dies geschah, aber die Zeit tick-tackte und hörte nie damit auf, also fürchtete er, handeln zu müssen, wenn sich ihm die Gelegenheit bot, und wenn jetzt der Zeitpunkt war, den die höhere Macht ihm gab, dann war jetzt der Zeitpunkt, an dem er handeln musste.

»Du musst zahlen«, sagte er zu ihr. »Du musst richtig viel zahlen.«

19

Bevor sie die Ufer des schmalen Bachs erreichte, der hinter dem verdorrten Maisfeld verlief, erhielt Summer Halifax nicht weniger als fünf echte Nachrichten von Gott. Die erste war eine schwarze Krähe, die in einem Haufen goldenen Strohs wild um sich schlug, als läge sie in den letzten Zügen. Nachdem das passiert war, dachte Summer nicht mehr daran, bis sie sah, wie der Vogel wieder auf die Beine sprang und auf einer spätwinterlichen Brise davonflog. Zu dem Zeitpunkt hatte sie keine Ahnung, was genau sie da gerade gesehen hatte, aber es würde nicht mehr lange dauern, bis sie eins und eins zusammenzählte.

Die nächste, als ein Schwarm Texas-Hornissen über Summer und den Mädchen niederging, aber keine von ihnen gestochen wurde. Dann ein Zeitraum von drei Minuten, während dem sich Rylahs Schatten nicht bewegte. Wie Summer Cassie zuschaute, die Steine ins Wasser warf, die keine Wellen machten. Und die Lufttemperatur um gut fünf Grad sank.

Summer brach auf dem matschigen Ufer zusammen. Schon bald schluchzte sie hemmungslos.

»Gott ist überall um uns herum«, rief sie. »Er ist überall.«

Die anderen Mädchen fielen über sie her, und Summer wurde wieder wach. Sie lag da, überzogen mit Schlamm und bedeckt von den Fingerspitzen und dem atemlosen Flüstern der anderen Mädchen, und sagte es wieder und wieder:

»Gott ist überall.«

»Gott ist überall.«

»Gott ist überall.«

Bis die anderen Mädchen unisono diese Worte wiederholten,

selbst im Dreck herumstrampelten, bis der Schlamm unter ihren Fingernägeln hervorquoll, eingedrungen in jede ihrer Spalten und jeden ihrer Risse. Sie wurden eins mit dem Matsch und infolgedessen mit der Erde. Sie verschmolzen ineinander. Sie wurden gleichzeitig Teil des Universums und sein Ganzes. Es gab nur noch sie.

Als sie fertig waren, verweilten sie nicht lange, bevor sie ins kalte Wasser glitten, um sich zu reinigen. Sie zogen ihre durchnässten Overalls und patschnassen taubenblauen Shirts aus und legten alles zum Trocknen in die Sonne. Sie schrubbten sich mit dem feinen osttexanischen Sand gegenseitig ihre Rücken ab. Sie massierten jeden unwillkommenen Stress fort, der andernfalls ihren weiteren Nachmittag vergiftet hätte.

Dann machten sie sich direkt an die Arbeit.

Jedes der Mädchen hatte Nähzeug mitgenommen und einen kleinen Sack mit alten Lappen und Jute. Daraus nähten sie Donnies Miracle Dolls, die in der Stadt verkauft werden sollten. Jede Puppe war Handarbeit und ein Unikat, genau wie die Miracles auf der Ranch. Genau wie alle Geschöpfe Gottes.

»Wir sollten ihn nicht länger Gott nennen, wisst ihr«, schlug Summer den anderen beim Nähen vor.

»Was meinst du damit?«, fragte Rylah.

Summer zuckte mit den Achseln. »Ich meine, gestern in der Spirit Study hat sich Barney besondere Mühe gegeben zu predigen, dass es nicht der Gott der Bibel ist, den wir verehren. Es ist nicht der christliche oder muslimische oder jüdische Gott, auch keiner der anderen Götter, die überall auf diesem wunderschönen Planeten Kriege anfangen. Er sagte, es ist unsere eigene Beziehung zu einer höheren Macht, der wir huldigen und die wir beschützen sollten.«

»Es ist der Vierte Grundsatz«, sagte Suzie. Und fügte dann souverän hinzu: »Ich bin beim Achten Grundsatz.«

»Der Punkt ist doch«, sagte Summer, »dass wir den Namen unserer höheren Macht ändern sollten, damit wir sie nicht mit dem Gott unserer Eltern und Politiker verwechseln.«

Die anderen Mädchen tauschten Blicke. Beth Ann zuckte mit den Achseln.

»Was schlägst du denn vor, wie wir ihn nennen sollen?«, fragte sie.

»Ich bin für Vorschläge offen.«

Sie unterhielten sich zuerst flüsternd, wurden aber mit jedem weiteren Vorschlag immer aufgeregter.

»Wie wär's mit Zeus?«

»Wie wär's mit Apollo?«

»Sollte es nicht der Name einer Frau sein? Wo wir doch Frauen sind?«

»Zum Beispiel Athene?«

»Oooh, Athene find ich super!«

»Wie wär's mit Venus? Wo sie doch wunderschön ist, und wir sind alle wunderschön!«

»Wir sind alle Wunder!«

»Wir sind alle perfekt!«

»Wir werden alle geliebt!«

»Wie entscheiden wir es?«

»Sollten wir nicht abstimmen?«

Summer behielt die Augen geschlossen, als wäre sie tief in Gedanken versunken. Dann begannen ihre Augäpfel hinter den geschlossenen Lidern wild hin und her zu zucken. Plötzlich riss sie ihre Arme in die Höhe und warf ihre halb genähte Miracle Doll ins hohe Gras. Sie ließ sich auf den Rücken fallen.

»Summer, ist mit dir alles in Ordnung?«

»Hat sie wieder eine Vision?«

»Sprichst du gerade mit … *ihm?*«

Es dauerte eine Weile, bis sich Summers Atmung wieder normalisierte, aber als es so weit war, öffnete sie die Augen und starrte in den gleißenden Sonnenball.

»Luther«, sagte sie.

Keines der Mädchen hatte die geringste Idee, wie es darauf reagieren sollte. Sie öffneten den Mund, schlossen ihn dann wieder. Sie blinzelten.

»Wir sollten unsere höhere Macht … *Luther* nennen.«

Rylah sah Cassie an. Suzie sah Marva an. Beth Ann drehte den Kopf zum Himmel.

Das Lächeln breitete sich groß über Summers Gesicht aus, und als sie es zum zweiten Mal sagte, verherrlichte sie ihn für das ganze Land.

»Luther ist unsere höhere Macht. Ist es schon immer gewesen!«

Die anderen Mädchen wussten weder, was sie davon halten sollten, noch hatten sie einen lohnenswerten Ersatz, und fielen ebenfalls auf den Rücken. Alle rissen ebenfalls die Arme zu den Wolken hoch und verherrlichten ganz genauso laut:

»Unsere höhere Macht ist Luther!«

»Gelobt sei Luther!«

»Luther ist der Name unseres Gottes!«

Und Summer musste nicht mehr fest die Augen schließen, um Sterne zu sehen. Sie musste nicht die Luft anhalten, bis sich ihr Blickfeld auf Punkte verengte. Sie musste nicht mehr genug Pillen einwerfen, bis ihre Magenschleimhaut revoltierte, oder sich bis auf die Böden einer Flaschenbatterie durchtrinken.

Sie konnte Luther sehen, klar und deutlich wie der Tag, wie er direkt vor ihr stand.

Er lächelte und streckte seine Hände aus.

• • •

Ihre ersten paar Male meinte Summer noch, es wäre, um sie auf die Probe zu stellen. Sie würden einen Traktor am anderen Ende des Maisfeldes zurücklassen, dann damit zur Tankstelle am Highway fahren. Von da hatten sie keine Schwierigkeiten, eine Mitfahrgelegenheit in die Stadt zu finden.

»Wir müssen uns beweisen, dass wir stark genug sind, der Versuchung zu widerstehen«, erklärte Summer ihnen. »Wo sonst werden wir lernen, einen Löwen zu besiegen, wenn nicht in der Höhle des Löwen?«

»Aber Barney sagt, sich an den Rand der Sünde zu begeben ist genauso gefährlich wie die Sünde selbst ...«

»Er hat uns aber außerdem gesagt, dass Stärke aus unserem Inneren entspringt.« Summer war nicht dafür bekannt, ein Nein als Antwort gelten zu lassen. »Was uns nicht umbringt, macht uns nur stärker.«

Rylah war von Anfang an dabei. »Wir haben die Schlüssel zum Königreich in unseren eigenen Taschen. Kein Mann wird sie uns jemals aushändigen.«

Die Beachtung, die sie von den Männern in diesen Bars erhielten, war keine wirkliche Überraschung. Die älteren Knaben schüttelten den Kopf und drehten ihre zerfurchten Gesichter wieder zu ihren Bierflaschen. Die jüngeren brauchten nicht viel Ermutigung. Eine Sache, die Summer schon vor langer Zeit gelernt hatte, war, dass jede Frau – selbst die in schmutzigen Overalls und alten Shirts – so dicht vor der letzten Runde eine Göttin sein konnte.

Sie geilten sie auf, und sie flirteten, aber nie gingen sie mit ihnen nach Hause. Selbst Beth Ann, ein ungewöhnlich temperamentvoller Typ, hielt ihren Teil der Abmachung, die sie getroffen hatten: kein Küssen, kein Lutschen, kein Vögeln. Es war absolut okay, diese Jungs zur Raserei zu bringen, aber nachzugeben würde ein Verstoß gegen die Grundsätze sein.

Nicht anders bei Alkohol oder dem Angebot, einen Zug von einem Marihuana-Joint zu nehmen. Sie würden albern kichernd ablehnen. Es war das gleiche Gekicher wie auf der Heimfahrt mit dem Traktor, nach der sie sich dann heimlich in ihre Trailer oder Wohnmobile schlichen, bevor Barney oder Donnie aufwachten.

Seit einiger Zeit jedoch erfolgten ihre Ausflüge in die Stadt aus völlig anderen Gründen.

»Der Zwölfte Grundsatz legt fest, dass es unsere Pflicht ist, unser spirituelles Erwachen mit den Menschen um uns herum zu teilen«, sagte Summer dem neuen Mädchen, Brenna Caughey. Brenna war ein Mädchen, das gern an sich herumschnippelte, und sie war auf die Miracle Ranch geschickt worden, um sie davon zu heilen. Es war für sie die erste Nacht, in der sie die Mädchen bei ihren mitternächtlichen Ausflügen begleitete.

»Ich weiß, dass du erst beim Zweiten Grundsatz bist«, sagte Cassie zu ihr, »aber es kann nichts schaden, die Straße zu sehen, die vor dir liegt.«

»Wenn du die Liebe nicht mit anderen teilst«, sagte Marva, »bist du egozentrisch, und egozentrisches Verhalten ist es ja gerade, was uns runtergezogen hat.«

»Erst wenn wir Liebe schenken, können wir sie wirklich empfangen«, sagte Beth Ann.

»Wie teilen wir sie denn?«, fragte das neue Mädchen.

»Diese Jungs«, sagte Summer, »hören sich einfach alles an, was wir ihnen erzählen. Es wird Zeit, dass wir Luthers Wort über die Grenzen der Miracle Ranch hinaus in die Welt tragen.«

Was allerdings nicht ganz so verlief wie geplant. Erst als sie das aus Hohlblocksteinen errichtete Gebäude abseits des Highways 55 betraten, das lediglich mit BILLARDHALLE beschriftet war, erkannte Summer, wie weit ihr Wirken sich bereits verbreitet hatte. Zwei der Bauernjungs aus Blooming Grove hatten die Woche zuvor Rylah ins Herz geschlossen und waren gekommen, um sie wieder über Gott und was nicht alles sprechen zu hören. Was allerdings Rex Larson gar nicht gefiel, der den ganzen Weg von Corsicana hergefahren war, um sich von dem Mädchen die Laune verbessern zu lassen.

Oder die Burschen aus dem Lebensmittelmarkt in Bardwell

oder die Typen, die sie letzte Woche mitgenommen hatten, oder oder oder …

»Wir haben schon über deinen krankhaften Neid gesprochen«, sagte Rylah zu Rex Larson. »Es ist ein egoistisches Verhalten, das dich einen gottlosen Weg hinunterführt. Wer weiß, wohin dich dieser Weg noch führt?«

»Aber ich musste die ganze Woche an dich denken«, stöhnte Rex. »Ich bin früher noch nie eifersüchtig gewesen …«

»Neidisch«, sagte Rylah.

»Entschuldigung?«

Rylah lächelte schief, etwas, das sie ihr gesamtes Leben geübt hatte. »*Eifersucht* ist, wenn du etwas besitzt und Angst hast, es zu verlieren. *Neidisch* ist, wenn du etwas haben willst, das du nicht besitzt. Du bist nicht eifersüchtig … du bist neidisch.«

Rex hatte in zwei Kriegen gedient, war aber noch nie so kaputt gewesen, bis er Rylahs Zauber verfiel. Den anderen Mädchen erging es nicht besser. Einige der Jungs, die einigermaßen rechnen konnten, bemühten sich besonders um das neue Mädchen, da sie bei ihr von einer höheren Wahrscheinlichkeit ausgingen, ihre Entschlossenheit zu ermüden. Marva und Cassie hatten große Mühe zu verhindern, dass sie mit Tequilas abgefüllt wurden. Beth Ann, die Schwierigkeiten hatte, eine gute Nummer im Heu abzulehnen, war angesichts all der Energie im Raum ins Schwitzen geraten, und Summer betete zu Luther, dass er ihr die nötige Kraft gab, um ihre Dämonen abzuwehren. Es dauerte allerdings nicht lange, da wurden sie alle von Männern umschwärmt, die sich diese oder letzte oder vorletzte Woche in sie verknallt hatten. Die Heizung war hochgedreht, und der Lärm brachte die Mauern fast zum Einsturz, da marschierte der mürrische alte Barkeeper um die Theke und feuerte mit seinem Revolver drei Schüsse in die Luft.

»Ich hab für heute Abend genug von dieser Scheiße«, brüllte er in den Raum, der wieder still war. »Seit ihr hier das erste Mal aufgekreuzt seid, habt ihr Mädels nur Ärger gebracht. Ihr geilt die Jungs auf und flüstert ihnen ein, Schnaps wär gar nicht gut für sie. Am Ende haben wir hier einen Haufen Fotzenknechte, die dem Alkohol abschwören. Von mir aus können die Leute glauben, woran sie wollen, aber ihr Mädels macht mir mein Geschäft kaputt. Deshalb muss ich euch jetzt bitten zu gehen.«

Kanone oder keine Kanone, Summer hatte nicht übel Lust, dem alten Barkeeper die Meinung zu geigen, aber das hätte Luther nicht gewollt. Wie sie jetzt hier vor diesen armen, verlorenen Männern stand, musste sie ein Exempel statuieren. Was außer verletzten kleinen Jungs, die dem Zorn und der Unsicherheit ihrer Eltern zum Opfer gefallen waren, sah sie in deren Augen? Vielleicht waren ihre Daddys einen Tick zu streng gewesen mit dem Ledergürtel, oder ihre Mommas waren alles andere als freigiebig mit ihrer Liebe gewesen. Es war nicht die Schuld der Jungs. Genau wie es nicht Summers Schuld gewesen war – all diese schrecklichen, schrecklichen Dinge, die sie getan hatte –, diese Männer suchten Erlösung, ob sie es wussten oder nicht. Summer konnte nicht einfach um sich schlagen. Dieses Verhalten hatte sie hinter sich.

»Wir respektieren Ihre Grenzen«, sagte Summer zu dem Barkeeper. »Auch wenn wir heute Nacht gehen, merken Sie sich meine Worte: Wir werden zurückkommen. Vielleicht wurden die Herzen von vielen von euch Männern schon oft weggeworfen und vergessen, aber das werden wir nicht zulassen. Ihr alle besitzt für uns einen Wert, und wir werden diesen Wert nicht durch schäbige Parkplatzaffären herabsetzen.«

»Ihr seid perfekt«, sagten die Mädchen unisono.

»Ihr werdet geliebt.«

»Ihr seid Wunder.«

Der Barkeeper spannte den Hahn seiner Schusswaffe, hob sie weiter hoch und richtete sie zittrig auf die Decke.

»Ich werd's euch komischen Vögeln nicht noch mal sagen …«

Die Mädchen wurden von einem Farmer mitgenommen, der auf dem Nachhauseweg war, und erst als sie wieder bei ihrem Traktor abgesetzt worden waren, begriffen sie den ekstatischen Rausch, den sie kaum noch hatten kontrollieren können.

»Ich wusste gar nicht, dass ich mich so gut fühlen kann!«

»Ich bin noch nie glücklicher gewesen.«

»Das ist erheblich besser als der beste Sex.«

Summer stimmte allem zu. Sie nahm alle in die Arme. Sie gackerten mit einer gottlosen Freude im Mondschein, als sie den Traktor bestiegen. Marva ließ ihn an, und schon waren sie auf dem Weg. Sie tuckerten über die mit Steinen übersäten Feldwege, bis sie an die Waldgrenze am Rand des Alfalfa-Feldes kamen. Sie beugten sich aus der Maschine und ließen die mitternächtliche Brise durch ihre Haare wehen.

»Ist es immer so?«, fragte das neue Mädchen.

»Solange du willst, dass es so ist«, rief Summer in die Nacht hinaus. »So etwas wie Schicksal oder Bestimmung gibt es nicht. Du allein beherrschst, was vor dir ist.«

Das Mädchen drehte den Kopf zum vorbeiziehenden Boden. »Bei mir war's schlimmer als bei jedem anderen.«

»Nein, war's nicht«, versicherte Summer ihr. »Wir sind alle schon an ziemlich üblen Orten gewesen. Aber die Zwölf Grundsätze zeigen uns das Licht. Wenn du sie befolgst …«

»Aber lügen wir denn nicht, indem wir uns im Schutz der Dunkelheit von der Ranch schleichen?«

Summer kratzte schnell an ihrem Ohr. »Schmerz ist der Grundstein des spirituellen Wachstums.«

»Aber, wenn Gott … äh, ich meine … *Luther* wirklich will, dass wir seine Botschaft teilen …«

»Unsere *Erweckung* durch seine Botschaft«, korrigierte Marva. »Das ist etwas anderes.«

»… Und wenn Barney derjenige ist, der seine Botschaft empfängt …«

»Barney spricht direkt zu Luther«, ergänzte Beth Ann.

»… warum halten wir es dann vor ihm geheim, dass wir in die Stadt gehen, um es zu teilen?«

Die alte Summer hätte dem Mädchen jetzt die Beine unter dem Hintern weggetreten und sie unter den rumpelnden Reifen des Traktors fallen lassen. Die alte Summer wäre zu der Kuhweide dort drüben gegangen, um Pilze aus der Scheiße zu pflücken und sie in den Nachmittagstee des Mädchens zu werfen und sie dann bei Barney wegen eines Rückfalls anzuschwärzen. Die alte Summer hätte Brenna Caughey eine ganze Reihe von Dingen angetan, aber diese Summer war auf einer Notfalltrage in einer Unfallambulanz gestorben. Die *neue* Summer legte dem Kind eine Hand auf die Schulter und sprach mit ruhiger, gelassener Stimme.

»Du bist erst bei Grundsatz Zwei, weswegen es vielleicht schwer für dich ist, alles zu verstehen. Wenn du erst einmal da bist, wo ich bin – und das ist der Achte Grundsatz –, dann wirst du es kapieren. Bis dahin schlage ich vor, vertraust du und glaubst du, dass Luther dir nichts in den Weg stellt, womit du nicht auch fertigwerden kannst.«

»Das werde ich«, sagte Brenna. »Versprochen.«

»Gut.« Summer nahm ihre Hand und drückte sie. »Lass los und lass Luther herein.«

»Lass los und lass Luther herein.«

»Wie Luther sagt: Wir teilen die Erfahrungen unserer neu entdeckten Erweckung …«

»Moment mal …« Marvas Gesicht verzog sich, als hätte sie in eine Zitrone gebissen. »Das hat Luther nicht gesagt. Das stammt aus den Lehren von Barney. Es ist sein Elfter Grundsatz.«

»Ich muss dir sagen«, sagte Summer, »dass Barney nicht der Einzige ist, der mit Luther spricht.«

Keines der anderen Mädchen brachte ein Wort heraus. Das einzige Geräusch in der Nacht war das gleichmäßige Puckern des Traktormotors.

»Das ist ein Fakt. Ich habe früher dauernd mit ihm geredet.«

»Sei still …«

»Ein paar Mal hab ich ihn sogar gesehen.«

Summer dachte, vielleicht könnte sie die Traktorgriffe ja einfach loslassen und würde aufsteigen, hoch über dem Alfalfa schweben, dem Bachbett, dem ganzen Navarro County.

»Ich gehe noch einen Schritt weiter«, sagte sie. »Ich würde sagen, das Einzige, was Barney so besonders macht, ist, dass er derjenige ist, der von Luther die Geheimnisse des Universums erhalten und sich dann die Mühe gemacht hat, alles niederzuschreiben. Mann, wenn ich dran gedacht hätte, das zu tun, dann wäre ich …«

Sie hätte den Gedanken beendet, wäre nicht ein größeres Unheil passiert. Marva am Steuer des Traktors hatte schon lange nicht mehr die Straße vor sich im Blick. Sie konnte wie die anderen Mädchen nicht glauben, was sie von ihrer Miracle-Schwester hörte, und fuhr die Maschine von der Straße und in das in der Dunkelheit liegende Bachbett. Sie schnappten nach Luft, als die Reifen sich vom Boden hoben, dann krachten sie ganze sechs Meter in die Schlucht.

Summer fand sich in einem Dornenbusch wieder, der ihre linke Wange aufgeritzt und um Haaresbreite ihr Auge verfehlt hatte. Sie blieb dort nur so lange liegen, bis sie wieder zu Atem kam, dann kletterte sie weiter die Böschung hinunter zu der Stelle, wo der Traktor rauchend auf dem Dach lag.

»Alles okay?«, rief sie in die Nacht. Sie hörte Husten, Jammern und Schluchzer. »Rylah? Beth Ann?«

Die Frauen waren auf allen Seiten des ruinierten Traktors auf dem Bachlauf verteilt worden. Eine nach der anderen meldete sich bei Summer und den anderen.

»Mir geht's gut.«

»Alles ist okay.«

»Das war heftig!«

»Danke, Luther, wir sind alle am Leben!«

Aber es antwortete nicht jede. Summer rechnete schnell nach und fand heraus, dass Marva sich noch melden musste. Sie wurden sofort hektisch.

»Marva!«

»Wo steckst du, Mädchen?«

»Ich kann nichts sehen … es ist viel zu dunkel!«

Summer ging auf Hände und Knie und fuhr mit ihren Handflächen über den glitschigen Matsch. Sie hielt sich an Wurzeln, großen Steinen, an allem fest und suchte nach einem Zeichen ihrer Miracle-Schwester. Und die ganze Zeit überschlugen sich ihre Gedanken. Was hatten sie getan? Konnten sie aus dieser Geschichte wieder rauskommen? Würde sie abhauen müssen? Und die ganze Zeit sagte sie sich, alles würde wieder gut, alles käme in Ordnung, alles würde gut enden.

»Ich hab sie!«

»Sie ist hier drüben!«

»Marva? Sie antwortet mir nicht! Marva?«

Summer stürmte in die Richtung, aus der die Stimmen kamen.

»Sie bewegt sich nicht!«

»Marva … aufwachen!«

Summer hatte Schwierigkeiten, dass sich ihre Augen einstellten. Das Mondlicht schlug auf das Wasser des Bachs, das sich im silbernen Schein in eine Million verschiedene Richtungen kräuselte. Sie war nach dem Sturz immer noch wackelig auf den Beinen. Ihre Wange brannte höllisch von dem Dornenstrauch. Sie konnte vage Umrisse ausmachen, den vom Traktor herüberziehenden Rauch riechen. Auf dem Weg zu der Stelle, wo die anderen Mädchen standen, stürzte sie zweimal.

»Das kann nicht sein!«

Sie standen im Kreis, und Summer zwängte sich hinein, um eine bessere Sicht zu haben. Vor ihnen lag Marva, lag auf dem Rücken neben einer sumpfigen, mit Wasser aus dem Bach gefüllten Pfütze. Selbst im Mondschein konnte Summer erkennen, dass sich das Gesicht des Mädchens blau verfärbt hatte.

»Holt sie sofort aus dem Wasser!«, bellte Summer. »Seid ihr blöd?«

»Wir benötigen Hilfe!«, sagte Beth Ann.

»Wir können sie nicht sterben lassen!«, heulte Suzie.

Summer zog Marva auf ihren Schoß und drehte ihren Kopf zum Himmel. Sie konnte sich beim besten Willen nicht erinnern, wie man eine Herzdruckmassage durchführte, presste aber dennoch ihren Mund auf Marvas Lippen und versuchte, sie zu beatmen.

Rylah rannte die andere Seite des Bachbettes hinauf und lief in die Dunkelheit.

»Wohin geht sie?«, brüllte Summer.

»Sie geht Hilfe holen!«, antwortete Cassie. »Die Ranch liegt direkt hinter dem Maisfeld.«

»Sie wird es niemals rechtzeitig schaffen!« Summer kam selbst fast nicht zu Atem. »Alles wird gut. Wir kriegen das alles hin.«

»Was tun wir?«

»Warum passiert das alles?«

Summer hätte sich den eigenen Schädel mit den Fäusten einschlagen können. Alles passierte viel zu schnell. Was hatte sie getan? Zum ersten Mal in ihrem ganzen Leben hatte sie das Glück gefunden, das ihr so oft versagt geblieben war. Jetzt musste sie zusehen, wie es ihr durch die Finger glitt.

»Marva …« Summer erstickte an ihren eigenen Schluchzern. »Bitte … *bitte* …«

Sie könnte laufen. Sie könnte entweder zur Ranch laufen und Rylah einholen, bevor sie die anderen aufweckte, oder sie könnte die entgegengesetzte Richtung einschlagen und hoffen, längst über alle Berge zu sein, bevor die Sonne aufging und die Polizei gerufen wurde. Sie könnte nach Waxahachie trampen und wäre im Nu bereits halb in Austin. Sie könnte eine Gruppe Rainbow People suchen und sich bei ihnen versteckt halten, bis die erste Aufregung sich gelegt hatte. Sie hatte schon immer die Wüste sehen wollen …

»Luther …«

Zuerst kam es Brenna über die Lippen. Summer hätte es vielleicht gar nicht gehört, wären Brennas Lippen weiter als ein Flüstern von ihrem Ohr entfernt gewesen.

»Luther, falls du jetzt zuhörst …«

Schon bald auch die anderen Mädchen. Cassie, Beth Ann … Suzie … alle versammelten sich hinter Summers Rücken und schmiegten sich aneinander. Schon bald wurde aus einer Stimme zwei, und dann waren sie es alle, während sie die Augen fest zudrückten, den Kopf zu den Sternen drehten und immer und immer und immer wieder flehten:

»Luther, bitte, bitte erlöse uns.«

20

Donnie schoss aus dem Bett. Er presste beide Hände auf die Fensterbank, wo ein drängender Wind in die zerfetzten Vorhänge links und rechts neben ihm fuhr. Trotz des Windes hörte er die Rufe.

»Helft uns! Irgendwer, bitte, … helft uns!«

In weiter Ferne konnte er einen verschwommenen, orangefarbenen Schein sehen. Näher konnte er schemenhaft die staksige Gestalt von Rylah ausmachen, die mit über dem Kopf rudernden Armen angerannt kam.

»Barney! Donnie! Irgendwer … helft uns!«

Donnie schenkte sich den Weg durch die Tür und sprang stattdessen aus dem Fenster. Er krachte ins Blumenbeet darunter, rannte dann in Richtung Maisfeld und des Rufens des Mädchens los.

Sein Vater Barney, hatte die Strecke bereits zurückgelegt und erreichte Rylah als Erster. Er packte mit beiden Händen ihre knochigen Schultern und zog sie zu sich.

»Was ist los, Kind?«

Sie ließ den Kopf gegen Barneys Brust fallen. Sie sprach in abgehackten Japsern. »Es ist Marva«, sagte sie. »Sie bewegt sich nicht mehr. Sie … Sie *atmet* nicht mehr.«

»Marva?«, stotterte Barney. »Aber … Ich weiß nicht …«

»Wo ist sie?«, fragte Donnie.

Rylah zeigte über ihre Schulter zu dem flackernden Lichtschein. Über ihnen grollte es heftig in dicken Gewitterwolken.

»Ihr müsst ihr helfen!«

Barney rührte sich immer noch nicht. »Wieso seid ihr Mädchen um diese Uhrzeit unterwegs? Warum riecht dein Overall nach Zigaretten?«

»Wir … Wir waren …«

»Dafür haben wir jetzt keine Zeit«, sagte Donnie. »Rylah, bring mich zu ihr.«

Es donnerte wie ein Peitschenknall, und sie war auf dem Weg. Donnie hielt Schritt mit ihr, und irgendwo hinter ihnen folgte sein Vater. Der Himmel über ihnen brach auf, und es setzte ein kalter Regen ein, der das Bachbett innerhalb weniger Minuten füllen würde.

»Wir müssen uns beeilen!«, brüllte Donnie über die Schulter zurück. Und wieder verfluchte er seinen Vater, weil er weder Telefon noch Internet auf dem Grundstück duldete. Ohne würde sie keine Hilfe bekommen können, ohne in die Stadt zu fahren, und er konnte sich nicht erinnern, was näher war: das Krankenhaus in Ennis oder das in Corsicana.

Er hoffte nur inständig, dass ein Krankenhaus noch nötig sein würde.

»Es war ein Unfall«, keuchte Rylah. »Ich schwöre bei Luther, wir wollten nicht …«

Donnie war mit mehr als genug Dingen beschäftigt, zum Beispiel, wie tief seine nackten Füße in den frischen Matsch durch den Regen einsanken oder wie heftig der Wolkenbruch war, um zu fragen, wer zum Teufel Luther war. Als er schließlich den Scheitel der Schlucht erreichte, sah er ein kleines Feuer, welches das Gerippe des Traktors grillte. Die Flammen tanzten im Regen. Er sah einen schnell reißender werdenden Bach. Er sah die übrigen Miracle-Mädchen, die den Körper von Marva streichelten und liebkosten.

»Was zum …?«

Sie legten sie auf dem Rücken in den Matsch und zogen ihre Hände auf ihre Brust, als bereiteten sie Marva auf den Sarg vor. Sie strichen mit den Fingerspitzen über ihr langes Haar. Sie wischten den Regen von ihren Wangen.

»Luther, nimm Marva in deine Arme und halte sie warm.«

»Schließ sie in deine Arme und beschütze sie.«

»Sie ist perfekt.«

»Sie wird geliebt.«

»Sie ist ein Wunder.«

Donnie stürmte den Abhang der Schlucht hinunter. Als er unten ankam, schlitterte er über das Ufer des anschwellenden Bachs, bis er die Mädchen erreichte, die er zur Seite drängte. Vorsichtig hob er Marva auf die Arme, legte schützend eine Hand unter ihren Kopf.

Sie war eindeutig tot. Ihre Glieder hingen schlaff herab, und ihr Rückgrat war überhaupt nicht mehr nachgiebig. Ihr Mund stand auf, und er sah, dass niemand das Wasser herausgeholt hatte.

Vom Rand der Schlucht rief Barney herunter: »Fass sie nicht an! Sie sollte nicht bewegt werden!«

»Zur Hölle damit!«, schrie Donnie. Er senkte Marva auf das glitschige Bachbett und hob ihr Kinn an. Er legte beide Hände auf das Brustbein in der Mitte ihres Brustkorbs und – *eins, zwei* – drückte es ein. Er hielt ihr mit zwei Fingern die Nase zu. Er legte seinen Mund auf ihren und – *eins, zwei* – blies kurze Atemstöße in ihren Mund. Das Ganze wiederholte er immer wieder, bis sein Vater schließlich auf dem Boden der Schlucht angekommen war.

»Mein armes Miracle«, stöhnte er. »Meine Mädchen, bitte …« Er schloss eine nach der anderen in seine Arme, wo er sie vor dem Sturm zu schützen versuchte. »Ihr armen Kinder.«

»Wir haben versucht, sie zu retten«, weinte Beth Ann. »Wir haben alles getan, was wir tun konnten.«

Zwischen zwei Atemzügen rief Donnie: »Hat eine von euch eine Wiederbelebung versucht?«

»Wir haben gebetet und gebetet«, sagte Suzie.

»Mehr kann man nicht tun«, versicherte Barney ihnen.

»Das ist sträflicher Unsinn«, sagte Donnie und schnappte nach Luft. »Macht Platz, damit ich …«

»Gott hat einen Plan für jeden Einzelnen von uns«, sagte Barney. »Marva ist Teil dieses Plans. Im Moment sollten wir alle …«

Donnie ließ das Mädchen aus seinen Händen gleiten. Er rappelte sich auf und verringerte die Entfernung zwischen sich und dem alten Mann. Es regnete heftiger, aber in dem Jungen tobte ein Feuer, das sich nicht löschen ließ.

»Du glaubst, deine höhere Macht wird dich vor allem bewahren«, knurrte er. »Ich hab Neuigkeiten für dich: Das wird sie nicht tun. Sie wird dich nicht vor dem Finanzamt retten. Sie wird nicht dieses Mädchen hier retten. Und ganz sicher wird sie dich nicht vor den Anwälten ihrer Eltern bewahren.«

Barney wedelte mit der Hand, als verscheuchte er eine lästige Fliege. »Die ganze Welt besteht aus Energie, Sohn. Das Universum besteht jetzt aus der gleichen Anzahl an Atomen wie zu Beginn. Passiert ist seitdem lediglich eine Verlagerung dieser Materie. Der Stoff in dir ist derselbe Stoff wie in mir, Marva und all meinen Miracles, genau wie die Luft, die uns trennt.«

»Was hat das alles zu tun mit …?«

»Du musst jetzt deine Energie fokussieren.« Barney machte Anstalten, auch Donnie in seine Arme zu schließen. »Wir dürfen hier nur positive Gedanken zulassen. Marvas Seele wird im Universum neu verteilt, wie allein dieses es für richtig hält, und wenn wir diesen Bach betrachten, dann muss es für immer mit Freude sein und nicht mit Traurigkeit.«

»Alle positive Energie der Welt wird sie nicht zurückbringen«, schrie Donnie in die Nacht. »Nichts kann das.«

»Unser Geist ist so viel stärker, als wir ihm zubilligen«, sagte Barney. »Unsere arme süße Marva hat ihre Reise zurück ins Licht begonnen. Ihre Seele wird in den großen Kreislauf zurückgeführt, und dank der großen Liebe, die sie hier auf Erden erfahren hat – *auf der Miracle Ranch* – wurden manche ihrer karmischen Pflichten erfüllt. Mit all unserer Energie und Konzentration bitte ich euch …«

»Du hast sie aufgegeben!«

»Ich kämpfe härter um ihre Seele, als ich in meinem ganzen Leben für etwas gekämpft habe«, sagte Barney.

Donnie wischte das Wasser aus seinen Augen. »Du hast sie allein sterben lassen.«

»Marva ist nicht allein.« Barney deutete auf die Miracles hinter sich, die sich im Matsch krümmten und deren Stöhnen sich mit dem Donnern vermischte. »Sie wird nie wieder allein sein.«

»Ich rede nicht von *Marva*«, fauchte Donnie. »Ich spreche von meiner Mutter.«

Barney Malone öffnete den Mund. Er schloss ihn wieder.

»Ich spreche davon, dass du sie mit meiner Erziehung alleingelassen hast«, sagte Donnie, »und als ihre Zeit zu sterben kam, warst du immer noch nirgends zu finden. Du hast es nicht für nötig erachtet, an sie zu denken, nicht mal, nachdem ihr suchender Sohn mit ihrer Lebensversicherung gekommen ist.«

»Donnie …« Barney blinzelte Sturzbäche Regen fort. »Donnie, ich …«

»Du redest verdammt viel über Liebe und Verständnis und positive Energie, aber wo warst du? Wo waren da deine Erklärungen und Rechtfertigungen?«

Blitze überzogen den Horizont mit einem leuchtend orangefarbenen Gespinst. Barney wartete auf das anschließende Donnern, bevor er sprach.

»Donnie, du darfst dieses Übel nicht in dein Herz lassen«, sagte der alte Mann. »Nicht jetzt. Während Marvas Seele ihren Körper verlässt, braucht sie uns an ihrer Seite.«

Hinter ihnen sank Summer auf die Knie. Der Regen kam jetzt

von der Seite, bedeckte sie mit einer Nässe, die wegzuwischen sie sich nicht die Mühe machte. Sie sprach mit leiser, monotoner Stimme, die wie ein Dynamo Fahrt aufnahm:

»Luther, schließ Marva in deine Arme und halte sie warm.«

»Luther, schließ Marva in deine Arme und beschütze sie.«

Neben ihr kniete sich Suzie in den Matsch. Dann folgte Beth Ann. Dann Rylah. Brenna.

»Luther, schließ Marva in deine Arme und halte sie warm.«

»Luther, schließ Marva in deine Arme und beschütze sie.«

Donnie trat dicht genug zu seinem Vater, dass sich ihre Nasen fast berührten. Er hielt dem Mann einen Finger vors Gesicht.

»Wenn du also mit diesem Gerede über einen positiven Geist, der Leben retten kann, weitermachst«, sagte er, »dann musst du auch zugeben, dass du meine Mutter hast sterben lassen.«

Barney konnte seinem Jungen weder in die Augen sehen, noch konnte er die Miracles ansehen, die im Sturm skandierten.

»Luther, schließ Marva in deine Arme und halte sie warm.«

»Luther, schließ Marva in deine Arme und beschütze sie.«

»Dann sag es«, sagte Donnie.

Barney nickte.

»Sag es laut.«

Barney fragte: »Was soll ich sagen?«

»Dass du meine Mutter hast sterben lassen.«

So etwas machte Barney nicht. Stattdessen ging er auf die Knie, sehr ähnlich wie die Mädchen hinter ihm, und hob das Gesicht zum stürmischen Nachthimmel.

Donnie konnte es nicht mehr ertragen. Er kehrte zu Marva zurück und nahm ihren Kopf in die Hand, sehr ähnlich, wie er es vor all diesen einsamen Monaten schon bei seiner Mutter getan hatte. Er öffnete mit den Fingern ihren Mund und senkte seine Lippen auf ihre.

»Sohn, was machst du da?«

»Etwas«, antwortete Donnie, »wozu deine höhere Macht nicht den Anstand besitzt.«

Wieder blies er – *eins, zwei* – seinen Atem in ihren Mund, dann drückte er rhythmisch Marvas Brustkorb ein. Die Mädchen wachten an ihrer Seite …

»Luther, schließ Marva in deine Arme und halte sie warm.«

»Luther, schließ Marva in deine Arme und beschütze sie.«

… bis das tote Mädchen, wie aufs Stichwort, Wasser aus seinen Lungen hustete und gierig nach Luft schnappte. Donnie hielt Marva, bis sie sich wie ein glitschiger Aal in seinen Armen wand. So schnell es begonnen hatte, hörte der Regen auf, und das Donnern ebbte zu einem weit entfernten Rumpeln im Osten ab. Nur die von einem Pekannussbaum fallenden Tropfen und das beständige Plätschern des Bachs waren zu hören.

Die Mädchen eilten zu ihr und rissen sie in ihre Arme. Sie wischten pitschnasse Haarsträhnen beiseite und bedeckten sie mit Küssen.

Summer schloss sich ihnen nicht an. Stattdessen stand sie an Barneys Schulter. Der alte Mann musste sich erst noch erheben. Sie wiegte sich in der Brise, die längst nur noch eine Erinnerung war.

»Du hast sie geheilt«, murmelte sie. »Luther vollbringt sein Werk jetzt durch dich.«

Donnie blinzelte heftiger, als er es je für möglich gehalten hätte.

»Wer zum Teufel ist Luther?«, fragte er.

Im Mondlicht stehend zwinkerte sie ihm zu und lächelte. »Gelobt sei Luther«, sagte sie.

»Gelobt sei Luther«, stimmten die Mädchen ein.

21

Barney hatte keine Ahnung, was er tat. Der Mann war verloren, zappelte sich ab in einem Meer seiner eigenen Sünden und Missetaten. Seine Ressentiments und Unsicherheiten hatten über ihn die Oberhand gewonnen. Was vielleicht einmal ein großartiger Mann und Instrument Luthers gewesen sein mochte, war zusammengeknüllt und weggeworfen worden. Die Negativität hatte Wurzeln in ihm geschlagen und hatte sich durch seine Knochen ausgebreitet wie ein Krebs, bis das Gute in ihm auf einer Brise davongeschwebt war wie die haarigen Flugschirme eines Löwenzahns.

Was übrig blieb, war die verängstigte Schale eines Mannes, der zum Schwitzen gebracht worden war. Er ging jetzt mit gebeugten Schultern. Seine Stimme hatte seit Kurzem etwas Schrilles, und sein stolzer Gang war verschwunden. Was sich zeigte, als er bei der Spirit Study zu den Mädchen sprach.

»Das werden wir nicht noch einmal tun, meine Damen.«

Er hatte lange in der Mitte der Scheune gestanden, die Hände in seinen Taschen vergraben, hatte den Mund gehalten, während die Mädchen ihre Handflächen anstarrten, die sie unerschütterlich auf dem Schoß liegen ließen. Sie sahen sich an. Sie blickten zu Boden. Sie sahen überallhin, nur nicht zu ihrem Anführer. Sein Plan musste es wohl gewesen sein abzuwarten, bis ihr Schweigen von selbst aufhörte, aber sein Plan blieb auf der Strecke. Er hielt keine zehn Minuten durch, bis er völlig durch den Wind vor ihnen herumhüpfte.

»Damit haben wir jetzt die vierte Spirit Study nacheinander, bei der ihr euch geweigert habt zu teilen. Möchte eine von euch mir vielleicht mal erzählen, was hier los ist?«

Keines der Mädchen sprach. Ihre Entschlossenheit hätte Stahl biegen können.

»Rylah, gibt es nichts, was du mit uns teilen könntest?«

Sie hatte nichts.

»Cassie?« Seine Stimme blieb ruhig, aber Summer konnte er nichts vormachen. »Was ist mit dir, Brenna?«

Nicht einmal das neue Mädchen konnte umgestimmt werden.

»Hört zu. Ihr habt euch in letzter Zeit sehr seltsam verhalten. Ich habe es dabei bewenden lassen wegen dem, was Marva zugestoßen ist. Vertraut mir, ich verstehe, welche traumatische Erfahrung das für die Seele eines Menschen sein kann. Nach allem, was ich in meinem Leben schon erlebt habe … Man kann ein Gefängnis nicht von innen sehen und seine Lebensfreude behalten. Ich musste mich jeden Tag Herausforderungen stellen, aber …«

Super. Jetzt geht das schon wieder los.

Summer bekam vor Lachen beinahe Bauchschmerzen. Sie riss sich zusammen, so schnell sie konnte, bedeckte dann mit der Hand ihren Mund.

»Ist irgendwas witzig, Summer?«

Sie blieb stumm.

»Indem ihr Geheimnisse behaltet, beschädigt ihr eure eigenen Seelen.« Barney schritt auf der trockenen Erde vor ihnen auf und ab. Draußen vor der Scheune war der Himmel tiefblau mit dicken, flaumig weißen Wolken. Irgendwo in der Ferne gruben sich Maschinen in die Erde. »Geheimnisse törnen einen an. Eins führt zu zweien, und zwei führen zu dreien. Es ist eine schiefe Ebene. Eine Abwärtsspirale. Man ist nur so krank wie die Geheimnisse, die man hat, und, Schwestern, ihr müsst gesund werden wollen.«

Dankbarkeit zeigen. Kack oder schwing dich vom Scheißhaus. Wenn du stehen bleibst, geh zur Seite, denn andere gehen vielleicht anderswo hin.

Seufz.

Und wieder unterdrückte Summer ein Kichern.

»Ich bin versucht, jeder von euch ein paar Grundsätze einzubläuen.«

Suzie wäre beinahe eingeknickt. Sie war ja so stolz darauf, so schnell den Elften Grundsatz erreicht zu haben. Sie umklammerte ihre Knie mit den Fäusten, auf denen sich ihre Knöchel weiß abzeichneten, und biss sich fest auf die Unterlippe. Summer dachte, vielleicht platzt sie gleich, und machte Anstalten, sie zu unterstützen, aber eine warme Hand hielt sie am Handgelenk zurück.

Suzie ist eine starke Frau. Sie kann ihm widerstehen.

Summer blieb. Sie wartete. Sie beobachtete, wie sich das Blut aus Suzies Gesicht wieder in ihrem ganzen Körper verteilte, wie ihre Atmung sich wieder normalisierte.

Siehst du?

»Du hast immer recht, Luther«, sagte Summer. »Jedes Mal.«

Barney legte den Kopf schief. »Was hast du gesagt?«

Summer kniff die Lippen zusammen. Sie legte wieder beide Hände auf ihren Schoß.

»Das führt mich zu einem ausgezeichneten Punkt«, sagte Barney. »Ich möchte, dass ihr alle aufhört, die höhere Macht mit *Luther* anzusprechen.«

Alle Mädchen atmeten scharf ein. Rylah warf Cassie einen kurzen Blick zu, und Beth Ann drehte sich zu Brenna. Summer biss wie verrückt die Zähne aufeinander.

Er blufft. Er würde es nicht wagen.

»Unsere Beziehung zu unserer höheren Macht ist immer persönlich«, fuhr Barney fort. »Ich fürchte, indem ihr einen gängigen Namen verwendet, erfahrt ihr eine ungesunde …«

Cassies Hand schoss in die Höhe. »Aber Sie sagen doch immer, wir teilen alle dieselbe höhere Macht, weswegen wir sie instinktiv immer noch Gott nennen.«

»Was ich meinte, ist …«

Rylah legte nach. »Sie haben gesagt, der Kampf um unsere Nüchternheit wird ein schwerer sein, aber wir wären nicht allein. Wir haben unsere höhere Macht gefunden, und wir haben es gemeinsam geschafft.«

»Du missverstehst meine …«

»Er spricht nicht mehr mit Luther«, sagte Summer. Sie stand auf und reckte die Brust. Da war nicht einmal mehr ein Hauch der Wut, die sie einst verzehrt hatte. Sie hatte Frieden gefunden, verstand aber die Notwendigkeit, ihn zu verteidigen. »Ich gehe sogar so weit zu behaupten, dass er schon ziemlich lange nicht mehr mit Luther gesprochen hat.«

Summer, setz dich …

»Das werde ich nicht tun«, sagte sie. Sie sah die anderen Mädchen an, kehrte Barney den Rücken zu. Ein Lächeln breitete sich auf ihren Lippen aus. »Wenn Sie wirklich mit Luther sprechen, dann verraten Sie mir doch, was er genau in diesem Moment sagt.«

»Summer«, sagte Barney, »setz dich hin.«

Summer holte kurz Luft und hielt sie an. Ihre Blicke flitzten wie Fische unter dem Eis hin und her. Ihre Arme bebten von den Schultern an abwärts.

Mit brüchiger Stimme flüsterte sie: »Verraten Sie mir, was er *jetzt gerade* sagt.«

»Verdammt, es gibt keinen Luther!«

Was bei den anderen Mädchen nicht besonders gut ankam. Brenna erhob sich, wie um etwas zu entgegnen, fiel dann aber flach zu Boden. Sie zappelte auf dem Stroh herum wie ein Katzenfisch auf dem Trockenen. Sie hatte Schaum vor dem Mund. Sie stieß entstellte Worte aus, die nicht von dieser Welt waren.

»Was zum …?«

Keines der anderen Mädchen rührte sich. Sie blieben, wo sie standen, und starrten Barney hasserfüllt an.

»Ihr könnt damit nicht weitermachen«, sagte Barney. Er legte beide Hände auf seine Hüften. »Will denn keine von euch eurer Miracle-Schwester helfen?«

Cassie fiel ebenfalls. Wie Brenna krampfte sie und zuckte im Dreck. Ihre Schreie scheuchten Fledermäuse von den Dachsparren. Spinnen aus ihren Netzen. Sünden aus dem Holzgerippe der Scheune und aus der windstillen Luft darin.

Rylah. Suzie. Alle auf dem Boden mit Schaum vor dem Mund, bis nur noch Barney und Summer standen. Sie sahen sich an wie bei einem Duell. Ihre Blicke trafen sich und wichen nicht voneinander, bis er jedes einzelne seiner fiebrigen Kinder musterte und dann ihr Kräftemessen wieder aufnahm.

»Ich glaube langsam«, sagte Barney, »dass du einen sehr schlechten Einfluss auf meine Miracles hast.«

»Jede Wette«, sagte Summer. »Sie sind nicht mehr sein Instrument. Nee, wenn es nach Ihnen gegangen wäre, dann wäre Marva da in diesem Bachbett gestorben. Aber Donnie hat sie mit seiner Berührung geheilt. Wenn Luther überhaupt durch einen von euch spricht, dann denke ich mal, ist es wohl Ihr Junge.«

»Summer …« Er bekam die Worte nicht heraus. »Summer … ich glaube nicht … Ich sage es nur sehr ungern, aber …« Er holte tief Luft. Er sammelte sich. »Ich habe mir vor langer, langer Zeit geschworen, dass ich niemals zulassen würde, dass jemand durch die Maschen schlüpft, aber …«

Summer hob beide Arme. Schlagartig hörten die Mädchen auf, sich zu winden. Sie rissen sich zusammen, standen auf und stellten sich neben Summer. Barney sah aus, als hätte er etwas Verdorbenes gegessen. Er öffnete mehrmals den Mund, brachte aber nichts Vernünftiges heraus. Stattdessen schlug er die Hände auf seine Oberschenkel und verließ dann die Scheune Richtung Haupthaus.

Du hast dich nicht unterkriegen lassen. Du wirst stärker.

Die Mädchen behielten ihn im Auge, bis er im Haus verschwand und die Tür hinter sich zuknallte.

»Was, denkst du, wird er jetzt machen?«, fragte Rylah.

»Er wird schnurstracks zu Donnie rennen«, sagte Cassie. »Er wird seinem Jungen befehlen, Summers Eltern anzurufen und sie von hier abholen zu lassen.«

»Wir sollten ihn aufhalten«, sagte Beth Ann.

»Nicht nötig.« Summer nahm Rylah an die linke und Suzie an die rechte Hand. »Donnie wird Befehle seines Vaters nicht mehr befolgen.«

»Wie kannst du da so sicher sein?«, fragte Brenna.

Donnie weiß, wie viel Geld du der Miracle Ranch bringst. Er hasst seinen Vater. Donnie wird seine neu gefundene Macht nutzen, sein Bedürfnis nach Rache zu befriedigen. Donnie wird eine sich bietende Gelegenheit ergreifen, denn er ist kein Dummkopf. Er ist smart, genau wie du.

Und wenn alle Stricke reißen, sorgen wir dafür, dass er das Licht sieht.

»Ich weiß es«, sagte Summer zu den anderen, »weil Luther es mir gesagt hat.«

22

Barney preschte durch die Haustür des Haupthauses und war bereits außer sich. Er öffnete mit einer unwirschen Bewegung seinen Pferdeschwanz und schüttelte seine Haare aus, sodass sie nun auf seine Schultern hinabhingen. Er schritt auf und ab, bis er schließlich zu Donnie hinüberging, der an seinem Schreibtisch konzentriert an Rechnungen und weiß der Himmel was arbeitete.

»Mein Geist ist jetzt in großer Gefahr. Ich schwanke am Rande des Abgrunds der Versuchung, und du bist der Einzige, den ich dafür verantwortlich machen kann.«

Donnie ließ seinen Bleistift auf das Hauptbuch fallen, über dem er im Lampenlicht kauerte.

»Mich?«, sagte er. »Wie zum Teufel kommst du darauf, ausgerechnet mir die Schuld an deiner Misere zu geben?«

»Ich hatte einen klar vorgezeichneten Weg.« Barney drehte sich um und begann, wieder auf und ab zu gehen. »Ich bin nur ein einziges Mal davon abgekommen, und das war, als ich das Geld angenommen habe, das du angeboten hast. Du hast diesen Scheck vor meiner Nase baumeln lassen, und ich habe ihn nicht abgelehnt. Die Sünde hat mir eine Falle gestellt, und natürlich musste ich hineinlaufen.«

Donnie massierte sich mit den Daumen die Schläfen. »Ohne diesen Scheck würdest du immer noch an Straßenecken herumbrüllen und gegen Methadonambulanzen protestieren. Was weiß denn ich: Wahrscheinlich hätte man dich längst wieder ins Gefängnis verfrachtet.«

»Ich schwöre … Geld korrumpiert. Es dient keinem anderen Zweck, als den Menschen in Versuchung zu führen.«

»Und um Rechnungen zu bezahlen.«

»Ich will mich nicht beteiligen!« Barney boxte in die Luft vor sich. Die Haare standen ihm an beiden Seiten vom Kopf ab, während sich seine Verbitterung weiter aufschaukelte. »Ich will nichts damit zu tun haben! Diese bescheuerten Puppen, die Felder. Wir sollten alles verkaufen, und das war's dann.«

»Wohin würdest du denn gehen?«

»Wir würden in die Wälder gehen.« Barney gestikulierte hektisch aus dem Fenster. »Wir würden Müllcontainer durchstöbern. Wir würden uns von allen irdischen Fesseln befreien, die diese kranke, widerliche Gesellschaft uns anzulegen versucht hat. Zivilisation ist eine Henkersschlinge. Sie würgt unsere Seele, bis wir nur noch umgeben sind von Pop-up-Werbung und Handy-Apps, Plakatwänden und Fernsehscheiße. Konsumismus! Kapitalismus!«

»Du hast keine andere Wahl«, sagte Donnie. »So ist es nun mal, Barney. Es gibt ein Wort für Leute, die sich so weit abkoppeln, und das ist kein Wort, dem du zugeordnet sein möchtest. Ganz sicher nicht in Texas. Nicht in der heutigen Zeit.«

Barney strich mit den Händen seine Haare glatt, dann band er sie mit einem kleinen Stück Hanfseil wieder zusammen. Er holte seinen Atem wieder auf ein normales Niveau. Er bemerkte, dass die Aufführung seinen Sohn zu langweilen begann, da er den Bleistift nahm, um sich wieder seinen Zahlen zu widmen. Donnie ließ sich eine Weile von dem alten Mann zusehen, bis er es nicht länger ertragen konnte. Wieder legte er den Bleistift aus der Hand und seufzte tief.

»Was noch, Barney?«

»Du bist nicht anders als deine Mutter«, sagte der alte Mann.

»Wa…«

»Kein bisschen.« Barney setzte sich auf das Sofa gegenüber von Donnie, schlug die Beine übereinander. »Du hast ihre Augen. Ich hab's direkt gesehen, als du aufgetaucht bist. Du hast auch ihr Lächeln.«

»Sprich nicht über meine Mutter.«

»Manchmal, im richtigen Licht, bist du ihr wie aus dem Gesicht geschnitten. Ihr Haar war natürlich länger, und es war ein helleres Blond ...«

Donnie merkte, dass er den Bleistift so fest umklammerte, dass dieser beinahe zerbrach. Er hatte keine Ahnung, wie lange sein Bein schon gezittert hatte, aber es ließ die Petroleumlampe beinahe vom Schreibtisch fallen. Er legte eine Hand aufs Knie, um es still zu halten.

»Weißt du, was du noch hast?« Als Donnie nicht antwortete, fuhr Barney fort. »Du hast ihre gemeine Ader.«

Donnie schaffte es nicht auszuatmen. All die Luft steckte fest in ihm und konnte nicht entweichen.

»Und was meinst du wohl, von wem sie diese gemeine Ader hatte?«, brachte er durch zusammengebissene Zähne heraus.

»Diese Frau war schon eine zornige Person, lange bevor sie mich kennenlernte«, sagte Barney. »Man entwickelt einen solchen tiefen Hass nicht von heute auf morgen. Nein, das war etwas, das sie über Generationen defekter und beschädigter DNA geerbt hatte. Wenn du nichts unternimmst – und zwar schnell –, dann wird es sich weiter ausbreiten. Ist es das, was du willst?«

Donnie starrte das vor ihm liegende Buch so intensiv an, als würde es in Brand stehen. Er schwor sich, wenn Barney noch ein weiteres Wort über seine Mutter sagte, dann würde er über diesen Schreibtisch springen, ihn mit beiden Händen packen und auf sein Gesicht einschlagen, bis der alte Mann sich nicht mehr rührte.

Barney war klug genug, die Situation etwas abkühlen zu lassen. Nachdem die Kräfte und Energien sich angemessen umverteilt hatten, sah er zu, wie sein Junge vor seinen Augen abbaute.

»Wir müssen das Halifax-Mädchen loswerden«, sagte er.

»Ihre Eltern schicken uns in drei Tagen einen weiteren Scheck«, sagte Donnie. »Und danach den nächsten jeden zweiten Mittwoch. Solange wir sie hier halten können ...«

»Mir gefällt nicht, welche Wirkung sie auf die anderen Mädchen hat«, sagte Barney. »Mir gefällt nicht, welche Wirkung sie auf mich hat.«

»Wir müssen sie behalten. Sie ist ein wahrer Geldregen.«

»Geldregen …« Barney schüttelte den Kopf und hielt seine Stimme synchron zu seiner Atmung. »Genau da fängt dein Problem an. Wenn du von diesen Mädchen sprichst, benutzt du Worte wie *Geldregen* und *Gewinnmarge*, aber es sind Menschen. Mit solchem Gerede bringst du es vielleicht weit an der Wall Street, aber nicht hier bei uns auf der Miracle Ranch.« Barney zeigte aus dem offenen Fenster. »Dieses Mädchen hat etwas sehr Krankes.«

»Du hast gesagt, wir würden niemals jemanden im Stich lassen.«

»Das habe ich gesagt, bevor ich wusste, wozu ein Mensch fähig sein kann.« Barney schloss die Augen. »Noch nie zuvor war ich konfrontiert mit so etwas …«

»So etwas was?«

Barney schürzte die Lippen. Er schluckte. »Glaubst du, es gibt so etwas wie das wahre Böse?«

»Nein.« Donnie nahm den Stift wieder in die Hand, konnte aber nicht weiterschreiben. »Und du auch nicht. Wenn es eines gibt, was du in den Meetings immer wieder betont hast, dann, dass jeder Mensch auf der Welt ein Wunder ist, ein *Miracle*, und sie …«

»Ich weiß, was ich gesagt hab!« Barneys Stimme überschlug sich. »Aber vielleicht …«

»Was?«

Barney drehte sein Gesicht zur Wand. »Vielleicht habe ich mich geirrt.«

Donnie radierte Zahlen aus. Er kritzelte neue. Als er das nächste Mal aufschaute, sah der Mann älter aus, als Donnie ihn in Erinnerung hatte. Er wirkte kleiner und geschlagen von Zeit und Elementen. Seine Augen – immer grün – sahen im Lampenschein grau aus, und Donnie spürte, wie sich Gewissensbisse in die Freude darüber mischten. Er lehnte sich auf seinem Stuhl zurück und betrachtete seinen Vater weiter.

»Ich denke«, sagte Donnie, »vielleicht solltest du dir ein paar Tage freinehmen. Vielleicht solltest du nach Dallas fahren. Geh zu einem dieser AA-Meetings, lad die Batterien auf … du weißt schon, mal ein bisschen Abstand bekommen. Nichts bringt einen Mann schneller zum Durchdrehen als ein Haufen junger Mädchen, und weiß der Himmel, du hast sehr viel Zeit hier mit ihnen verbracht. Wie wär's, wenn du den Truck nimmst und dir mal einen Tapetenwechsel gönnst?«

Falls Barney es überhaupt in Erwägung zog, tat er es nicht sehr lange. Er schüttelte den Kopf. »Es ist nicht der richtige Zeitpunkt, sich zurückzuziehen. Meine Arbeit wird von allen Seiten angegriffen. Einerseits habe ich dich, der die ganze Zeit über Geld redet, und auf der anderen ist Summer. Wenn ich jetzt ginge, wohin würde ich zurückkehren?«

Donnie schüttelte den Kopf und widmete sich wieder seiner Arbeit.

»Was ich tun muss, kann ich dir sagen: beten«, sagte Barney.

»Schön. Dann bete.«

Barney ging auf und ab. Er schien tief in Gedanken versunken.

»Ich dachte, du wolltest beten.«

»Hier war alles viel besser«, sagte Barney, »bevor du aufgekreuzt bist.«

»Bitte, was?«

»Du hast die Pest hierhergebracht, ziemlich genau wie der apokalyptische Reiter. Du hast Krankheit gebracht.« Barney richtete einen Finger zur Decke. »Nach innen gewendete Sünde, das ist Krankheit. *Dis-ease.* Es ist etwas, das nur innerlich kuriert werden kann, nicht äußerlich.«

»Außer bei meiner Mutter.« Donnie spürte, wie seine Geduld

schwand. An ihrer Stelle brannte etwas Heißes. »Sag es jetzt, gottverdammt noch mal. *Außer bei meiner Mutter.*«

»Ganz besonders bei deiner Mutter«, fauchte Barney. »Sie war eine gehässige, boshafte Frau. Sie war durch und durch verlogen. Sie war immer schnell mit einer Lüge bei der Hand und noch schneller mit ihren ewigen Kritteleien …«

»Halt den Mund.«

Barney machte keine Anstalten aufzuhören. »Es ist wahr«, sagte er. »Vielleicht hätte eine wirklich außergewöhnliche Person sich selbst heilen können, aber deine Mutter war alles andere als außergewöhnlich. Sie besaß keinerlei Erkenntnisse, die sie nicht aus einem Schulbuch gestohlen hatte, und konnte sich nicht mit Vernunft vertraut machen. Sie war kleinkariert, und diese Kleinlichkeit manifestierte sich in ihrem Krebs.«

»Ich schwöre …« Donnie reckte die Schultern, hob sie. »Du solltest besser jetzt sofort den Mund halten.«

»Genau genommen hätte ich deine Mutter niemals auf dem Radar gehabt, wenn du nicht gewesen wärst. Weder vorher noch nachher.« Etwas Fremdes hatte von Barneys Stimme Besitz ergriffen, von seinem Tonfall. Es war, als wäre der Mann von jemandem ersetzt worden, der finsterer und unheilvoller war. Er klang überhaupt nicht mehr wie sein altes Ich, besonders, als er diese Worte ausstieß: »Sie war damals Gift, und sie bleibt lange nach ihrem Tod immer noch Gift.«

Donnie war über den Schreibtisch gesprungen, bevor er sich bremsen konnte. Er hielt den Bleistift in der Hand, mit dem er jeden Tag seine Zahlen kritzelte, und dessen Spitze rammte er jetzt in den Hals seines Vaters. Was beide völlig überraschte, aber keinen mehr als Barney Malone, dessen Augen ganz groß wurden, als er beide Hände hob, um den stetigen Strom des Blutes zu stillen.

»Du liebe Güte!«, keuchte Donnie. »Was habe ich …?«

Barney trat den Jungen von sich und sprang von der Couch auf, als würde er an einer Schnur hochgerissen. Blutverschmiert brach er zusammen, stürzte gegen eine Wand, rannte dann quer durchs Wohnzimmer, um gegen eine weitere Wand zu prallen. Er sank zu Boden, wo er kämpfte und zuckte und versuchte, den tief in seinem Hals steckenden Bleistift herauszuziehen.

»Nicht bewegen!«, brüllte Donnie. »Halt still, dann hole ich ihn raus.«

Aber Donnies Worte waren vergebens. Barney kämpfte mit den physischen Begrenzungen des Raumes, als würde es ihn vor seinem jetzt sicher erscheinenden Schicksal retten, könnte er hinausgelangen. Er griff mit einer Hand vor sich in die Luft und teilte mit der anderen wilde Schläge aus. Er trat mit den Füßen nach Donnie, wie um ihn in Schach zu halten. Wie um ihn daran zu hindern, mit anderen Dingen auf ihn einzustechen.

Donnie konnte nicht aufgehalten werden. Er wich einem Schlag aus, stürmte dann in das Getümmel von Barneys zuckenden Gliedmaßen, bis er schließlich auf den alten Mann stieg und seine Schultern mit den Knien fixierte. Während sein Vater sich unter ihm wehrte und brüllte, sprach Donnie so ruhig, wie er nur konnte.

»Dad«, sagte er, »du musst mir vertrauen.«

Barneys Augen traten hervor. Er schnappte nach Luft wie ein Katzenfisch an einem Flussufer.

»Halt still«, sagte sein Sohn.

Barney, der wenig Handlungsalternativen in der Angelegenheit sah, gehorchte. Sein Gesicht verlor Farbe. Sein linkes Bein zuckte langsamer und langsamer.

Donnie fasste den Bleistift mit beiden Händen.

»Das wird wehtun«, sagte er.

Barney öffnete den Mund zu einem Protest, aber es war zu spät. Donnie zog den Bleistift aus dem Hals des alten Mannes, und sofort spritzte das Blut in den Raum. Er hatte eine Arterie voll erwischt, was noch in Barney war, fand schnell einen Weg hinaus. Der alte Mann umklammerte seinen Hals mit beiden Händen und hielt ihn fest. Er flüsterte Worte, die niemanden mehr erreichten.

»Nein, nein, nein, nein, nein, nein …«

Donnie riss sich sein Hemd vom Leib und drückte es auf den Hals seines Vaters, um zu verhindern, dass ihn das Leben verließ. Nicht lange und das Hemd wurde rot und schwer, also warf er es beiseite und ergriff die Seiten seines kostbaren Hauptbuchs, das Sofakissen, alles, um seinen Vater zu retten, aber es nutzte nichts.

Barney Malone war nicht mehr zu retten.

23

Summer überquerte den hinteren Teil der Ranch mit so hängenden Schultern wie noch nie. Sie trug nur einen Apfel bei sich und nicht die Früchte all ihrer Planung, harten Arbeit und guten Absichten. Sie schlurfte durch den Dreck, bis sie das hintere Ende erreichte und sich unterhalb einer ehemaligen Telefonzelle auf den Boden setzte.

Setz dich nicht so nah ans hohe Gras. Da könnten Schlangen drin sein.

»Die Schlange tut mir jetzt schon leid, die ihre Zähne in mich versenkt«, sagte Summer. »Blut, das sie vergießen würde, wäre verflucht.«

Sag so was nicht.

»Es stimmt aber doch.« Sie polierte den Apfel an der Vorderseite ihres Overalls. »Ich bin ein Schandfleck. Ich bin für niemanden zu gebrauchen, und es ist höchste Zeit, dass ich mich damit abfinde.«

Sie biss in den Apfel. Sie beobachtete Bussarde am Himmel über sich. Ein Vogel, dann zwei, beide ruhig mit den Aufwinden gleitend.

»Luther?« Sie schluckte ihren Bissen herunter. »Luther?«

Ich bin hier.

»Du bist still geworden, das ist alles.« Sie betrachtete eine Druckstelle an ihrem Apfel. »Weißt du, ich käm nicht damit klar, wenn du nicht mehr mit mir reden würdest.«

Ich spiele nur nicht dieses Spiel, das ist alles.

»Ich spiele keine Spiele.«

Die Selbstmitleidsorgien. Die Selbstverachtung. Ich hab's dir gesagt, das mach ich nicht mit. Wenn du so reden willst, solltest du dir jemand anderen dafür suchen. Ich jedenfalls bin dann nicht dein Publikum.

Summer seufzte. Luther hatte recht. Sie hatte so hart an ihrem Selbstwertgefühl gearbeitet, seit sie auf die Ranch gekommen war. Sie hatte so viel erreicht. Sie war achtundfünfzig Tage clean. Sie kämpfte sich durch die Grundsätze, als wären sie Gegner in einer Schlacht.

Sie war perfekt.

Sie wurde geliebt.

»Du hast recht«, sagte sie. »Du verstehst nicht, wie schwer es ist, von jahrelang angelerntem Verhalten Abstand zu nehmen.«

Ich verstehe das vollkommen.

»Natürlich verstehst du es. Du verstehst alles.«

Sie suchte den Horizont ab. Sie schaute zu, wie ein Gürteltier von einem Loch zum anderen hetzte. Sie nahm einen weiteren Bissen von ihrem Apfel.

»Du bist der Einzige, der mich versteht.«

Das ist nicht richtig.

»Ach, ja? Wer denn noch?«

Muss ich es dir wirklich buchstabieren?

Summer machte weit den Mund auf. Sie schnappte nach der Luft vor sich.

»Hör auf, mich zu quälen und sag es mir.«

Denk mal nach.

»Donnie?«

Er ist süß.

»Er ist für meinen Geschmack ein bisschen zu sauber und anständig, findest du nicht auch?«

Du würdest staunen, was für eine Dunkelheit er in sich trägt.

»Ich habe keinen Bock mehr auf Dunkelheit.« Statt den Apfel aufzuessen, warf sie ihn ins Unkraut. »Wenn's recht ist, würde ich gern noch ein bisschen länger hier im Licht bleiben.«

Summer erhob sich und ging weiter auf die Weide hinaus. Sie duckte sich unter Stacheldraht hindurch, ging dann weiter. Über versteinerte Kuhfladen und um stachelige Mesquite-Sträucher herum erreichte sie ein altes Fischbecken. Das Wasser bebte und quakte, als sich Schildkröten, Frösche und was nicht alles bei ihrem Anblick zerstreuten. Ein Kranich ergriff die Flucht. Sie schaute hinaus über den hügeligen Horizont. Die Sonne ging unter. Die Landschaft loderte brillant in einer Farbe, die sie noch nie zuvor gesehen hatte.

»Gute Arbeit, Luther.«

Vielen Dank.

»Nein … ich danke dir.« Als wieder Stille eingekehrt war, sagte sie: »Meinst du wirklich, er versteht mich?«

Ihr zwei seid aus demselben Holz geschnitzt. Wo du schwach bist, ist er stark. Und umgekehrt. Ihr ergänzt euch perfekt.

»Das hast du schon mal gesagt.« Summer verschränkte die Arme. »Und sieh nur, wohin mich das gebracht hat.«

Genau. Wohin es dich gebracht hat. Wenn das alles nicht passiert wäre, was je geschehen ist, glaubst du immer noch, dass du genau hier gelandet wärst, jetzt?

Summer nickte. »Da ist was dran, Luther.«

Er ist eine zuverlässige, leitende Hand. Es wird gut sein, ihn in ein oder zwei Wochen in der Nähe zu haben, denn nach meinen Berechnungen ist das so ungefähr der Zeitpunkt, an dem du …

»Apropos Berechnungen«, sagte Summer. »Er ist ziemlich begabt, was Zahlen betrifft. Und seien wir mal ehrlich: Mathe ist bestimmt nicht meine Stärke.«

Genau.

»Er ist ein heller Kopf.« Summer errötete. »Definitiv. Weißt du, ich habe ihn über die Pläne reden gehört, die er für die Ranch hat. Wie er sagte, wenn wir Mais und Baumwolle da hinten auf den verdorrten Feldern anbauen würden, dann könnten wir es in der

Stadt verkaufen und genug Geld verdienen, um die nächsten Jahre zurechtzukommen.«

Wenn da nicht sein Vater wäre …

»Und dass diese Miracle Dolls jederzeit ein Hit und Sammlerstücke werden könnten. Jederzeit … Ich spür's einfach.«

Wenn Barney ihm nur erlauben würde, sie im Internet zu vermarkten. Kannst du dir vorstellen, was du für die Ranch tun könntest, falls Barney einen Internetanschluss erlaubte?

»Ich könnte aus dieser Ranch was richtig Großes machen, weißt du. Die wissen ja nicht, wozu ich fähig bin.«

Wenn sie es herausfinden …

»Ich könnte sie in die sozialen Medien bringen. Ich bringe sie auf alle angesagten Plattformen.« Es wurde dunkel. Sie warf einen kurzen Blick auf einen Stern, der am Himmel blinzelte. »Vielleicht besorg ich uns einen Promi, der hier clean wird, damit wir aufs Titelblatt von *People* oder *Parade* kommen.«

Das wird Barney niemals zulassen.

»Dieser Mann ist ein Trottel«, sagte sie. »Der hat doch überhaupt keinen Schimmer, wie man ein Entzugscamp leitet.«

Er hat seinen Zweck erfüllt.

»Klar, hat er.« Summer lehnte sich in das raue Gras zurück. Sie starrte zum Sichelmond hinauf. »Vielleicht ist es höchste Eisenbahn, dass wir ihn aufs Abstellgleis schieben.«

Konzentriere dich mit jeder Unze Liebe, die du aufbringen kannst, auf ein Ziel. Konzentrieren. Mach es so.

Summer schloss fest die Augen. Sie ballte die Fäuste. Sie spannte ihren ganzen Körper so fest an, dass ihr fast die Zähne rausflogen. Als sie ihre Muskeln nicht noch weitertreiben konnte, nahm sie mit einem tiefen Seufzen die Spannung wieder heraus. Noch lange danach klingelten ihr die Ohren, und ihre Lunge konnte gar nicht genug Luft aufnehmen. »Ich hab's getan.« Sie lag reglos im rauen Gras. »Ich hab mich wie bekloppt fokussiert.«

Gut für dich. Jetzt musst du zu ihm gehen, denn er braucht dich.

»Wer? Donnie?« Summer lächelte schief. »Ich bin doch nur ein abgewrackter alter Junkie. Wozu könnte er eine Durchgeknallte wie mich gebrauchen?«

In weiter Ferne warnte ein Streifenkauz eindringlich. Das Lied eines Kojoten erfüllte den Arroyo.

»Luther?«

Keine Antwort.

»Luther?« Summer setzte sich auf. Ihre Hände scharrten auf der trockenen Erde neben sich. »Luther, ich hab doch nur Spaß gemacht. War doch nur Gealber. Ich weiß doch, dass ich mehr bin als durchgeknallt. Ich bin ein Miracle. Ich werde geliebt. Ich bin …«

Summer. Ich meine es ernst.

»Ich auch. Ich hab nicht …«

Summer … er braucht dich.

Summer gefiel sein Tonfall nicht. Sie legte den Kopf auf die Seite wie ein Hund beim Klang einer Pfeife. Der Anflug eines Lächelns verschwand aus ihrem Gesicht.

»Was meinst du damit? Du meinst … er steckt in Schwierigkeiten?«

Summer, jetzt! Er benötigt deine Hilfe!

Summer brauchte keine weitere Ermunterung. Sie machte sich über die Weide auf die Socken, sprang mit einem Satz über den Stacheldraht und hielt schnurstracks auf das Haupthaus zu.

• • •

Summer klopfte einmal kurz an, wartete aber nicht, sondern stieß die Hintertür des Haupthauses mit einem Schlag auf. Sie stolperte durch die Küche und ging den Flur hinunter bis zum Wohnzimmer, wo sie auf der Türschwelle stehen blieb und sich am Rahmen abstützte.

»Oh, mein lieber Luther …« Sie tat ihr Möglichstes, um ruhig zu bleiben und einen klaren Kopf zu behalten. »Was haben wir nur getan?«

Donnie Williams stand in der Mitte des Raumes. Seine Schultern und Brust hoben und senkten sich wie bei einem verwundeten Tier. In dem Raum stank es nach Angst und nach etwas Metallischem wie Kupfer, und die Wände waren mit Blut bespritzt.

»Meine Güte …« Summer hob eine Hand an ihren Mund. »Ich habe es so gewollt, dass es passiert.«

Donnie stand über der Leiche seines Vaters. Beide waren so mit tintenschwarzem Blut durchnässt, dass Summer nicht ausmachen konnte, ob es von einem oder beiden stammte. Donnies Hände zitterten so sehr, dass sie meinte, durch die Vibrationen müssten seine Arme aus ihren Gelenkpfannen springen. In einer Hand hielt er einen blutbeschmierten Bleistift, sein Mund stand offen.

»Ich hab ihn gebeten, nicht weiter über meine Mutter zu reden.« Es war ein fast unverständliches Genuschel. »Ich hab ihn angefleht.«

Bläschen bildeten sich an einem ausgefransten Loch in Barneys Hals und zerplatzten dort. Das war die einzige Bewegung, die von dem alten Mann kam.

»Er hat gesagt, sie wäre selbst für ihren Krebs verantwortlich gewesen«, flüsterte Donnie. »Dass sie es sich selbst zuzuschreiben hätte. Er hat gesagt, sie hätte es verdient zu sterben. Er hat gesagt …« Donnie vergrub den Kopf in seinen Händen. »Ach, was hab ich nur getan?«

»Du hast gar nichts getan«, stammelte sie. »Das war ich. Ich hab das getan. Ich schwöre bei Luther, ich war gerade draußen auf der Wiese und habe das alles hier geschehen lassen.«

»Du weißt ja gar nicht, was du da redest.«

»Doch, weiß ich.« Summer hüpfte auf und ab, planschte im geronnenen Blut, als wären es Regenpfützen. »Luther hatte recht.

Man muss nur seine Energien bündeln, und schon passieren große Dinge.«

»Ich habe meinen Vater umgebracht.« Donnie wiegte sich vor und zurück, als wäre er wahnsinnig geworden. »Ich hab ihm einen Bleistift in den Hals gerammt. Das ist passiert. Er hatte recht: Ich bin genau wie meine Mutter.«

»Ich mache bei deiner Selbstmitleidsorgie nicht mit.« Summer watete durch das Blut und trat um eine Seite des toten Mannes, dann auf die andere. Sie nahm in Gedanken Maß. »Wenn Luther nicht gewollt hätte, dass dies hier passiert, dann wäre es auch nicht passiert. Das hier ist nur ein einzelner Schritt in einer sehr langen Reise von uns beiden.«

»Es gibt keine Reise.« Donnie sackte auf die Knie. »Ich werde den Rest meines Lebens im Gefängnis verbringen.«

»Ich werde dich nicht ins Gefängnis gehen lassen.«

»Wenn die Polizei erfährt, was passiert ist ...«

Summer ging in die Hocke, auf seine Höhe hinunter. Sie legte ihre Hände auf seine Wangen.

»Sie werden nicht erfahren, was passiert ist.«

Donnie wurde still. Seine Augen flackerten, hielten aber ihren Blick.

»Niemand wird irgendwas erfahren.«

»Warum sagst du das?«, fragte er.

»Weil niemand seine Leiche finden wird.«

Donnie schniefte. Er musterte sie von oben bis unten.

»Wie soll das gehen?«

»Wir werden sie verstecken.«

»Was verstehst du schon davon, eine Leiche zu verstecken?«

Summer schüttelte den Kopf. »Ich? Ich hab nicht die geringste Ahnung davon.« Hinter ihr ging Luther auf und ab. »Nein, ich glaube nicht, dass ich das nötige Wissen habe. Aber ich kenne jemanden, der's hat.«

Summer …

»Pst, Luther. Ich schaff das.«

Donnie legte den Kopf schief. »Wer?«

»Jemand, bei dem ich es kaum erwarten kann, dass er sieht, wie glücklich ich bin«, sagte sie. »Jemand, der sehen muss, dass ich es doch allein schaffen konnte.«

24

Sie brachten Barney in einen alten Steinbruch. Vor Jahren hatte man mit den Steinen, die man hier dem Boden entrissen hatte, einen Highway gebaut. Seitdem hatte er sich mit Wasser gefüllt, und die Kids aus der Gegend nutzten ihn im Sommer als Schwimmteich.

Donnie wusste darüber nur, was man ihm erzählt hatte, dass er gut zwanzig Meter tief war und die letzten drei Meter oder so aus nichts als feinem Schlamm und Schlick bestünden. Alles, was bis auf den Grund des Steinbruchs fiel, würde nie wieder das Sonnenlicht sehen. Weder in diesem Leben noch im nächsten.

»Wo ist er?«, fragte Donnie in die Dunkelheit. »Wo ist dein Freund?«

»Er wird kommen.«

Summer bot ihm eine weitere Zigarette an. Er hatte sich nie für einen großen Raucher gehalten, besonders, nachdem seine Mutter krank geworden war. Seit sie jedoch Barney auf die Ladefläche des Pick-ups geladen hatten, hatte er fast eine halbe Packung weggezogen. Beide standen auf dem Schotterparkplatz, gefährlich nahe an der Heckklappe, doch keiner von beiden griff danach, um sie zu öffnen.

»Was wird aus mir werden?«, fragte Donnie. »Wo werde ich landen?«

»Du landest nirgendwo«, sagte Summer. »Alles wird wunderbar laufen. Genau genommen wird alles besser als zuvor.«

»Ich befürchte, das ist nicht möglich.« Und wieder spürte Donnie, wie er den Kampf gegen die Welle aufsteigender Tränen und Schluchzer zu verlieren drohte. Er umschlang sich fest mit den

Armen und biss die Zähne zusammen. »Von hier gibt es kein Zurück mehr.«

Summer trat einen Schritt vom Pick-up zurück und murmelte etwas in die Nacht hinein.

»Was hast du gesagt?«

Summer sagte: »Ich habe nicht mit dir geredet.« Sie zeigte auf den Horizont. »Da kommt jemand.«

Sie sagte die Wahrheit. Donnie konnte in großer Entfernung Scheinwerfer ausmachen. Zunächst schwebten sie wie Glühwürmchen im sanften Wind, doch sie wurden größer und wuchsen zu riesigen Sonnen heran, die der Fahrer sich nicht die Mühe machte abzuschalten, auch dann nicht, als er mit der Stoßstange nur wenige Zentimeter vor Donnies Wagen geparkt hatte.

»Ich bin so nervös«, flüsterte sie. Sie schützte sich mit ihrem Arm vor dem Scheinwerferlicht. »Das kann jetzt ganz unterschiedlich laufen.«

Donnie blinzelte ins Licht. »Hast du nicht gesagt, der Typ wär ein Freund von dir?«

»Ein enger Freund«, erwiderte Summer. »Aber wir sind ein bisschen schwammig auseinandergegangen. Ich bin ziemlich neugierig, wie er alles verarbeitet hat.«

Der Fahrer schaltete den Motor ab, ließ aber die Scheinwerfer an. Die Wagentür öffnete sich. Summer packte Donnies Hand mit ihren eigenen beiden Händen und brach sie fast am Gelenk ab. Heraus kam ein Stiefel, dann der ganze Mann. Mann? Älter als ein Junge, das ganz bestimmt, obwohl er beinah genauso klein war. Sein Gesicht ging gerade noch als jugendlich durch. Seine Wangen waren leicht verfettet, sehr wahrscheinlich aufgrund von Alkohol und reichlich Sorgen. Er war locker gekleidet, jedoch von Kopf bis Fuß in Schwarz. Sein Haar war dick mit Pomade hoch über dem Kopf zurückgekämmt, und er trug einen Backenbart, der so aussah wie zwei Koteletts.

»Jack?«, rief Summer, die noch an Donnies Seite stand. »Bist du das?«

»Hast du jemand anderen erwartet?«

Sie ließ Donnies Hand los und rannte wie ein überglückliches Kind auf den Neuankömmling zu. Sie warf sich auf ihn und überrumpelte ihn damit so sehr, dass sie wie zwei Würfel neben den Wagen auf den Boden trudelten. Sie kicherte wie eine kranke Hyäne. Sie kreischte schrill herum.

»Du bist zu mir zurückgekommen! Du bist zurückgekehrt!«

Sie rollten ein wenig über den Kies, bis Jack es schließlich satthatte. Er setzte sich auf, staubte sein Hemd ab und nahm dann ihre Hand an, als sie ihm anbot, ihn hochzuziehen. Er musterte sie von oben bis unten.

»Sieh dich an.« Er lachte. »Dieser Overall ist nicht ganz dein üblicher Stil, aber was soll's.«

»Ich bin jetzt ein ganz anderer Mensch.«

»Jede Wette.« Jack trat näher an Donnie heran. Selbst in der Dunkelheit konnte Donnie spüren, wie er gemustert wurde. »Treten Sie ins Mondlicht, Mister. Lassen Sie mich sehen, mit wem Summer derzeit in die Kiste hüpft.«

»Oh, nein«, sagte Donnie. »Sie und ich … wir sind nicht …«

»Natürlich nicht.« Jack lächelte. »Aber dennoch …«

»Er sagt die Wahrheit, Jack.« Summer senkte ihre Stimme. »Der hier und ich, wir sind nur Freunde.«

Jacks Augenbrauen hoben sich. »In welcher Ecke arbeitet ihr beide? Kreditkarten? Drogen?«

»Ich bin seit achtundfünfzig Tagen trocken«, sagte Summer. »Genau genommen neunundfünfzig, da wir ja schon nach Mitternacht haben. Ich habe seit dem letzten Abend mit dir nichts mehr genommen. Ich meine, im Krankenhaus haben sie mir reichlich gegeben, aber das zählt eigentlich nicht, denn ich hab nie darum gebeten. Okay, ich meine, ich habe *häufig* darum gebeten, aber das war nur, weil ich Entzugserscheinungen hatte und so.«

»Wie war das für dich«, fragte Jack, »im Krankenhaus?«

»Es war ziemlich schlimm.« Sie klang traurig und verloren. »Ich bin gestorben, weißt du. Es stimmt, ob du das nun glaubst oder nicht. Und mir ist es echt egal, wenn du meinst, ich lüge. Du kannst denken, was du willst, aber ich bin tatsächlich gestorben, und Luther war dort und dann war ich wieder wach. Sie sagten, ich sei vier Minuten lang tot gewesen. *Vier Minuten.* Aber seitdem habe ich gelernt, Dinge durch meine Gedanken zu bewegen.«

»Ehrlich?«

»Es ist einfacher, als du denkst«, sagte sie. »Ich kann es dir zeigen.«

Darauf entgegnete Jack nichts. Stattdessen sah er Donnie von oben bis unten an. »Und dann bist du mit diesem Typen zusammengekommen?«

»Er ist ein Verwalter«, sagte sie. »Er leitet das Entzugscamp.«

»Entzugscamp?«

»Miracle Ranch.« Donnie streckte ihm die Hand entgegen. Jack nahm sie nicht. »Wir helfen jungen Frauen, von Drogen loszukommen, unter anderem.«

Über Jacks ganzes Gesicht zog sich ein Grinsen. »Junge Frauen?«

»Typischerweise Ende Teenageralter«, sagte Donnie. »Ungefähr Anfang zwanzig.«

Donnie kümmerte sich nicht um das Geräusch, das Jacks Kehle entstieg. Zunächst dachte er, dass der Mann sich verschluckt hätte oder so, doch später glaubte er, dass es vielleicht ein glucksendes Lachen gewesen sein könnte.

»Und aus welchem Grund«, fragte Jack, »braucht ihr Leutchen aus dem Entzugscamp Hilfe dabei, eine Leiche zu beseitigen?«

»Ist eine lange Geschichte«, sagte Summer. »Aber, du hast Glück, denn von hier bis zum Steinbruch ist es eine ganze Ecke, also ausreichend Zeit, um dich auf den neuesten Stand zu bringen.«

Und Jack sagte: »Ich kann's kaum abwarten.«

• • •

Donnie trug seinen Vater an den Schultern, während Jack ihn bei den Füßen packte. Als sie den alten Mann den Waldweg hochschleppten, klärte Summer ihren Freund auf. Sie quasselte von Grundsätzen. Sie erzählte ihm alles über die Spirit Studies. Sie beschrieb ihm haarklein jedes Mädchen auf der Miracle Ranch. Jack sagte die ganze Zeit kein Wort; schweigend trug er Barney.

Donnie driftete gelegentlich in das Gespräch und wieder hinaus und zog es stattdessen vor, darüber nachzudenken, inwieweit seine Seele nun verdammt war. Denn selbst wenn er irgendwie aus diesem Schlamassel herauskam ... selbst wenn er es schaffte, eines Tages wieder zurückzublicken, befürchtete er, dass das letzte Mal, dass er seine Mutter gesehen hatte, tatsächlich das letzte Mal gewesen war, da er nicht wie sie in den Himmel kommen, sondern in der sengenden Hölle verbrennen würde. Er brauchte weder einen Guru noch eine Bibel, die ihm sagte, dass er sich selbst vertrieben hatte, hinein in eine Ewigkeit aus Feuer und Schwef...«

»... und Donnie hier hat haufenweise Ideen, nicht wahr, Donnie?« Summer hatte weitergequasselt, bis sie zur Hintergrundmusik geworden war, doch bei der Erwähnung seines Namens schreckte Donnie auf.

»Wie bitte?«

»Erzähl ihm von den Miracle Dolls, Donnie.« Sie zeigte auf Jack. »Erzähl ihm von den Weiden und den Ernten, die du einfahren möchtest. Erzähl ihm von den Büchern, Vortragsreisen und den Talkshows im Fernsehen, die du planst.«

Donnie ließ beinahe seinen Vater fallen. »Die ... öh, Summer ... Ich denke nicht, dass ...«

»*Erzähl's* ihm doch. Erzähl ihm von all deinen Träumen für die Miracle Ranch. Erzähl ihm von den Puppen.«

»Wir nähen auf der Ranch Puppen. Die verkaufen wir in der Stadt.« Donnie wurde plötzlich kurzatmig. »Also, zumindest versuchen wir, sie zu verkaufen. Aber bisher … Summer, die Puppen sind so ziemlich das Letzte, worüber ich im Moment nachdenken möchte. Ich glaube nicht, dass du hier gerade das Große und Ganze erkennst.«

»Nein, einen Moment mal.« Jack blieb abrupt stehen. Donnie verlor beinahe das Gleichgewicht, hielt sich aber aufrecht. Jack ließ die Beine des toten Mannes zu Boden fallen. Er verschränkte die Arme und rührte sich nicht vom Fleck. »Rede nicht so mit ihr. Summer versucht nur zu helfen.«

»Ich entschuldige mich, Summer. Ich wollte nicht laut werden.« Donnie wartete, bis das Lächeln auf das Gesicht des Mädchens zurückkehrte. Als er weitersprach, tat er es in einem sanften, aber angespannten Ton. »Ich glaube, du verstehst nicht, Summer. Ohne meinen Vater gibt es keine Selbsthilfebücher, denn es gibt keinen Autor. Es gibt keine Botschaft. Ohne Barney Malone gibt es keine Miracle Ranch.«

Summer sah ihm ein wenig länger in die Augen als nötig. Sie schien etwas darin lesen zu können, das niemand anderes lesen konnte. Dann, als hätte ihr jemand eine Erkenntnis ins Ohr geflüstert, lächelte sie zur Seite und nickte.

»Das hört sich ziemlich richtig an«, sagte sie zu niemand bestimmtem. Dann schlug sie ein Rad. Sie lachte mit solch einer Hinterlist, dass Donnie ein weiteres Mal darüber nachdachte, sich seinem Vater am Grunde des Steinbruchs anzuschließen. Als sie ihre ausgelassene Lustbarkeit beendet hatte, gesellte sich Summer wieder zu ihnen und verschränkte die Arme. In ihrer Stimme lag Autorität, beziehungsweise ihre bestmögliche Inkarnation von Autorität, und das in einer Lautstärke mit mehr Nuancen als die Sterne über ihren Köpfen.

»Ich finde, du verkaufst dich unter Wert, Donnie Williams. Ich denke, du siehst den Wald vor lauter Bäumen nicht. Ich finde, dass du dich für einen Mann, der so klug ist wie du, ziemlich bescheuert verhältst.«

»Ich bin nicht …«

»Ich weiß, dass du das nicht bist, aber ich bin hier, um dir etwas zu verklickern.« Sie stieg über Barneys Leiche hinweg und packte Donnie an den Wangen. Dann wickelte sie beide Beine um seine Hüfte und berührte seine Nase mit ihrer. »Es liegt an dir, die Arbeit deines Vaters zu beenden.«

Donnie schaffte es nicht, sich aus ihrer Umklammerung zu winden. »Ich … Ich werde nicht … Das kann ich unmöglich …«

»Du kannst es unmöglich nicht tun«, erklärte Summer ihm. »Du bist der offensichtliche Erbe. Das gleiche Blut, was durch ihn geflossen ist, fließt jetzt durch dich. Ich habe gesehen, was du unten am Bachufer mit Marva getan hast. Selbst wenn du Luthers Worte nicht hören kannst, so wirkt er dennoch durch dich. Du bist sein Werkzeug. Du und ich, wir könnten eine Menge bewirken.«

Hinter ihnen scharrte Jack mit den Stiefeln an einem Stein. Funkensprühend zündete er sich eine Zigarette an.

»All diese Dinge, die du mit der Miracle Ranch vorhast«, sagte Summer, »die kannst du jetzt tun. Es gibt niemanden, der dir sagt, dass das nicht ginge, außer den Keimen von Selbstzweifeln, die du selbst aussäst.«

»Du begreifst es nicht«, sagte Donnie. »Ohne ihn kann ich das nicht.«

»Natürlich kannst du«, entgegnete Summer. »Luther sagt, er war sowieso mit Barney durch.«

»Luther? Zum Teufel, Summer …«

Er hätte diesen Gedanken durchaus beendet, hätte Jack ihm keinen kräftigen rechten Haken versetzt. Donnie taumelte gegen einen toten Baumstumpf, der unter dem Stoß zerbröselte. Er fiel in die Blätter und schützte seinen Kopf mit den Händen, sollten weitere Schläge folgen.

»Ich habe dir doch gesagt, du sollst aufpassen, wie du mit ihr redest«, schnauzte Jack. »Und ich sag's dir nicht noch mal.«

»Ach, Jackie ...« Summer hastete hinter Donnie her in die Blätter. »Er meint das nicht so. Donnie ist wirklich gut zu mir. Außerdem hat er gerade erst seinen Vater verloren.«

Sie half Donnie auf die Füße und bürstete das Laub von ihm ab. Jack kam herüber, bot ihm aber keine Hand an. »Ich bin ein wenig empfindlich, was sie angeht«, sagte er. »Wir beide haben zusammen eine Menge durchgemacht.«

»Ich verstehe«, sagte Donnie, ob nun wahr oder nicht. »Ist schon okay.«

»Das ist so süß von dir, Jackie«, sagte Summer. »Ich wusste, dass du mich liebst.«

»Wie niemanden sonst auf der Welt«, sagte Jackie. »Und nun lasst uns diesen alten Mann den Hügel hochtragen, damit wir hier wegkommen. Ich kann Schlangen nicht ausstehen und werde langsam nervös.«

•••

Nach ungefähr einer Stunde erreichten sie den Steinbruch. Donnie und Jack legten Barneys Leiche auf einen Felsen über dem Wasser. Unter ihnen zitterte der Mond auf dem gekräuselten Wasser vor einer Silhouette aus hoch aufragenden Kiefern und Pappeln am Horizont. Um sie herum protestierte die nächtliche Kakofonie gegen den friedlichen Aufgang der Morgensonne, als wollte sie sagen, lass sie zu Gewalt aufsteigen.

Darauf bedacht, Jack Jordan nicht den Rücken zuzukehren, linste Donnie über den Felsvorsprung. Er schloss die Augen und verlor sich und jeden Gedanken in Schluchzern. Summer trat hinter ihn und fuhr ihm mit den Fingern durchs Haar.

»Wenn schlimme Dinge passieren«, sagte Summer, »musst du sie einfach ausblenden. Vertrau mir. Ich tue das ständig. Dann verschwinden sie schneller, als du denkst.«

»Das hier wird nie verschwinden«, sagte Donnie.

»Es wird alles gut werden«, sagte sie. »Ich weiß, was ich tue. Und wir sind nicht allein.«

Donnie warf einen Blick über die Schulter auf Jack, der in weniger als einer Minute dreimal auf die Uhr sah.

»Dadurch fühle ich mich auch nicht besser.«

»Nicht er«, flüsterte Summer. »Wir haben jemanden viel Mächtigeren an unserer Seite.«

Donnie spürte ein inneres Frösteln, mit dem man ein Mammut hätte konservieren können. Ihm wurde klar, dass er bis zu diesem Augenblick nur gedacht hatte, zu wissen, was Angst bedeutet.

»Dieser Steinbruch ...«, sagte Donnie. »Das ist ein schrecklicher Ort. Wir können ihn nicht da reinwerfen.«

»Sie werden ihn niemals finden«, sagte Summer.

»Es ist nicht richtig. Ich habe eine bessere Idee. Wir könnten ...«

Donnies Gedanke wurde von einem lauten Rascheln abgebrochen, als Jack die Leiche von Barney Malone über den Felsvorsprung schubste. Alles, was folgte, war ein dumpfer Klatscher, der auch kilometerweit entfernt hätte sein können, was das anging. Das Echo dauerte Jahrhunderte. Jahrtausende.

»Du verdammter Hurensohn!«, brüllte Donnie. Er krabbelte auf die Beine, schmiss sich auf Jack und warf ihn zu Boden. Sie rangen miteinander. »Wie kannst du es wagen, du widerlicher Drecksack!«

Donnie war Jack nicht gewachsen. Obwohl er deutlich mehr wog und größer war, hatte er nicht die Hinterhofinstinkte und die Gottlosigkeit, die Jack so bereitwillig einsetzte, als er Donnie erst ein Knie in die Genitalien rammte und dann den Daumen in seine rechte Augenhöhle.

»Willst du noch weitere Löcher, ja?«, fragte Jack grollend. »Ich kann dich von allen Sinnen bis auf einen befreien und heute Nacht trotzdem noch wie ein Baby schlafen. Willst du das?«

Donnie gab zu, dass er das nicht wollte. Und tat es mit einem Krächzen kund. Jack lockerte seinen Griff um den Schädel des jungen Mannes.

»Lass uns beide aufhören, die Dinge zwischen uns auf diese Weise zu regeln«, sagte Jack. »Das kann nicht lange gut ausgehen.«

Nachdem sie wieder standen, keuchte Donnie: »Warum hast du das getan? Warum hast du meinen Vater in den Steinbruch geworfen?«

»Deswegen sind wir hergekommen«, sagte Jack. »Hörte sich für mich so an, als würdest du schwanken. Ich hätte den Mann nicht wieder quer durch den Wald zurückgeschleppt. Er wäre sowieso auf die eine oder andere Weise in dem Tümpel gelandet. Ich habe die Angelegenheit nur beschleunigt.«

»Ist er nicht der Beste?«, fragte Summer. »Er kümmert sich um mich.«

Donnie wünschte, er könnte sich übergeben. Er hätte gern geschrien. Er wollte auf die Knie fallen und auf die verdammte Erde einprügeln, bis seine Fäuste nur noch blutige Stumpen waren. Stattdessen stand er mitten auf dem Pfad, den Mund weit genug geöffnet, um eine der Fledermäuse zu fangen, die über ihren Köpfen flatterten.

Jack beachtete ihn nicht weiter. Stattdessen wandte er sich an Summer. Er sagte: »Hey, Kleines … du weißt, dass ich dich vermisst habe.«

»Wahrscheinlich hast du die ganze Zeit kein einziges Mal an mich gedacht.«

»Das ist eine glatte Lüge, und das weißt du auch.« Vom Wasser drang der Ruf eines Seetauchers zu ihnen herüber. »Ich hab die letzten paar Monate nichts anderes gemacht, als überall in Ost-

Texas die Krankenhäuser zu checken. Ich hab den Polizeifunk gehört, Hashtags durchkämmt und was weiß ich nicht alles, hab mir förmlich den Arsch aufgerissen, um dich aufzuspüren.«

Summer kickte einen Stein weg. »Ich wünschte, das wäre wahr, Jackie. Wirklich, das tue ich.«

»Es ist wahr.«

Dem hatte Summer nichts hinzuzufügen.

»Ich habe mir überlegt«, sagte Jack, »dass ich mich momentan in einer Übergangsphase befinde. Zwischen mir und meiner Connection unten in Houston ist's ein bisschen brenzlig geworden. Es ist gerade keine wirklich gute Idee, mich länger in Nacogdoches aufzuhalten, deshalb …« Er ließ seine Worte wie Wäsche in der Luft hängen. Er wartete darauf, dass Summer den Ball aufnahm und zurückspielte. Als sie das nicht tat, fügte er hinzu: »Ich hab mir gedacht, vielleicht verbringe ich einfach eine Weile bei euch Leuten. Den Ball flach halten. Wieder einen klaren Kopf bekommen.«

»Jack …«

»Ich habe immer gesagt, wenn ich mal eine kleine Auszeit nehme, kehrt auch alles wieder zur Normalität zurück.« Jack wischte sich die Nase mit dem Handrücken. »Vielleicht ist ein Entzugscamp genau das, was ich brauche.«

Summer wählte ihre Worte mit Bedacht. »Ich glaube nicht, dass das eine gute Idee ist, Jack.«

»Warum nicht?«

»Ich bin jetzt glücklich«, sagte sie. »Zum ersten Mal in meinem ganzen Leben bin ich glücklich. Ich möchte nicht, dass sich daran irgendetwas ändert.«

»Du bist in einer Sekte«, sagte Jack.

Summer drehte den Kopf, sodass ihr Ohr die Schulter berührte. »Spielt es eine Rolle, ob ich in einer Sekte bin«, fragte sie, »solange ich glücklich bin?«

»Das ist nicht fair«, murmelte er.

»Was ist nicht fair?«

Wir beide, du und ich, wir haben all diesen Scheiß zusammen durchgemacht, und du landest in einer Sekte voller junger, gebrochener Mädchen ohne Sektenführer, und das Einzige, was du von mir willst, ist, dass ich eine Leiche für dich wegschaffe.«

Summer zuckte zusammen. Sie zog die Nase kraus. Nach einer Minute wischte sie mit ihrem Zeigefinger vor sich in der Luft herum, als wollte sie jemanden zum Schweigen bringen. Sie sammelte sich, so gut sie konnte, brachte jedoch kein Wort heraus.

Donnie sagte: »Auf der Ranch sind nur Mädchen zugelassen. Wir können unmöglich ...«

»Nur Mädchen?« Jack schüttelte den Kopf. »Mädchen, die außer dir und deinem Daddy keine Gesellschaft von anderen Männern hatten?«

»Ich war nicht in ihrer Gesellschaft ... ich ...«

»Ihr erzählt mir also, ihr seid eine Sekte voller Mädels, habt aber keinen Guru?«

»Hör auf, das zu sagen«, blaffte Donnie. »Es ist keine Sekte.«

»Vielleicht jetzt nicht«, sagte Jack, »aber mit ein bisschen Arbeit ...« Er fiel vor Summer auf die Knie. Er verschränkte die Finger und legte sie unters Kinn. »Was, wenn ich verspreche, mich zu benehmen? Was, wenn ich schwöre, dir alles zu geben, was du willst?«

»Jack ...« Sie biss sich auf die Lippe. »Wir können nicht ...«

»Es wird sein wie in alten Zeiten«, sagte Jack. »Wie vor Nacogdoches. Vor New Orleans ...«

»Das würde nie funktionieren«, sagte Donnie. »Wenn wir ankündigen, dass Barney nicht mehr unter uns ist, werden wir ihre Familien kontaktieren müssen und ...«

»Was, wenn wir sie nicht kontaktieren?«, dachte Summer laut nach. »Was, wenn wir ihnen nie erzählen würden, dass Barney fort ist?«

»Wa…?«

Jack brachte Donnie mit einem einzelnen Finger zum Schweigen. »Unterbrich sie nicht, wenn sie nachdenkt. Dann verpasst du all das gute Zeug.«

»Was, wenn wir Jack nur ein Weilchen bei uns behalten …?«

Donnie senkte seinen Kopf in die Hände. »Summer, nein …«

Und wieder ging Donnie durch einen soliden Kinnhaken des kleinen Mannes zu Boden. Donnie hatte kaum Zeit, den Schlag zu bemerken, bevor Jack schon über ihm stand, diesmal, um ihm zu helfen aufzustehen. Nachdem er sich wieder gefasst hatte, klopfte Jack Donnie fest auf den Rücken.

Er sagte: »Mach dir keine Gedanken, mein Donnie-Junge. Ist nicht mein erstes Mal. Ich weiß, wie's geht.«

Anstatt etwas zu sagen, griff Donnie in der Tasche nach seinem zerknüllten Päckchen Zigaretten. Er zog eine verbogene heraus und entzündete sie. Jack zeigte darauf. »Ich würde mir gern eine davon borgen.«

»Borgen?«, fragte Donnie. »So wie in *du zahlst sie mir zurück*?«

Jack zog die Nase kraus, als würde er etwas Fauliges riechen. »Vielleicht«, sagte er. »Wenn wir einander gut genug kennenlernen, dann könnte das durchaus sein.«

»Hat jemals jemand Nein zu dir gesagt?«

»Klar«, sagte Jack. »Aber das waren alles Arschlöcher. Du bist doch kein Arschloch, oder?«

Donnie gab ihm eine Zigarette.

»Hatte ich auch nicht angenommen«, sagte Jack. »Und nun lasst uns losgehen.«

25

Sie hielten es für das Beste, Jack Jordan vorerst außer Sichtweite zu halten, aber Summer hatte keinen Zweifel daran, dass das leichter gesagt als getan war. Sie versteckten ihn im Haupthaus, wo er allerdings von dem gebotenen Komfort überhaupt nicht begeistert war.

»Gibt's hier keinen Strom?«, fragte er.

»Nein«, klärte Donnie ihn auf. »Barney hat nichts davon gehalten. Er sagte, es würde uns nur noch mehr von unserer spirituellen Mitte ablenken, wenn …«

»Das ist dann gleich das Erste von vielem, was ich hier ändern werde«, verkündete Jack. »Ich bin nicht bereit, irgendwo zu leben, wo ich kein anständiges Internet habe.«

»Also eigentlich ist das Leben viel besser, seit wir uns ausgeklinkt haben«, meinte Summer. »Ich bin nicht mal mehr halb so verrückt wie früher.«

Sie musste zu ihm durchgedrungen sein, denn er ließ das Thema fallen und fand dafür etwas anderes, das ihn beschäftigte.

»Das Wichtigste zuletzt«, sagte er. »Wir müssen uns um diesen Blutfleck kümmern.«

Donnie drehte ihm den Rücken zu, als könnte er nicht ertragen, ihn anzusehen. »Ich … Ich kann nicht …«

»Du musst«, sagte Jack. »Will man eine Tat begehn, muss man dafür gradestehn. Als Erstes bring mir eines von diesen Hühnern da draußen im Garten.«

»Welches?«, fragte Summer. »Den Hahn habe ich Spatchy getauft, das rote heißt Kendall und das große da …«

»Ist egal, irgendeins, denke ich.«

Summer tat, wie befohlen, und trat im frühen Morgenlicht

hinaus in den Hühnerstall. Drinnen hockten die Hühner noch auf der Stange, und es war einfach, das plumpe gelbe Huhn zu greifen, das sie Luna genannt hatte. Den ganzen Weg zurück zum Haupthaus flüsterte sie ihm, dicht am Kopf, zärtlich etwas zu. Als sie drinnen war, reichte sie es Jack.

»Jack, darf ich dir Luna vorstellen. Luna … das ist Jack.«

Jack brach dem Huhn das Genick. Der Hals hing schlaff zur Seite hinunter. Summer kreischte wie verrückt.

»Himmel, Summer«, zischte Jack. »Reiß dich mal zusammen. Es ist bloß ein Huhn.«

»Sie war mehr als nur ein Huhn!«, heulte Summer. »Wie kommst du dazu, sie umzubringen?«

»Wir müssen sie anstechen und ihr Blut über diese Sauerei gießen, die Donnies Daddy hinterlassen hat.«

»Warum, um alles in der Welt, sollten wir das tun?«

»Weiß doch jeder, dass man Blut braucht, um Blutflecken zu säubern«, erwiderte Jack. »Außerdem ist die DNA mit Hühnerblut verdreckt, wenn die Cops hier herumschnüffeln sollten. Die Beweise wären wertlos.«

Das musste Summer ihm lassen: Jack war der cleverste Typ auf dem ganzen Planeten. Sie hatte vergessen, wie er sie aus so ziemlich jeder Klemme befreien und jedes erdenkliche Übel heilen konnte. Nachdem sie jetzt das Gift aus ihrem Körper hatte, konnte sie klarer denken. Jetzt, wo sie eine neue Seite aufgeschlagen hatte, sah sie endlich auch das Licht am Ende des Tunnels.

»Was sollen wir den Mädels sagen?«, fragte Donnie.

»Wir erzählen ihnen gar nichts.« Jack trat in die Küche und kramte ein wenig herum, bis er einen Eimer fand. Er kehrte ins Wohnzimmer zurück und ließ das Huhn hineinfallen. In der anderen Hand trug er ein Schlachtermesser.

Summer konnte nicht hinsehen. Sie legte die Hände über die Augen und drehte den Kopf in eine Ecke.

»Sie werden wissen wollen, was mit Barney passiert ist«, sagte Donnie. »Sie werden sich fragen, wo er hingegangen ist.«

»Ich kümmere mich um die Mädels«, sagte Summer. Sie äugte gerade rechtzeitig zwischen ihren Fingern hindurch, um zu sehen, wie Jack das Huhn der Länge nach aufschlitzte. Seine Innereien klatschten auf den Boden und spritzten auf die Wände. Es trat um sich und krümmte sich, fast so, als wäre es noch am Leben.

Summer ertrug es nicht mehr. Sie hielt sich mit beiden Händen die Ohren zu und kniff die Augen zusammen. Sie stampfte mit den Füßen auf den Dielenboden. Sie sang aus voller Kehle »Sugaree« und entschied dann, dass es Zeit für einen langen, langen Spaziergang war. Sie überquerte die Maisfelder. Sie ging durch die Baumwollfelder. Sie wanderte über weite Wiesen. Sie ging und ging, bis sie schließlich eine Brücke erreichte, die sich weit über einen kleinen Bachlauf erstreckte. Sie stand unter den ausladenden Ästen eines Pekannussbaums und starrte versunken in den Arroyo.

»Luther«, rief sie in die stille Luft. »Woher weiß ich, ob ich das Richtige tue?«

Zu ihren Füßen spross eine blaue Wiesenlupine aus der trockenen, harten Erde. Daneben folgte eine weitere und schon bald befand sie sich in einem Meer davon. Sie breitete beide Arme in Höhe der Hüfte aus und erhob sich über sie wie ein Vogel. Sie schwebte gute zwanzig Zentimeter über dem Boden. Sie huschte wie eine Honigbiene von einer Blüte zur nächsten.

»Danke!«, rief sie dem Himmel entgegen. Der Erde entgegen. Dem weit, weit entfernten Horizont entgegen. »Ich danke dir von ganzem Herzen!«

Eine nach der anderen zogen sich die Blumen in die Erde zurück, woher sie gekommen waren. Der Boden unter ihren Füßen trocknete wieder zu dem harten Untergrund, der er vorher gewesen war, und das Gras nahm einen ausgeblichenen Farbton an. Über ihr machten Sturmwolken den Himmel zur Nacht.

Hinter ihr erscholl Jack Jordans Stimme.

»Ich habe mir Sorgen um dich gemacht«, sagte er. »Du bist ohne ein Wort gegangen. Und das ist fast zwei Tage her.«

Summer brach in Tränen aus. »Ich bin so müde, Jack.«

»Ich weiß.«

»Ich mag nicht mehr nachdenken. Darin bin ich nicht gut.«

»Das musst du auch nicht.« Jack nahm sie in die Arme. »Ich halte dich.«

»Tust du?«

Er nickte. »Tue ich das nicht immer?«

Summer presste ihren Kopf fest an seine Brust. Sie hörte sein Herzklopfen, das noch nie so langsam gewesen war, sein Atem noch nie so ruhig. Und sein Griff war noch nie so beständig gewesen.

»Wir müssen diesen Kult nutzen, um gute Dinge zu tun, Jack. Verstehst du mich? Wenn du ihn benutzt, um Böses zu tun, mache ich da nicht mehr mit.«

»Ich möchte doch dasselbe wie du«, flüsterte er ihr ins Ohr. »Selbst wenn du noch nicht weißt, dass du es willst.«

Sie riss sich aus seiner Umarmung. Dann stand sie einen knappen halben Meter von ihm entfernt und blickte ihm direkt in die Augen.

»Jack, ich mein's ernst. Ich bin jetzt ein guter Mensch. Ich tue Gutes. Ich mache das nicht mehr.«

»Wir haben uns beide verändert, Summer.« Er blinzelte nicht. »Du wirst schon sehen.«

Summer trat zurück bis zur Brücke. »Wenn du etwas anderes planst, springe ich genau hier und jetzt von der Brücke.«

Die Brücke hatte kein Geländer. Nur wenig mehr als ein paar gesplitterte Balken hielten sie davon ab, ins sechs Meter darunter liegende, ausgetrocknete Bachbett zu stürzen. Sie trat näher an den Rand heran. Der Wind küsste ihre Wangen und zerzauste ihr

Haar. Er versuchte, sie unter den Schultern zu packen und anzuheben.

»Summer«, sagte Jack, »tritt zurück.«

Sie blieb, wo sie war. Sie schloss die Augen und drehte das Gesicht der Wärme wegen zur Sonne.

»Summer, tritt von der Kante zurück. Wenn du nicht aufpasst …«

Wenn sie sich etwas in den Kopf setzte, konnte sie alles erreichen. Hatte sie das nicht schon oft genug bewiesen? Wenn sie einen Beutel Gras wollte, würde einer auf magische Weise erscheinen. Sie wünschte sich Jack zurück in ihr Leben, so wie sie es zuvor schon mit Scovak oder Jackson oder einer beliebigen Anzahl anderer gemacht hatte. Falls sie sich eine Million Dollar wünschte, würde sie die verdammt noch mal auch bekommen, also fragte sie sich, ohne befriedigende Antwort, warum zum Teufel sie nicht fliegen konnte.

»Summer«, sagte Jack mit leiser Stimme, »Luther befiehlt dir, vom Rand der Brücke zurückzutreten.«

Sie bekam keine Luft mehr in die Lungen. Das Blut in ihrem Körper hörte auf zu zirkulieren.

»Was … hat … hä?«

»Es stimmt. Er brüllt dich an. Jetzt gerade. Kannst du ihn wirklich nicht hören?«

Summer legte den Kopf schief, erst zur einen Seite, dann zur anderen. Ein stetiger Wind klatschte ihr gegen die Ohren.

»Er sagt: *Summer, da drüben ist es gefährlich*«, sagte Jack. »*Du könntest fallen.*«

Summers Gesicht verhärtete sich. »Er ist nicht … er … Du kannst ihn nicht …«

»Er sagt mir, dass du nicht fliegen kannst«, fuhr Jack fort. »Keiner kann das.«

Summer konzentrierte sich, bis ihr Verstand eine dunkle Stecknadel war. Sie behielt die Augen darauf gerichtet. Sie schaute auf nichts anderes und dachte an nichts anderes. Sie lauschte, so gut sie konnte, aber sie hörte immer noch kein Geräusch. Nichts. Überhaupt nichts. Weder die Vögel über ihr noch die Regenwürmer, die sich durch den Boden wühlten. Nicht die Erde und ihre Rotation um die eigene Achse und vor allem nicht die Stimme Luthers. Er war verstummt.

Ihr lief eine einzelne Träne über das Gesicht.

Dann trat sie von der Brückenkante zurück.

»Was sagt er noch?«, fragte sie Jack.

»Alles Mögliche. Komm hier herüber, damit ich's dir erzählen kann.«

Sie tat es. Langsam.

»Warum sagt er es mir nicht selbst?«, fragte sie.

»Er sagt, du würdest ihn nicht mehr hören.« Als sie nahe genug war, legte er einen Arm um sie und zog sie zu sich heran. »Er sagt, dir sei der Sprit ausgegangen. Du musst eine Weile jemand anderem das Lenkrad überlassen.«

»Und dieser Jemand sollst angeblich du sein?«

»Das hat er gesagt.«

Sie lachte schnaubend. »Du lügst. Er hat nie viel von dir gehalten.«

»Er sieht das, was ich sein könnte. Was wir sein könnten. Du und ich. Wir müssen uns keine Sorgen mehr darüber machen, dass wir den Bus verpassen, weil das hier der Bus ist, und – weißt du, was? – wir fahren ihn. Das Ding, nach dem wir die ganze Zeit gesucht haben … es ist direkt hier. Es waren nie die Drogen oder die Frauen oder das Geld. Es ist das hier. Anderen Menschen das Leben zu retten. Wir schaffen das. Wir können gut darin sein. Wir könnten so vielen Menschen helfen, clean zu werden, damit sie nicht so enden wie wir. Ich habe die Freude in deinem Gesicht gesehen, und wenn du es schaffst, nach all dem, was du durchgemacht hast, dann schafft das jeder, Summer. Es liegt an uns, ihnen zu zeigen, wie es geht.«

»Oh, Jackie …«

»Ich könnte das mit niemand anderem machen als mit dir, Summer.«

Flüsternd antwortete sie: »Ich auch nicht.«

Jack blickte über seine Schulter hinweg Richtung Ranch.

»Was sollen wir mit ihm machen?«, fragte er.

»Donnie?« Frische, grüne Blätter flatterten vor ihre Füße, als hätte ihn der texanische Wind herübergekehrt. »Er kommt schon klar. Mach dir keine Sorgen deswegen. Was meint Luther, was wir tun sollen?«

Jack legte den Kopf schief. Er kniff beide Augen zusammen, als würde er bei einem Puzzle festhängen.

Dann sagte er: »Luther meint, du sollst Donnie mir überlassen.«

»Tu ihm nicht weh«, sagte sie. »Versprich mir das.«

»Würde mir im Traum nicht einfallen«, erklärte Jack ihr. »Außerdem brauchen wir ihn.«

Summer linste in sein Gesicht, als versuche, sie zu entschlüsseln, was eine Lüge ist und was nicht. Sie konnte sich keinen Reim darauf machen. Als sie ging, um sich am Fuß des alten Pekannussbaums hinzusetzen, stieß sie ihn mit der Schulter und der Hüfte an. Jack ließ sich Zeit, sich zu ihr zu setzen. Als er es tat, lehnte sie ihren Kopf an seine Schulter.

»Ich will nicht mehr darüber nachdenken«, seufzte sie. »Ich will über gar nichts mehr nachdenken.«

»Das musst du auch nicht«, flüsterte Jack. »Ich übernehme das Denken für uns beide.«

»Sag mir einfach, was ich tun soll, und ich mach's.« Sie dachte, sie könnte jetzt dort einschlafen und zwanzig Jahre liegen bleiben. »Sag mir einfach, was zu tun ist, und ich sorge dafür, dass es erledigt wird.«

Sie ruhte ihre Augen aus, bis sie im gleichen Takt atmete wie er.

•••

Die Tankstelle an der Interstate war der Volltreffer und nicht leicht zu erobern. Gut einhundert Wagen rollten jede Stunde hindurch, und wenn es je einen Ort gab, an dem sich die Miracle Dolls gut verkaufen würden, dann war es dieser Truck Stop. Summer besuchte sie um drei Uhr nachmittags, in der sicheren Annahme, dass die Geschäfte da schleppender liefen.

Sie brachte Rylah, Marva und Cassie mit. Drinnen stießen sie auf eine Frau mit Dauerschmollmund und ständig zusammengekniffenen Augen. Der Frau gefiel weder, wie sie aussahen, noch, wie sie rochen.

»Ihr raucht euer Marihuana besser nicht hinter meinem Haus«, kläffte sie sie an. »Andernfalls ruf ich die Polizei schneller, als ihr gucken könnt.«

»Wir rauchen kein Gras«, sagte Summer. »Wir sind clean. Wir kommen von der Miracle Ranch, draußen in Rankin. Wir sind hier, um Ihnen anzubieten, diese Miracle Dolls in Ihrem Laden zu verkaufen.«

Rylah zog eine Stoffpuppe aus dem Leinenbeutel und legte sie auf den Tresen zwischen ihnen. Die Frau sah sie an, als würde sie davon Rachitis bekommen. Sie rümpfte darüber die Nase.

»Das hier ist ja wohl kaum der richtige Ort für solchen Kram«, sagte sie.

Summer blickte über ihre Schulter hinweg auf einen Plexiglasschaukasten mit Nippes, Schnapsgläsern, Souvenirs … der Replik eines Samuraischwertes in einer mintgrünen Schwertscheide. Eine verlassene Landschaft aus Plastik, made in China. Sie schnalzte mit der Zunge.

»Ich wette, wenn Sie den ganzen Krempel da drüben aus dem Kasten nehmen und durch unsere Miracle Dolls ersetzen, werden die sich ziemlich gut verkaufen.«

Die Frau schüttelte den Kopf. »Die werden wir bestimmt nicht ausräumen, die …«

»Wenn Sie außerdem«, fuhr Summer fort, »Ihre Angestellten anweisen, jeden Kunden darauf aufmerksam zu machen, dann wette ich, dass sie noch besser laufen werden.«

Die Frau gluckste durch die Nase.

»Vielleicht, wenn Sie jedem Kunden die Geschichte weitergeben: Erzählen Sie ihnen, dass diese Puppen von Jugendlichen aus der Gegend handgenäht werden, die hart arbeiten, um sich von Drogen zu befreien. Dass jeder Kauf dazu beiträgt, Menschen zu unterstützen, die dem Willen Luth… öhm, ich meine … *Gottes* dienen, dann mach ich jede Wette, dass diese Dinger in kürzester Zeit wie warme Semmeln weggehen. Man hat mir gesagt, sie wären *perfekt* als Sammlerstücke geeignet.«

Die Frau leckte sich die Fingerspitzen ab und zeichnete die Kontur ihres Mundes nach.

»Wir verkaufen kein Spielzeug, das von einer Hippiesekte hergestellt wurde«, sagte sie. »Also, wenn es Ihnen nichts ausmacht, ich habe ein …«

Summers Gesicht verfinsterte sich. Hinter ihr gingen Rylah, Marva und Cassie in Stellung. Alle vier blickten mit gesenkten Köpfen auf die Ladentheke. Sie sprachen in einem leisen, monotonen Sprechgesang:

»Wir sind perfekt.«

»Wir werden geliebt.«

»Wir sind Wunder.«

Das taten sie mehrmals hintereinander, bis die Frau tatsächlich ein wenig gerührt war. Sie stützte sich mit zitternder Hand am Tresen ab.

»Also, jetzt lasst das mal«, sagte sie zu den Mädchen. »Die Leute kommen hier herein, kaufen kurz etwas und gehen wieder. Da werden wir keine derartigen Gespräche führen.«

Doch die Mädchen hörten nicht zu. Sie hoben sehr langsam ihre Köpfe und erhöhten dabei die Tonlage.

»Ich rufe gleich den Sheriff …«

Summer hörte mit dem Singsang auf und sah die Frau an. Langsam schüttelte sie den Kopf von einer Seite zur anderen.

»An Ihrer Stelle würde ich das nicht tun.«

Hinter ihnen schlug Luther Dinge von den Süßigkeitenregalen. Er warf Schokoriegel, Minzbonbons und Fruchtgummi durcheinander. Er randalierte zwischen den T-Shirts und trat Displays um. Er zerriss Zeitungen und warf sie auf den Boden.

Das bin nicht ich, Summer …

Das Gesicht der Frau erbleichte. Innerhalb von dreißig Sekunden alterte sie um dreißig Jahre. Langsam ließ sie sich zu Boden gleiten.

»In einer Woche kommen wir wieder«, sagte Summer. »Und, wenn wir das tun, erwarte ich, dass diese Puppen verkauft sind. Verstanden?«

Die Frau nickte schwach.

»Ich will, dass Sie das laut aussprechen«, sagte Summer.

»Wir werden alle Ihre Puppen weiterverkaufen«, sagte sie.

»Und mir ist egal, für wie viel Sie sie verkaufen, aber ich nehme zehn pro Stück. Haben Sie gehört?«

Die Frau nickte eilig.

Summer lächelte. »Wie schön, dass wir miteinander ins Geschäft gekommen sind.«

Mit diesen Worten verließen die Mädchen den Laden. Auf ihrem Weg über den Parkplatz in Richtung ihres Pick-ups kamen sie an einem Jungen vorbei. Er mochte sechzehn oder siebzehn Jahre alt sein, doch Summer sah, dass er schon herumgekommen war. Die Innenseiten seines Armes verrieten ihn als User, doch er war immer noch weit davon entfernt, ein Junkie zu werden. Nach Summers Einschätzung war er gerade erst frisch von Pillen auf härteren Stoff umgestiegen.

»Darf ich dich was fragen?«, rief sie dem Jungen zu. Als er aufsah, aber nicht antwortete, fragte sie: »Bist du glücklich?«

Der Junge blickte von Summer zu Rylah und dann zu Marva. Marva lächelte wie ein braves Mädchen, und Rylah lächelte wie eine, die es faustdick hinter den Ohren hat. Der Junge hatte nicht die geringste Chance.

»Warum kletterst du nicht zu uns auf den Pick-up?«, fragte Summer. »Du bist ein Wunder, und du gehörst zu anderen Wundern.«

Es brauchte nicht viel. Der Junge erhob sich auf dürre Knie und sprang zu ihnen auf die Ladefläche.

»Weißt du, wo es hier in der Gegend eine Bücherei gibt?«, fragte Summer ihn. »Wir brauchen eine Internetverbindung, damit wir die Nachricht verbreiten können.«

26

Es begann mit einem Tröpfeln, doch schon bald kamen sie wagenweise. Die Erste war eine Ausreißerin, die von ihrem Pflegevater missbraucht worden war. Dann kehrten die Mädchen mit einem Footballspieler aus der Stadt zurück, der seine sensible Seite versteckte. Tramper vom Highway. Kids, gelangweilt von ihrem Status quo. Summer dachte sich eine Social-Media-Kampagne aus, die nach ein paar Anläufen einen Volltreffer landete. Dank #RetteMeinKindVorDrogen tauchten zu allen erdenklichen Tageszeiten es gut meinende Mums und Dads vor der Tür des Haupthauses auf.

Bald arbeiteten fast fünfzig Miracles auf den Feldern, strichen die Schuppen oder besserten die Zäune der Ranch aus. Die Spirit Studies auf der Weide schwollen mit ihnen an, und die Nacht war erfüllt von ihren Liedern. Die Miracle Dolls erlebten einen plötzlichen Verkaufsschub, ebenso wie die Internetausgabe einer von ihnen herausgegebenen Broschüre mit dem Titel *Du bist ein Wunder.* Donnie Williams rechnete damit, dass sie die Miracle Ranch endlich zu wirtschaftlichem Erfolg führen könnten, wenn sie den eingeschlagenen Weg weiterverfolgten.

Jack Jordan hatte allerdings andere Pläne.

»Die nächste Phase der Miracle Ranch«, erklärte er ihnen, »liegt zwischen den Seiten von genau diesem Buch hier.«

Sie standen mit Summer in der beengten Küche des Haupthauses. Vor sich hielt er eine schäbige, in Leder gebundene Ausgabe der King-James-Bibel. Donnie schaute mehr als einmal darauf und kratzte sich am Kopf.

»Du willst das hier zu einem Ort der christlichen Einkehr machen?«

Jack gluckste schnaubend. »Ja, genau.« Er öffnete mit Zeigefinger und Daumen den Buchdeckel und blätterte dann durch die Seiten, bis er zur Mitte kam. Innen war die Bibel ausgehöhlt, um große Portionen an Pillen und Puder aufzunehmen.

»Ist das …« Donnie rieb sich die Augen. »Das ist doch kein …«

»Das ist unsere Zukunft«, sagte Jack. Er klappte das Buch zu und legte es auf den Küchentresen. Dann hievte er sich selbst hinauf, sodass seine kurzen Beine ein gutes Stück über dem Linoleum baumelten.

»Aber, wir sind jetzt clean, Jack«, jammerte Summer. »Weißt du noch? Wir haben gesagt, wir lassen nicht zu, dass dieselben Sachen noch mal passieren. Du sagtest, es würde nicht so werden wie in South Carolina oder New Orleans oder Lufkin oder …«

»Und das meinte ich auch so«, sagte Jack. »Diese Drogen sind nicht für uns.«

»Aber, ich dachte … Ich dachte …«

»Du sagtest, du wolltest nicht denken«, sagte Jack. »Also lass es.«

Summer öffnete den Mund, um zu sprechen, doch überlegte es sich dann anders. Sie nickte, ließ die Schultern hängen und fing an, für sie drei eine Kanne Tee zu kochen.

»Wenn es nicht für uns ist«, fragte Donnie, »für wen denn dann?«

Jack sah zu, wie Summer mit dem Teekessel hantierte und ließ dann zu, dass ein Lächeln über sein Gesicht kroch.

»Erst mal«, sagte er, »warten wir auf den nächsten Neuankömmling. Dem nächsten Kid, der hier durchkommt, jubeln wir so viel MDMA unter, dass selbst ein Pferd auf House stehen würde.«

»Einem nichts ahnenden Neuankömmling was unterjubeln?« Donnie konnte nicht glauben, was er da hörte. »Nein. Es gibt eine klare Grenze, und ich befürchte, die wird damit überschritten.«

»Es gehört zu meinem Masterplan.«

»Ich werde dabei nicht mitmachen«, insistierte Donnie.

Jack hob eine Augenbraue.

»Werde ich nicht.« Donnie verschränkte die Arme. »Nichts, was du auch sagen könntest, würde mich …«

»Was, denkst du, würde dein Daddy in genau dieser Situation tun?«, fragte Summer von hinten. »Oh, warte … er hätte nichts zu sagen, denn er ist tot, weil du ihn umgebracht hast.«

Donnie schnellte herum, um sie anzusehen. Er öffnete den Mund, um seiner Wut Luft zu machen, doch bei ihrem Anblick brachte er kein Wort heraus.

Summer sagte: »Wenn ich eines gelernt habe, dann ist es, dass man nicht das kleinste bisschen Gutes auf dieser Welt tun kann, ohne nicht auch ein wenig Schlechtes zu tun. Jack hat mir sehr geholfen, was den schwierigen Teil angeht. Was meinst du, sollen du und ich ein bisschen was Gutes tun?«

Sie ergriff Donnies Arm.

»Wer von uns kann es sich im Moment leisten, allein dazustehen?«, fragte sie ihn.

Weder Summer noch Jack mussten zu dem Thema noch etwas sagen, obwohl sie es taten. Sie schmiedeten die ganze Nacht über Pläne, und sobald Donnie Anzeichen von Müdigkeit zeigte und einzunicken drohte, rüttelten sie ihn wach und wiederholten für ihn die gesamte Tortur.

Am nächsten Morgen war Donnie ziemlich neben der Spur. Er hatte kaum noch Kraft, sich zu wehren und konnte sich gerade so aufrecht auf den Beinen halten. Jack gab ihm aus seiner verschwitzten Handfläche zwei Pillen und drängte ihn, sie zu schlucken.

»Was ist das?«

»Ein paar kleine Muntermacher«, sagte Jack. »Nur, um dir über die Klientenaufnahme zu helfen.«

»Wir nehmen hier keine Drogen«, sagte Donnie. »Das Camp ist clean.«

»Das sind keine Drogen«, entgegnete Jack. »Man kann sie ganz normal an jeder Tankstelle kaufen. Lkw-Fahrer benutzen sie, um wach zu bleiben. Sie zählen nicht, weil sie nicht illegal sind.«

Donnie spülte beide mit einem Glas Leitungswasser herunter, ließ sie wirken und ging dann, um die Neuankömmlinge zu begrüßen: die Swansons. Eine nette Vorstadtfamilie, die angespannt herumwuselte und einen großen Wirbel um ihre arme, elendige Tochter Lindsay veranstaltete.

Lindsay war ein mageres Mädchen, das zu tiefschwarzen Augenringen neigte. Sie leckte sich eifrig die Lippen, als würde sie sabbernd darauf warten, dass ihr die gesamte Zivilisation auf einem Teller serviert würde. Sie beäugte wie eine Katze die kleinsten Bewegungen, für immer darauf geeicht zu spielen oder zu jagen.

»Man hat sie aufgegriffen, als sie in den Wäldern entlang des Angelina Rivers herumstreunte«, stöhnte ihre Mutter. »Als man sie fand, war sie blutüberströmt und hat eine fremde Sprache gesprochen.«

»Wir haben alles getan, was wir konnten«, versicherte Mr. Swanson. »Wir waren mit ihr bei Therapeuten, wir haben sie untersuchen lassen …«

»Wir waren mit ihr bei einem Priester …«

Donnie nickte. Das Skript änderte sich nur noch selten. Kind für Kind, Eltern für Eltern. *Wir haben alles getan, was wir konnten. Es ist nicht unsere Schuld. Was hätten wir tun sollen? Wenn nur … Wenn nur … bla, bla, bla.*

»Sie war immer so ein braves Mädchen«, sagte Mrs. Swanson. »Jedes Jahr immer nur Einsen. Im Schülerrat, National Honor Society …«

»Ich gebe der Schule die Schuld«, sagte der Vater. »Der ganze Osten von Texas ist nichts als ein Schandfleck in unserem großartigen Bundesstaat. Ich wünschte, er würde nach Louisiana verschwinden. Dort passiert nie etwas Gutes. Ich war mal dort, und alles, was ich vorgefunden habe, war Finsternis. Ich hätte unser kleines Mädchen nie dem aussetzen …«

Mrs. Swanson tätschelte das Handgelenk ihres Mannes. Er senkte den Kopf und weinte dicke Tränen, die auf seine Krawatte tropften. Donnie wischte sich den Schweiß von der Stirn und fragte sich, wann es im Raum so heiß geworden war.

Währenddessen sagte Lindsay kein Wort. Ihr Blick wanderte die Wände hoch und runter, dann vor und zurück über den Dielenboden. Sie betrachtete eingehend die Teppiche und Bücherregale. Die Kerzenleuchter und den Kamin.

»Wir haben Ihre Broschüre im Internet gelesen«, sagte Mrs. Swanson. »*Du bist ein Wunder.* Es kursiert momentan überall in den sozialen Medien. Wir glauben, wenn überhaupt jemand unserer Tochter helfen kann … nun, dann ist es die Miracle Ranch.«

»Wer hat hier die Leitung?«, fragte der Vater. »Sind Sie das?«

Donnie nickte zunächst und schüttelte dann den Kopf. Kurz darauf merkte er, wie er mit den Achseln zuckte und seinen Kopf in so kleinen Kreisen rollte, dass man es für einen Tick halten könnte. Zuckungen. Innere Krämpfe, die ihn direkt in eine Embryonalhaltung schicken könnten, wenn er nicht so auf die Aufgabe konzentriert wäre, die vor ihm lag.

Er sagte: »Hätten Sie etwas dagegen, wenn ich einen Moment allein mit Lindsay sprechen würde?«

Donnie wartete, bis er sicher war, dass sie gegangen waren, lächelte dann Lindsay freundlich zu und sprach sie das erste Mal direkt an.

»Liebes«, sagte er mit trockener Kehle, »wie wäre es mit einer Tasse Tee?«

Selbst ziemlich von der Rolle, nickte Lindsay langsam.

Donnie entschuldigte sich und ging in die Küche. Wie geplant, stand dort schon eine vergiftete Tasse bereit. Mit zitternden Händen trug er sie ins Wohnzimmer, wo er sie auf dem Tisch zwischen sich und dem Mädchen abstellte.

»Trink das und erzähl mir, was passiert ist.«

Sie schaute eine lange, lange Zeit in die Tasse, bevor sie fragte: »Was meinen Sie?«

»In Lufkin«, sagte Donnie. »Du kannst es mir erzählen.«

Sie zuckte mit den Achseln. Und machte keine Anstalten, ihre Teetasse zu nehmen.

Donnie räusperte sich. Hinter ihr befand sich die Stelle, wo er zugesehen hatte, wie sein Vater ausgeblutet war. Auf diesen Wänden hatte mal literweise geronnenes Blut geklebt, so dick, dass sie es mit einem Spachtel abkratzen mussten. Genau der Raum, in dem sie jetzt saßen, sah mal aus wie ein Tatort der Manson-Familie, und Donnie gab sein Bestes, um diese Bilder aus seinem Kopf zu verbannen.

»Weißt du«, sagte er, »es gibt wirklich nichts, was du mir erzählen könntest, was ich zu fürchterlich fände, um dir zu vergeben.«

Lindsay war zögerlich. »Für wen halten Sie sich?«

»Nur für jemanden, der helfen möchte. Ernsthaft, du kannst mir alles erzählen, solange es ehrlich ist.«

Lindsay atmete ein. Sie atmete aus.

»Darf ich dir eine Frage stellen?«, sagte Donnie. Als Lindsay nickte, fragte er: »Bist du glücklich?«

Natürlich war Lindsay nicht glücklich, und das zeigte sie, indem sie ihren Kopf auf den Tisch legte, ihn mit den Armen umschlang und dann ein grässliches Geheul von sich gab, das zehn Minuten dauerte. Als sie fertig war, reichte Donnie ihr ein Taschentuch und schob dann die Tasse Tee näher an sie heran.

»Erzähl mir, woran du dich erinnerst.«

»Ich weiß immer noch nicht, was in Lufkin passiert ist.« Sie sprach mit gedämpfter Stimme. »An manches erinnere ich mich, an anderes nicht. Ich weiß noch, wie ich mit meinem Freund zusammensaß und wir was gegessen haben. Also, ich hab nicht wirklich *gegessen*, eher so das, was ich mir an einem normalen Abend unter der Woche zu essen erlaube. Sie verstehen, was ich meine? Er hat Hühnchen zubereitet und, oh, er war so stolz darauf. Also habe ich gelächelt und mir die Gabel in den Mund geschoben – mit winzigen Bissen – und dann die Stückchen heimlich in meine Serviette gespuckt. Ich habe die Makkaroni auf meinem Teller so lange hin und her geschoben, bis sie halb aufgegessen aussahen. Ich habe mich wahnsinnig angestrengt, ihm seine Freude nicht zu nehmen, aber warum musste ich mit dieser Scharade denn weitermachen? Warum musste ich mich verstecken? Warum sollte ich denn diejenige sein, die in der Dunkelheit kauert und sich heimlich ins Bad schleicht, um sich dort zu erbrechen? Warum dürfen Männer mit ihren Lastern und Macken über die dreckigen Straßen von Ost-Texas stolzieren, aber ich muss mich verstecken?«

Sie war recht laut geworden, merkte es jedoch erst am Ende. Sie schätzte ihre Umgebung ein und nahm sich dann eine Minute, um sich zu fangen. Sie strich den Saum ihres Rocks über ihren hübschen Knien gerade, holte tief Luft und fuhr fort.

»Ich erinnere mich, dass mir all diese Gedanken – und noch mehr – durch den Kopf jagten, und dann weiß ich nur noch, dass ich in den Wäldern aufgewacht bin, voller Blut. Einiges davon war meins, klar; es sah aus, als hätte ich mich selbst irgendwann in der Nacht mit einer Glasscherbe geritzt. Aber, wie auch immer, gab es für einen großen Teil des Blutes keine Erklärung …«

In einem sehr leisen, gebrochenen Flüsterton fügte sie hinzu: »Ich glaube, ich habe ihn umgebracht …«

Donnie fiel zum ersten Mal auf, dass er vergessen hatte zu atmen.

»U-u-umgebracht? Wer?«

»Eigentlich sagt man *wen*«, korrigierte Lindsay. »Mein Freund, das ist wer. *Verlobter*, ganz genau genommen. Wir wollten heiraten. Vielleicht waren wir auch schon verheiratet. Woher soll ich das noch wissen? Denn soweit ich weiß, hat er noch nicht mal existiert, weil sie nie eine Leiche gefunden haben. Sie haben auch nie jemanden mit seinem Namen gefunden …« Sie drehte ihr Gesicht zur Decke, aber schloss die Augen. »Es ist, als hätte ich mir die ganze Sache ausgedacht. In einem Moment habe ich die beste Nacht in meinem ganzen Leben und im nächsten … Also der nächste ist wie ein Albtraum, gewickelt in eine Horrorshow, der dann in die Hölle geworfen wird. Ich weiß immer noch nicht, was wahr ist und was nicht. Und soweit ich weiß, sind Sie nur ein Produkt meiner Einbildung. Ich könnte auch auf einer Farm mitten im Nirgendwo Selbstgespräche führen oder in einem Zimmer im Rusk State Hospital. So schlimm steht es zurzeit um mich.«

Sie kam nicht länger gegen die Flut an. Sie ließ den Tränen ihren Lauf.

»Sie haben ja keine Ahnung, wie einem Dinge einfach so entgleiten können …«

Donnie ließ ihr Zeit, alles zu verarbeiten. Als sie sich schließlich beruhigte, nahm er ihre beiden Hände und wartete darauf, dass sie ihm in die Augen sah.

»Du musst etwas für mich tun«, sagte er.

Sie wischte sich die Nase mit dem Handrücken ab. »Ich tue alles, wenn Sie nur machen, dass es aufhört.«

»Ich meine es ernst«, sagte er. »Du musst etwas für mich tun, und du musst es jetzt tun.«

»Was?«

»Lauf.«

Lindsay blinzelte einmal. Dann blinzelte sie wieder.

»Was haben Sie gesagt?«

Donnie sprach jetzt mit festerer Stimme. »Du musst weglaufen«, sagte er. »Lauf so weit weg von diesem Ort, wie du kannst.«

»Aber … Aber …« Lindsay brach den Blickkontakt ab. Ihr Blick blieb an der Tasse Tee hängen, und sie griff danach. Donnie schlug sie ihr schnell aus der Hand. Sie flog auf den Boden und bildete eine Pfütze mit tausend kleinen Scherben.

»Hey …!«

Er stand vom Tisch auf und knallte seine Handflächen darauf. »Du musst auf mich hören. Hier bist du nicht sicher. Leute haben sich verschworen, um …«

Seine Worte verloren sich in einem geschäftigen Treiben in der Küche hinter ihm, und mit einer großen Fanfare kam Summer Halifax durch die Schwingtüren, in der Hand eine frische Tasse Tee auf einer Untertasse.

»Wie tollpatschig bist du denn heute wieder, Donnie?«, fragte sie in den Raum hinein. »Keine Sorge, mein Kind. Ich habe hier eine frische Tasse für dich. Also, ist noch gar nicht so lange her, da habe ich auf genau diesem Stuhl gesessen und furchtbar herumgezappelt. Was hätte ich da für eine knallheiße Tasse Tee gegeben …!«

Lindsay öffnete ihren Mund weit vor Entsetzen – und ihre Augen noch weiter. Sie zeigte auf Summer und bekam kein vernünftiges Wort heraus.

»Komm, trink aus, Mädel«, sagte Summer mit einem Blinzeln. »Alles, was du brauchst, damit es dir besser geht, befindet sich direkt dort in dieser Tasse.«

»Summer …« Donnie stiegen die Tränen in die Augen. »Ich denke nicht …«

»Na, na.« Summer drückte Lindsay die Tasse in die Hand. »Kein Grund, sich aufzuregen.«

Doch Lindsay beruhigte sich nicht.

»Das bist … Das bist *du* …«, stammelte sie.

Summer legte eine Hand auf die Brust. »Ich. Nein, mein Kind, ich bin nur ein Instrument. Ich folge dem Willen von jemand anderem.«

Lindsay rieb sich die Augen mit beiden Fäusten. Sie riss das Band aus ihrem hübschen blonden Haar und wickelte es so eng um ihren Zeigefinger, dass die Spitze dunkelrot anlief.

»Ich glaube, es passiert schon wieder …«

Summer sagte ihr ins Ohr: »Du bist perfekt. Du wirst geliebt. *Du bist ein Wunder.*«

Damit verließ sie den Raum so kakofonisch, wie sie ihn betreten hatte. Zwischen Donnie und dem neuen Mädchen entstand ein Schweigevakuum, bis Lindsay schließlich den Becher mit beiden Händen nahm und ihn in einem Zug leerte.

Als sie fertig war, wischte sie sich das Kinn ab und starrte in die Richtung, in die Summer verschwunden war.

»Dieses Mädchen …«, sagte sie. »Sie will uns allen schaden.«

»Du hast ja keine Ahnung«, sagte Donnie.

Lindsay schien nicht mehr durchzublicken. Sie erhob sich müde von ihrem Stuhl und schlurfte zu der Couch an der gegenüberliegenden Wand. Sie ließ sich darauf fallen und legte den Arm über ihre Augen.

»Was ist hier gerade passiert?«, fragte Donnie sie. »Beschreibe es mir.«

»Wozu denn?«, entgegnete sie mit einem tiefen Seufzer. »Wo immer ich hingehe, sehe ich …«

»Siehst du was?«

Lindsay rollte sich, so eng es nur ging, zu einem Ball zusammen und drehte dann das Gesicht zur Wand.

»Würde es dich sehr stören, wenn ich mich einen Moment hinlege?«, fragte sie. »Ich fürchte, mir wird gleich wieder schlecht.«

27

Am großen Tag suchte Summer die Miracle Ranch von oben bis unten ab, bis sie schließlich Jack fand, der allein am Rande der Dunkelheit stand, dort, wo der letzte Lichtschimmer im schwarzen Schatten der Scheune endete. Er sah hinaus in die Nacht. Er sprach mit jemandem, der nicht da war.

»Jack«, rief sie ihm zu. »Jack, es ist Zeit.«

Sein Kopf schnellte herum, als würde er sich selbst aus tiefen Gedanken reißen. »Du darfst dich nicht so an jemanden heranschleichen.«

»Ich denke, ich habe reichlich Lärm gemacht, als ich gerade durch das hohe Gras gestapft bin. Das kann man wohl kaum Anschleichen nennen.«

»Dennoch.«

Sie legte den Kopf schief. »Hast du gerade mit jemandem geredet?«

Jack sagte nichts.

»So halb hatte ich erwartet, dich hier mit einem dieser Miracle-Mädchen zu finden, die deine Nudel mit ihrem kleinen Mund bearbeitet.«

Jack schwieg weiterhin.

»Ich weiß, dass ein Typ wie du Bedürfnisse hat«, sagte Summer und räusperte sich. »Man kann nicht erwarten, dass du zu lange ohne irgendeine Erleichterung auskommst. Ich will damit nur sagen, dass du sie vielleicht besser in der Stadt finden solltest, statt bei diesen Mädchen hier. Die sind nicht bereit dafür. Beth Ann hat ein großes Sexproblem und steht kurz davor zu platzen. Brenna … Nun, Brenna muss noch eine Menge über sich selbst lernen, und ich will ihr helfen, ihr Leben in den Griff zu bekommen. Alles zu seiner Zeit. Fürs Erste, Jack, ist es wohl das Beste, wenn du dich nicht mit diesen Mädchen abgibst.«

Schließlich wandte er sich ihr zu. Er trat näher ins Licht und musterte sie scharf. Inzwischen schmierte er sich nichts mehr in die Haare und trug sie stattdessen lang und in der Mitte gescheitelt. Er hatte aufgehört, sich zu rasieren, und ließ sich einen zotteligen Bart stehen. Die grellen Farben seiner Garderobe waren Geschichte, stattdessen trug er von Kopf bis Fuß Weiß. Wo er früher gezittert und gebebt hatte, blieb er jetzt ruhig, Hände wie auch Magen.

»Ich möchte meinen Samen nicht durch ein geringeres Licht verderben«, sagte er. »Wenn ich wollte, könnte ich den Planeten von hier aus neu bevölkern, von diesem Flecken Erde aus.«

Er trat noch dichter an sie heran.

»Wenn das mein Schicksal ist«, sagte er mit leiser Stimme, »wenn das die Rolle ist, die mir von einer Macht, größer als wir beide, zugeteilt wurde, würdest du dann annehmen, dass ich sie ablehne?«

Summer rang zwei oder drei Mal mit den Worten, brachte aber lediglich ein »Nein, Jack«, heraus.

Wieder drehte er ihr den Rücken zu.

»Noch etwas«, sagte er, »ich habe es dir schon mehrfach gesagt. Zwing mich nicht, es noch einmal zu sagen: Mein Name ist nicht mehr Jack Jordan. Jack Jordan ist tot. Mein Name ist Hux Pariah, und ich bin der neue Messias der Miracle Ranch.«

Als Jack Summer zum ersten Mal von dem Namen erzählte, den er für sich gewählt hatte, hatte sie die Nase gerümpft und mit den Achseln gezuckt.

»Mir gefällt der Klang der beiden Wörter«, hatte Jack erklärt. »Huckster und Pariah.«

»Ich glaube nicht, dass diese Worte das bedeuten, was du denkst«, hatte sie erwidert.

Und dennoch wünschte er sich, fortan Hux Pariah genannt zu werden, und damit war das geklärt.

Summer wartete, bis sie im Gleichklang atmeten. Sie gab Hux alle Zeit der Welt, um in die Dunkelheit zu starren.

»Denk an dein Versprechen«, flüsterte sie. »Wir werden diese Ranch zum Guten nutzen.«

Jack schaute einen Moment woanders hin, als würde er jemandem zuhören. Er nickte auf eine Frage, die niemand gestellt hatte und sagte dann: »Ich bin nur ein Werkzeug, Summer. Ich bin nur ein Überbringer.«

»Lass den Scheiß«, zischte sie. »Hörst du mich? Ich lasse nicht zu, dass diesen Kids etwas Böses angetan wird.«

Wieder verfiel Jack in Schweigen. So stand er eine Weile da, bis er einmal tief seufzte.

»Sie sind dort draußen«, sagte er.

»Wer?« Als er nicht antwortete, legte sie ihm eine Hand auf die Schulter. »Wer, Jack … Ich meine, *Hux*?«

Er knabberte gedankenverloren an seinem Handballen.

»In Houston ist es ziemlich übel gelaufen«, sagte er.

»Was ist passiert?«

Statt zu antworten, drehte Jack sich um und ging Richtung Scheune. Im Vorbeigehen streifte er ihre Schulter mit seiner und sagte nur: »Sie sind da draußen.«

• • •

Summer stand vor den etwa fünfzig Miracles, die sich vor der Scheune im Fackelschein versammelt hatten. Sie wartete mit der Vorstellung von Hux Pariah, bis sie sich an ihrem Tiefpunkt befanden. Nur wenige Augenblicke zuvor hatte Summer verkündet, dass Barney Malone sie verlassen hatte, um mit Luther zu gehen.

»Seid nicht traurig wegen Barney«, sagte sie ihnen unter den offenen Türen der Scheune. »Seid vielmehr glücklich. Denn er trägt nicht länger die Last der sterblichen Hülle und wird auch nicht mehr von irdischen Gelüsten gequält.«

Die Tatsache, dass nur eine Handvoll Miracles Barney tatsächlich gekannt hatte, hielt sie nicht davon ab, auf die Knie zu fallen und mit den Fäusten auf die Erde zu schlagen. Während des letzten Monats war Barneys Herde deutlich angewachsen, während die Geschichten und Legenden ihren fiebrigen Höhepunkt erreichten …

»Wenn Barney zurückkommt, feiern wir tagelang.«

»Ich hab gehört, Barney ist in Hollywood und hilft Schauspielerinnen und Schauspielern, von Drogen loszukommen.«

»Ich hab gehört, er hat eine Death-Metal-Band clean bekommen.«

»Ich hab gehört, er kann eine Tomate auf Kommando reifen lassen.«

… und die Miracles konnten bei der Nachricht von seinem Ableben nicht anders, als zu verzweifeln. Summer hielt es für das Beste, ihnen einen Moment zu geben, um sich in der Trauer zu suhlen, bevor sie »die guten Neuigkeiten« mit ihnen teilte.

»Während kein Mensch der Welt Barney Malone in unseren Herzen ersetzen kann«, sagte sie zu ihnen allen, »sind wir jedoch nicht wirklich steuerlos. Luther würde nie zulassen, dass seine Botschaft mit einem einzelnen sterblichen Individuum das Zeitliche segnet, sondern hat einen anderen Überbringer auserwählt, durch den sein Wirken empfangen werden kann.«

»Wer ist dieser Überbringer?«, rief eines der Miracles.

»Wann können wir ihn kennenlernen?«, brüllte ein anderes.

Als Hux Pariah aus dem Schatten der Scheune trat, hob er seine Hände und wandte sein Gesicht gen Himmel.

»Meine lieben Miracles«, rief er laut, »mein Name ist Hux Pariah und ich soll euch von nun an auf eurer Reise zu den Grundsätzen begleiten.«

Summer unterdrückte ein Lachen. Sie hielt die Hand vor den Mund und sah mit leicht amüsierter Gleichgültigkeit zu, wie die Miracles nicht zu wissen schienen, was sie von Hux Pariah halten sollten. Sie kratzten sich den Kopf und tuschelten. Einige schüttelten den Kopf, als würden sie eine Fliege verscheuchen. Andere stampften mit den Füßen und schnaubten.

»Ich habe ja gesagt, dass dies ein riskantes Spiel sein würde«, sagte Summer zu der Luft, die sie umgab. »Wetten, dass diese Miracles nur einen Blick auf seinen blödsinnigen Aufzug zu werfen brauchen, um ihm zu sagen, wohin er ihn sich stecken kann?«

Als sie keine Antwort erhielt, sah sie erst nach links und dann nach rechts, bevor sie sich schließlich wieder dem Spektakel vor ihr zuwandte.

Nicht alle Miracles nahmen die Neuigkeiten mit einem gewissen Ernst. Das neue Mädchen, Lindsay Swanson, schrie so gellend auf, dass sie eine große Eule aus den Ästen der krummen Weide verscheuchte. Sie hoppelte auf einem Paar Krücken von der Gruppe fort und zog dabei ein Bein nach, das sich in Gips befand.

»Wovor hast du Angst, Kind?«, rief Hux ihr nach.

»Er ist es!« Lindsay ließ sich nicht beruhigen. »Ich kann es nicht glauben. Er ist es!«

Die anderen Miracles nahmen sie in den Arm. Sie streichelten ihr übers Haar. Sie flüsterten ihr Plattitüden ins Ohr, doch sie wollte nichts davon wissen. Sie trat mit ihrem lahmen Fuß hierhin und dorthin, bis sie sie schließlich losließen, und gab dann ihr Bestes, um vor ihnen wegzurennen. Mit ihrer Verletzung kam sie jedoch nicht weit, und neben einem rostigen Pflug brach sie zusammen.

Hux hob die Hände, um die anderen Miracles zum Schweigen zu bringen. Das brachte kaum etwas, also drängte er sich durch die Menge, bis er vor den Füßen des hockenden Mädchens stehen blieb. Er reichte ihr eine Hand, vor der sie zurückschreckte, und sagte mit ruhiger Stimme: »Hab keine Angst, Lindsay.«

Ihre Unterlippe zitterte, doch sie gab keinen Laut von sich.

»Ich will dir nichts Böses.«

Schluchzend stieß sie die Worte aus. »Du bist es. Ich dachte, du wärst tot. Die ganze Zeit habe ich gedacht, ich hätte dich getötet.«

»Dein ganzes Leben lang war ich an deiner Seite«, sagte Hux, »wo ich auch auf ewig bleiben werde.«

Lindsay weinte. Hux zog sie an sich.

»Erzähl mir, was mit deinem Bein passiert ist«, sagte er. »Wie hast du dich verletzt?«

»Ich weiß nicht«, sagte sie. »An dem Abend, an dem ich angekommen bin ... Ich weiß nichts mehr von den schrecklichen Dingen, die mir passiert sind, oder welche schrecklichen Dinge ich getan haben könnte.«

Wieder unterdrückte Summer ein Lachen. Obwohl sie es nie zugeben würde, war Summer einer der drei Menschen auf dem Planeten, die wussten, was mit Lindsays Bein passiert war. An jenem Abend, nachdem sie ihr genügend MDMA eingeflößt hatten, um sie lahmzulegen, hatte das Mädchen sich vor allen anderen auf dem Miracle-Gelände wie eine Irre aufgeführt. Sie hatte getanzt und war herumgetorkelt. Sie sang und brüllte. Lindsay Swanson war von einem Ende des Grundstücks zum anderen gerannt, während sie die ganze Zeit über ihre Liebe zum Mond, zu den Sternen und den singenden Fröschen entlang des Chambers Creek kundtat ... einfach zu allem. Sie gab sich so große Mühe, sich wieder mit dem Universum, dem Kosmos und dem kollektiven Bewusstsein zu vereinigen, dass sie, als sie irgendwann einschlief, so tief schlummerte, dass man sie nicht wecken konnte.

Während sie schlief, gingen Summer und Hux eilig ans Werk und legten ihrem Bein einen Gipsverband an, während Donnie sich mit dem Kopf in den Händen an die gegenüberliegende Wand lehnte.

»Was wir tun, ist unmoralisch«, blubberte er. »Wir sollten alle gebeugten Hauptes vor Scham sein.«

»Hör auf mit deinem Tamtam und hilf mit, diesen Gips anzulegen«, hatte Hux geknurrt. »Wenn sie aufwacht, werdet ihr beide ihr Geschichten darüber erzählen, dass sie wie eine Heidin weitergemacht und sich dann irgendwann das Bein gebrochen hat. Später werde ich dann meine Hand auflegen und befehlen, dass sie geheilt ist. An diesem Punkt haben wir die ungeteilte Aufmerksamkeit von allen.«

An jenem Abend hatte Summer beobachtet, wie Hux Lindsay die Hand aufs Gesicht legte. Er hatte ihr sanft mit den Fingerspitzen über die Wange gestrichen. Dann strich er ihr eine Locke hinters Ohr.

»Das ist wahres Schicksal«, hatte er geflüstert. »Wer unter uns könnte an dem Schicksal zweifeln, das mich angesichts deiner Rückkehr ereilt hat?«

So, wie er sie in diesem Moment berührte, im Schatten dieses rostigen Pflugs, wo Hux sie dicht an sich gedrückt hielt und ihr ins Ohr murmelte, dass es weder eine Rolle spielte, wie sie sich den Gips zugezogen hatte, noch, was sich im vergangenen Jahr im Light-House-Trailer zugetragen hatte, spielte mit einem Schlag nichts in ihrem Leben, und was sie damit geplant hatte, noch eine Rolle.

»Bei der Kraft und der Liebe Luthers«, sagte Hux und hielt beide Hände über ihr kaputtes Bein, »befehle ich, dass du geheilt bist.«

Das einzige Geräusch war das kollektive Keuchen der Miracles.

»Hiermit sollst du weder länger Angst in deinem Herzen tragen, noch dich auf einem kaputten Bein herumschleppen.« Hux gab Summer und Donnie, die mit Rohrzange, einem Steakmesser und einer Schere bereitstanden, ein Zeichen. Sie machten sich an die Arbeit, Lindsay den Gips vom Bein zu entfernen. Sie benötigten fast eine halbe Stunde, doch als sie sie schließlich befreit hatten, streckte Hux seine Hand aus. »Komm, geh mit mir, mein Kind.«

»Aber, ich kann nicht …«

»Oh doch, das kannst du.« Er lächelte und drehte seinen Kopf zur Seite, als würde er einem Geheimnis lauschen, das ihm zugeflüstert wurde. »Luther hat mir eben mitgeteilt, dass du es schaffst.«

Und genau, wie er versprochen hatte, erhob sich Lindsay auf wacklige Beine. Sie taumelte zitternd nach links und schwankte leicht nach rechts, doch fand irgendwann ihr Gleichgewicht.

»Und nun«, sagte Hux, »geh.«

Kein Einziger unter ihnen zweifelte daran, dass sie laufen konnte. Weder die Miracles, die mit offenen Mündern zusahen, noch Summer und Donnie, die eingeweiht waren. Und mit Sicherheit nicht Lindsay, die an diesem Punkt alles glauben würde, was ihr gesagt wurde, solange es über die Lippen von Hux Pariah kam. Summer klatschte in die Hände – erst einmal, dann zweimal –, bis die anderen Miracles sich ihrem Applaus mit einem gleichmäßigen Rhythmus anschlossen.

Lindsay spürte die Liebe um sich herum. Sie stellte einen unsicheren Fuß vor den anderen. Sie hoppelte von einer Seite der Versammlung zur anderen. Zunächst langsam, dann mit wachsendem Selbstvertrauen und schon bald ohne den Hauch eines Humpelns. Und das alles begleitet vom Sprechgesang der Miracles.

»Du bist perfekt.«

»Du wirst geliebt.«

»Du bist ein Wunder.«

Hux hob jubilierend beide Arme. Er brüllte einen Dank an den Himmel über ihnen.

Seine Arbeit an diesem Abend war jedoch längst noch nicht beendet.

•••

Nachdem er ihre Aufmerksamkeit zurückgewonnen hatte, versammelte Hux die Miracles um sich herum in einem Kreis vor dem offenen Tor der großen Scheune. Über ihnen funkelten hell die Sterne und warfen eine Leichenblässe über das Geschehen.

»Ich möchte, dass ihr alle eure Augen schließt und an eure Väter denkt. Manche von euch lieben ihn innig, andere hassen ihn vielleicht. Im Laufe der Zeit haben viele von euch in Spirit Studies und Einzelsitzungen mit Donnie oder Summer gestanden, dass ihr eure Väter nie gekannt habt. Ihr sagt, dass ihr statt eines Daddys nur ein riesiges Loch in eurem Leben hattet. Ob es nun ein Loch oder ein echter Mensch ist – jede von euch hat einen Vater, und ich möchte, dass ihr jetzt an ihn denkt. Na los, schließt die Augen.«

Sogar Summer, die am nächsten bei ihm im Gras saß, tat, wie ihr geheißen.

»Seht ihr alle euren Papa vor euch stehen?«

Die meisten murmelten zustimmend.

»Marva, ich weiß, dein Daddy war Lastwagenfahrer.«

Marva nickte, die Augen noch fest geschlossen.

»Dieser Mann hat seine Kinder in Blue Jeans großgezogen, nicht wahr?«

Marva lächelte, doch öffnete die Augen nicht.

»Siehst du diesen Mann in seinen blauen Jeans vor dir stehen? Waren sie ausgeblichen, oder vielleicht an den Oberschenkeln ein bisschen zu eng? Was ist mit dir, Cassandra? Was siehst du? Ich möchte nicht, dass du auf das Grab schaust, das er zurückgelassen hat, sondern in sein Gesicht. Welche Farbe hatten seine Augen? Wie hat er dich angelächelt, wenn du artig warst, und wie hat er dich böse angesehen, wenn du es nicht warst? Welche Farbe hatte sein Haar? War es lockig, war es kurz? Hatte er Bartstoppeln, wenn er dir einen Gutenachtkuss gegeben hat? Und du, Peter? Du hast deinen Vater nie kennengelernt, aber du hast Fotos gesehen. Wie sieht er in deiner Vorstellung aus? Kannst du seine Phantomarme um dich werfen, und wie duftet sein Atem, wenn er dir ins Ohr flüstert, dass er dich liebt?«

Einige der Miracles weinten. Die meisten von ihnen lächelten verzückt.

»Ich möchte, dass ihr diesem Mann etwas sagt. Etwas, das ihr ihm schon immer sagen wolltet, doch aus diesem oder jenem Grund nie gesagt habt. Vielleicht habt ihr noch nie groß darüber nachgedacht, aber nun denkt ihr darüber nach. Ihr denkt, Mann, Hux, was gäbe ich dafür, einmal in meinem Leben vor diesem Mann zu stehen und ihm von dieser Sache zu erzählen, die ich in meinem Herzen, in meinem Magen, in meiner Seele eingesperrt habe, *in meinem tiefsten Inneren,* doch die ich ihm nie gesagt habe, was soll ich jetzt mit alldem machen? Luther hat uns gesagt, dass es wie ein wütender Flächenbrand in uns lodern oder wie Krebs verrotten würde, wenn wir das alles in uns hineinfressen. Ich möchte nicht krank werden und ihr auch nicht. Ihr möchtet, dass es euch gut geht. Ihr möchtet, dass es uns allen gut geht. Doch das wird es so lange nicht, wie ihr das alles in euch wegsperrt. Ich möchte, dass ihr etwas für mich tut. Seht ihr euren Daddy in Gedanken vor euch stehen? Seht ihr ihn? Und nun stellt euch vor, wie das Gesicht eures Daddys verschwunden ist. Dort ist nichts mehr. Keine Augen, keine Nase. Kein warmes Lächeln und kein frustrierter, böser Blick. Alles ist verschwunden. Es bleibt nichts als eine weiße Leinwand. Und jetzt möchte ich, dass ihr mein Gesicht an diese Stelle setzt.«

Hux stand vor Tanya. Er legte ihr beide Hände auf die Schultern.

»Tanya, was hast du mir zu sagen?«

Die junge Frau biss sich auf die Unterlippe, bis die beinahe aufplatzte.

»Ich … öhm, ich …«

»Stell dir mein Gesicht auf dem deines Daddys vor. Der dort

steht, das bin ich. Du hast mir etwas zu sagen, etwas, an dem du jahrelang festgehalten hast. Was ist es?«

Tanya, die Gute, hielt es nicht mehr aus. Ihre Beine gaben nach. Sie brach in einem Meer von Tränen zusammen, und Marva und Jenny wollten nach ihr greifen, um ihr zu helfen.

»Fasst sie nicht an«, befahl Hux. »Sie ist eine starke Frau. Sie schafft das allein.« Er kniete sich zu Tanyas Ohr hinunter. »Sag mir, was du mir sagen musst.«

Schluchzend brach es aus Tanya heraus. »Warum hast du mich nie wahrgenommen?«

»Das ist mein Mädchen.«

Doch sie war längst noch nicht fertig. »Warum hast du jeden Abend so lange gearbeitet und nie deinen Kopf durch meine Tür gesteckt und mir einen Gutenachtkuss gegeben?«

»Gut. Gut.«

»Vielleicht denkst du, ich hätte es nicht bemerkt, aber das habe ich. Ich bin jeden Abend aufgeblieben, bis ich gehört habe, dass du nach Hause kommst, weil ich dachte, heute wäre endlich der Abend, an dem du hereinkommen würdest.«

»Natürlich hast du das getan.«

»Als ich sechzehn wurde, bist du zehn Minuten vor Mitternacht nach Hause gekommen, und ich habe mir gesagt, es wäre deshalb, weil du mir versprochen hattest, meinen Geburtstag nicht zu vergessen. Du warst nicht da, als ich aufgewacht bin, und du warst nicht da, um mit mir abends essen zu gehen, und du warst nicht da, als ich ins Bett gegangen bin, doch all das spielte keine Rolle, weil ich noch zehn Minuten hatte, in denen du hättest hereinkommen und mir einen Kuss auf den Kopf oder die Nase geben können … doch du bist nicht hereingekommen. Obwohl diese letzten zehn Minuten meines sechzehnten Geburtstages alles wieder gutgemacht hätten. Doch du hast es nicht getan, und, ich schwöre bei Luther, am nächsten Abend habe ich aufgehört, deinetwegen wach zu bleiben.«

Niemand auf dem grasbewachsenen Platz wagte zu atmen. Die meisten Blicke fixierten Hux und Tanya, vorn, vor der versammelten Menge. Einige hatten die Augen geschlossen, doch aus allen strömten die Tränen.

Hux nahm ihr Gesicht in beide Hände. Er hielt ihr Gesicht wenige Zentimeter von seinem entfernt.

»Tanya …« Sie öffnete die Augen. »Tanya …«

»Ja.«

»Ich sehe dich.«

Sie bekam kaum Luft.

»Ich nehme dich wahr, Liebes.«

Ihre Lippen zitterten, wie im Todeskampf.

»Ich war ein Dummkopf.« Hux streichelte ihre Wangen mit weiten Bewegungen seiner Daumen. »Ich war ein Idiot, dass ich nicht mehr Zeit mit dir verbracht habe, denn du bist perfekt. Du bist wunderschön. Und du bist ein Wunder.«

Abschließend küsste er sie fest und lange auf die Stirn, was sie in seine Arme fliegen ließ, wo sie für immer hätte bleiben, leben und sterben können.

Hinter ihnen standen alle Miracles auf und spendeten tosenden Applaus. Ihr erster Impuls war, sich auf Tanya zu stürzen und ihr Worte ewiger Liebe und Zuneigung ins Ohr zu flüstern. Jeden Tropfen Liebe und Glück aus ihren Körpern und Seelen zu schöpfen und jede ihrer Öffnungen damit anzufüllen, doch alle hielten sich zurück, sollte Hux ihnen befehlen, sich nicht zu bewegen.

»Ihr könnt alle kommen und eurer Schwester Tanya ein bisschen Liebe entgegenbringen.«

Was sie taten.

»Ihr alle seid *perfekt*«, rief Hux in die Menge hinein. »Ihr alle werdet *geliebt. Ihr alle seid Wunder.*«

Summer hatte noch nie zuvor solch ein Spektakel und vergleichbaren Jubel gesehen. Noch nie zuvor war die Liebe in Luthers

Geschöpfen stärker gewesen. Marva hielt Cassie fest umarmt und bemerkte, zum ersten Mal, wie Rhiannons Wange ihre berührte. Die Wärme zwischen ihnen löste eine Kettenreaktion aus, und Rylah wandte sich den beiden zu und flüsterte Wahrheiten. Jesses Hand wurde von Jason festgehalten, der wiederum mit seinen Fingern durch Darlas Haar strich. Sie murmelten leise oder riefen laut.

»Diese Woche möchte ich jeden von euch im Haupthaus sehen.« Hux nahm seinen Platz vor der versammelten Menge wieder ein. »Ihr werdet mir jeweils das sagen, was ihr mir schon immer sagen wolltet. Ihr werdet meine ungeteilte Aufmerksamkeit haben. Es wird zwischen uns keine Ablenkung geben.« Er legte eine Hand auf Tanyas Kopf und verwuschelte ihr Haar. »Wir beide haben eine Menge aufzuholen.«

Eines nach dem anderen nickten die Miracles mit ihren verweinten Gesichtern. Sie hoben die Arme zum Himmel. Sie atmeten wie ein einziger Organismus.

»Und warum kommt ihr in der Zwischenzeit nicht zu Hux und zeigt ihm, wie sehr ihr ihn liebt?«

Er hob die Hände in die Nacht, um sie alle besser empfangen zu können.

• • •

Nachdem sie fertig waren, begleitete Summer Hux zum Haupthaus, fast wie die Leibwächterin eines Würdenträgers. Seine Missionierung hatte ihn ermattet, und er bestand darauf, sich eine Weile auszuruhen. Summer blieb ihm mit Abstand auf den Fersen. Ihr gingen über ein Dutzend Dinge durch den Kopf, sie musste sie jedoch noch in Worte fassen. Sie konzentrierte sich mit aller Macht auf ihre Grundsätze und gab ihr Äußerstes, um sich auf Hux' gute Seiten zu fokussieren …

Zum Beispiel, wie er mit erhobenem Kopf und geschwellter

Brust marschieren konnte, egal, wie groß der Verrat war, den er begangen hatte;

oder wie markant seine Kieferpartie war;

oder wie bewusst fokussiert er arbeitete.

… statt ihrer natürlichen Neigung nachzugeben und ihn für einen durchtriebenen Gauner zu halten. Sie kniff fest die Augen zu und blendete die üblen Dinge aus, genau, wie man es ihr beigebracht hatte. Sie multiplizierte einen versponnen Gedanken mit dem nächsten, und dann einen weiteren, bis sie schließlich beide Arme um Hux' Taille schlang und ihn umarmte.

Hux, der noch nie etwas für Rührseligkeiten übrighatte, ließ nicht zu, dass der Moment aufwallte. Er befreite sich aus ihrem Griff.

»Ich habe vor, hier ein paar Änderungen einzuführen«, sagte er.

»Sag mir einfach, was ich tun soll«, sagte Summer.

»Lass uns von jetzt an die Aufgaben neu verteilen. Ich halte es für unklug, wenn Männer und Frauen sich dieselben Aufgaben teilen.«

»Aber *Gleichberechtigung* ist einer der Zwölf Grundsätze. Es ist wichtig, dass …«

»Wir haben hier eine Gruppe von zauberhaften jungen Frauen, die Gärten mit ihren eigenen Fäkalien umgraben«, sagte Hux. »Das sollten wir nicht zulassen.«

Summer saugte an ihrer Unterlippe.

»Und ich mache Schluss mit all dem feministischen Geschwätz.« Hux blickte auf einen entfernten Punkt am Nachthimmel. »All diese Ermächtigung macht die Mädchen nur fett.«

»Jack …«

»Sag mir nicht, dass dir nicht aufgefallen ist, dass Rylah ein paar Pfunde zugelegt hat. Im Moment ist es noch an den richtigen Stellen, aber ich habe schon gesehen, wie schnell das außer Kontrolle gerät. Es wäre ein Verbrechen, eine unberührte Leinwand wie diese zu ruinieren.«

Summers Hände ballten sich zu Fäusten. Sie schob sie in die Taschen ihres Overalls.

»Und die verschwinden als Nächstes.« Er zeigte auf ihre Hosen. »Diese Klamotten sind grässlich. Sie passen gut zu Männern, aber Mädchen sollten etwas Luftigeres tragen. Es ist fast Juni, und sie benötigen ein bisschen mehr Sonne.«

»Du hast versprochen, dass wir die Ranch für eine gute Sache nutzen.«

Hux nickte, mit den Gedanken woanders. »Und das werden wir, Summer. Aber mit einer Sekte voller altbackener, fetter Schnecken kann man nicht viel Gutes erreichen. Es ist unsere Aufgabe, sie in Form zu halten. Und nun ist es Zeit, dass ich mich ins Haupthaus zurückziehe. Wenn es dir nichts ausmacht, würdest du dann bitte Lindsay zu mir schicken?«

»Lindsay …« Summer bekam gar nicht genug Luft in ihre Lungen. »Ich denke nicht … nach allem, was ihr passiert … solltest du nicht …«

»Das Eisen ist heiß«, sagte Hux. »Sie ist gut und bereit, und davon abgesehen, haben sie und ich eine Menge verlorener Zeit aufzuholen.« Hux neigte seinen Kopf und sah sie an, als wäre es eine Schuldzuweisung.

Vor Summers Augen verschwamm alles. Sie taumelte rückwärts in ein paar rostige, umgekippte Zapfsäulen. Sie hielt sich an den Grassoden rings um sie fest, als würden sie sie daran hindern, kopfüber in die Nacht über ihnen geschleudert zu werden.

»Ich habe dir doch gesagt, dass ich …« Summers Augenlider wurden schwer. »Ich wollte doch nie …«

»Wie auch immer«, sagte Hux. »Wenn ich dich bitte, etwas zu tun, dann erwarte ich, dass du dich direkt darum kümmerst. Denk daran, es bin nicht ich, der hier all die Entscheidungen fällt. Das ist Luther, und vermutlich ist es das Beste, wenn du auf ihn hörst.«

Nachdem sie eine moralische Inventur ihrer derzeitigen Situation vorgenommen hatte, schätzte Summer, dass sie am Arsch war. Zum ersten Mal fand sie niemanden, dem sie die Schuld geben konnte, außer sich selbst. Das Blut schoss ihr in die Wangen, und ihr Herz füllte sich mit gewaltiger Scham. Sie nahm sich reichlich Zeit, um sich an jede ihrer Entscheidungen zu erinnern, seit sie auf der Ranch angekommen war, und versuchte nach Kräften zu entschlüsseln, welche es gewesen war, die sie so weit vom Weg abgebracht hatte.

Hux hatte keine Zeit für Krisen. Er drehte ihr den Rücken zu und ging wieder Richtung Haupthaus. Über die Schulter hinweg rief er ihr etwas zu.

»Ich füge noch einen weiteren Grundsatz hinzu. Er nennt sich *Loyalität*. Es wäre clever von dir, daran zu arbeiten.«

»Es gibt niemanden, der loyaler ist als ich, Jackie.«

Hux hielt kurz inne. Was immer er sagen wollte, verwarf er. Stattdessen sagte er: »Beweise mir deine Loyalität, indem du Lindsay holst. Sag ihr, ich würde warten.«

Hux verschwand im Haupthaus. Diesmal folgte Summer ihm nicht.

28

Donnies Moment der Klarheit kam erst später im Jahr, ungefähr im Juni, als er auf dem Linoleumboden eines Wohnwagens, der in den äußersten Winkel des Grundstücks geschoben worden war, aus dem Schlaf schreckte. Er konnte sich nicht erinnern, wie lange er dort schon lebte, dank eines irgendwie stetigen Nachschubs an Alkohol und der Geschwindigkeit, mit der die Seiten des Kalenders umgeblättert worden waren. Was ihm jedoch klar wurde, war, dass er es endlich satthatte, sich immer nur krank und müde zu fühlen, und dass es höchste Zeit war, deswegen etwas zu unternehmen.

Wie ein Blitz sprang er in seine Hose, die im Wohnwagen herumlag. Auf der Matratze in der Ecke streckte sich Beth Ann, gähnte und schob die Bettdecke beiseite, sodass ihre körperlichen Reize zum Vorschein kamen. Sie beobachtete ihn beim Anziehen und lächelte verschämt.

»Warum kommst du nicht zurück ins Bett?«, fragte sie ihn. »Ich fange den Tag am liebsten auf eine ganz bestimmte Art und Weise an, und wenn du mir eine Minute gibst, fängst du deine Tage bestimmt auch bald am liebsten so an.«

»Ich habe es schon mal gesagt und ich sage es noch mal«, erwiderte Donnie und streifte ein schmutziges T-Shirt über. »Das hier muss aufhören.«

»Uäääh …« Sie drehte sich um und streckte ihren Hintern in die Höhe. »Du hörst dich an wie eine kaputte Schallplatte. Du schnaufst und keuchst den ganzen Tag und schaust mir kein einziges Mal in die Augen, aber sobald es Mitternacht wird, stehst du wieder draußen vor dem Fenster meines Wohnwagens und jammerst wie ein Straßenkater. Was hältst du davon, wenn wir den ganzen geschäftlichen Kram dazwischen auslassen und direkt vögeln?«

»Ich kann so nicht weiterleben.« Donnie streckte mit Schwung seine Arme aus, überschätzte allerdings die Größe des schmalen Wohnwagens. Er schabte sich die Fingerknöchel an der Holzverkleidung auf und stieß sich die Knie an den Schränken. Im Haupthaus zu leben fehlte ihm. Donnie hatte geheult und gebrüllt, als Hux ihn rauswarf, der ihn jedoch beschwichtigte, indem er Beth Ann zu seinem Wohnwagen schickte, mit nichts als einem Lächeln bekleidet und mit einer Flasche Whiskey, die zwischen ihren Fingern baumelte. Das reichte, um ihn ungefähr einen guten Monat abzulenken, doch jetzt sprach er ein Machtwort: »Das ist eine schreckliche Art zu leben.«

»Es gibt größere Wohnwagen«, sagte Beth Ann. »Der, in den diese beiden Neuankömmlinge letzte Woche gezogen sind, ist doppelt so groß wie dieser. Alles, was du tun musst, ist, deine Autorität spielen zu lassen, und ihr könntet tauschen.«

»Ich rede nicht von dem Wohnwagen.« Donnie zog ein Paar ungleiche Socken unter der Matratze hervor und zog sie an. Er bemühte sich, seine faltige Hose glatt zu streichen. »Ich rede über das alles hier. Das Trinken, die heimlichen Spielchen ... Das ist nicht gut für meine Seele.«

»Wir müssen es nicht heimlich tun«, sagte Beth Ann. »Es weiß sowieso jeder, dass wir es treiben.«

»Das ist nicht der – warte mal, was meinst du damit, *dass jeder es weiß?*«

Sie setzte sich auf und zuckte mit ihren munteren Titten. Sie bewegte sich zu einem nicht wahrnehmbaren Beat und zwirbelte ihre Haarspitzen.

»Aber sexuelle Begegnungen sind in den Grundsätzen ausdrücklich verboten«, sagte Donnie. »Speziell in einem Stadium, wenn ...«

»Ach, den dummen Grundsatz hat Hux doch schon vor langer Zeit abgeschafft«, kicherte Beth Ann. »Wir haben neue. Soll ich sie dir aufsagen?«

Donnie zermarterte sich das Hirn, so gut er konnte. Wann waren die Grundsätze geändert worden? Wie lange und wie viel hatte er getrunken? Schmeckte Beth Anns schlüpfrige Haut nach Pfirsich oder Mandarinen? Er schüttelte die Bilder ab, die sich in sein Hirn schlichen, indem er ihre Hosen vom Boden aufhob und sie ihr gab.

Sie sah sie an, als kennte sie sie nicht. »Ich habe Hux gefragt, ob wir es zu einer offiziellen Beziehung machen könnten, so wie Rylah und Peter, oder Cassie und Steven. Ich würde nichts lieber tun, als mit dir Hand in Hand über die Wiesen zu gehen, doch er sagte Nein, weil wir annehmen, dass dir die Heimlichtuerei einen Kick gibt.«

Donnie hätte am liebsten mit der Hand durch die Holzverkleidung geschlagen, aber hatte Angst, dass sie stecken bleiben könnte. Stattdessen strich er mit den Fingern durch sein Haar und rieb sich mit den Handballen energisch den Schlaf aus den Augen.

»Du regst dich schon wieder so auf«, murmelte Beth Ann. »Du solltest deine Pillen nehmen.«

Donnie ging auf sicheren Abstand zu ihr. »Ich nehme keine von denen mehr. Sie müssen mich schon zwingen ... Von denen nehme ich keine einzige mehr.«

»Dann bring das zu mir rüber, damit ich dich ein bisschen lockerer machen kann.«

Sie hatte bereits seine Gürtelschnalle geöffnet, aber er ließ sich trotzdem nicht darauf ein.

»Ich habe genug«, erklärte er. »Ich habe wirklich genug davon.«

Mit diesen Worten stieß er die Tür des Wohnwagens auf. Er kürzte durch die Reihen von grünem Mais ab, in denen die Miracles arbeiteten. Er verschattete seine Augen vor beidem, der heißen Texas-Sonne und ihren Gesichtern ...

»Guten Morgen, Bruder Donnie.«

»Ist es nicht ein herrlicher Tag?«

»Gelobet sei Luther.«

»Sehen wir uns später bei den Spirit Studies, Bruder Donnie?«

… und marschierte den Weg hinüber zum Haupthaus. Er griff nach dem Türknauf, doch wurde überraschend von zwei großen Typen in Overalls aufgehalten.

»Hux Pariah wird nicht gestört«, sagte der fette, ein langhaariger Jugendlicher namens Wayne. »Nicht ohne einen Termin.«

»Das ist lächerlich«, sagte Donnie. Sein Versuch, sich aus den Griffen der großen Jungs herauszuwinden, war vergeblich. »Ich kann ihn sehen, wann immer ich will. Wisst ihr nicht, wer ich bin?«

»Wir wissen, wer du bist«, sagte der andere, ein Grufti namens Steve. »Trotzdem brauchst du einen Termin.«

»Also, jetzt hört mal zu …«

Donnie protestierte nicht zu Ende, denn er erhaschte einen Blick auf die Waffe, die in einem Holster an der Hüfte des einen Jungen hing, und bemerkte dann auch eine beim anderen. Donnie sah ihre Gesichter an und erblickte denselben starren Blick, den er bei Summer gesehen hatte, bevor sie …

Donnie hörte auf, sich zu winden. Er ließ die Arme schlaff herunterhängen, bis sie ihn schließlich losließen. Er rubbelte seine Arme, um die Blutzirkulation wieder anzuregen und blinzelte in die Sonne.

»Wenn ich Hux schon nicht sehen darf«, sagte er zu den beiden Jungs, »würdet ihr mich dann bitte zu Summer bringen?«

Steve und Wayne sahen sich an und tauschten schiefe Blicke aus. Sie gluckstEN über irgendetwas, doch gaben ansonsten keinen Ton von sich.

»Was ist daran so witzig?«, fragte Donnie. »Was ist mit Summer passiert?«

»Summer ist weg«, sagte Wayne.

»Was meinst du damit, *Summer ist weg?*«, fragte Donnie.

»Wir haben hier keinen Platz für Verräter«, sagte Steve. »Entweder hältst du dich eng an die Glaubenssätze oder du machst dich vom Acker.«

»Der dreizehnte Glaubenssatz ist *Loyalität*«, sagte Wayne. »Man kann über viele Dinge lügen, aber letztendlich wird ein unreiner Geist sich selbst entlarven.«

Donnie schüttelte die Spinnweben aus seinem Kopf. Teile seiner Erinnerung bahnten sich ihren Weg durch den Nebel in seinem Gehirn. Er erinnerte sich an eine Nacht, in der Summer an der Tür seines Wohnwagens stand und seine Alkoholreserven wegtrank, bis er nur noch die Flasche hatte, die er in Händen hielt. Wie sie ihn anschrie, am Kragen packte und schüttelte. Wie sie ihm sagte, er könne kaum sehen, was sich vor seinen Augen abspielte.

Er konnte sich an wenig mehr erinnern, aber er hatte die Dringlichkeit ihrer Botschaft gespürt. Erneut versuchte er, die Tür zum Haupthaus zu öffnen, und diesmal gelang es ihm fast, den Knauf aufzudrehen, bevor er den schraubstockartigen Griff der beiden Jungs spürte, die ihn von der Tür wegrissen. Als Nächstes spürte er die heiße Luft an seinem Gesicht vorbeirauschen, als sie ihn die Verandastufen hinunter in den brütend heißen Hof warfen.

»Wir sagen es nicht noch mal«, warnte Wayne. »Wenn du die Anweisungen nicht befolgst, die Hux Pariah gegeben hat, werde ich sie dir einbläuen müssen.«

»Summer hätte die Ranch nie aufgegeben«, sagte Donnie. »Sie hätte die Miracles nie zurückgelassen.«

»Wie sich herausstellte«, sagte Steve, »war Summer die einzige Person, für die sich Summer interessierte.«

»Ich habe auch gehört, dass Summer gar nicht ihr richtiger Name war.«

»Hux sagt, das Mädel hätte ohne Punkt und Komma gelogen.«

»Addition durch Subtraktion. Die Miracle Ranch ist ohne sie besser dran.«

Als Donnie sich schwankend auf die Füße erhob, legten beide Jungs eine Hand an ihr Holster. Donnie winkte ab.

»Nicht nötig, Jungs«, sagte er müde und resigniert. »Ich finde allein zu meinem Wohnwagen.«

»Du schläfst dich besser mal aus«, gluckste einer von ihnen.

»Trink noch einen«, schnaubte der andere.

Aber das Letzte, was Donnie im Sinn hatte, war ein weiterer Drink. Nein, er hatte diese Quelle seit dem Tod seines Vaters schon oft besucht, und er hielt es für das Beste, sie nicht noch ein weiteres Mal zu besuchen. Er betrachtete das Land um sich herum und erinnerte sich nicht zum ersten Mal daran, dass es auf zwölf soliden Grundsätzen errichtet worden war – auf Grundsätzen, nach denen sein Vater gelebt hatte und mit denen er gestorben war. Der erste dieser Grundsätze, so erinnerte sich Donnie, bestand darin, zuzugeben, dass man machtlos war.

»Zum Teufel mit den Grundsätzen«, murmelte Donnie leise vor sich hin. »Es liegt an mir, die Miracle Ranch zu retten.«

•••

Als Donnie Rylah schließlich in dem alten Werkstattschuppen fand, hätte er sie beinahe nicht wiedererkannt. Sie hatte schon lange ihre unförmige Kleidung zugunsten eines Bikinitops und einer abgeschnittenen Overall-Jeans-Shorts aufgegeben. Ihre sonst bleiche Haut war gebräunt. Ihr langes Haar war irgendwie noch dunkler gefärbt, jedoch nicht annähernd so dunkel wie ihre rabenschwarzen Augen. Genau genommen dachte Donnie, dass sie es vielleicht gar nicht war, da sie noch nicht auf ihren Namen reagiert hatte.

Als sie sich schließlich zu ihm umdrehte, hätte sie nicht genervter sein können.

»Rylah Kincaid ist der Name einer Toten«, wies sie ihn zurecht. »Hux sagt, ich soll für immer *Satin* heißen. Weißt du, warum?«

Donnie verdrehte die Augen.

»Weil meine Haut sich so anfühlt, wenn man sie berührt.« Sie hielt ihm einen gertenschlanken Arm unter die Nase. »Na los«, sagte sie. »Berühr ihn.«

»Wie du auch heißt«, sagte Donnie, bereits außer Atem. »Wir müssen sehen, dass wir hier wegkommen. Ich habe keine Zeit für Erklärungen, aber, je länger wir hierbleiben …«

»Bruder Donnie«, sagte Satin, »du trinkst schon so früh am Morgen?« Sie schnalzte mit der Zunge gegen die Rückseite ihrer Zähne. »Es gibt keinen Tag, an dem ich nicht Luther dafür danke, dass er mich von meinen Fesseln befreit hat, und ich hoffe …«

Plötzlich hielt sie inne. Sie blickte auf einen Punkt auf der anderen Seite des Schuppens, vorbei an den rostigen Werkzeugen und den staubigen Werkbänken. Donnie drehte sich um, fand jedoch nichts, was die Aufmerksamkeit fesseln könnte.

»Bist du …?«

Satin sagte zu niemandem: »Du hast recht.«

»Wer hat recht?«, fragte Donnie.

»Das brauche ich nicht zu verstehen.«

Donnie sah hierhin und dorthin. »Mit wem, zum Teufel, redest du?«

Satin drehte sich wieder zu ihm um und sah ihm in die Augen. »Was hast du gerade gesagt?«

Da legte Donnie los. Es fühlte sich gut an, sich endlich jemandem anzuvertrauen. Er erzählte ihr, wie er bei seiner Mutter gesessen hatte, bis sie schließlich gestorben war. Er erzählte die Geschichte, wie er alle Straßen von Dallas abgesucht hatte, bis er Barney Malone fand, der an Straßenecken Anstand predigte. Dieser redete davon, wie er die Miracle Ranch gegründet hatte und all die Dinge, die er getan hatte, um Miracles anzulocken.

Und an einem Punkt erzählte er ihr dann, welches Schicksal seinen Vater erwartet hatte, und dass man ihn ganz unten im alten Steinbruch nie finden würde. Dass Hux gar nicht Hux war, sondern stattdessen ein Trickbetrüger namens Jack Jordan und irgendwie machte Summer Halifax mit ihm gemeinsame Sache. Summer, die eines Tages unter dubiosen Umständen verschwand, und jetzt trugen einige der Miracles Waffen, und wenn sie wüssten, was gut für sie wäre, würden sie zusehen, dass sie wegkämen, bevor noch etwas Furchtbares passierte.

Satins Augen leuchteten. Sie leckte sich die Lippen und kuschelte sich recht dicht an ihn heran.

»Wirst du mich retten, Donnie?«, fragte sie gurrend.

»Natürlich«, sagte er. »Ich habe viel zu viele Menschen um mich herum im Stich gelassen. Ich könnte nicht mehr in den Spiegel sehen, wenn ich auch euch Mädels im Stich lasse.«

»Was willst du denn überhaupt machen?«

»Ich werde euch hier rausholen«, sagte er. »Ich werde euch alle hier rausholen.«

Satin sagte nichts. Mit einem Lächeln wie dem ihren, brauchte sie das nicht.

»Ich möchte, dass du so viele Miracles zusammensammelst, wie du kannst«, sagte er. »Wir treffen uns dann heute Abend nach den Spirit Studies, bei Sonnenuntergang.«

»Wo?«

»Bei der scharfen Kurve der Straße auf der anderen Seite der Ranch«, sagte Donnie.

»Was sage ich den anderen Mädchen?«

Donnie zuckte mit den Achseln. »Ich befürchte, dass wir ihnen überhaupt nichts erzählen können. Wer weiß, wie sehr Hux sie einer Gehirnwäsche unterzogen hat. Sag ihnen stattdessen, es sei Teil eines neuen Grundsatzes.«

Wieder wandte Satin sich mit dem Gesicht zur entfernten

Wand des Schuppens. Sie lauschte ein wenig dem Wind und nickte dann.

»Ich werde tun, was immer du sagst«, murmelte sie.

»Perfekt. Wir sehen uns bei Sonnenuntergang.« Donnie klopfte ihr auf den Rücken und hastete dann aus dem Schuppen, im Kopf nur zwei Dinge: Zum einen hoffte er, dass die anderen wenigstens ansatzweise so leicht zu überzeugen waren wie Rylah, zum anderen, dass sich ihre nackte Haut weitaus sündiger angefühlt hatte als Satin.

29

Sie sind dort draußen.

Hux Pariah stand auf der Veranda des Haupthauses und suchte mit den Augen den errötenden Horizont ab. Obwohl er keine Staubwolken von sich nähernden Fahrzeugen sah, keine verräterischen roten Laser der Zielfernrohre von Scharfschützengewehren, saß ihm das Wissen tief in den Knochen. Es war sein erster Gedanke, wenn er morgens aufwachte und sein letztes Gebet, bevor er abends die Augen schloss. Es tanzte ihm so oft durch den Kopf, dass er die Worte nicht länger aussprechen musste, um sie zu hören.

Nein, musste er nicht.

Sie sind dort draußen.

Egal, wie viele Zäune er errichten ließ, oder Fackeln, die er befahl anzuzünden. Egal, wie viele Männer er zur Hand hatte, um ihre Waffen zu laden oder an seiner Tür Wache zu stehen. Bei jedem Rascheln im Busch zuckte er zusammen. Kein Tag verging, an dem Hux nicht bei ein oder zwei Mahlzeiten schlecht wurde, und obwohl er infolgedessen seine Kinnpartie ungeheuer gut aussehend fand, konnte er das ständige Zittern seiner Hand nicht verbergen.

»Wann werden sie angreifen?«, fragte er.

Schon bald, Hux. Das kann jetzt jeden Tag passieren.

»Ich wünschte, sie würden es tun und es hinter sich bringen.«

Das stimmt nicht, und du weißt es.

»Ich habe keine Angst«, sagte Hux. »Ich bin bereit für sie.«

Du vielleicht, aber sind sie es auch?

Hux richtete seine Aufmerksamkeit auf seine Miracles. Etwa

vierzig von ihnen standen im Hof, alle behielten verschiedene Bereiche im Blick, die als Schwachstellen identifiziert worden waren. Stellen, an denen die Befestigung ausgehebelt oder die Verteidigung manipuliert werden konnte. Alle hatten die eine oder andere Waffe erhalten. Manche trugen Schusswaffen, andere schwenkten Stöcke und Steine. Sie richteten ihre Augen mit schweren Lidern auf die Baumreihen und wagten es nicht, auch nur zu blinzeln, obwohl es immer später wurde.

»Ab morgen sollten wir sie in Schichten schlafen lassen«, sagte Hux. »So todmüde, wie sie sind, nützen sie mir nichts.«

Tot werden sie dir auch nichts nützen. Jetzt ist wohl kaum der richtige Zeitpunkt, um die Verteidigung zu schwächen.

»Sie werden wahrscheinlich vor Übermüdung zusammenbrechen.«

Wenn sie zusammenbrechen, wirst du zumindest die Grenzen ihrer Loyalität kennen.

Hux nickte. »Du hast recht, Luther.«

Ich habe immer recht.

Hux warf noch einen letzten Blick über das Grundstück und ging dann ins Haupthaus. Er nahm seine Waffe aus dem Schulterholster und legte sie auf den Küchentresen. Die von seiner Hüfte legte er auf den Küchentisch. Schließlich zog er die winzige Derringer von seinem Fußgelenk und gab sie dem großen Jungen namens Boo, der das Fußende der Treppe bewachte.

»Sind sie wach?«, fragte Hux.

»Die letzte halbe Stunde hab ich nichts mehr gehört, aber ich schätze, dass sie noch wach sind.«

Hux nickte müde und stieg dann die Stufen hoch.

Vor einiger Zeit hatte Hux den Trockenlagerraum in den obersten Stock des Haupthauses verlegt. Zunächst hatte er Bedenken wegen Ratten, Kakerlaken oder anderem Ungeziefer, das an die verpackten Lebensmittel herankommen könnte. Mit der

Zeit begann er jedoch zu befürchten, dass sich Miracles spät nachts an ihm vorbeischleichen und ihre hoch konditionierten Körper mit Schüsseln voller Nudeln oder Dosen mit Fleischkonserven ruinieren könnten. Um dies nicht zu riskieren, hatte er die Holzlattentür durch eine Stahltür ersetzt und mit einem Schloss versehen, für das nur er den Schlüssel hatte.

Erst kürzlich war ihm bewusst geworden, dass der Raum nicht nur dazu diente, Leute am Betreten zu hindern, sondern auch ideal war, wenn man sie daran hindern wollte, *hinaus*zugelangen.

Hux stand an der Tür und klopfte leicht mit seinen Fingerknöcheln dagegen.

»Ich werde jetzt die Tür öffnen«, rief er nach drinnen. »Sollte jemand es für klug erachten, an mir vorbeizustürmen, möchte ich nur bitten, daran zu denken, was das letzte Mal passiert ist, als ihr es versucht habt, und niemand möchte doch, dass das noch mal passiert.«

Als er keine Proteste hörte, steckte Hux den Schlüssel ins Schloss.

In dem Lagerraum für Trockenwaren befand sich genug, um eine kleine Armee zu versorgen. Hux wusste, dass irgendwann der Tag kommen würde, an dem Kräfte von außen sie möglicherweise in ihre eigenen vier Wände zurücktreiben könnten, und dann würde er nicht unvorbereitet sein. Eine solche Belagerung könnte Tage oder Wochen dauern … vielleicht sogar Monate, und es würde ihn nicht kalt erwischen. Er hatte das Camp mit so viel Lebensmitteln und Munition bevorratet, wie er legal in die Finger kriegen konnte, und noch einiges mehr. In den zwei früheren Schlafzimmern befanden sich Regale über Regale mit Lebensmitteln, mit denen sie bis zur Großen Trübsal durchhalten würden.

Außerdem waren dort Summer und Donnie untergebracht, die auf dem Boden sitzen blieben, als Hux die Metalltür öffnete. Er schaltete das Licht an, während beide schützend die Hände vor die

Augen hielten und wie Kakerlaken in die Schatten huschten. Er blickte geringschätzig auf sie herab und schüttelte den Kopf.

»So hab ich das für uns nicht gewollt«, sagte er in den Raum. »Überhaupt nicht.«

Früher hätte Summer gefleht und gejammert. Sie hätte ein großes Lamento angestimmt: *Lass mich gehen* und *So muss es doch nicht sein.* Als Hux dann Donnie zu ihr sperrte, nahm er ihr deutlich Wind aus den Segeln. Donnie war leichter zu brechen. Ein paar Runden mit den Jungs unten, und der alte Knabe hatte seine Lektion gelernt. In letzter Zeit war er sanftmütig wie ein Lamm geworden. Er hatte gelernt, nicht den zornigen Blick von Hux Pariah auf sich zu ziehen.

Lass dich nicht täuschen. Er liegt auf der Lauer.

»Es kann jetzt jeden Tag passieren«, erklärte Hux ihnen. »All das hier wird vorbei sein.«

Summer seufzte. »Das sagst du jetzt schon über eine Woche.«

»Schon ganz bald.«

Hux' Aufmerksamkeit richtete sich auf einen kleinen Haufen zerrissenes Papier. Es war wie Konfetti im Raum verteilt. Er versetzte dem Haufen mit der Seite seines Stiefels einen Tritt.

»Ist das das, wofür ich es halte?«

Summer sagte nichts.

»Ich habe dich gebeten, es zu lesen.«

»Ich habe Besseres zu tun, als den ganzen Tag herumzusitzen und den Müll zu lesen, den du schreibst«, knurrte sie. »Das ist das Gefasel eines Verrückten.«

»Das war mein Manifest.« Hux stand kurz davor, die Kontrolle zu verlieren. Luther legte ihm eine Hand in den Nacken und drückte sanft, bis Hux' Herzschlag sich beruhigte. »Das war mein Lebenswerk.«

»Es war überzogen und paranoid«, sagte Summer. »Niemand will solchen Müll lesen.«

Hux konnte seine Augen nicht von den kleinen Schnipseln abwenden, die überall auf dem Teppich verstreut lagen. »Egal«, sagte er. »Es gibt noch Kopien. Wenn die Zeit reif ist, wird jede Zeitung, jeder Fernsehsender und jede Internetseite Amerikas es veröffentlichen.«

»Dann schlage ich vor, dass du dir einen guten Lektor suchst«, sagte Summer. »Du hast eine Scheißahnung von Rechtschreibung.«

»Und du …« Hux sah zu Donnie hinüber, der bisher sitzen geblieben war. Er lehnte mit seinem Rücken an einer riesigen Packung Toilettenpapier, die er geöffnet hatte, um eine Rolle als Kopfstütze zu benutzen. »Was für großartige Dinge hätten wir gemeinsam erreichen können. Ich habe dir alles gegeben, was du wolltest. Ich habe dir Gesellschaft gegeben, das beste Pferd im Stall … Du hättest den Rest deines Lebens in vollendeter Glückseligkeit leben können. Aber du musstest mich ja verraten.«

»Irgendwie gefällt es mir hier.« Donnie zuckte mit den Achseln. »Summer ist eine fabelhafte Gesellschaft.«

»Natürlich ist sie das.« Eine Bitterkeit breitete sich in Hux' Mund aus, gegen die er nicht ankam. »Sie ist eine fabelhafte Gesellschaft, bis sie es nicht mehr ist. Das stimmt.«

Summer zeigte ihm den Mittelfinger.

Zu Donnie meinte Hux: »Ich kenne deine größte Angst, du willst nicht allein sein. Wenn du bei der hier bleibst, wirst du genau das sein: *allein*. Sie sagt, dass sie immer zu dir stehen wird, aber über kurz oder lang wird sie aus den Fugen gehen, und dann bleibst nur du, der alles zusammenhalten muss. Sie wird jeden verjagen, dem es gelingen könnte, eine Rolle zu spielen, und wenn sie dich dann ganz für sich allein hat, wird sie ihrem Verstand den Laufpass geben.«

»Fahr zur Hölle, Jack.«

»Ich meine es so«, sagte Hux. »Nachdem du fort warst, war ich unten in Houston, um etwas abzuholen, und blieb in einem üblen Stau stecken. Wie sich herausstellte, hatte sich irgendein Penner mit einem Samuraischwert auf die Kreuzung gestellt, damit herumgefuchtelt und davon geschwafelt, dass er geschickt wurde, um die Welt vor Drachen zu beschützen.«

»Das ist eine faszinierende Geschichte, Jack«, sagte Summer. »Warum schreibst du sie nicht auch auf, damit ich sie zu deinem Haufen Müll hier packen kann?«

»Ich habe zugesehen, wie dieser Penner von einer Straßenseite zur anderen gerannt ist«, sagte Hux. »Ich habe ihn schreien und brüllen gesehen, bis die Polizei ihn mit drei Kugeln ausgeschaltet hat. Noch lange, nachdem sie ihn weggekarrt hatten, konnte ich sein Echo hören, das zwischen den Hochhäusern hin und her geworfen wurde.«

»Und, soll uns das irgendetwas sagen?«, fragte Summer.

»Natürlich soll es das«, erklärte Hux den beiden. »Noch wochenlang danach habe ich gerätselt, was der Unterschied zwischen ihm und uns ist.«

Er wusste, dass er sie damit getroffen hatte, aber nicht so hart, wie er wollte. Also machte er weiter. »Ist es, weil wir ein Dach über dem Kopf haben? Ist es, weil wir Waren für Tausende von Dollar handeln? Echt … ich habe lange darüber nachgedacht und nie eine Antwort darauf gefunden, warum wir anders sein sollten als dieser total durchgeknallte Penner.«

»Ich weiß, wie die Antwort lautet«, sagte Summer.

»Tust du?«

Summer erhob sich langsam auf die Füße. Sie wahrte den Abstand zwischen ihnen.

»Wir haben einander«, sagte sie.

Hux tat das mit einer Handbewegung ab. Er drehte sich zur Tür, trat aber nicht darauf zu.

»Ich meine es ernst, Jack«, sagte sie. »Dieser Penner ist das, was passiert, wenn wir zulassen, dass wir uns zu weit voneinander entfernen. Du kannst mit so vielen kleinen Mädels rummachen, wie du willst, Jack …«

»Hör auf, mich so zu nennen.«

»Nenn dich selbst, wie immer du willst«, sagte sie, »doch es gibt nur eines, was uns davon abhält, direkt in unseren Ruin zu laufen.«

Ja. Nur eines. Merk dir das.

»Ich bin jetzt glücklich«, sagte Hux. »Aber das kannst du nicht zulassen. Und schon wieder musst du hingehen und es vermasseln.«

»Das hier nennst du glücklich?« Summer zeigte auf den Raum, in dem sie eingesperrt waren. »Du bist doch nicht ganz richtig im Kopf, Mann. Du vertraust niemandem und bist komplett durchgedreht. So wirst du, wenn ich nicht in deiner Nähe bin, um dich zu stabilisieren.«

Wie tief sie gesunken ist. An diesem Punkt wird sie alles sagen, um deinen Verstand weiter zu verdrehen.

»Wir wissen doch beide, warum du mich hier eingesperrt hast«, sagte Summer. Sie trat einen Schritt auf ihn zu. »Weil du weißt, dass ich diejenige bin, die dafür sorgt, dass du nicht auseinanderbrichst.«

»Das meint ihr zwei doch nicht ernst«, stöhnte Donnie.

Hux brachte ihn mit einer Handbewegung zum Schweigen. Er fixierte Summer mit seinem Blick.

»Du hast versucht wegzulaufen«, sagte Hux. »Du wolltest die Ranch verlassen.«

»Ich wäre nie gegangen«, sagte Summer. »Du weißt, wie oft ich mich über etwas aufrege. Klar, ich erzähle nicht immer alles, aber bin ich letztendlich je weggegangen? Es ist, als würden die Entscheidungen außerhalb von mir gefällt und ich handle nur danach. Ich weiß wirklich nicht, wie ich erklären soll, welche Macht mich da treibt …«

Sie hat einen Namen.

»… aber denk mal zurück an die Zeit, als wir uns kennengelernt haben, bis zu diesem Augenblick jetzt. Machst du das bitte mal?«

»Okay.«

»Habe ich dich je verlassen?«

Eine Sache, auf die Hux stolz war, war seine Fähigkeit, eine Lüge zu erkennen. Er tat das schon seit seiner frühen Kindheit und glaubte, dass er ein Talent dafür hatte, mit dem er sogar einen Lügendetektor übertreffen konnte. Er konnte jedoch nicht im Geringsten feststellen, wie ehrlich die Worte waren, die den Lippen seiner alten Freundin entsprangen.

»Was glaubst du?«, fragte er in den Raum hinein.

Da stellt sie eine berechtigte Frage. Andererseits …

»Ich glaube, ich würde mich glücklich schätzen, wenn ich jemanden fände, der so zu mir hält«, sagte Donnie. Er krabbelte auf allen vieren zu Summers Füßen und umschlang ihre Fußknöchel. »Wenn du mir gegenüber nur halb so viel Loyalität zeigen würdest wie diesem Durchgeknallten, dann würde ich mit dir durch dick und dünn gehen, das schwöre ich.«

Summer legte beide Hände an ihre Wangen und errötete mit einer ungesunden Farbe. Während es ihr unmöglich war weiterzusprechen, hatte Hux keine Probleme damit.

»Was für ein passendes Paar!«, spottete er. »Summer, zum Teufel mit diesem Kerl. Komm mit mir.«

»Hör nicht auf ihn«, sagte Donnie. Er richtete sich rasch auf, bis er ihr Gesicht in seinen Händen hielt. Sie sahen sich in die Augen. »Summer«, sagte er, »dieser Idiot hat seine Chance gehabt. Er hat dir Drogen verpasst und dich mit einer Überdosis in einer Notaufnahme in Ost-Texas zurückgelassen. Er hat dir das Einzige genommen, was dich glücklich gemacht hat, und dich dann noch wochenlang in diesem Lagerraum eingesperrt.«

»Wir haben eine ziemlich lange, gemeinsame Geschichte«, sagte Summer.

»Vielleicht ist es jetzt an der Zeit, sich jemand Neuem zuzuwenden«, sagte Donnie. »Jemandem, der dich nicht so viel leiden lässt.«

Summer lächelte. »Du und ich, wir würden nicht weit kommen. Wir sind in einen Lagerraum eingesperrt.«

»Wie schon gesagt«, sagte Donnie und lächelte jetzt auch. »Du bist eine fabelhafte Gesellschaft. Wenn es nach mir ginge, könnten wir den Rest unserer Tage gemeinsam in einem Lagerraum verbringen.«

Summer blickte von Donnie zu Hux, dann zurück zu Donnie. Hux konnte sehen, wie sich die Rädchen in ihrem Kopf drehten. Sie schloss die Augen und öffnete sie wieder.

Du kannst ihr nicht vertrauen.

»Wenn ich irgendwem vertrauen könnte …«

Sie sagt, was immer nötig ist, um sich aus den Fesseln zu befreien. Du wirst ihr für immer auf die Finger schauen und dich fragen müssen, was sie tatsächlich vorhat.

»Du hast recht …«

Hux verließ rückwärts den Raum und blieb im Türrahmen stehen. Er packte ihn mit den Händen und sah beide Gefangene an. Keiner von ihnen bewegte auch nur einen Muskel.

»Ich werde jetzt nach unten gehen und mir eine schöne Kanne Kaffee kochen«, sagte Hux. »Habt ihr eine Ahnung, wie lange ich kein Koffein mehr hatte?«

Bist du sicher, dass das eine gute Idee ist?

»Ich denke, es ist eine wunderbare Idee«, sagte Hux. »Außerdem lasse ich diese Tür offen.«

Den Teufel wirst du.

»Wenn du dich unten zu mir gesellst, dann ist alles vergeben und vergessen.«

Summer leckte sich die Lippen. Donnie hielt den Atem an.

»Wenn ihr euch für ein gemeinsames Schicksal entscheidet«, sagte Hux, »dann könnt ihr hier oben bleiben.«

Donnie nahm Summer an die Hand. Hux wartete nicht darauf, wie sie es aufnahm, sondern kehrte ihnen stattdessen den Rücken zu und ging wieder die Treppe hinunter.

Mit ihr ist nicht zu spaßen. Du solltest diese Stufen wieder hinaufgehen und die Tür abschließen.

»Ich zweifle kein bisschen daran, was sie tun wird«, sagte Hux. Dennoch befahl er Boo, unten an der Treppe Wache zu halten. Er ging in die Küche und holte eine alte Kaffeedose hervor, die er hinter diversen Schachteln Kräutertee verstaut hatte. Er öffnete sie, und das Aroma stieg ihm direkt in die Nase.

Er schloss die Augen und lächelte.

»Oh, wie ich diesen Duft vermisst habe.«

Selbst wenn sie diese Stufen hinunterkommt, bedeutet das gar nichts.

»Ich kann das hier nicht allein tun«, sagte Hux. »Ich werde so müde.«

Du bist alles andere als allein. Diese Miracles da draußen, die würden für dich sterben. Sie werden alles tun, was du ihnen sagst.

»Aber für wie lange noch?« Hux goss heißes Wasser in einen zerbeulten Kessel und stellte ihn zum Kochen auf eine Gasflamme. »Ich sehe es jeden Tag. Ihre Hingabe lässt nach. Wenn ich in diesen Frauen bin, empfangen sie mich nicht mehr mit dem Elan wie in den Anfangstagen. Wenn sie auf den Feldern arbeiten, singen sie nicht mehr so laut wie früher. Ich höre sie flüstern …«

Vielleicht sollten wir bestimmte von ihnen von den anderen fernhalten.

»Ich sehe, wie sie mich anschauen, wenn ich ihnen nach jeder unerfüllten Prophezeiung befehle abzutreten.«

Das wollte ich dir schon länger sagen, vielleicht sollten wir mit dem Endzeitgerede etwas sparsamer sein.

»Ich brauche Summer an meiner Seite«, sagte er. »Wie in alten Tagen.«

Während du sprichst, hecken die beiden deinen Untergang aus.

Hux schüttelte den Kopf. »Das würde sie nicht zulassen.«

Du kennst sie nicht mehr so gut wie früher.

»Ich kenne sie besser als die meisten Leute.«

Du kannst niemandem trauen. Ich bin der Einzige …

Der Kessel blies pfeifend Dampf in den Raum, und Hux nahm ihn von der Flamme. Er stand einen Moment in der Küche, bevor er sagte: »Woher weiß ich überhaupt, dass du echt bist?«

Wirf einen Blick ins Obergeschoss.

»Ich höre gar nichts.«

Das ist deswegen, weil sie nicht mehr da sind, Hux.

»Das ist unmöglich. Boo hätte …«

Ein Fenster, eine Tür … ein Loch in der Wand. Was spielt das für eine Rolle? Sie sind geflüchtet.

»Summer würde nicht …«

Sieh selbst.

Hux ließ den Kessel fallen. Bevor der auf dem Boden landete, war er bereits durchs Esszimmer und Wohnzimmer gestürzt und hatte sich am unteren Treppenabsatz an Boo vorbeigeschoben. Er hastete die Treppen hoch, immer zwei, drei Stufen gleichzeitig nehmend, bis er schließlich oben im Flur ankam, wo die Metalltür weit offen stand.

Drinnen fand er niemanden.

Hux taumelte in den Raum, der bis auf all die Lebensmittel, die er für ein Armageddon gehortet hatte, das möglicherweise nie kam, leer war. Er ging in die Mitte des Raumes und ließ sich zwischen den weggeworfenen Schnipseln des Manifests, das Summer zerrissen hatte, anstatt es zu lesen, auf die Knie fallen.

»Und wie gefällt dir das?«, fragte er laut. »Sie ist fort.«

Ich sage nur ungern, dass ich es dir gesagt habe, aber …

»Ich hätte nie gedacht, dass sie das tun würde«, sagte Hux. »Nie im Leben hätte ich gedacht, dass sie irgendwo anders hingehen würde als dorthin, wo sie hingehört, nämlich an meine Seite.«

Als Erstes werden sie die Bullen rufen.

»Summer würde nie zur Polizei gehen. Sie und ich, wir haben eine Vereinbarung.«

So was wie »keine Krankenhäuser«?

Hux schluckte schwer. »Trotzdem …«

Und wenn sie dich verlässt, was sollte die anderen davon abhalten, das Gleiche zu tun?

Hux konnte diesen Punkt nicht länger bestreiten. Während er immer noch auf Knien war, kämpfte er gegen die unrealistische Vorstellung, dass er vielleicht einen letzten Hilferuf ausstoßen könnte, einen, der von einer Macht beantwortet wurde, die groß genug war, um die einsetzende Flut, ausgehend von all dem Bösen unten in Houston oder den Bullen in Corsicana, zu stoppen. Einen Hilferuf, der ihm endlich geben könnte, was er wirklich wollte, nämlich genug Seelenfrieden, um endlich ein bisschen Ruhe zu finden. Nur einen verfickten Moment der Ruhe, denn es hörte nie auf, dieser Teil von ihm da oben hörte nie auf, nicht mit all dem Alk dieser Welt, nicht mit all dem Geld. Er könnte von hier bis zur Erlösung bis zum Hals in kleinen Mädchen stecken, und doch würde dieses bösartige Organ zwischen seinen Ohren immer weitermachen.

Kniend schloss er fest die Augen, hob den Kopf zum Himmel, und es war ihm egal, ob Luther antworten würde oder irgendein verschrobener Gott, dem er immer fremd gewesen war. In diesem Moment versprach er sich, dass er für immer in ihren Diensten stehen würde, wenn einer von ihnen jetzt antwortete.

»Gib mir bitte einfach meinen Seelenfrieden.«

Hux Pariah öffnete die Augen, um zu sehen, welches Zeichen er empfangen haben könnte, und stellte fest, dass er auf das oberste Regalbrett des Lagerschranks blickte.

Ganz bis nach oben, wo er eine klobige Kiste eines dunkelroten Getränkepulvers verstaut hatte.

Kool-Aid.

30

Summer saß allein auf dem Parkplatz des Motels auf der Haube eines verbeulten Pick-ups. Es war noch früh am Morgen, aber sie hatte bereits ein halbes Päckchen Zigaretten geraucht, während sie in der nebligen Luft Virginias wartete. Sie hatte noch die zweite Hälfte des Päckchens rauchen wollen, als Craig mit einem eigenen Pick-up ankam.

Er parkte neben ihr und saß eine ganze Weile in seinem Wagen, bevor er schließlich ausstieg. Summer sah ihm zu, wie er sich Zeit ließ, um das Fahrzeug herumzugehen, bis er neben sie trat und sie in seine Arme zog. Er umarmte sie lange und fest, wie sich zwei Freunde umarmen, die sich schon lange nicht mehr gesehen hatten.

Was auch so war.

»Nicht die Reaktion, die ich erwartet hätte«, sagte sie, als er sie schließlich losließ.

Er pflückte ihr die Zigarette aus dem Mund und nahm einen langen, tiefen Zug. Dann musterte er sie von oben bis unten.

»Du siehst gut aus«, sagte er.

»Danke.«

»Nein, ehrlich. Das letzte Mal … Ich meine, du siehst *großartig* aus.«

»Immer locker.« Sie nickte in Richtung der geschlossenen Tür ihres Motelzimmers. »Nicht vor den Kindern.«

Craig folgte ihrem Blick und kniff die Augen zusammen. Wenn er noch eine Bemerkung machen wollte, so verkniff er sie sich.

Er gab ihr die Zigarette zurück. »Texas, hä?«

Sie nickte.

»Das ist ein verrücktes Pflaster«, sagte er.

»Du hast ja keine Ahnung.«

Hinter ihnen rauschte der Verkehr in einem konstanten Fluss über die Interstate. Die Leute fuhren zur Arbeit, doch niemand fuhr langsam genug, um entlang der Ausfahrt etwas Ungewöhnliches zu bemerken. Auch den beiden fiel nichts auf.

»Ich habe etwas in den Nachrichten gehört«, sagte Craig. »Da unten gab es eine Sekte, vielleicht ungefähr fünfzig, sechzig Leute. Ein Haufen Hippies, haben sie gesagt.«

»Ach ja?«

Craig nahm einen weiteren Zug von Summers Zigarette und nickte. »Sie haben sich Waffen besorgt und ihr Anführer hat sie dazu gebracht, ein paar Ecstasy-Mollys zu trinken. Sie sind halb ausgetickt, bis die Feds auftauchten.«

Summer holte sich ihre Zigarette von ihm zurück, hob sie aber nicht an die Lippen. Stattdessen blickte sie weiter auf die Tür ihres Motelzimmers.

»Es gab ein kleines Handgemenge, aber irgendwann sind ihre Ärsche im Knast gelandet.« Craig lachte in sich hinein. »Wo sie doch in Texas waren und alles … Mann, haben diese Kids Glück gehabt, dass sie nicht erschossen worden sind oder zu Tode verbrannt, wie diese Freaks unten in Waco.«

Statt ihren Hals weiter mit Zigarettenrauch zu ruinieren, warf sie den Stummel auf den Asphalt. Sie sah zu, wie er zu ihren Füßen verglimmte.

»Der Typ hinter der ganzen Sache«, erzählte Craig weiter, »war der Verrückteste von allen. Ich habe gehört, dass er ihnen die Drogen in ihre Getränke gekippt und sie gezwungen hat, sie zu trinken. Im Zeugenstand, wo er eine Aussage machen sollte, hat er den ganzen Saal vollgequatscht über Leute, die nicht da seien und die Anweisungen von jemandem erhalten hätten, den niemand sehen konnte. Jedes Mal, wenn ihn die Cops an den anderen Kids vorbeiführten, sind die auf die Knie gefallen und haben Hippiescheiß gesungen.«

»Wie du schon sagtest«, meinte Summer lächelnd, »Texas ist ein verrücktes Pflaster.«

Craig sah sie schräg von der Seite an. »Du warst doch da nirgendwo in der Nähe, oder?«

»Ich?« Und nach einer Minute fügte sie hinzu: »Texas ist irre groß.«

»Wohl wahr.«

Sie nickte zu dem braunen Umschlag, den er in der Hand hielt. »Du hast da was für mich?«

»Das weißt du doch.«

»Ich danke dir sehr.« Sie hopste von der Kühlerhaube. »Lass uns reingehen.«

Craig bewegte sich nicht. Stattdessen beäugte er die Eingangstür des Motels.

»Ist das eine gute Idee?«, fragte er.

»Sei nicht dumm.« Summer ging voran. »Er beißt nicht.«

Als sie drinnen waren, schaltete sie das Licht nicht an. Abgesehen von dem Fernseher vor dem Doppelbett, in dem ein stumm geschalteter Cartoon lief, war das Zimmer dunkel.

»Heiliger Himmel«, sagte Craig. »Was ist mit ihm passiert?«

Summer schloss die Tür hinter ihnen. »Beim Verlassen von Texas wurde es ein wenig ungemütlich.« Sie rieb die Innenseite ihres Arms mit dem Daumen und Zeigefinger und fragte sich, ob dieser Juckreiz je gestillt werden konnte. »Ich befürchte, unser Junge hat nicht …«

»Vielleicht ist es am besten, wenn ich nichts darüber weiß«, sagte Craig. »Du hast mich gebeten, dir ein paar Florida-Ausweise zu besorgen, also habe ich sie mitgebracht. Du hast Glück gehabt, dass ich überhaupt ans Telefon gegangen bin. Das letzte Mal …«

Summer führte ihn zu einem wackligen Tisch und knipste eine winzige Lampe an. Sie nahm den Umschlag von Craig entgegen und schüttete den Inhalt aus.

Führerscheine. Zwei Stück.

Sozialversicherungskarten, ebenfalls zwei.

Geburtsurkunden.

Zwei brandneue Leben, vor ihr ausgebreitet auf einem zerkratzten Tisch.

»Das ist gutes Zeug«, sagte Summer. Sie nahm einen Ausweis in die Hand, dann den anderen. Sie hielt sie unter die Lampe und drehte sie von der Vorderseite auf die Rückseite. »Das ist echt gute Arbeit.« Über die Schulter rief sie: »Hey, das solltest du dir mal ansehen.«

Als sich auf dem Bett nichts rührte, kratzte sich Craig am Kopf.

»Hey, geht's ihm gut?«

»Der wird schon wieder«, sagte Summer. »Du weißt ja, wie er ist.«

Craig schüttelte trotzdem den Kopf. »Ja, vielleicht ... aber so habe ich ihn noch nie gesehen.«

»Ich heiße Katrina Merriweather«, sagte sie in den Raum hinein. »Ja, hat man da noch Töne, Hux – öh, ich meine, *Andrew*. Von jetzt an heiße ich Katrina Merriweather und du bist Andrew Catton.«

Und damit war das geklärt.

Katrina begleitete Craig zur Tür und trat hinaus. Bevor sie seinen Pick-up erreichten, blieb er stehen und zeigte auf die Hügel auf der anderen Seite des Freeways.

»Keith wurde direkt hinter diesen Hügeln dort geboren, weißt du.«

Sie runzelte die Stirn. »Keith?«

Craig deutete mit dem Kopf auf die Motelzimmertür.

»Oh, ja.«

»Eine kleine Stadt namens Lake Castor«, sagte er. »Nicht groß genug, um auf einer Landkarte erwähnt zu werden, und man konnte durchfahren, ohne sie überhaupt zu bemerken.«

»Daran ist nichts falsch«, sagte Katrina. »Wer's mag.«

Er fuhr fort. »Was ich sagen will, ist, dass er immer noch Leute dort drüben hat. Du könntest ihn in diesem Motelzimmer zurücklassen und dich mit deinem neuen Führerschein auf diesem Highway vom Acker machen und eine ganz neue Frau sein.«

Katrina schaute versonnen nordwärts, dann nach Süden.

»Du musst dir über ihn keine Gedanken machen«, sagte Craig. »Wenn du mich fragst, hätte er Lake Castor gar nicht erst verlassen sollen.«

»Vielleicht«, sagte sie. »Wer weiß schon, was wir mit unseren Leben anstellen sollen? Stimmt's? Alles, was zählt, ist, wie sich die Dinge entwickeln, wenn alles gesagt und getan ist.«

Craig spuckte zur Seite. Er kickte den Schotter mit seiner Schuhspitze.

»Andrew« – ein Lächeln spielte um ihre Lippen – »Andy und ich … werden vermutlich irgendwann weiterziehen, wie alle anderen auch, nehme ich mal an. Einer von uns wird beschließen, sesshaft zu werden und Wurzeln zu schlagen, und der andere …« Sie saugte ihre Wangen ein. »Aber im Moment …«

Sie ließ den Gedanken im Wind baumeln wie einen aufgeknüpften Viehdieb.

Ein weiteres Mal umarmte Craig sie fest. Bevor er in seinen Pick-up stieg, blieb er noch einmal stehen und sah sie ein letztes Mal an.

»Versprich mir, dass du auf dich aufpasst«, sagte er. »Florida ist kein guter Ort, um Scheiße zu bauen.«

»Zeig mir einen Ort, wo das heute noch geht.«

Craig legte den Gang ein und winkte mit zwei Fingern, als er zurücksetzte und dann in einem Schauer von aufgeschleudertem Kies und Schotter vom Parkplatz des Motels auf den Freeway einbog.

Katrina stand eine Weile so da. Hinter ihr schob die Reinigungsfrau ihren Wagen vorbei und legte auf jede Fußmatte jedes belegten Zimmers eine Tageszeitung. Nachdem sie weitergeschlurft war, nahm Katrina die Zeitung auf und seufzte angesichts des abgedruckten Fotos von Donnie Williams. Über seinem Gesicht stand in dicken Lettern: SEKTENFÜHRER BESCHULDIGT UNSICHTBARE FRAU, ANHÄNGER UNTER DROGEN GESETZT ZU HABEN.

»Schon seit zwei Wochen auf der Titelseite«, seufzte sie. »Wenn das nichts ist?«

Vielleicht hatte Craig recht. Vielleicht wäre es für Andy besser, wenn er nach Hause zu seiner Familie ging. Vielleicht war das ein Zeichen, dass es Zeit war, etwas zu ändern. Vielleicht sollte sie denselben Freeway nehmen, sich eine Richtung aussuchen und dann so lange weiterfahren, bis sie einen Ort gefunden hatte, den sie ihr Zuhause nennen konnte.

Sie blickte auf die Zeitung in ihren Händen und auf das Foto von Donnie Williams und sah nicht den drogeninduzierten Wahnsinn in seinen Augen oder das Haar, das ihm zu allen Seiten vom Kopf abstand. Statt des Irren, zu dem er in den Mainstream-Medien gemacht geworden war, sah sie ihn während ihres letzten Gesprächs vor sich, als sie Hand in Hand am Eingangstor der Miracle Ranch standen.

»Bist du sicher, dass wir das alles zurücklassen sollten?«, hatte Katrina ihn gefragt, damals, als sie lieber Summer genannt wurde.

»Natürlich sollten wir das«, hatte Donnie geantwortet. »Wir haben keine Zeit zum Diskutieren. Hux hat sie einer Gehirnwäsche unterzogen, und sie werden kommen und uns jagen.«

»Woher weißt du das?«

Für einen Moment sah sie in dem jungen Mann etwas aufflackern, konnte aber nicht recht den Finger darauflegen. Seine Aura hatte sich verdunkelt, und etwas zog durch ihn, wie ein Geist. Als sie daran dachte, erschauerte sie nun, auf dem Parkplatz des Motels, genauso, wie sie es damals am Tor getan hatte.

Donnie hatte seinen Mund geöffnet und gesagt: »Luther sagt mir, wir sollen wegrennen.«

»Was hast du da gerade gesagt?«

»Luther sagt es«, erklärte er ihr. »Zum ersten Mal in meinem Leben kann ich ihn hören. Es ist so wundervoll.« Donnie hüpfte auf und ab. Er drehte sich mehrfach im Kreis. »Verstehst du mich? Ich kann ihn hören, klar und deutlich, und er sagt mir, ich solle dich bei der Hand nehmen und wegrennen, weit weg von diesem Ort.«

»Ich muss dir etwas sagen, das ich sonst noch niemandem in der ganzen, weiten Welt erzählt habe.«

»Klar.«

»Luther ist nicht real, du Idiot. Ich habe ihn mir ausgedacht.«

Denn, was gab es noch groß zu entscheiden? Sie hatte schon lange die Kontrolle verloren, genau, wie ihr gesagt worden war. Mit Donnie zum Eingangstor zu rennen, war kaum mehr als Kabuki. Sie würde Andy Catton nie verlassen, oder Jack Jordan oder Hux Pariah, oder welchen Namen er auch immer haben würde. Sollten die Kometen kollidieren, sollte es Asche und Blut vom Himmel regnen, so wäre sie immer noch an seiner Seite und er an ihrer. Denn den einen Teufel kannte sie, den anderen nicht. Und außerdem gab es einen Planeten, der durch das Sonnensystem raste, auf dem sie wandeln musste, und das tat sie lieber mit einem Freund.

Katrina Merriweather ging zurück ins Motel. Diesmal schaltete sie das Licht an. Die Gestalt unter der Bettdecke hatte sich nach wie vor nicht bewegt. Sie setzte sich neben ihn aufs Bett und lauschte dem zitternden Rhythmus seiner Atmung und den schwerfälligen Zuckungen dieses Dinges, das er ein Herz nannte.

War sie glücklich?

Himmel, sie konnte in dieser großen, weiten Welt alles sein, was sie wollte, also warum, zum Teufel, sollte sie nicht glücklich sein?

»Hörst du das, Andy?«, rief sie dem Haufen neben sich auf dem Bett zu. »Ich werde glücklich sein.«

Und damit war das geklärt.

Danksagungen

Ohne die folgenden Leute würde nie irgendwas erledigt: Lana Pierce, Natalie Pruitt, Dan Morrison, Julie Malone, Bobby Gorman, Jason Pinter, Jedidiah Ayres, Todd Keisling, Benoit Lelievre, Jim und Yvette Arendt, Jennifer Asbury, Lorie Underwood, Geraud Staton, Mike Bourquin, die Buchhandlung *The Wild Detectives* in Dallas, Paul Snow und Meredith Sause, Michael Howard, Jeffrey Moore, Tracey Coppedge, Monique Velasquez und Piper Kessler, E. A. Aymar, Marilyn Hays, S. W. Lauden und alle Leute, die überall im Land zu den *Noir at the Bar*-Events kommen, um zu lesen oder uns beim Lesen zuzuhören.

»Wir haben einen weiten Weg hinter uns, aber angekommen sind wir nirgends.«
Ali McGraw als Carol McCoy in Sam Peckinpahs »Getaway«

»Summer, die ganze Scheiße liegt jetzt im Rückspiegel. Wir können beide ganz von vorn anfangen, einen sauberen Neustart.«
Jack in Eryk Pruitts »Das schnelle Leben«

Wir kommen hier nicht lebend raus

Ein Nachwort von Marcus Müntefering

Vielleicht haben wir uns nach dieser *Tour de Force*, die Eryk Pruitts »Das schnelle Leben« ist, erst einmal ein Happy-End verdient? Oder zumindest die Illusion eines »Und sie waren zusammen glücklich, bis in alle Ewigkeit, Amen«?

Wer jemals Sam Peckinpahs »Getaway« gesehen hat, wird sich an die seltsam friedlichen Schlussbilder des Films erinnern. Doc und Carol McCoy, das Bankräuberpaar, dessen halsbrecherische Flucht nach diversen Shootouts bis auf eine Müllkippe führte, wo die beiden im Dreck landeten, wie der ganze kapitalistische Müll, der nicht mehr gebraucht oder alt oder kaputt ist, ein Mann und eine Frau, die einander in Misstrauen ebenso wie in Liebe untrennbar verbunden sind, fahren in einem rumpeligen Pick-up Truck, eine knappe halbe Million Dollar in einer schwarzen Tasche dabei, in Mexiko einer – möglicherweise – verheißungsvollen Zukunft entgegen.

Nur ist das versöhnliche Ende des von Walter Hill geschriebenen und von Steve McQueen, damals, Anfang der Siebzigerjahre einer der größten Stars der Welt, maßgeblich mitbestimmten Films eigentlich gar nicht das Ende dieser Geschichte. Zumindest nicht der Geschichte, die sich Jim Thompson 1958 ausgedacht hatte. Sein Finale ist eines der bizarrsten in der Historie der Kriminalliteratur. Doc und Carol landen in El Rey, wo eine Art Luxusresort geflüchteten Schwerverbrechern einen angenehmen Lebensabend verspricht. Das Problem: Hier ist alles so teuer, dass auch die fetteste Beute nicht lange reicht. Und aus Paranoia entwickeln sich Mordkomplotte und Kannibalismus. Kein Happy-End weit und breit. Eryk Pruitt dürfte Thompsons Version besser gefallen. Viel besser.

In Deutschland ist Pruitt, *born and raised* in Texas, heute wohnhaft in North Carolina, noch ein völlig Unbekannter. In den USA hingegen kennt man den Schriftsteller, der sich auch schon als Filmemacher, Podcaster und Radiomoderator versucht hat, in Noir-Kreisen recht gut. Zum einen gehört er zu den Autoren, deren Namen im Rahmen der Lesereihe »Noir at the Bar« – Pruitt vergleicht die Events mit dem abgedrehten Lollapalooza-Festival, so Rock'n'Roll seien die Autoren (»zumindest bis die Cosy-Crime-Typen auftauchten«) – immer wieder fallen, oft gemeinsam mit seinem im Nachbarstaat Virginia lebenden, inzwischen sehr erfolgreichen Kumpel S. A. Cosby, Autor von unter anderem »Blacktop Wasteland«. Und zum anderen, weil er vor »Das schnelle Leben« bereits zwei weitere Noirs, »Dirtbags« und »Hashtag«, sowie einen Band mit Kurzgeschichten, »Townies« veröffentlicht hat, in denen übrigens bereits die Orte Lake Castor und Lufkin eine prominente Rolle spielen, eine ideale Ergänzung also für alle, die von Jack und Summer angefixt wurden. Leben kann Pruitt von der Literatur nicht, aber das muss er auch nicht, er betreibt in Hillsborough eine erfolgreiche Bar. Dort gibt es Konzerte und Lesungen und natürlich harte Drinks. Einer davon ist auf Mescal-Basis und trägt den schönen Namen »El Rey«. Und das hat sehr viel mit Pruitts Verehrung für Jim Thompson zu tun.

»Ich bewundere Jim Thompson«, sagt er. »Ich denke, er ist einer der unterschätztesten Schriftsteller überhaupt. Er hat die Dunkelheit, die in uns allen lebt, eingefangen, und seine Prosa war schlank und schön fies.« Pruitts Lieblings-Thompsons sind »Der Mörder in mir« und »Zwölfhundertachtzig schwarze Seelen«, aber wer »Das schnelle Leben« liest, kommt nicht umhin, an »Getaway« zu denken. Nicht nur weil Pruitts Roman ähnlich wie Thompsons Klassiker in zwei Teile zerfällt, wobei der erste noch vergleichsweise konventionelle Krimikost bietet und der zweite zu einer surrealen Höllenvision gerinnt. »‚Dirtbags' ist wahrscheinlich der Roman, der am meisten von Thompson hat«, so Pruitt, »aber ich mag den Gedanken, dass Summer und Jack zwei Figuren sind, die direkt aus dem Thompson-Kanon stammen könnten.«

Und tatsächlich erinnern die beiden in der Art, wie sie nicht mit-, aber schon gar nicht ohneeinander sein können, wie sie verschlungen sind in einer amour fou, die eigentlich kein gutes Ende finden kann, an das Ehepaar McCoy. Beide Paare werden niemals den Ort erreichen, an dem sie zusammen glücklich werden. Ihre Pläne werden torpediert durch eine im Kern toxische Beziehung; der anscheinend simple Job, ob es nun darum geht, eine Bank zu überfallen wie bei Thompson oder um das Verticken von geklautem Koks bei Pruitt, muss zwangsläufig aus dem Ruder laufen, in einer Spirale der Gewalt enden. Hoffnung ist eine Illusion, ebenso wie der Glaube daran, irgendwo anders von vorn anfangen zu können. Ob Lake Castor, North Carolina oder Lufkin, Texas, die Muster wiederholen sich, weil Jack und Summer zwar ihre Namen ändern, ihre toxischen Persönlichkeiten aber nicht ablegen können. Wer sich an die Vergangenheit nicht erinnert, ist bekanntlich dazu verdammt, sie zu wiederholen. Oder es passiert etwas wirklich Fürchterliches.

Auch wie Pruitt seine Geschichte enden lässt, in Paranoia und turboeskalierendem Irrsinn, spiegelt die Schlusskapitel von Thompsons »Getaway«. Es ist mutig und atemberaubend, mit welcher Wucht Pruitt seine eigene Geschichte von zwei Abzockern – der amerikanische Begriffs Grifter ist deutlich griffiger – im zweiten Teil des Romans gegen die Wand fahren lässt, wenn sich Jack, dieser dysfunktionale Grifter, zu einem Guru entwickelt, der an die *big three* der Sektenführer aus der amerikanischen Geschichte erinnert: an Charles Manson, dessen Mädchen 1968 mit den Tate-LaBiancha-Morden in Los Angeles den Nagel in den Hippiesarg schlugen. An Reverend Jim Jones und seine bizarre Selbstmordsekte The Peoples Temple. Und an David Koresh, der sich 1993 mit seinen Jüngern in der Nähe der texanischen Stadt Waco verschanzte, bis er zusammen mit mehr als 80 anderen bei der Erstürmung durch das FBI ums Leben kam. Manson zitiert Pruitt in den Motti seines Romans. Von Koresh hörte er sich während der Arbeit an »Das schnelle Leben« immer wieder alte Reden an. Mit diesen manipulativen Monstern der Geschichte hat Jack gemein, dass er von Hass getrieben ist. Hass auf die Welt und auf die Frauen. Hass, der von Unsicherheit und Versagensängsten gespeist wird. Ein kleiner Mann, wie es auch Manson war, der wie Jack seine kriminelle Karriere als mieser Gauner begann, schafft es Jack zwar immer wieder, sich in die Betten von Frauen zu quatschen, aber wenn es dann rund gehen soll, versagt er ein ums andere Mal.

Während Jack wie Manson für die Zertrümmerung des Traums von Peace, Love and Understanding steht, klammert sich Summer noch an diese Ideale. Sie hört die Musik von Phish und den Grateful Dead, Bands, die in den USA seit Jahrzehnten für ihre Hardcore-Fans berühmt sind. Die Verehrung, die diesen Musikern entgegengebracht wird, deren Anhänger sie oft monate-, manchmal auch lebenslang begleiten, hat auch etwas von einem Kult. Summer, die den Hippie-Lifestyle gleichzeitig liebt und lebt und ihn ausbeutet, indem sie ihr Wissen und ihre Leidenschaft nutzt, damit die Geschäfte brummen, ist längst an diesem Widerspruch zerbrochen. »Kannst du mir sagen … wer ich bin?«, fragt sie ausgerechnet Jack. Und der antwortet ziemlich pragmatisch: »Du bist diejenige, die mir helfen wird, dieses Kilo Koks an einen Haufen Collegekids zu verticken.« Soul Searching ist nun wirklich nicht sein Ding.

Der ultimative Kult, das ist natürlich die Religion. Und dass Pruitt kein Anhänger von organisierter Religion ist, das merkt man vielen seiner Geschichten an. Da ist es natürlich ein ziemlich guter, weil böser Witz, dass Jack das Kokain ausgerechnet in einer ausgehölten Bibel versteckt. Und dass die Miracle Ranch zunächst ein absolut erbärmliches Bild abgibt, bevor zunächst Summer sie in etwas Gutes oder zumindest Besseres transformiert, ehe Jack ein protofaschistisches Tollhaus daraus formt, einen Ort der Misogynie und der Paranoia.

Man könne nicht über den Süden der USA schreiben, ohne auch über Religion zu schreiben, das wäre eine Lüge, sagt Pruitt, der sich in der Tradition der Literatur des sogenannten »rough south« sieht:

»Der Süden, das ist die Welt, die ich jeden Tag sehe. Der Süden ist angsterregend. Hier ist alles darauf aus, dich zu killen, die Flora, die Fauna und die rassistischen Hillbillies. Es gibt hier so viele Möglichkeiten, fies zueinander zu sein, deshalb ist der Süden der optimale Nährboden für Noir. Wir machen hier unsere eigene Musik, unseren eigenen Schnaps, unsere eigene Literatur.«

Grit Lit, so wird eine spezielle Literatur des rauen Südens oft genannt, zu deren bekanntesten Vertretern Autoren wie Harry Crews, Larry Brown oder William Gay gehören. Der Ausdruck wurde nie final definiert, aber in der Regel geht es in den Geschichten um Menschen aus der Unterschicht der Gesellschaft, meist Weiße mit einem Hang zu Alkohol, Drogen und Gewalt. Zwei Definitionen mögen hier helfen, beide sind – Grit Lit lebt auch von ihrem zynischem, stets der Verzweiflung abgerungenem Humor – nicht ganz ernst gemeint. »Wenn in einem Satz zehn Schimpfwörter und ein Pick-up vorkommen, dann handelt es sich ziemlich sicher um Grit Lit«, hat Dorothy Allison, eine der wenigen weiblichen Autoren dieser Literatur, einmal gesagt – schauen Sie ruhig mal, wann der erste Pick-up in »Das schnelle Leben« vorfährt, und versuchen Sie, die Schimpfwörter zu zählen.

Von der in den USA sehr bekannten Kritikerin Nancy Pearl wiederum stammt folgende Definition: »Grit Lit ist bevölkert mit wütenden, kaputten und verzweifelten Figuren, die von Alkohol und Sex angetrieben werden.« Ersetzt man Alkohol durch Drogen, wir hätten eine perfekte Beschreibung von Jack und Summer.

Beide Definitionen stammen aus dem von Tom Franklin und Brian Carpenter herausgegebenen Sammelband »Grit Lit: A Rough South Reader«, der einen ausgezeichneten Einblick in die Szene gibt. Bereits 2012 erscheinen, finden sich hier neben den bereits genannten Autoren auch Stories von Barry Hannah, Tim McLaurin oder Will Allison. Eher die Ausnahme bleiben Schriftsteller, die dem Genre des Country Noir zuzuordnen sind. Man darf aber davon ausgehen, dass eine Neuauflage dieses Readers kaum auf einen S. A. Cosby, einen Brian Panowich oder einen Eryk Pruitt verzichten könnte.

Steph Post, die seit ihrem auf Deutsch im Polar Verlag veröffentlichten Roman »Lightwood« als »offizielle Stimme der Arbeiterklasse in Florida« gilt, hat auf der US-amerikanischen Website crimereads.com den Versuch unternommen, den Begriff Grit Lit auszuweiten, sowohl inhaltlich als auch geografisch. Grit Lit, so sagt sie, sei nicht an den amerikanischen Süden gebunden, nicht einmal an die USA. Darüber zu diskutieren, zum Beispiel ob ein deutscher Autor wie Sven Heuchert mit seinen finsteren Provinzromanen wie »Dunkels Gesetz« nicht letztlich auch Grit Lit schreibt, wäre interessant, würde aber den Rahmen dieses Nachworts sprengen. Und am Ende ist es vielleicht auch ein bisschen egal, welches Label wir einem Roman geben (das ohnehin allzu oft, nehmen wir Scandi-Noir oder Tartan Noir, letztlich nur der besseren Vermarktung dient). Ob »Das schnelle Leben« jetzt Grit Lit ist, Southern Noir, Country Noir oder Dirtbag Noir – was wirklich zählt ist, dass Pruitts Roman zu den wagemutigsten und aufregendsten Romanen der jüngeren Vergangenheit zählt.

Kommen wir zum Schluss noch einmal auf den Beginn zurück und die Frage nach dem Happy-End. »Ich werde glücklich sein«, ruft Summer; es ist ihr letzter Satz im Buch. Und natürlich ist dieser Ausruf nicht tröstlich oder versöhnend zu verstehen, sondern Ausdrucks ihres Wahns. Ein Happy-End hat Eryk Pruitt nicht für uns parat, hält der Noir nicht für uns bereit, hat das Leben nicht vorgesehen. Schon der stets verzweifelte und mit nur 29 Jahren auf dem Rücksitz seines Cadillacs gestorbene (aber vielleicht gerade dadurch unsterblich gewordene) Countrysänger Hank Williams wusste: »No matter how I struggle and strive, I'll never get out of this world alive.«